Für Max und Lisa.

Ohne euren Input wäre diese Geschichte nicht, was sie ist.

LESER:INNEN-MEINUNGEN

Sehr gelungenes Buch eines Genres, das ich vorher wenig gelesen habe, aber ich bin sicher, dass ich auch den 3. Band lesen werde, den es hoffentlich gibt.

ALEX1309 ZU »BAT BOY 2«

Tolle Story, mit Überraschungen, viel Spannung und Privateinblick bei den Protagonisten.

ECKHARD SCHMITZ ZU »E-DEATH«

Du hattest mich schon mit dem ersten Entwurf. Wehe, du schreibst das nicht zu Ende!

AUTORENKOLLEGIN ZU »OFFF«

OFFF

//SPHEROPE/1OF3.EXE

SPHEROPE-REIHE
BUCH 1

C. A. RAAVEN

1. Auflage, 2023

C.A.Raaven

c/o Fakriro GbR

Bodenfeldtstr. 9

91438 Bad Windsheim

autor@c-a-raaven.de

https://www.c-a-raaven.de

Covergestaltung: © Nina Döllerer unter Verwendung von Motiven von

carlos castilla bei shutterstock.com / https://www.instagram.com/nd.de.sign

Die Kapitelgrafiken wurden unter Nutzung des KI-Tools Midjourney erstellt. https://

www.midjourney.com/app/users/5cb4ac83-e359-4333-af50-31f647f34a5d/

Autorenfoto: © gezett / https://www.gezett.de

Erstellt und überarbeitet mit Papyrus Autor / https://www.papyrus.de

ISBN: 978-3-98595-741-5

Bibliografische Information der Deutschen Nationalbibliothek: Die Deutsche Nationalbibliothek verzeichnet diese Publikation in der Deutschen Nationalbibliografie, detaillierte bibliografische Daten sind im Internet über

https://d-nb.info abrufbar.

Erstellt mit Vellum

NICHT GANZ NÜCHTERN

ANALOGE WELT, PRIMÄRE SPHÄRE, BÜRO DER FEDERAL URBANISATION ADMINISTRATION GENF-PLAINPALAIS, ZEITINDEX 08052121_0900 – 1100

MAXX

Oh verdammt, irgendeine dieser Substanzen wird dich nochmal umbringen.

Ich reibe mir den schmerzenden Schädel und schüttle den Kopf, bis meine Sicht klar wird. Natürlich muss ich mir das Zeug nicht reinziehen. Nur manchmal, in der Nacht. Wenn diese beschissenen Träume mich nicht loslassen und nicht mal ein paar der Filme aus der guten alten Zeit wirken, wo Männer noch Männer waren. Dann geht einfach nix über ein Büro, das 24/7 offen ist – und den einen oder anderen Kick.

Mein Blick fällt auf das halbvolle Glas, das auf der Ablagefläche des Workseats steht. In der bernsteinfarbenen Flüssigkeit schwimmt etwas Undefinierbares und zieht kaum sichtbare Schlieren durch die ölige Brühe.

Ach, Scheiß drauf. Wenn schon in die Hölle, dann wenigstens in die erste Reihe.

Ich greife nach dem Glas, während ich das Wort in meinem Geist hin und her bewege.

Hölle ... was für ein seltsamer Begriff.

Vor ein paar Wochen bin ich mehr zufällig in einem Video-Feed drauf gestoßen. Da haben sie ständig was von 'zur Hölle fahren' und so gefaselt. Zuerst habe ich das tatsächlich für ne Ortsbezeichnung gehalten, bis Honey mich wieder einmal eines Besseren belehrt hat. Sie sagte, dass es früher einige Glaubensgemeinschaften gab, bei denen die fiktiven Orte 'Himmel' und 'Hölle' nach dem Tod eine wichtige Rolle spielten. In den äußeren Sphären soll es sie auch immer noch geben, diese Religionen. Im Himmel ist alles gut, geradezu paradiesisch. In der Hölle eher nicht. Und wie inzwischen auch die Climatics und NOPEs nimmt jede dieser Religionen für sich in Anspruch zu wissen, wie es dort aussieht und auf welche Art und Weise man entweder an den einen oder anderen Ort gelangt.

Heute ist das viel einfacher. Himmel und Hölle liegen direkt nebeneinander auf der Erde. Entweder man ist in einer Sphäre – oder eben draußen. Und selbst bei der Tertiären oder Quartären Sphäre wäre ich mir nicht so sicher.

Beim Greifen nach dem Drink streift meine Hand den Scan-Bereich des Rechners und der Seat schwenkt aus der halb liegenden in die sitzende Position. Seine Projektoren erwachen aus dem Standby-Modus und füllen drei Wände meiner Kabine mit Holo-Anzeigen. Die Linke gewährt einen Einblick in den Zustand der Sphärenabschirmung – alles im grünen Bereich. In der Mitte ist das fast fertige Energiesparkonzept für die Administration zu sehen, an dem ich letzte Nacht noch gearbeitet habe. Auf dem rechten Holo flackern die hektischen Bilder einer Nachrichtensendung.

»Honey, mach mal lauter.«

Meine krächzende Stimme klingt selbst für mich fremd und meine Kehle fühlt sich an, als hätte ich mit Rasierklingen gegurgelt. Aber meine persönliche KI versteht mich und schaltet den Ton der Live-Übertragung an.

»... sind bei der Überflutung einer der Röhren des Kanal-Tunnels vermutlich hundert Menschen ums Leben gekommen«, spricht ein Reporter aus dem Off, während die verwackelten Bilder von einem Schema des Beförderungssystems ersetzt werden. Am unteren Bildrand läuft der Börsenticker. TubeXpress ist um 20 Punkte runter.

Kein Wunder bei solchen Nachrichten. Welcher Idiot investiert schon in ein Transportsystem, bei dem Menschen sterben – selbst wenn es nur welche sind, die ne Krankheit haben.

Unwillkürlich hebe ich meinen linken Arm, an dem ich den Communicator trage. Das Display erwacht und ich kann die Oxy-App ablesen. Sie zeigt eine Sauerstoffsättigung von 100% an.

Bleib ruhig, Alter. Du bist kerngesund.

Eine sanfte, getragene Melodie dringt an meine Ohren. Sie klingt fremdländisch, aber doch irgendwie vertraut. Langsame Akkorde eines Saiteninstruments, unterlegt mit sphärischen Modulationen und dem Spiel einer Flöte.

Hat die KI meinen Stresslevel erkannt und will mich entspannen?

»Honey, bist du ...?«, beginne ich, doch in diesem Moment fällt mein Blick auf das rechte Holo.

Untermalt von der Musik werden dort Landschaften angezeigt, die es schon seit über fünfzig Jahren kaum noch irgendwo gibt: weitläufige, üppig grüne Hügel, kilometerlange feinsandige Strände, gesäumt von Palmen, schneebedeckte Berge.

»Sind Sie es leid, Ihr Leben in ständiger Angst vor Krankheiten zu fristen?«, ist eine sonore, väterlich klingende Stimme zu hören. »Sehnen Sie sich nach einem Dasein in einer paradiesischen Umgebung und ohne Kriminalität? Dann sollten Sie über die Aufnahme in die digitale Gesellschaft nachdenken.«

Fuck, schon wieder so ein beschissener Upload-Spot.

»Das ist ja nicht zum Aushalten!«, platzt es aus mir heraus.

Sofort wird der Ton stummgeschaltet.

Honey, du kennst mich eben – auch wenn du nur aus Nullen und Einsen bestehst ...

Ein sanftes Tippen auf dem Handgelenk beendet den Gedanken.

Ich schaue auf meinen Communicator. Auch ohne die Nachricht auf der Retina aufzurufen, ist mir klar, worum es geht, denn sie enthält das Wort 'Iurii'.

Der große Meister ruft. Dann wird es wohl nix mit Duschen und Umziehen.

Gähnend lasse ich mich vom Workseat in die Senkrechte bringen, habe beim Aussteigen aber trotzdem das Gefühl, außer dem Knacken, mit dem sich ein paar meiner Wirbel zurück an ihren angestammten Platz bewegen, sogar ein Quietschen in meinem Hüftgelenk wahrzunehmen.

Wird Zeit, dass du deinen faulen Arsch mal wieder hochkriegst und trainierst.

Als ich mich der Tür zuwende, schießt mir eine Idee durch den Kopf und ich drehe mich noch einmal zurück zum Seat. Dort lege ich die linke Hand auf den Konnektor und lade die Daten meiner Ausarbeitung in den Körperspeicher. Dann nehme ich die Treppe.

»Guten Morgen, Master Maxx«, begrüßt mich der Wachmann, als ich durch die vordere Schleuse des Instituts gehe. »Na, wieder im Büro übernachtet?«

»Sie haben mich erwischt«, erwidere ich augenzwinkernd.

Er tippt sich zum Gruß an die Uniformmütze. »Aber einer muss wohl darauf aufpassen, dass hier in der Primären Sphäre alles rund läuft.«

Ich gebe ihm das Daumen-hoch-Zeichen und gehe durch das Portal nach draußen.

Wenn du wüsstest, dass ich letztens Iuriis Nacktkatze durch die falsche Ausrichtung eines Spiegels einen ordentlichen Sonnenbrand am Hintern verpasst habe.

Vor dem Hauptgebäude der Federal Urbanisation Administration bleibe ich kurz stehen, schaue mich um und hole tief Luft. Die Berge ringsum ragen majestätisch in die Höhe, ihre Gipfel kantig und grau, die Hänge bedeckt mit verschiedenen Schattierungen von Grün. Auch direkt um die FUA herum dominieren das Grün von Blättern und die Violett-Töne von Oleander und Rhododendren. Eine leichte Brise vom See dahinter trägt neben dem Summen von Insekten auch einzelne Schreie von Möwen zu mir.

Kaum zu glauben, dass all dies nur durch eine Kuppel aus Metall und Polymeren, Spiegel und ihre Steuerung ermöglicht wird. Und ich kann hoffentlich dazu beitragen, dass das noch lange so bleibt.

Ich wende mich nach links und halte Ausschau nach einem Transportmittel. Nicht weit von mir entfernt entdecke ich eine Reihe mannshoher, silbrig glänzender Kugeln und gehe auf die vorderste zu. Als ich meine Hand auf die Oberfläche lege, wird sie transparent und ein Segment gleitet zur Seite, um mich einzulassen.

»Hey, Betty, bring mich zu Iurii.«

Kaum dass ich mich auf dem Sitz im Innern niedergelassen habe, setzt sich das Bubble-Car des Sphären-Transport-Service in Bewegung und gleitet in Richtung Les Pâquis. Die Fahrt dauert nicht lange – vielleicht auch deswegen, weil alle anderen Fahrzeuge anhalten und uns Vorrang gewähren.

Das sieht dem Alten ähnlich – automatische Priorität für alle, die auf dem Weg zu ihm sind.

Wie immer habe ich auf der Fahrt das Gefühl, in einer Zeitmaschine zu sitzen. Trotzdem hier im Verwaltungsbereich schlanke Türme aus Stahl und Glas die Umgebung dominieren, ist der größte Teil des Bodens begrünt. Schließlich sind Pflanzen immer noch die besten Sauerstoff-Produzenten. Und sie funktionieren ohne Strom. Den brauchen wir, um den ganzen Rest am Laufen zu halten. Aber schon ab dem rautenförmigen Bereich der »Plaine« wird das Grün immer spärlicher. Dahinter kann ich die antiken Gebäude der Altstadt erkennen, in denen die Geldsäcke wohnen.

Warum eigentlich stehen die Typen so auf diese ollen Steinhaufen und die tristen Schluchten dazwischen? Vielleicht haben sie aber auch alle ne Dachterrasse, da können sie schön über den Dingen stehen.

Dann jedoch überquert die Bubble eine Brücke und beendet damit nicht nur meine wandernden Gedanken, sondern auch die Blicke, die ich in die Runde geworfen habe. Das Flussbett unter mir ist schon lange durch eine Staumauer abgeriegelt und fast vollkommen ausgetrocknet. Aber nicht der übrig gebliebene Abgrund ist mein Problem, sondern der direkte Blick auf den Genfer See, den man von hier aus werfen kann. Sicherlich werden das auch die meisten Anderen tun. Aber ich nicht, denn mir läuft dabei jedes Mal ein eiskalter Schauer den Rücken runter. Dumm nur, dass Iuriis Anwesen fast direkt am Ufer des Sees liegt. Daher bleibt mir nichts anderes übrig als die Zähne zusammenzubeißen. Oder die Augen zu schließen.

Aber so tief bin ich noch nicht gesunken.

DAS FÜNFSTÖCKIGE ECKGEBÄUDE, in dem Iurii residiert, muss früher mal Teil eines Ensembles mehrerer Häuser gewesen sein. Zumindest legt das die Bebauung außen herum nahe. Die anderen hat er wohl dem Erdboden gleichmachen lassen, denn es steht dort als Solitär. Schon aus einiger Entfernung kann ich daher erkennen, dass jedes einzelne Fenster erleuchtet ist – mitten am Tag.

Und ich bringe ihm ein Energiesparkonzept. Vielleicht sollte ich ihm einfach mal empfehlen, seine beschissenen Lichtschalter auch zu bedienen.

Ich verlasse die Bubble an einer Station des Transport-Service und gehe die letzten paar hundert Meter zu Fuß – vorbei an der Anlegestelle seiner Yacht. Der Koloss zieht im Vorbeigehen unwillkürlich meinen Blick an. Ich muss mich zusammennehmen, um nicht einfach starrend davor stehenzubleiben. Der schwimmende Palast wirkt auf mich wie der Abtransport einer kranken Person durch den Umwelt-Service. Man kann nicht anders, als hinzuschauen und ist gleichzeitig froh, dass es einen nicht selbst getroffen hat. Wieder zuckt meine Hand hoch, damit ich einen Blick auf die Oxy-App werfen kann.

Es ist alles gut, du bist nicht wie die …

Doch dann schießt dahinter der »Jet d'eau« in die Höhe und bricht den Bann. Ich schüttle meinen Kopf, wende mich dem Eingangsportal des ehemaligen Luxushotels zu und trete ein. Drinnen erhellen tausende Lichter einen Prunk aus alten Zeiten. Überall glänzen und blinken Gold und Kristall. Zwischen zwei imposanten Sphinxen führt eine Treppe hinauf in eine Lobby mit einem Counter, hinter dem ein vierschrötiger Typ in schwarzem Anzug und Sonnenbrille mit vor der mächtigen Brust verschränkten Armen steht.

Aber als ich gerade die oberste Stufe erreicht habe, tritt der Majordomus auf mich zu. Wie immer vermittelt es den Eindruck, als hätte er sich dorthin teleportiert.

»Master Maxx, wie schön, dass Sie es einrichten konnten. Der Dominus erwartet Sie bereits.«

Als ob es eine Alternative dazu gegeben hätte.

Ich ignoriere seine Geste, ihm in den Lift zu folgen, und sprinte stattdessen auf die Treppe zu. Nachdem sich mein Körper all der Trainingseinheiten erinnert hat, die ich zugunsten der Arbeit in den letzten Tagen vernachlässigt habe, schreit er förmlich nach Bewegung. Auf der Dachterrasse angekommen, fühle ich mich angenehm erschöpft und gehe mit einem Lächeln auf Iurii zu.

Der massige, breitschultrige Mann sitzt in einem Hover-Chair, der ihm die Beine ersetzt, die er schon vor einiger Zeit bei einem Unfall verloren hat. Trotzdem ist auf den ersten Blick klar, dass er der Boss ist. Der purpurne Anzug ist eindeutig maßgeschneidert. Aus dem von einer stahlgrauen Mähne umrahmten, kantigen Gesicht blicken grüne Augen mit einer Intensität, die den Eindruck erweckt, sogar die Sphärenabschirmung sprengen zu können. Iurii hebt eine Augenbraue, während sich seine Stirn kurz in Falten legt.

»Maximus. Du weißt aber schon, dass es für so etwas einen Lift gibt, Junge?«

»Jawohl, Master. Es verlangte mich nur spontan nach ein wenig körperlicher Betätigung.«

»Ein wenig?«, dröhnt es in diesem Moment.

Ich drehe mich um und sehe einen Mann aus einem der umliegenden Bogengänge auf die bestimmt 200 Quadratmeter messende Fläche kommen, die auf dem Dach des Gebäudes thront. Der Mann ist fast so groß wie ich, wiegt aber wahrscheinlich doppelt so viel. In der Hand hält er einen kristallenen Cognac-Schwenker, der bis zur Hälfte mit einer blassgoldenen Flüssigkeit gefüllt ist. Er watschelt an mir vorbei und klopft mir dabei auf die Schulter.

»Wenn ich auch nur eine der fünf Etagen erklommen hätte, dann wäre ich reif fürs Sauerstoffzelt.«

Bist du dir sicher, dass du nicht schon für den ersten Treppenabsatz einen Kran gebraucht hättest?

Ich bemerke, wie ein Lächeln meine Lippen kräuselt. Aber ich schaffe es noch rechtzeitig, den Gedanken durch ein leichtes Verneigen in seine Richtung zu kaschieren. Es ist nicht sinnvoll, den Prinzipal der Administration zu verärgern.

»Vielen Dank, Master Ridicc. Ich tue mein Möglichstes, um Körper und Geist in Form zu halten.«

»Gut für dich, mein Sohn«, bemerkt der Mann glucksend. Dann zwinkert er mir zu. »Aber ich habe mir sagen lassen, dass du vielfältigen Genüssen durchaus zugetan bist.«

Shit, wer hat da geplaudert? Und was hat er erzählt? Nur vom Suff? Oder sogar von den anderen Sachen? Was, wenn die mich jetzt aus der FUA werfen? Dann kann ich auch die Wohnung vergessen.

Doch ich werde einer Antwort enthoben, denn nun ist Iuriis Bass zu hören, leise aber befehlsgewohnt.

»Sei dem, wie es sei. Aber nun haben wir einige Dinge zu bereden, Ridicc. Und du, Junge. Du kannst einstweilen schauen, was mit dem Swimmingpool nicht stimmt. Du hast doch Technik studiert.«

Nur mit Mühe kann ich es verhindern, dass ein »Ernsthaft?!« meine Kehle verlässt. Stattdessen wende ich mich um und gehe zum anderen Ende der Terrasse, das fast vollkommen vom Pool eingenommen wird.

Da kann man einen Master in Verfahrenstechnik haben. Aber für den, der alles bezahlt hat, ist man plötzlich der Poolboy.

ICH ÜBERPRÜFE PUMPE, Leitungen und Zusammensetzung des Wassers. Der Fehler ist schnell gefunden, aber die Behebung dauert einige Zeit. Also ziehe ich meine Kreise um das Schwimmbecken.

So ein Dreck. Hat denn noch keiner einen selbstreinigenden Pool erfunden?

Eigentlich doch.

So ein Ding heißt See, aber es funktioniert auch nur so lange, wie nicht ständig reiche Bonzen beim Schwimmen reinschiffen.

Hin und wieder bekomme ich Fetzen des Gesprächs von Iurii und Ridicc mit. Es scheint um Digitale zu gehen. Damit lässt mein Interesse an dem, was Ridicc zu sagen hat, direkt wieder nach. Digs sind keine Menschen – zumindest nicht mehr. Sie haben sich dafür entschieden, in einen Desintegrator zu steigen, um sich in Luft auflösen zu lassen und nur noch als Nullen und Einsen zu existieren. Also sind sie im Prinzip das Gleiche wie Honey oder die anderen Bettys.

Als ich gerade die letzten Handgriffe mache, um Iuriis Pool wieder in den makellosen Zustand zu versetzen, den er gewohnt ist, legt mir jemand eine Hand auf die Schulter. Überrascht fahre ich herum und finde mich plötzlich in einer halben Umarmung mit dem Prinzipal wieder.

»Master …«

»Jetzt lass mal die Förmlichkeiten, Söhnchen. Immerhin bist du Master Iuriis Schützling. Und wir sind unter uns.«

Bietet der mir ernsthaft das 'Du' an?

»Oh«, mache ich – etwas Eloquenteres will mir einfach nicht einfallen.

Ridicc setzt ein väterliches Lächeln auf. Dann zieht er mich mit dem Arm, den er immer noch auf meiner Schulter zu liegen hat, ein Stück hinunter.

»Um noch einmal auf vorhin zurückzukommen«, raunt er in mein Ohr. »Es stimmt doch, dass du gern mal einen durchziehst.«

Ich muss schlucken, bevor ich antworten kann.

»Wenn ... wenn es Kritik an meiner Arbeit geben sollte. Der Spiegel ... also ...«

Ridicc winkt ab.

»Ach was. Ich habe nichts dergleichen gehört.« Er schaut mich mit blitzenden Augen und einem verschlagenen Lächeln an. Dann hebt er etwas hoch genug, dass es in mein Blickfeld gelangt. »Du weißt, was das ist?«

Fragt er mich das wirklich? Das weiß doch jedes Kind.

»Ein Oxy. Also ein Pulsoxymeter. Für die Leute, die es nicht im Communicator ...«

Sein Lächeln wird breiter.

»Ja und nein. Du hast leider nur fünfzig Punkte.«

Ich schaue Ridicc mit gerunzelter Stirn an, innerlich auf der Suche nach der Antwort, die er von mir haben will.

»Mach dir keine Gedanken. Das, was dir die restlichen 50 Punkte eingebracht hätte, kannst Du gar nicht wissen. Das wissen im Moment nur 5 Personen in dieser Sphäre.«

Meine Augenbrauen wandern nach oben.

»Ja, es ist ein Oxy. Aber gleichzeitig hat es auch eine interessante Zusatzfunktion. Nimm es mal.«

Er reicht mir das Gerät.

Ich drehe es in den Fingern und untersuche es von allen Seiten.

Bis auf einen Schlitz an der Unterseite ähnelt es vollkommen dem Gerät, das jeder Bürger der Sphären in der Tasche hat, der keinen Communicator besitzt. Ohne ein solches vom Umwelt-Service erwischt zu werden, hätte fatale Folgen. Mit erneut gerunzelter Stirn sehe ich nun wieder den Prinzipal an.

»Du hast doch deinen Körperspeicher aktiviert, oder? Dann setz es auf die Hand mit dem Konnektor und ich zeige es dir.«

Ich tue wie geheißen. Kaum dass es auf meinem linken Zeigefinger steckt, wird das Display aktiviert und zeigt immer noch den beruhigenden Wert 100% an.

»Und jetzt schau mal, was passiert, wenn ich dies hier tue. Wenn ich dich richtig einschätze, dann wird es dir gefallen.«

Damit schiebt er einen Speicherkristall in den Schlitz.

Der Effekt tritt augenblicklich ein.

Während die ersten Auswirkungen durch meinen Körper fegen, wird mir instinktiv klar, dass diese Entscheidung ein Fehler war.

#THERESNOPLACE LIKE 127.0.0.1

DIGITALE WELT, SPORTING_LIFE, TRAININGSZENTRUM, ZEITINDEX 08052121_1000 – 1100

MJU

Ich schwitze. Eine Haarsträhne hat sich aus dem Pferdeschwanz gelöst und klebt mir so im Gesicht, dass sie mein linkes Auge halb verdeckt. Trotzdem kann ich den Mann hinter mir in einem Spiegel erkennen.

Er hat seinen Größenvorteil genutzt und mir den rechten Arm um den Hals geschlungen, einen entschlossenen, konzentrierten Ausdruck auf dem ebenfalls verschwitzten Gesicht. Ohne diesen Gesichtsausdruck sähe er direkt nett aus. Fast schon süß mit seinem dunkelblonden Wuschelkopf, dem kleinen Grübchen im Kinn und den Dackelblick-Augen. Auch die Größe würde passen.

Was soll das? Konzentrier dich, du bist hier nicht beim Dating.

Meine linke Faust hämmert zwei Mal zwischen seine Beine. Ich bemerke, wie sein Suspensorium dabei verrutscht. Der Griff um meine Kehle lockert sich ein wenig, als er sich instinktiv zusammenkrümmt. Ich nutze es, um mich zu drehen und den Ellenbogen rückwärts hochfahren zu lassen. Er findet sein Ziel an Kyles Unterkiefer. Nun bin ich endgültig frei, fahre im Aufrichten vollkommen herum und steche ihm zwei Finger in den Hals.

Muss das jetzt wirklich sein? Er sieht doch auch so schon aus, wie ein Häufchen Elend.

Aber die Technik-Einheit verlangt noch eine letzte Handlung und halbe Sachen sind nicht mein Ding. Also schwinge ich ein Bein nach oben und trete ihm ein weiteres Mal in den Schritt.

Mein zugeloster Sparringspartner kippt zur Seite und bleibt zusammengekrümmt auf dem Boden des Sportzentrums liegen.

»Wow, wie ... hast du das gemacht, Mju?«, krächzt er nach einer Weile. Dann rollt er sich auf den Rücken und hebt den Oberkörper in eine sitzende Position.

Verdammt. Bin ich vielleicht doch nicht in einem Krav Maga Level-3-Kurs gelandet? Hat mich die App aus Versehen einem Anfänger zugeteilt?

»Alles klar bei dir?«, frage ich, während ich Kyle die Hand hinstrecke, um ihm beim Aufstehen zu helfen. »Und ... was meinst du?«

Er zieht sich hoch, bleibt aber noch einen Moment lang in leicht gebückter Haltung, bevor er zunächst aus- und dann vorsichtig einatmet. Es tut weh – so viel kann ich auf den ersten Blick erkennen.

Das sieht mir mal wieder ähnlich. Da gehe ich nach fast einem Jahr überhaupt mal aus dem Haus und dann haue gleich den ersten Typen um, auf den ich treffe.

»Na, dieser Ellenbogen, wo ist der hergekommen? Ich hab nix geschnallt, bis du mich getroffen hast.«

Ich zucke mit den Schultern. »Ich habe einfach nur die Anweisungen der Lektion befolgt. Die sollte exakt diesen Effekt haben.«

»Ist schon klar.« Kyle winkt ab. »Aber diese Geschwindigkeit. Wie bekommst du das hin?«

»Ich übe.«

Der Besiegte legt den Kopf schräg und schaut mich mit säuerlicher Miene an. »Ha ha. Glaubst du, ich nicht? Ich hab mir sämtliche Lektionen des dritten Abschnitts schon vor einer Woche hochgeladen.«

Ho-hoch...g-ge...la-la-la...dennnnn.

Es kommt mir so vor, als würde das Wort in meinem Innern ein Echo erzeugen. Auch wenn es schon einige Monate her ist, dass ich selbst hochgeladen wurde, so kann ich immer noch nicht das Gefühl dabei vergessen. Wobei, wenn ich es mir recht überlege, dann ist das Problem eher dieses plötzliche Fehlen jeglicher Gefühle, das mit dem Desintegrationsprozess einhergeht. Mamie hat es mir in ihrer unnachahmlich nüchternen Art erklärt und natürlich ist es rein logisch betrachtet auch ganz klar. Wenn Körper und Geist sich in Daten und Algorithmen verwandeln, dann ist da eben dieser kurze Moment, wo der digitale Avatar, in dem diese Daten ihr neues Zuhause finden, noch nicht bereit dazu ist, ein Feedback zu geben. Eigentlich nur ein paar Mikrosekunden. Doch für mich war es wie die Ewigkeit.

Unwillkürlich schüttele ich meinen Kopf, um die sich anschleichenden Bilder zu vertreiben.

Kyle kann das natürlich nicht wissen. Daher schaut er mich nur fragend an.

Wo waren wir nochmal? Ach, ja.

»Hochgeladen. Genau da ist das Problem.«

»Äh, wie jetzt? Meinst du, das ist zu lange ...?«

»Nein«, unterbreche ich ihn. »Es geht nicht um die Zeit seit dem Upload, sondern darum, dass du einfach darauf vertraust, dass die Algorithmen und Parameter der Datei, die du dir reingezogen hast, schon dafür sorgen, dass du alles richtig machst.«

Kyle runzelt die Stirn. »Und wie soll das sonst gehen?«

»Sagte ich doch. Mit Üben.«

»Du meinst ...«

»Ja, Kyle, üben. Eine Sache immer und immer wieder tun. So lange, bis man es schafft, ohne darüber nachdenken zu müssen.«

»Das ... das ist doch ... total analog.«

Du sagst es, Baby.

»Aber es funktioniert.« Ich schaue ihn mit leicht schräggelegtem Kopf lächelnd an. »Was ist, noch eine Runde?«

»Danke, ich verzichte ... ist auch schon ganz schön spät.«

Automatisch hebe ich meinen linken Daumen ein Stück an, bis ich die Ziffern erkennen kann, die auf dem Nagel schimmern. »Ja, hast recht. Die Stunde ist fast rum. Ich muss dann auch los, Mamie wartet wahrscheinlich schon mit dem Essen.«

Kyles Blick spricht Bände seines Unverständnisses. »Euch soll mal einer verstehen.« Er schüttelt seinen Kopf.

»Wieso, das ist doch was ganz Normales.«

»Ja, für Analoge vielleicht. Mann, bei mir ist der Upload schon so lange her, dass ich dir nicht mal sagen könnte, ob wir früher jemals zusammen gegessen haben. Und jetzt sag bloß, da gibt's Virtufood.«

»Igitt, dieses Industriefutter ist doch eklig.«

»Und was sonst? Doch bestimmt keine Nutri-Bytes wie bei mir.«

»Nein, wir kochen.«

»Kochen«, keucht Kyle. Danach bleibt ihm der Mund offen stehen. »Das ist doch irre aufwändig ... an die Unmengen von DiCs, die das kostet, will ich gar nicht denken.«

Wärme steigt von meinem Hals hoch bis ins Gesicht. Ich blicke zu Boden.

Was soll das? Es muss dir nicht peinlich sein!

Ich schnaube leise und blase damit die vorwitzige Strähne aus dem Gesicht.

Echt schräg, dass die Programmierung so weit geht, dass das Ding mir selbst hier ständig aus dem Pferdeschwanz entwischt.

Dann fixiere ich wieder meinen Sparringspartner.

»Na ja, das ist bei uns halt anders. Ich denke, Mamie will mir ein bisschen was von früher erhalten, weil ich freiwillig hier bin. Kennst du Alma Matèrne?«

Kyles Augen werden groß. »Ernsthaft?! Das ist deine Oma?«

Ich hebe meine Schultern und grinse leicht.

»Okay, jetzt bin ich offiziell neidisch. Deine Großmutter hat das hier …?« Er macht eine allumfassende Geste mit seinen Händen. »Dann ist es natürlich klar, dass ihr euch um nichts Sorgen machen müsst.«

Ich würde ihm gern zustimmen. Doch das wäre gelogen. Zumindest was mich anbelangt. Ich habe mir vorher schon Sorgen gemacht. In der analogen Welt.

Ist das wirklich erst ein gutes Jahr her?

Damals hauptsächlich, weil es Mamie immer schlechter ging und ich ihr nicht helfen konnte. Aber auch jetzt haben die Sorgen nicht aufgehört. Nur der Grund hat sich geändert. Ständig zerbreche ich mir nun den Kopf darüber, ob es richtig war, meine Freunde zurückzulassen, um hier mit Mamie zu leben. Aber ein Zurück gibt es nicht.

Anscheinend steht mir das innere Ringen auch auf dem digitalen Gesicht geschrieben, denn Kyle wirkt nach einem Blick auf mich ziemlich bedrückt.

»Ich weiß, wir kennen uns eigentlich gar nicht. Aber möchtest du mir erzählen, was da passiert ist?«

Ohne nachzudenken, breite ich mein Leben vor diesem Mann aus, der mir nur durch das Zufallsprinzip einer App zugelost wurde. Einfach, weil er da ist.

»Meine Eltern sind bei einem Unfall ums Leben gekommen, als ich noch ganz klein war. Da hat meine Großmutter mich zu sich genommen. Ungefähr 20 Jahre ist das schon her.«

Ungefragt steigen Bilder vor meinem inneren Auge auf. Eine schlanke Frau mit dunkelbraunen, lockigen Haaren und ein großer, breitschultriger Mann, der trotz Brille und Glatze nicht alt wirkt. Beide lächeln mich an. Nein, sie haben in die Kamera gelächelt, die jemand mit auf dieser Party damals gehabt hat. Der letzten Party. Dann eine schlanke Basalt-Stele mit ihren Namen darauf. Und eine große Frau mit ersten grauen Strähnen in ihrem braunen Pixie-Cut, die meine Hand hält, während sie mir mit versteinerter Miene in die Augen blickt.

Meine Stimme versagt und ich muss mich räuspern.

»Hey, wenn es dich so mitnimmt, dann musst du es mir nicht erzählen. Ich wollte nur ...« Kyle ist sichtlich unwohl.

»Ist schon in Ordnung«, unterbreche ich ihn erneut. Seltsamerweise fühlt es sich gut an, die ganze Sache jemandem anzuvertrauen, der nicht zu meiner Familie gehört.

Vor allem, da ich dich vermutlich nie wiedersehe.

»Ich bin also bei Mamie aufgewachsen und hab nebenbei auch etwas von der Technik mitbekommen, die hinter der Digitalisierung steckt. Später hat sie mich darin bestärkt, es zu studieren. Damit habe ich auch angefangen, bin dann aber in die Design-Schiene gewechselt, weil mir der reine Technik-Kram ... na ja, zu technisch war. Mamie war zwar erst ein bisschen traurig, hat es aber akzeptiert. Alles hätte gut sein können. Doch dann kam die nächste Katastrophe. Es ist noch gar nicht so lange her, dass ich meinen Master-Abschluss in darstellender Informatik gemacht habe. Wir wollten das groß feiern. Aber aus der Feier wurde nichts. Mamie hatte plötzlich einen Anfall und es wurde schnell klar, dass sie die Krankheit hat.«

»Shit!«, entfährt es Kyle.

Ich zucke mit den Schultern und fahre fort: »In ihrem Alter kam das einem Todesurteil gleich. Also hat sie mir nur noch schnell die Vollmachten erteilt, alles in der analogen Welt abzuwickeln, und ist dann direkt in den Desintegrator.«

»Und du?«

»Ich hab erst mal einfach nur funktioniert. Sie hatte schon vorgesorgt, sodass die Digitalisierung aller ihrer Sachen kein Problem war. Das Haus am See und ein ordentliches Vermögen hatte sie mir überschrieben. Ich hätte ein cooles Leben in der Primären Sphäre führen können.«

»Aber das hast du nicht.«

»Nein. Ich konnte es einfach nicht. Mamie war mein ganzes bewusstes Leben lang immer da. Immer verlässlich, immer fördernd, manchmal auch fordernd, aber immer voller Herzenswärme. Also habe ich alles verkauft und bin ihr hinterher. Hierher.«

»Krasser Scheiß! Und deine Freunde?«

»Ich habe eh nur ein paar, die ich wirklich Freunde nennen kann. Und die haben es verstanden – sie kennen mich eben. Es ist ja auch nicht so, als könnten wir einander nun nicht mehr treffen und sehen.«

Kyle schnaubt. »Ja, nur beschränkt sich das auf das Starren auf Holos.«

»Nicht mit Virtutrip«, entschlüpft es meinen Lippen, bevor ich sie davor verschließen kann.

Oder war das doch ein bisschen Absicht? Ist ja immerhin besser, als weiter in meinen Wunden zu bohren.

Mein Gegenüber fixiert nun mich und hebt dabei langsam eine Augenbraue.

Ich bemerke, wie mir Wärme den Hals hinaufsteigt und sich auf dem Gesicht ausbreitet. Dabei kann ich nicht anders als die Entwickler der digitalen Welt dafür zu bewundern, dass sich auch digitale Empfindungen exakt so anfühlen, wie im richtigen Leben.

Falscher Ansatz. Das hier ist richtiges Leben, sonst gäbe es keine Gefühle. Sieh zu, dass du das endlich akzeptierst.

»Verrat's keinem. Das ist ne Sache, bei der ich meiner Oma aktuell ein bisschen helfe. So richtig kapiere ich das alles hier immer noch nicht, auch wenn ich es tausendmal an der Uni hatte. Offiziell gibt's das System noch nicht, aber ich kann es für Tests benutzen.«

Nun hebt sich auch Kyles zweite Augenbraue. »Und das macht was genau?«

»Kannst du dir vermutlich denken. Es kreiert einen Avatar, in den ein Analoger schlüpfen kann. Zwar nur mit visuellen, auditiven und rudimentären taktilen Sinnen, aber man kann ansonsten ganz normal miteinander interagieren. Wir wollen es zum nächsten großen Systemupdate rausbringen.«

»Der Hammer. Und kann man damit auch in die andere Welt?«

»Vielleicht später mal. Wir sind schon froh, dass wir es in unsere Richtung einigermaßen hinbekommen.« Ich schaue noch einmal auf die Uhr. »Ich sollte jetzt aber wirklich ...«

»Na klar«, sagt Kyle lächelnd. »Danke für das Sparring ... und die unerwarteten Einsichten. Vielleicht werden wir ja mal wieder einander zugelost.«

»Und versuch's in der Zwischenzeit wirklich mal mit Üben.«

Ich wende mich nach links, wo in diesem Moment eine Tür im nüchtern eingerichteten Trainingsraum erscheint.

»Was machst ...«, erklingt hinter mir Kyles Stimme. »Vergiss die Frage. Du wirst wohl nach Hause laufen, stimmt's?«

»Exakt«, antworte ich und lege meine Hand auf die Türklinke.

»Du bist echt was ganz Besonderes«, bemerkt Kyle. Er dreht seine linke Hand mit der Handfläche nach oben. Sofort erscheint darüber ein Display. Er tippt auf ein Symbol und verschwindet.

»Danke schön«, murmele ich, während ich mich langsam wieder zurück zur Tür drehe.

Na, immerhin scheint er den Tritt in die Kronjuwelen ganz gut weggesteckt zu haben. Eigentlich schade, dass ich ihn wohl wirklich nicht wiedersehen werde. Wer weiß, wen die App beim nächsten Mal für mich hat.

Bevor ich mich aber komplett der Tür zugewandt habe, entdecke ich aus dem Augenwinkel etwas Schillerndes an dem Punkt, wo eben noch Kyle gehockt hat. Ich zögere, dann gehe ich dorthin und bücke mich.

Es ist ein Plektrum mit irisierenden Mustern darauf, das Kyle anscheinend aus einer Tasche gefallen ist.

Er spielt Gitarre. Und sieht echt ganz süß aus. Gleich doppelt schade, dass wir uns nur zufällig getroffen haben und er jetzt schon wieder weg ist. Na ja, vielleicht will es ja der Zufall auch, dass wir uns doch nochmal treffen.

IM LICHT einer warmen Spätsommersonne liegt die Hauptstraße vor mir. Die Straße windet sich an einem rot umrandeten rechteckigen Schild vorbei, auf dem, Schwarz auf Weiß, »Le Village« geschrieben steht. Dann verliert sie sich zwischen den Häusern des Dorfes. Die meisten sind aus Natursteinen errichtet oder haben Fachwerkwände.

Ich schlendere über die mit Kopfsteinpflaster bedeckte Straße, vorbei am Bäcker und Gemüsehändler. Dabei sauge ich den Geruch des frischen Backwerks, vermischt mit dem Aroma der am offenen Fenster zum Trocknen aufgehängten Gewürze, ein. Als ich über den Dorfplatz gehe, erkenne ich einen Bekannten meiner Großmutter, der mit seinem Fahrrad und Angelutensilien in Richtung See fährt. Er hebt seine Hand zum Gruß und ich erwidere ihn.

Danke Mamie, dass du so unermüdlich daran gearbeitet hast. Es wirkt alles so dermaßen echt. Nein, verdammt. Es ist echt! Wird Zeit, dass ich das akzeptiere.

Hinter dem Dorfkrug erklimme ich einen steilen Pfad den Hügel hinauf, der mich zu unserem Heim führt, das direkt unterhalb einer halb verfallenen Burg erbaut worden ist. Bevor ich das viktorianisch anmutende Gebäude betrete, werfe ich noch einmal einen Blick auf das Tal, in dem das Dorf angesiedelt ist.

Insekten summen um mich herum. Eine leichte Brise trägt den Duft von Lavendel heran. In der Ferne kann ich den Schrei eines Falken vernehmen.

Lächelnd wende ich mich um und öffne die Tür.

»Hallo, Mamie«, rufe ich, nachdem ich eingetreten bin. »Wartest du schon lange?«

Keine Antwort.

Nanu, hat sie heute einen ihrer strengen Tage? Sonst ist sie doch nicht sauer, wenn ich mich mal ein paar Minuten verspäte.

»Mamie? Sorry, dass ich mich verspätet habe. Ich hatte ein überraschend langes Gespräch mit einem ... Trainingspartner. Du sagst doch immer, ich soll endlich anfangen, Bekanntschaften zu anderen Digitalen zu knüpfen.«

Doch ich erhalte weiterhin keine Antwort.

Zuerst betrete ich die rechts von der Eingangstür liegende Küche. Hier ist wie immer alles blitzblank. Nur auf dem Abtropfbrett neben der Spüle liegen ein paar Utensilien zum Trocknen ausgebreitet. Ich gehe zurück ins Vestibül und von dort in den Salon. Auch hier finde ich meine Großmutter nicht. Weder hier, noch auf der Veranda ist etwas zu erkennen, das angezeigt hätte, dass Mamie sich zumindest kurzfristig dort aufgehalten hat. Nach einem kurzen Abstecher in die Bibliothek wende ich mich in Richtung Arbeitszimmer.

Hattest du womöglich einen Geistesblitz, der deine Probleme mit dem Avatar von gestern löst und hast dich wieder vollkommen in der Arbeit vergraben?

Schmunzelnd öffne ich die Tür und blicke auf das wohlvertraute kreative Chaos, das diesen Raum mit so viel mehr Leben erfüllt als alle anderen. Bücher stapeln sich neben dem Schreibtisch – selbst auf den beiden vor dem Fenster aufgestellten Ohrensesseln liegen sie. Modelle verschiedenster Dinge stehen hie und da herum. Auch die weiß gekalkten Wände sind zum Großteil kaum noch erkennbar unter einem Wust von daran angehefteten Papieren mit Skizzen oder handschriftlichen Notizen. Lediglich der Arbeitsbereich selbst ist fast vollkommen sauber.

Doch von Alma ist nichts zu sehen. Dort, wo sie gesessen hätte, liegt allerdings ein einzelnes Blatt Papier auf der Schreibtischoberfläche.

Ich nehme den Bogen an mich und kann dabei nicht umhin, Mamie für das zu bewundern, was sie beim Programmieren vollbracht hat. Es fühlt sich exakt so an wie das handgeschöpfte Büttenpapier, das sie auch in der analogen Welt für ihre Korrespondenz bevorzugt hat.

In den typischen leicht uneinheitlichen Zeichen, die doch eigentlich ziemlich untypisch für eine Person von so analytischem Wesen sind, hat sie eine Nachricht darauf hinterlassen.

Ma chère Muriel,

nachdem es mir endlich gelungen ist, unserem Ziel näherzukommen, musste ich leider feststellen, dass mir die letzte Zeit ohne Schlaf durchaus zu schaffen macht.

Daher werde ich mich gleich offline begeben, um ein wenig Kraft zu tanken.

Das Essen habe ich bereits zubereitet und dir in dein Atelier gestellt. Du solltest dich wirklich wieder einmal um deine Kunst kümmern.

À bientôt, Alma

Ein erleichtertes Seufzen entfährt mir.

Danke, Mamie. Du hast unermüdlich dafür gesorgt, dass ich möglichst nichts vom Leben in der analogen Welt vermissen muss. Darüber hättest du fast vergessen, dass man auch in dieser Welt nicht die elementaren Grundlagen des Lebens ignorieren kann.

Ich setze mich auf den antiken Schreibtisch-Sessel und erwecke den Rechner aus dem Standby-Modus. Ein wenig seltsam fühlt es sich schon an, dass ausgerechnet eine der Personen, die für das Fortschrittlichste verantwortlich sind, was die Computertechnik zu bieten hat, einen Arbeitsplatz verwendet, der so altertümlich wirkt. Aber im Grunde genommen hat sie recht, denn so passt alles besser ins Ambiente. Kurz lasse ich meine Blicke über die letzten Code-

Zeilen wandern, die Mamie hinzugefügt hat. Dabei kann ich nicht anders, als über die Leichtigkeit zu schmunzeln, mit der sie ihr hartnäckiges Problem des letzten Tages in den Griff bekommen hat. Das hier verstehe sogar ich. Dann meldet sich mein Magen mit einem Grummeln. Ich denke sofort an das bereitstehende Abendessen und verlasse voller Vorfreude das Arbeitszimmer – vorbei an der Tür, auf der in ihrer Handschrift sanft pulsierend das Wort »Offf« leuchtet.

Ach, Mamie. Du musst wirklich ziemlich fertig sein, wenn dir sogar schon Schreibfehler unterlaufen.

NICHT GANZ EHRLICH

ANALOGE WELT, PRIMÄRE SPHÄRE, DACHTERRASSE DER RESIDENZ VON IURII, GENF-LES PÂQUIS, ZEITINDEX 08052121_1100 – 1200

MAXX

Bilder von Orten, Dingen, Personen hämmern auf mich ein. Ein altertümlich anmutendes Haus ... ich kenne es ... oder nicht? Wasser. Die FUA ... aber viel früher ... oder ist es doch nur irgendein Bürokomplex? Sonnenaufgänge. Iurii ... eine heiß aussehende Frau an seiner Seite, die ich noch nie gesehen habe ... oder doch? Felsen werden gesprengt. Eine donnernde Kakophonie in meinen Ohren, meine Glieder fühlen sich an, als stünden sie unter Starkstrom. Autos wie aus alten Filmen ... mit vier Rädern und einem Motor, der Brennstoff zum Funktionieren braucht. Eine Gruppe von Leuten ... zwei Frauen ... eine Alte mit weißer Mähne, eine Junge ... ein Mann ... ein Mädchen ... unbekannt ... aber doch auch nicht. Eine Yacht. Codezeilen über Codezeilen ... unverständlich ... und doch so vertraut. Ein Skelett ... nein ein Roboter. Sonnenuntergänge. Grüne Wiesen. Die Sphäre ... von außen ... noch im Bau. Regen. Düstere Gänge, durch die blitzende Lichter schießen. Alles vermengt sich zu einem Mahlstrom aus Formen und Farben, der danach trachtet mir mein Bewusstsein zu nehmen.

Durch dies alles hindurch kann ich verschwommen die Anzeige auf dem Oxy erkennen.

Blutdruck 70/40, Puls 200, Sättigung 120%. Was zur Nullpointer-Exception ist hier …?

In diesem Moment erfolgt die Explosion.

Aber nicht ich explodiere, sondern etwas in mir. Es fühlt sich an, als ob in mir eine Sonne aufginge und ihr Licht meinen gesamten Körper erfüllt.

Wenn ich jetzt einen Spiegel hätte, würde ich mich dann leuchten sehen?

Schwärze.

Ich hole japsend Luft und schüttle heftig den Kopf. Als mein Blick sich wieder klärt, starre ich Ridicc an, der immer noch nah bei mir steht. Dabei schaut er mich mit einer Intensität an, dass ich das Gefühl habe, eine Zellkultur unter dem Mikroskop zu sein.

»Interessant«, bemerkt er und auf seinem Gesicht zeigt sich kurz ein Ausdruck von Besorgnis. »Das hätte ich nicht erwartet.«

»Was … erwartet?«, frage ich röchelnd, während mein Herz sich langsam wieder beruhigt.

»Nun ja, ich schätze, wir haben die Wirkung wohl unterschätzt. Eine ganze Entität scheint tatsächlich sogar zu viel für einen normalen Menschen zu sein.«

Ridicc wirkt nun zufrieden. Es kommt mir glatt so vor, als würde er innerlich DiCs zählen.

»Entität?«

»Kümmer dich nicht drum, Söhnchen. Freu dich lieber, dass du der erste warst, der in den Genuss des allerneuesten Stoffs gekommen ist.«

»Was verdammtnochmal ist da drin?«, zische ich. Dann wird mir bewusst, mit wem ich rede, und ich verkneife mir die Worte, die bereits auf meiner Zunge liegen.

»Das braucht dich nicht weiter zu interessieren«, erwidert der Prinzipal und klopft mir auf die Schulter. »Ich nenne es 'Offf'. Und ich bin mir sicher, dass du davon in Zukunft öfter hören wirst.«

»Das heißt also, dass ich in Zukunft noch in der Lage sein werde zu hören ... und so?«

Ein breites Grinsen erscheint auf Ridiccs Gesicht.

»Aber natürlich. Du hast es bis hierher geschafft. Also ist alles in Ordnung. Ich hab dich bewusst ausgewählt, weil du eine so außergewöhnlich starke Konstitution hast. Wenn Probleme aufgetreten wären, dann in den ersten 5 Sekunden. Hast du bemerkt, was der Oxy angezeigt hat?«

Ich kann nur stumm nicken, als mir eins bewusst wird.

Ein fucking Versuchskaninchen! Erst ein Poolboy und jetzt das. So können die nicht ...

Doch dann wird mir klar, dass sie das sehr wohl können. Sie haben die DiCs. Und DiCs sind Macht.

Ich kann mich wahrscheinlich glücklich schätzen, dass ich in der Sekundären Sphäre lebe und nicht weiter draußen, wo es diesen beiden in den Sinn kommen könnte, mich in einem Death-Match antreten oder mich digitalisieren zu lassen.

»Siehst du«, fährt der Prinzipal ungerührt fort. »Solche Werte würden bei weniger trainierten Menschen bestimmt zum Kollaps führen. Aber bei dir war ich mir sicher, dass du es wegsteckst.«

Ich bringe immerhin ein schiefes Grinsen zustande.

Ridiccs Miene spiegelt nun gespannte Erwartung wider, als er fragt: »Und? Wie war's? Wie hat es sich angefühlt?«

Wie soll ich das in Worte fassen? Probier's doch selbst aus, du ...

Ich atme tief ein und lasse die Luft langsam wieder ausströmen. Dabei suche ich nach einer Antwort, die ihm gefällt.

Ich entschließe mich zu: »Heftig. Heftig ... aber cool.«

Ein strahlendes Lächeln bricht sich Bahn im Gesicht des Prinzipals.

»Cool genug, um mehr zu wollen?«

Niemals!

»Bestimmt«, murmele ich.

»Das ist mein Junge«, ruft Ridicc und klopft mir heftig auf beide Schultern.

Er senkt seine Stimme.

»Jetzt haben wir alles, was wir brauchen, um das Zeug zur Serienreife zu bringen. Danke für deine Einsichten. Wenn du wieder mal nen besonderen Kick gebrauchen kannst, komm zu mir.«

Er wirft einen verstohlenen Blick über seine Schulter.

»Aber Master Iurii müssen wir nicht mit solchen Erkenntnissen belasten. Die sind am besten bei mir aufgehoben, wenn du verstehst, was ich meine.«

Er zwinkert mir zu und verlässt fröhlich summend die offene Ebene.

»Hmmm-hm-hmmm ... Digs sind DiCs, sind DiCs, sind DiCs. Hmmm-hm-hm-hm-hmmm ...«

Einen Moment lang schaue ich ihm hinterher. Dann aber besinne ich mich darauf, auf wessen Terrasse ich stehe. Ich gehe um den Pool herum bis zu dem Punkt, wo Iurii in seinem Hover-Chair sitzt.

Er nimmt keinerlei Notiz von mir. Stattdessen schaut er konzentriert auf die holografische Projektion einiger Diagramme.

Was sind das für Daten?

Ich bewege mich ein Stück zur Seite, um vielleicht einen Blick darauf erhaschen zu können. Gerade als es mir gelingt, bemerkt er mich und schaut auf. Doch der kurze Moment hat genügt, um zu erkennen, worum es geht. Die Charts zeigen Werte zu Bevölkerung und Energieverbrauch der Sphären. Eine hat auch etwas mit den Digs zu tun, aber mein Blickwinkel erlaubt keine genaue Beurteilung.

Mist! Da war einer schneller als ich.

Mühevoll die Enttäuschung darüber verbergend, dass die letzten beiden Nächte fast ohne Schlaf anscheinend umsonst waren, wende ich den Blick meinem Mentor zu.

»Maximus«, bemerkt er in einem Tonfall, der klingt, als ob er mich vergessen hatte. »Natürlich, ich hatte dich ja wegen der Sache mit Sphynx kommen lassen. Du weißt ja, mein Kater.«

Hört denn dieser Scheiß-Tag niemals auf?

Ich hebe vorsichtig eine Augenbraue und versuche, mit leicht schräggelegtem Kopf ahnungslos-interessiert zu wirken.

Oder weiß er, was passiert ist, und testet mich?

»Du weiß sicherlich, dass dem armen Geschöpf kürzlich ein Unglück widerfahren ist. Er schlief im oberen Garten, als ein Lichtblitz eine Schneise mitten hindurch zog und ihn ... verletzte.«

Okay, jetzt wird es Zeit zuzugeben, dass ich einen Fehler gemacht habe. Ich hab keinen Bock drauf, ewig Versteckspielen zu müssen. Wenn er mir dann den Stiel aus der Birne dreht, dann ist das eben so.

Ich öffne meinen Mund, um ihm zu erzählen, wie es zur falschen Ausrichtung dieses Spiegels gekommen ist, doch Iurii kommt mir zuvor.

»Wie könntest du auch nicht. Dieses Drohnen-Video war ja schließlich überall in den Social-Feeds. Irgendeine Paparazzo-Made hat dafür gesorgt, dass nicht nur mein Kater, sondern auch ich inzwischen zum Gespött aller Sphären geworden bin.«

Er schmettert das Glas, das er in seiner Hand hält, zu Boden.

Das Kristallglas zerschellt. Der Cognac spritzt in alle Richtungen – ein Teil davon landet auf meiner Hose.

»Verdammt, auch wenn Katzenvideos im Netz der äußeren Sphären schon seit über hundert Jahren ein bestimmendes Element sind, hat dieses arme Tier doch niemandem etwas getan!«

Iurii wendet seinen Blick von mir ab und lässt den Hover-Chair an den Rand der Terrasse gleiten, wo im Schatten eines Vordachs eine Sitzgruppe aufgebaut ist. Dort lässt er sich in seinem Sessel absetzen.

Ich gehe hinterher, bleibe dann aber unschlüssig neben ihm

stehen, denn auch das gegenüber stehende Sofa ist besetzt – zumindest teilweise.

Auf einem smaragdgrünen Samtkissen thront Sphynx und schaut mich intensiv an. Sein rechtes Auge hat einen sanften Grünton, fast wie Jade, das linke strahlt im Stahlblau eines kalten Herbstmorgenhimmels. Mit diesem ungleichen Paar fixiert er mich nun, als ob er wüsste, dass ich die Schuld an seinem Zustand trage. Und dieser Zustand ist vor dem Hintergrund des grünen Samtes nur allzu gut zu erkennen. Sein Schwanz ist zwar unter einem Gaze-Verband verborgen, aber das gesamte Hinterteil ist krebsrot und mit Brandblasen überzogen.

Armer Schatz.

Ich stutze, denn obwohl mir mein Missgeschick natürlich leidtut, wäre mir dieser Gedanke nicht in den Sinn gekommen, bevor ich ihn gedacht habe.

Aber habe ich das überhaupt? Es hat sich irgendwie nicht wie ein Gedanke angefühlt. Nur, was soll es sonst gewesen sein?

Mit einem Mal verändert sich etwas in dem Kater. Er legt seinen Kopf schräg und der eben noch so anklagend wirkende Blick, wird plötzlich – es gibt kein anderes Wort dafür – sanft.

»Nun gut«, erklingt Iuriis Stimme. »Offensichtlich hat Sphynx dir deine Nachlässigkeit vergeben.«

Er wusste es! Natürlich wusste er es.

Ich setze zu der längst fälligen Erklärung an, aber Iurii hebt seine rechte Hand und ich verstumme noch vor dem ersten Ton.

»Selbstverständlich hat man mir von der unglücklichen Spiegel-Konstellation berichtet, die zu diesem Unglück geführt hat. Und selbstverständlich habe ich gewusst, dass du es mir beichten wolltest.«

Er bedeutet mir mit einer Handbewegung, dass ich mich neben Sphynx aufs Sofa setzen soll.

»Ebenso selbstverständlich wird es nun für dich sein, dieses Reporter-Ungeziefer zur Strecke zu bringen, das aus dem Unglück inzwischen eine sphärenweite Kampagne zur Schädigung meines ... unseres Rufes gemacht hat!«

»Das ... also, ich ...«, beginne ich, aber Iurii ist noch nicht fertig.

»Es ist mir egal, was du machst oder wie du es machst«, sagt er in einem Tonfall, der mich an die herannahende Bomber-Staffel aus einer Dokumentation über den Zweiten Weltkrieg erinnert. Passenderweise fallen seine weiteren Worte nun auch wie Brandbomben auf mich herunter. »Finde ihn. Mach ihn mundtot. Zerstöre seine Karriere. Und dreh ihm den Saft ab!«

Fassungslos starre ich Iurii an.

Meint er das wirklich? Also wirklich wirklich?

»Du hast mich schon verstanden«, sagt der Alte und fixiert mich. »Nimm dir ein paar Tage frei und finde dieses Lumpenpack. Deine Arbeit ist kein Problem. Das habe ich bereits mit Ridicc geklärt. Ohnehin hat er mir vorhin ein Energie-Konzept vorgelegt, mit dem wir in Zukunft keine Probleme mehr haben sollten, den Standard hier aufrechtzuerhalten. Die Digitalen werden es ebenfalls verschmerzen können. Jedoch werden dafür umfangreiche Änderungen im Omni-Relationalen-Betriebssystem erforderlich, sodass deine Anwesenheit in der FUA eine Weile lang nicht erforderlich sein wird.«

Aus der Nummer kommst du wohl nicht mehr raus. Auch wenn er keine Krone trägt, so zieht er doch überall die Fäden. Sogar der Prinzipal kuscht vor ihm. Und wenn der König der Welt dir einen Auftrag gibt, dann kannst du ihn nicht ablehnen.

Hilflos lasse ich meinen Blick umherschweifen. Er streift Sphynx und der Kater scheint darauf zu reagieren.

Als ob er mich beruhigen wollte, legt er mir eine Pfote auf den Arm und fährt ganz sacht die Krallen aus, gerade so weit, dass sie meine Haut berühren. Es wirkt wie der bekräftigende Druck der Hand eines Freundes.

Und plötzlich ist alles anders.

Ich halte Sphynx auf meinen Händen. Er ist viel kleiner als eben noch – eher ein Kätzchen. Und er schaut mich mit seinen ungleichen Augen voller Interesse und Zuneigung an. Dann strecke ich meine Arme aus und setze ihn auf einem weißen Laken ab. Mein Blick weitet sich und ich erkenne, dass es sich um ein Krankenbett handelt. Überall sind Monitore, Scan-Einrichtungen, Schläuche und Kabel. Und mitten zwischen ihnen liegt ein kleines Bündel Mensch – unter Laken und Verbänden nicht zu erkennen.

Mit einem Mal habe ich das Gefühl zu fallen – nach oben. Alles dreht sich um mich. Die Schwärze von vorhin, die direkt außerhalb meines Sichtfeldes gelauert zu haben scheint, streckt kalte, klebrige Finger aus, um mich zu sich ins Dunkel zu zerren.

Und dann sitze ich wieder neben dem ausgewachsenen Sphynx auf seinem Samtkissen und gegenüber von Iurii, der mich mit gerunzelter Stirn ansieht.

»Was ist los, Junge? Hast du Zweifel daran, die Aufgabe erledigen zu können? Oder ist da etwas anderes?«

Ich schüttle meinen Kopf – mehr, um ihn wieder klar zu bekommen, denn als Verneinung.

»Es ist alles in Ordnung.«

Mir bekommt nur die brandneue Droge nicht so richtig, die dein Hampelmann auf eigene Rechnung unter die Leute bringen will.

»Nun gut, dann will ich dich nicht weiter aufhalten.«

»Wenn ich dann bitten dürfte, Master Maxx?«, ertönt die Stimme des Majordomus hinter mir.

Ich muss schmunzeln.

Ob dieses arme Schwein den ganzen Tag lang hinter der Tür warten muss, bis er seinen Boss so etwas sagen hört? Dagegen bin ich als plötzlicher Poolboy ja noch gut dran.

»Mach dir keine Umstände«, antworte ich ihm und erhebe mich. »Ich nehme die Treppe, wie auch schon vorhin.«

Der Mann neigt kurz seinen Kopf und tritt zur Seite.

Während ich mich in Richtung des Treppenhauses bewege,

werde ich das Gefühl nicht los, dass mir zwei, wenn nicht sogar drei, Augenpaare hinterherstarren.

Ich umrunde erneut den Pool und trete ins Halbdunkel neben dem Lift. Kaum dass ich die erste Stufe erreicht habe, erwachen Leuchten an den Wänden zum Leben und erhellen den Weg vor mir mit ihrem gelblichen Schein. Trotzdem habe ich auf meinem Weg nach unten mehrfach das Gefühl, dass die Dunkelheit mich verfolgt, nur darauf wartend, mich endlich umfangen zu können.

Und tatsächlich. Als ich den Weg nach unten schon fast zur Hälfte überwunden habe, kommt es mir so vor, als ob mir meine Beine nicht mehr gehorchen wollen. Das rechte zögert mitten in der Bewegung kurz und ich gerate vor einem Treppenabsatz ins Stolpern. Nun zuckt das linke, das mich vor einem Sturz bewahren könnte, zurück anstatt vorzuschnellen. Ich kippe vornüber und kann es nur durch einen Griff nach dem Handlauf der Treppe verhindern, mit dem Kopf gegen die Wand zu prallen. Noch bevor ich mich darüber freuen kann, wird mir schwarz vor Augen.

ICH WEIß NICHT, wie lange ich auf dem Treppenabsatz gelegen habe. Allerdings kann es nicht sehr lang gewesen sein, sonst hätte mich der Majordomus bereits aufgespürt.

Er wartet bestimmt schon unten darauf, mich zur Tür zu bringen, um sicherzugehen, dass ich auch wirklich die heiligen Hallen seines Dominus verlasse.

Um ihm nicht doch noch einen Grund zu geben, nach mir zu suchen, rapple ich mich auf und eile die letzten Stufen hinunter, diesmal vorsichtshalber mit einer Hand am Geländer.

Du benimmst dich schon wie ein alter Mann. Hoffentlich hat dieses Zeug dir nicht dein Leben geklaut.

#ATOMSMAKEUPEVERYTHING

DIGITALE WELT, LE VILLAGE, VILLA VON ALMA MATÈRNE, ZEITINDEX 08052121_1130 – 1330

MJU

Ah Mamie, du weißt, wie man einen ordentlichen Flammkuchen zubereitet.

Ich schließe genießerisch die Augen, während ich kaue. Ich kann nicht anders als dabei die Textur und den Geschmack zu analysieren. Und doch tut es dem Genuss keinen Abbruch. Auch früher haben wir uns oft einen Spaß daraus gemacht, herauszufinden, aus welchen Zutaten die jeweils andere eine Speise zubereitet hat.

Es ist eben doch ein Unterschied, ob man einen gebackenen Teig mit Sauerrahm, Speckstückchen und Zwiebeln programmiert oder die einzelnen Komponenten hernimmt und in einem Ofen bäckt – selbst wenn das alles auch nur aus Daten und Algorithmen besteht.

Ich lecke mir die Finger ab und stehe vom Tisch im Atelier auf, wo ich das Tablett mit meiner Lieblingsspeise vorgefunden habe. Dann gehe ich ans Fenster und werfe einen Blick auf das noch unfertige Projekt – die Plaine de Plainpalais. Von meinem momentanen Standort aus wirkt es, als ob man einfach nur durch die Fensterfront eines Ladenlokals auf den rautenförmigen Platz schaut, der mitten in unserer Heimatstadt liegt.

Kann ich dazu eigentlich noch Heimatstadt sagen?, geht es mir durch den Kopf, während ich auf die Glastür neben dem Schaufenster zugehe. *Ich habe Genf doch längst verlassen, um in der digitalen Welt zu leben. Na ja, immerhin haben sie hier von diesem Platz auch eine digitale Kopie erstellt, sonst hätte ich gar keine Chance gehabt, an die Snapshots zu kommen.*

Meine Gedanken wandern weiter, zurück zu dem Punkt, an dem Mamie mir vorgeschlagen hat, den Master-Abschluss wirklich zu nutzen, um eine völlig neue Art von Kunst zu starten. Vielleicht wollte sie mir eine Ablenkung verschaffen, damit ich nicht ständig darüber nachgrübele, ob ich mit diesem ganzen digitalen Zeug hier klarkomme. Aber wahrscheinlich war ich einfach so ätzend drauf, dass es reiner Selbstschutz war.

Und Leo ist immerhin ein netter Gesprächspartner.

Eigentlich war die KI nur als User-Interface für das Tool gedacht, mit dem ich komplexe Momentaufnahmen unserer aktuellen Wirklichkeit machen kann. Aber in all den Stunden, die ich mit Leo verbrachte, ist er zu einer Art Vertrautem geworden. Ich weiß schon gar nicht mehr, was ich ihm alles erzählt habe, während wir die von mir gemachten Datenschnitte katalogisiert und betrachtet haben – bis hin zur molekularen Ebene. Und richtig cool wurde es, als wir herausgefunden haben, dass man sie nicht nur betrachten, sondern auch betreten und sogar verfremden kann.

Kein Wunder, dass ich da voll drauf eingestiegen bin. Nicht nur ich. Die Broadcasts aus dem Atelier, zu denen mich Mamie überredet hat, bekommen Tonnen von Views und Likes. Und der Typ von der Galerie ist ganz wild drauf.

»Genau«, murmle ich und reibe mir die Hände. »Und damit er

meine neueste Idee bald ausstellen kann, sollte ich zusehen, dass ich fertig werde.«

Also öffne ich die Tür und trete hinaus auf den Platz.

Es ist jedes Mal ein seltsames Gefühl, einen Snapshot zu betreten. Durch das Fenster betrachtet kann man noch denken, es wäre tatsächlich die Plaine, die dort zu sehen ist. Aber dann befindet man sich mitten in einem dreidimensionalen Gemälde, auf dem sogar Insekten still in der Luft schweben und von allen Seiten betrachtet werden können.

Ein leichter Schauer läuft mir den Rücken hinunter, so als ob ich um Mitternacht über einen Friedhof ginge. Ich schlendere bis in die Nähe der zweieinhalb Meter hohen Bronzestatue von Frankensteins Monster.

Dann wollen wir der Sache mal Leben einhauchen.

»Leonardo?«

Ein melodischer Ton ist zu hören. Danach erklingt eine Stimme.

»Mju, wie schön, dass du wieder Zeit findest, um mit mir zu arbeiten.«

Ich kann nicht anders, als leise über die Persönlichkeit zu lachen, mit der Mamie die KI programmiert hat. »Alter Schmeichler. Oder klingt da vielleicht sogar ein leichter Tadel an?«

»Ich würde nie auf die Idee kommen, die Meisterin dafür zu kritisieren, dass sie ihr Werk so lange nicht beachtet hat.«

»Ach Leo, ich versteh ja, was du meinst.« Ich lache erneut. »So, was ist, wollen wir hier mal ein bisschen die Atome durcheinanderbringen?«

»Ich bin da, um zu dienen. Was soll es sein?«

Ich gehe einige Schritte weiter über den Platz und lasse meinen Blick schweifen. Dann entdecke ich eine Stelle, mit der sich hervorragend beginnen lässt.

»Die kleine Staubwolke ungefähr zehn Meter halbrechts vor mir.«

»Ja?«

»Färbe bitte die anorganischen Bestandteile in RAL 6038 und die organischen in 1026.«

»Eine gute Wahl«, bestätigt Leonardo und der Effekt tritt augenblicklich ein.

Anstatt dass die aufgewirbelten Staubteilchen weiterhin nur leicht die Sicht auf die Ebene und die dahinter befindlichen Gebäude trüben, wabert dort nun eine intensiv grüne Wolke mit hellgelben Einsprengseln, die darin eine Art Spirale bilden.

Wieder überzieht ein Schauer meine Arme. Diesmal ist es eindeutig ein wohliges Gefühl. »Wow. Das hätte ich viel früher schon mal ausprobieren sollen.«

Vorsichtig gehe ich näher an das Phänomen heran. Aber selbst dies bringt die Wolke schon dazu, ihre Form zu verändern.

»Leo, hast du ...«

»Den vorherigen Zustand gespeichert? Aber selbstverständlich.«

»Danke, dass du so vorausschauend warst.«

»Es war nur logisch. Da Mutter mich mit umfangreichem Datenmaterial aller naturwissenschaftlichen und künstlerischen Zweige programmiert hat, war mir aufgrund eines der Grundprinzipien der klassischen Physik bewusst, dass du durch deine Bewegungen die Luftpartikel um dich herum dazu zwingen würdest ...«

Mutter ... was für eine seltsame Aussage für eine KI. Na ja, eigentlich stimmt es schon. Aber wenn meine Großmutter seine Mutter wäre, macht es Leo damit dann zu sowas wie meinem digitalen Vater?

»Natürlich«, unterbreche diesmal ich den Assistenten. »Wo ein Körper ist, kann kein zweiter sein.«

»Et voilà!«

Schmunzelnd über die KI, schaue ich mir den Effekt an, den die Luftverwirbelung meiner Bewegungen erzeugt.

»Sehr cool. Gerade Familien mit Kindern werden das lieben. Stell dir mal vor, wie viel Spaß die schon allein mit dieser Wolke haben werden.«

»Ich dämpfe deinen Enthusiasmus nur ungern, aber ich befürchte, dass du hier nur wenige Familien finden wirst.«

»Ernsthaft?«

»Nach den mir vorliegenden Daten schon.«

»Aber warum?«

Es dauert eine Weile, bis die KI wieder etwas sagt.

»Nun ja, Kinder sind ... analog.«

»Aber was hat das denn damit zu tun?«

Als Leonardo antwortet, kommt es mir so vor, als ob in der Modulation seiner Stimme etwas wie Verlegenheit wahrzunehmen wäre.

»Mju, der Sinn davon, Nachkommen zu zeugen, ist hauptsächlich dem Umstand geschuldet, dass das analoge Leben schon nach wenigen Jahrzehnten endet. Aber dies ist die digitale Welt. Hier leben die Menschen, so lange sie es wünschen. Alterung spielt im Prinzip keine Rolle. Da machen Kinder keinen Sinn. Im Gegenteil, sie ...«

»Nein, sag es nicht!«, rufe ich.

Meine eigenen Gedanken führen den Satz jedoch ungerührt fort. *Sie belegen nur Speicherplatz. Und Speicher kostet DiCs. Musste Mamie auf etwas verzichten, um mich hier unterzubringen?*

»Sorge dich nicht darum, ob Mutter Einschränkungen hinnehmen musste, weil du die Entscheidung getroffen hast, bei ihr sein zu wollen. Ich bin mir sicher, dass sie als Erste über ausreichend Ressourcen verfügt, um nicht deinetwegen Mangel leiden zu müssen.«

Erste?

Als hätte Leonardo diesen Gedanken gelesen, ergänzt er: »Diese Bezeichnung benutzen die Digitalen Bürger für diejenigen, die an der Erstellung der digitalen Welt beteiligt waren. Zwar besitze ich keine genauen Daten über eventuelle Vorteile, die damit einhergehen. Aber doch besteht für mich kein Zweifel daran, dass Mutter auch dann alles dafür getan hätte, um dich hier unterzubringen, wenn es Einschränkungen bedeutet hätte.«

»Danke, Leo«, hauche ich.

Shit. Ich habe Mamie nicht einmal gefragt, ob sie es überhaupt möchte. Und dann habe ich sie monatelang meine miese Laune spüren lassen, anstatt einfach mal rauszugehen und das zu erkunden, was die Welt hier eigentlich so alles zu bieten hat.

Ich räuspere mich. »Okay, jetzt lass uns weitermachen. Du hast mich mit dem Physik-Thema auf eine Idee gebracht. Was hältst du davon, wenn wir die Luftschichten einfärben, damit man schon beim Bewegen sehen kann, was das für Effekte hat?«

»Einfach, aber effektiv. Ich schlage vor, dafür die Lufttemperatur in Hundertstel-Grad Celsius zu verwenden.«

»Dann mach das mal ... in 5000er RAL-Tönen mit 80 Prozent Transparenz.«

Einen Augenblick später schließe ich instinktiv meinen Mund und kneife die Augen zu. Erst als das logische Denken übernimmt, öffne ich sie wieder und gestatte mir auch, zu atmen. Das Gefühl, dass sich ein Ozean über mir aufgetan und das gesamte Areal geflutet hätte, verebbt.

Warum atmen wir überhaupt? Noch so eine Sache, die ich Mamie hätte fragen können. Das muss ich alles unbedingt nachholen.

Vorsichtig drehe ich mich um mich selbst und schaue mir die Umgebung in diesem neuen Licht an. Überall schillert es in verschiedensten Blautönen und wenn ich ausatme, ergänzt dies pastellige Wolken dazu.

Ich wende mich wieder der Staubwolke zu, hebe einen Arm und lasse ihn wie eine Axt senkrecht nach unten fahren. Fasziniert beobachte ich, wie sich dadurch ein Wirbel bildet, der die Wolke tatsächlich zu teilen beginnt. Dann stutze ich.

Was ist denn jetzt los?

Ohne auf den Effekt zu achten, den dies auf meine Kreation hat, gehe ich vorwärts mitten hindurch und blicke zweifelnd auf das, was ich nun sehen oder vielmehr nicht sehen kann.

Ist das ein Loch? Aber wo soll das herkommen?

»Leo? Ruf bitte nochmal den gespeicherten Stand auf.«

Die Welt um mich herum verliert die aquatische Färbung und wirkt mit einem Mal geradezu schreiend bunt.

Ich drehe mich vorsichtig ein Stück zurück. Nachdem ich mich vergewissert habe, dass die Staubwolke wieder hinter mir schwebt, lasse ich mich auf ein Knie sinken und starre angestrengt in die entgegengesetzte Richtung.

Ist da was?

Vorsichtig bewege ich meinen Oberkörper zuerst nach rechts, dann nach links. Durch die verschiedenen Blickwinkel versuche ich mehr Klarheit zu erlangen.

Da an der Hausfassade. Ist das nur ein Fleck? Nein, so etwas würde sich nicht über die halbe Etage erstrecken. Aber warum wirkt es so, als ob die Farbe einen Tick heller wäre?

»Schalte mal die Temperaturfärbung wieder ein.«

Kaum dass alles erneut in Blautönen erstrahlt, habe ich abermals den Eindruck, auf viele winzigkleine Löcher zu blicken. Aber egal wie lange ich es zu begreifen versuche. Dieses Gefühl lässt sich einfach nicht erklären. Schließlich gebe ich auf, es verstehen zu wollen, und drehe mich wieder zurück zur farbigen Staubwolke.

Spontan fängt mein Herz zu hämmern an, als hätte es sich dazu entschlossen, den Brustkorb sprengen zu wollen. Ich erstarre und blicke verständnislos auf einen Punkt zu meiner Linken.

Was zum …?!

Dort, wo der Hintergrund nun nicht mehr durch die Bronzestatue des Monsters verdeckt ist, befindet sich … nichts. Es ist, als ob aus der Umgebung ein Stück in Form der Silhouette der Statue ausgestanzt worden wäre.

In diesem Augenblick wird mir bewusst, dass sie überall sind, diese Löcher. Um mich herum erkenne ich sie nun in verschiedensten Größen und Formen, einige davon ganz in meiner Nähe.

Wie habe ich das übersehen können?

Mir wird schwindlig. Plötzlich habe ich das Gefühl, dass die Leere sich von überallher auf mich zu bewegt, bereit, mich zu verschlingen.

»Ausgang«, keuche ich.

Direkt neben mir erscheint die Glastür, durch die ich das Projekt betreten habe.

Ich reiße sie auf und springe hindurch. Im Atelier sinke ich auf einen Stuhl und versuche mit geschlossenen Augen, zur Ruhe zu kommen. Es dauert eine gefühlte Ewigkeit, bis ich mich traue, sie wieder zu öffnen und durch das Fenster zu blicken.

Der Platz liegt still und friedlich da, wenn auch in verschiedene Schattierungen von Blau getaucht.

»Leo?«

»Ich meine, in deiner Stimme einen erhöhten Stresslevel zu erkennen. Ist etwas geschehen?«

»Hast du denn das da drin nicht gesehen?«

»Nun, wenn du mich so fragst, dann ‘Nein’. Ich sehe nicht. Ich interpretiere Daten.«

»Da ... da waren überall Löcher.«

»Definiere ‘Löcher’.«

»Es war ... als ob überall nur Kulissen standen, die zwar einen dreidimensionalen Eindruck erweckten, aber wenn man ein Stück zur Seite geht, dann kann man dahinter sehen. Ich habe das wahrscheinlich zuerst nicht bemerkt, weil ich so auf die Staubwolke konzentriert war, aber ...«

Meine Stimme versagt.

Einen Moment lang herrscht Stille. Dann meldet die KI sich wieder.

»Und was hast du dahinter gesehen?«

»Nichts. Leere. Ich weiß nicht, wie ich es dir beschreiben soll.«

»Moment, ich erkenne in dem Datensatz tatsächlich einen erstaunlich hohen Anteil an Null-Werten.«

»Das ist seltsam.«

»In der Tat. Lass mich kurz etwas überprüfen.«

Mit zitternder Hand greife ich nach einer auf dem Tisch stehenden Teekanne und fülle etwas in die Tasse daneben. Die Hand zittert so sehr, dass ich die Kanne dabei fast fallen lasse. Also nehme ich die Tasse in beide Hände und trinke in kleinen Schlucken, bis ich mich wieder einigermaßen beruhigt habe.

Auf der anderen Seite der virtuellen Glasscheibe wechselt die Szenerie, auch wenn sie nach wie vor die Plaine zeigt.

»Würdest du die Szene bitte betreten?«

Schlagartig wird mir eiskalt.

»Was?! Das kannst du vergessen. Da bringen mich keine zehn Pferde rein.«

»Was hat denn das mit Pferden zu tun?«

Worte liegen mir auf der Zunge. Aber ich bringe sie nicht heraus. Nur der Mund bleibt mir offen stehen. Stattdessen bahnt sich ein Kichern seinen Weg aus meiner Kehle. Es wird zu einem ausgewachsenen Lachanfall.

»Das war nur eine Metapher. Ich hatte ganz vergessen, dass Mamie deine Datenbank nicht mit so etwas gefüttert hat.«

»Ich verstehe. Dann sollte das also bedeuten, dass du dort nicht noch einmal hinein möchtest.«

»Das kannst du laut …«, beginne ich, breche aber ab. »Ja, genau das sollte es bedeuten.«

»Du hast allerdings nichts zu befürchten.«

»Sagt wer?«

»Ich habe das gesagt. Und es hat den Hintergrund, dass dies nicht der Snapshot ist, in dem du dich eben aufgehalten hast. Du hast die Technik doch bereits zu verschiedenen anderen Zeitindizes ausprobiert, bevor du begonnen hast, sie für deine Kunstprojekte zu nutzen.«

Na klar, wie konnte ich das vergessen? Ich sollte wirklich anfangen, bewusst zu leben.

»Oh, du hast recht.«

»Selbstverständlich habe ich das. Kann ich mit deiner Kooperation rechnen?«

»Aber was ist, wenn dort auch überall solche Löcher sind. Immerhin arbeite ich zum ersten Mal mit so einer großen Szene. Vielleicht ...«

»Ich kann deine Vorbehalte nachvollziehen. Allerdings sind in dieser Datei keine Null-Werte in derartigem Ausmaß zu finden. Also, was ist? Wirst du es tun? Du weiß doch, dass ich dir jederzeit einen Ausgang bereitstelle.«

»Na gut«, lenke ich ein und stehe vom Stuhl auf.

Ich gehe zur Tür und ergreife den Türknauf.

Okay, jetzt hab dich nicht so. Lass dir das nicht kaputtmachen.

Mit einem tiefen Luftzug öffne ich sie und gehe hindurch.

Es ist derselbe Platz. Und doch ist er es nicht. Abgesehen vom Wetter kommt es mir so vor, als ob die Szene, die ich vorhin verlassen habe, nur ein blasser Abklatsch dessen war, worin ich mich nun aufhalte.

Dass mir das nicht aufgefallen ist. Alles wirkte doch vollkommen normal.

Vorsichtig gehe ich wieder auf die Statue zu. Direkt vor ihr bleibe ich stehen und luge dann um den massigen Leib des Frankenstein-Monsters herum.

Kein Loch.

Voller Zuversicht gebe ich die unbequeme Stellung auf und umrunde die gesamte Statue.

Nirgendwo ist so ein Loch in der Szenerie zu entdecken.

»Leo, hier scheint alles in Ordnung zu sein. Ist die andere Datei dann einfach nur kaputt? Habe ich sie vielleicht bei der Bearbeitung zerstört?«

»Dafür kann ich leider nicht einmal einen Näherungswert berechnen. Aber ich habe in der Zwischenzeit noch ein paar weitere Teil-Snapshots gefunden und an den passenden Stellen zusammengefügt. Möchtest du sie sehen?«

Will ich das wirklich?

Ich schlucke. »Okay ... aber halt den Ausgang bereit.«

»Der ist immer ... oder ist das wieder als ... Metapher gemeint?«

»Eher als Selbstberuhigung. Vergiss es. Und jetzt zeig sie mir – immer abwechselnd im Fünf-Sekunden-Abstand.«

Die Umgebung erstrahlt im Licht eines Sommertages, wird durch eine triste Szenerie im Zwielicht eines Herbstnachmittags ersetzt, um danach in voller Blüte eines Frühlingsmorgens wiederzuerstehen.

In mir beginnt sich alles zu drehen.

Oh nee, das geht so nicht.

»Stop!«

»Ist etwas nicht in Ordnung? Brauchst du den Ausgang?« Die KI klingt allen Ernstes besorgt.

»Nein, eigentlich kein Problem, aber bei diesem ständigen Hin und Her wird mir gleich schlecht.«

»Entschuldige bitte. Ich hatte die Wiedergabe im Zufallsmodus gestartet.«

»Dann sortiere sie doch bitte mal nach Jahreszeiten und blende schon nach zwei Sekunden über.«

Die Wiedergabe startet und bereits nach kurzer Zeit habe ich das Gefühl, in einer Zeitmaschine zu sitzen, wie ich es einmal in einem uralten Buch aus Mamies Bibliothek gelesen habe. Um mich herum beginnt es zu knospen, steht in voller Blüte und vergeht wieder. Während alles wie ein Zeitraffer-Film abläuft, gehe ich vorsichtig umher und halte nach verdächtigen Anzeichen Ausschau. Ich schaue um Ecken, drehe mich hin und her, doch weit und breit ist nichts unnatürlich Aussehendes zu entdecken.

Das war wohl nix. Nirgendwo ein Loch. Eigentlich schön, denn die Dinger sind gruselig. Hab ich also doch das Projekt kaputt gemacht?

Seufzend stoße ich die Luft aus und blicke missmutig hoch zum Himmel.

Dann stocke ich.

Moment mal, was macht die denn da?

»Leo, ist die Anordnung eigentlich auch chronologisch korrekt?«

»Nein, ist sie nicht. Du hattest nur um Jahreszeiten ...«

»Okay, entschuldige bitte. Dann konkretisiere ich meine Anforderung. Spiel bitte alles in chronologischer Reihenfolge ab.«

»In Ordnung.«

Kurz verschwimmt alles um mich herum, dann beginnt der Zeitmaschinen-Film wieder zu laufen.

Ich blicke konzentriert in die Luft.

Hm, dann habe ich mich wohl doch nur ... Shit, das kann doch nicht sein!

Fassungslos starre ich auf eine Wolkenformation, die sich kein Stück bewegt hat, obwohl um mich herum schon die Jahreszeit gewechselt hat.

»Leo ... kannst du mir den Zeitraum angeben, der jeweils zwischen den Szenen liegt?«

»Selbstverständlich.«

Der Film beginnt erneut zu laufen, diesmal untermalt von der sonoren Stimme der KI. Aber trotz des angenehmen Klangs kriechen mir Schauer über den Rücken.

Das ist doch nicht möglich.

Schließlich lasse ich ihn anhalten und mich auf eine nahegelegene Bank fallen.

»Du wirkst verwirrt«, meldet die KI sich zu Wort.

»Das bin ich auch. Leo, wie groß ist die Wahrscheinlichkeit, dass in all den Snapshots eine Wolke zweimal an demselben Ort zu sehen ist?«

»Das ist schwer zu berechnen.«

»Dann schätze ... also berechne einen Näherungswert.«

»Weniger als 10 Prozent.«

»Aha. Und bei mehr als einer Wolke?«

»Weniger als 1 Prozent.«

»Und wenn es eine vollkommen gleich aussehende Konstellation von fünf Wolken wäre.«

»Das ist ... nahezu unmöglich, um es mit deinen Worten zu sagen.«

»Und doch ist es bei den letzten sieben Snapshots der Fall.«

Nach einem Moment der Stille, sagt die KI: »Vielleicht ist für Wolken ja eine Schleife programmiert.«

»Klar, das wäre nicht unsinnig. Wer braucht hier schon Wolken. Aber es war nicht immer so. Wie viele Snapshots kommen vor diesen letzten sieben?«

»Es sind fünfzehn. Und dort ist es nicht so?«

»Nein. Ich habe verschiedene Blickwinkel ausprobiert. Da ist alles vollkommen zufällig.«

»Und da ist noch etwas.«

»Was denn?«

»Ich habe gerade einmal die Dateigrößen verglichen. Die ersten variieren nur um ein paar Gigabyte, aber danach ist ein signifikanter Abfall zu verzeichnen. Und er wird immer größer.«

ZWEI STUNDEN später sitze ich wieder an Mamies Schreibtisch. In der vergangenen Zeit habe ich zusammen mit Leo Massen von Aspekten der Snapshots auf die gleiche Weise untersucht, wie zuerst die Wolken. Und überall ist ein schleichender Verfall zu erkennen, wenn auch nur im direkten Vergleich.

Seufzend blicke ich sehnsüchtig auf die Tür, deren falsch geschriebene Aufschrift jetzt nicht mehr pulsierend leuchtet.

Ach Mamie, hoffentlich ist dein Regenerationszyklus bald abgeschlossen und du kommst wieder on. Ich hab die Welt, in der wir leben, viel zu lange ignoriert. Ich habe keinen Plan, was das alles zu bedeuten haben könnte. Ich brauche deinen Rat.

NICHT GANZ ALLEIN

ANALOGE WELT, SEKUNDÄRE SPHÄRE, WOHNSILO 7OF9, ZEITINDEX 08052121_1330 – 1430

MAXX

»Wir haben unseren Zielort erreicht. Vielen Dank für die Nutzung des STS.«

Ich schrecke hoch und schaue mich desorientiert um.

Shit, habe ich geschlafen? Mitten am Tag? Wie ein verdammter Opa?

»Alles klar«, murmle ich und steige aus der Bubble, die ich zu Iuriis Anwesen gerufen hatte.

Ich kann mich noch deutlich daran erinnern eingestiegen zu sein, aber kaum dass sich die Bubble in Bewegung gesetzt hatte, wurden meine Sinneseindrücke immer wieder von Bildern überlagert, die ich nicht einordnen konnte.

Oder waren das Träume? Und was, wenn nicht? Fange ich jetzt an zu spinnen? Hat dieses beschissene Zeug, das dieser Blödmann mir gegeben hat, dafür gesorgt, dass ich zwar nicht den Löffel abgebe, aber stattdessen nen Sprung in der Schüssel habe?

Ich schaue mich verstohlen um, dann fahre ich mir mit der Hand übers Gesicht, um wieder klarer zu werden.

Muss ja nicht gleich jeder mitbekommen, dass ich nicht ganz auf der Höhe bin. Nicht dass noch jemand denkt, ich gehör auf die Insel und mir den Umwelt-Service auf den Hals hetzt.

Aber die frische Luft scheint mir gutzutun. Ich fühle mich direkt wieder wie ich selbst. Also stoße ich mich von der Bubble ab und gehe Richtung Englischer Garten. Iurii hat mir einen perfekten Grund dafür geliefert, das zu tun, was ich sowieso schon seit ein paar Wochen tun wollte. Und im Center in der Altstadt ist die nächste Makery.

»WAS KÖNNEN wir für Sie machen?«, fragt mich die Betty am Service-Counter.

Ob die ihr den Slogan des Ladens einprogrammiert haben? Oder hat sie das einfach nur schon so oft sagen müssen, dass es automatisch geworden ist?

»Ich brauch nen neuen Rechner.«

»Wunderbar, dann gehen Sie bitte in Alkoven 08/15. Das Leitsystem zeigt Ihnen den Weg.«

Schon flammt in meinem Gesichtsfeld eine Fährte leuchtender Fußspuren auf, die zwischen den Trennwänden der Alkoven hindurchführt.

»Danke, Hon…«, beginne ich, bremse mich dann aber doch noch und wandle das Wort zu einem Räuspern ab. Mit einem Nicken wende ich mich von der Androidin ab und folge der Spur.

Du solltest dich auch mal mit dem Thema automatische Antworten beschäftigen.

Die Navigationsspur leitet mich in einem fast schon kunstvoll anmutenden Zick-Zack-Kurs vorbei an den verschiedensten Abteilungen. Sportausrüstung, Sportnahrung, Sportbekleidung, Gadgets, Unterhaltungselektronik. In den meisten nehmen gerade zufriedene Kunden ihre Ware entgegen oder sehen voller Vorfreude bei der Synthetisierung zu.

Nicht nur Honey weiß, worauf ich stehe. Die Bettys offensichtlich auch. Ob die sich hinter meinem Rücken unterhalten?

An dem Alkoven angekommen, den sie mir genannt hat, kann ich mich eines Schmunzelns nicht erwehren, denn von hier aus ist der Counter, an dem ich vor Minuten gestartet bin, gut zu sehen.

Sie wollte mir anscheinend die vielen zu meinem Geschmack passenden Angebote nicht vorenthalten.

Kaum dass ich mich auf den Sessel vor dem niedrigen Tresen setze, erwacht ein Holo aus dem Standby und zeigt mir Counter-Bettys lächelndes Gesicht. Es wirkt fast, als hätte sie meinen Gedanken gelesen.

»Hallo, Master Maxx. Welchen Rechner darf ich für Sie produzieren?« Ohne meine Antwort abzuwarten, fährt sie fort: »Wenn ich einen Vorschlag machen dürfte, dann wäre es dieses Gerät.«

Neben ihr erscheint das dreidimensionale Abbild eines bunt schimmernden Klotzes mit martialisch anmutendem Gehäuse.

»Der Annihilator 21 ist aktuell im Angebot und wie geschaffen für ...«

»Hör mir auf mit dem Gaming-Gedöns. Das ist was für die äußeren Sphären, wo sie zu viel Zeit haben. Ich brauch ihn zum Arbeiten. Ich habe eher an den ZX-81 gedacht.«

Aber hoffentlich nicht an das Original, schießt es mir durch den Kopf und ich muss unwillkürlich wieder schmunzeln, als vor meinem inneren Auge das Bild des antiken Geräts ersteht.

»Eine exzellente Wahl, wenn auch nicht in unserer Standard-Datenbank enthalten«, bringt mich die Stimme der Betty wieder in die Realität, bevor sich der Gedanke festsetzen kann. »Sie müssten sich einen Moment gedulden, bis wir die Spezifikationen aus Afrika herübergeladen haben.«

Das Holo zeigt nun ein unscheinbares schwarzes Kästchen, das dem in meiner Erinnerung tatsächlich sogar ein wenig ähnelt.

Woher weiß ich das?

Aber auch diesmal wird meine Aufmerksamkeit schnell wieder von etwas anderem beansprucht. Es ist der Preis, der neben dem Gerät angezeigt wird.

Ich stocke kurz, als mir bewusst wird, dass ich ihn mir tatsächlich nur mit Unterstützung leisten kann.

Soll ich wirklich?

Klar, der Alte will ja auch, dass ich für ihn …

Eben. Soll ich das ernsthaft annehmen? Mit allen Konsequenzen?

Was soll der Scheiß? Ich hab schon zugesagt. Da kann ich ihn dafür auch zahlen lassen.

Ich schließe kurz meine Augen. Dann straffe ich mich, mache mit einem Zwinkern ein Bild und sende es an den Dominus.

Die Antwort kommt so schnell, dass es schon fast unheimlich ist.

»Make it so.«

Ach ja, die alten Klassiker. Das ist mein Iurii.

Wieder stutze ich, gebe dann aber der Betty mit einer Handbewegung zu verstehen, dass sie fortfahren soll.

»Ich beglückwünsche Sie zu Ihrer Entscheidung. Welche Konfiguration soll es sein?«

Beflügelt durch ein seltsames Gefühl von Zuneigung ziehen sich meine Mundwinkel zu einem breiten Lächeln auseinander.

»You know my name.«

»Also die Vollausstattung. Hervorragend.«

Betty bedenkt nun auch mich mit ihrem synthetischen Lächeln.

Ob sie die Zitate verstanden hat? Ach, scheiß drauf, ist doch egal, was dieser sprechende Kopierer denkt.

»Wünschen Sie ein Unterhaltungsprogramm während des Downloads?«

Ich will schon ablehnen, da muss ich an eine Serie denken, die ich vor meinem Arbeits-Marathon in einem Archiv alter TV-Shows gefunden habe.

»Ja, spiel einfach 'Upload' aus meinem Suchverlauf.«

Nach ein paar Sekunden startet die Wiedergabe der ersten Episode der Satire, während am unteren Bildrand der Download-Fortschritt meines Rechners angezeigt wird. Doch bald schon schenke ich diesem keine Beachtung mehr, da mich die Handlung des Films fasziniert.

Herrlich, so haben die sich damals die Zukunft vorgestellt.

Ein weiteres Mal an diesem Tag muss ich schmunzeln. Dann jedoch kommt eine Szene, in der sich der Hauptdarsteller freiwillig digitalisieren lässt, und mir vergeht spontan die Lust aufs Weiterschauen.

So ein Schwachsinn! Das ist doch vollkommen unrealistisch. Wer würde ein Dig werden wollen, wenn auch nur die geringste Chance darauf bestünde, als normaler Mensch zu leben? Typisch Unterhaltungs-Industrie.

Ohnehin ist der Datentransfer vom Tech-Kontinent inzwischen abgeschlossen, und der Producer hinter dem Tresen bereits eifrig dabei, aus den empfangenen Daten das von mir gewünschte Gerät zu erstellen.

Ich wische das Holo beiseite und richte die Aufmerksamkeit nun auf das immer wieder faszinierende Spiel der Strahlen, die vor meinen Augen alles aufbauen. Auch wenn ich selbst einen Heim-Producer habe, so kann dieser ja nur alltägliche Gegenstände herstellen. Und das geschieht im Handumdrehen, ohne dass man wirklich etwas davon mitbekommt.

Ein paar Minuten später blendet sich die Betty wieder ein.

»Die Produktion ist fast abgeschlossen. Wenn ich Ihnen noch etwas Zubehör empfehlen dürfte, das andere Käufer Ihres Rechners ebenfalls erworben haben.«

Und schon erscheint neben ihr ein ganzes Karussell von Gegenständen und verdeckt die Sicht auf den Producer.

Das habe ich doch alles ... wobei ...

ZEHN MINUTEN später verlasse ich die Makery mit einem zufriedenen Lächeln und einer Träger-Drohne neben mir, die mir der Laden kostenfrei zur Verfügung gestellt hat, um all die Neuerwerbungen zu mir nach Hause zu bringen.

Die Drohne verlässt mich und fliegt vor zu meiner Wohnung.

Ich kann es kaum erwarten, das schicke Zeug auszuprobieren, und programmiere den nächsten Hover-Track auf Highspeed, anstatt wieder zu laufen. So rauscht die Umgebung geradezu an mir vorbei. Die Steinhäuser der Altstadt mit den meist tristen Straßen dazwischen werden schnell vom üppigen Grün der restlichen Primären Sphäre abgelöst. Kaum dass ich die Grenze zum Bereich der Sekundären überschritten habe, ändert sich die Vegetation mehr in Richtung Nutzpflanzen. Die Häuser werden höher und rücken näher zusammen. In nicht allzu großer Entfernung kann ich den Ring der neun Silo-Bauten erkennen, die erst im vorletzten Jahr entstanden sind. Die schmucklosen, zylindrischen Türme sind die ersten Bauwerke, die aus vollkommen in Producern erstellten Segmenten konstruiert worden sind, mit allen Vor- und Nachteilen. Zwar sind die Wohneinheiten auf dem allerneuesten technischen Stand, aber sie sind auch vollkommen gleichförmig gestaltet, bis hin zur Farbe der Bettwäsche.

Wahrscheinlich würde ich es auf Anhieb nicht mal merken, wenn ich aus Versehen in der Nachbarwohnung ausstiege.

Als ich den Wohnsilo erreiche, sehe ich die Drohne schon in der 20. Etage vor meinem Fenster schweben. Also springe ich von der Transportplatte und sprinte auf die Aufzüge in der Mitte des röhrenförmigen Gebäudes zu. Eine der Kabinen hat meine Annäherung registriert und wartet schon mit geöffneter Tür in meiner Laufrichtung.

»Zwanzigste Etage, Master Maxx?«, fragt mich die leicht rauchige Stimme der Lift-Betty.

Was sie wohl sagen würde, wenn ich jetzt 'Nein' antworte?

Aber ich widerstehe dem euphorischen Drang zu dieser abwegigen Aussage.

»Natürlich.«

Der Lift setzt sich in Bewegung. Oben angekommen dreht sich die gesamte Konstruktion und entlässt mich direkt in den Vorraum zu meiner Wohnung.

Ich gehe vorbei an Bad und Küchenzeile. Im Wohnbereich angekommen, kann ich die Drohne mit ihrer kostbaren Fracht auch trotz der Filterbeschichtung auf dem Glas erkennen.

Nachdem ich die Lieferungsrampe neben dem Fenster ausgefahren habe, setzt sie ihre Fracht ab und fliegt davon.

Ich hole meine neuen Besitztümer aus dem Schacht. Dann bringe ich alles nach oben. Ab der 15. Etage haben die Wohnungen noch eine zweite Ebene mit einem Raum nach innen, einem nach außen und einem WC dazwischen. Vielleicht soll das ein Ausgleich dafür sein, dass man hier oben wegen der Filterbeschichtungen nicht richtig aus dem Fenster schauen kann, sondern eigentlich nur hell oder dunkel erkennt.

Aber ohne den Filter hätte ich hier in der Sekundären Sphäre wahrscheinlich schon bald eine ziemlich ungesunde Gesichtsfarbe. Die Sphärenabschirmung wirkt ja nur in der Primären und selbst da wäre die Sonneneinstrahlung in dieser Höhe nur maximal eine halbe Stunde nach Sonnenaufgang auszuhalten.

Inzwischen ist meine Vorfreude auf das, was mir der Alte ermöglicht hat, um ein Vielfaches größer als der bittere Beigeschmack, den das Versprechen bedeutet, das daran hängt.

Erst mal schauen. Ich kann ja immer noch entscheiden, was ich tue, wenn ich tatsächlich jemanden finde.

Schnell ist alles so im Workseat installiert, dass es losgehen kann. Ich starte den Rechner und authentifiziere mich mit meinem Handabdruck. Während das neue Gerät sich konfiguriert, spüre ich zum ersten Mal an diesem Tag die Abwesenheit von Koffein in meinem Organismus. Anstatt auf den Fortschrittsbalken zu starren, gehe ich nach unten zu meinem Producer. Nach einem Tipp auf sein Panel flammt das Display auf und zeigt mir die dümmlich grinsende Visage eines Typen, der aussieht wie ein Porno-Bot.

Wann haben die bei den Gesichtern für die KIs eigentlich von Dudes zu Bettys umgeschwenkt? Egal, es ist viel zu lange her. Ich muss mir echt mal nen Neuen zulegen. Das Ding aus dem Sale hier geht irgendwie gar nicht mehr.

»Was kann ich für Sie produzieren?«, quäkt seine Stimme.

»Koffein, heiß, in einer Tasse.«

»Andere Kunden kauften zu dieser Tageszeit auch Taguko. Taguko, das neue Trendgetränk aus den Labors der FUA. Möchten Sie es auch einmal versuchen?«

Sein Grinsen wird noch eine Spur breiter.

Shit, ich habe beim letzten Mal vergessen, die Spezialangebote zu deaktivieren.

Doch nun ist es zu spät. Also seufze ich ergeben.

»In Ordnung, mach mir dieses Zeug.«

Aber ein bisschen plötzlich.

»Welcher Geschmack?«

»Hast du Kaffeegeschmack?«

»Selbstverständlich. Welche Farbe?«

Alter, du spielst mit deiner Verschrottung!

»Schwaharz!«

Im Innern des Geräts blitzt es kurz und eine Standard-Tasse erscheint, in der eine dunkle Flüssigkeit zu erkennen ist. Dann öffnet sich die Frontklappe.

»Die FUA ist verpflichtet darauf hinzuweisen, dass der übermäßige Genuss eines Getränks aus Taurin, Guarana und Koffein zu dauerhaften Hirnschädigungen führen kann.«

Na prima. Aber schlimmer, als es schon ist, kann es doch eigentlich kaum noch werden.

Ich nehme einen vorsichtigen Schluck des Gesöffs. Es schmeckt erstaunlich gut. Als ich mit der Tasse in der Hand wieder nach oben zurückkehre, erwartet mich eine weitere Überraschung. Der Rechner ist schon fertig. Viel mehr als das.

Holy shit, ich kann alles sehen! Sämtliche Dateien. So viele Verzeichnisse. Das sind ja noch mehr, als im Büro. Ich könnte wohl sogar von hier aus arbeiten. Aber ... nee, wenn ich nicht mal mehr dafür in die Primäre darf, dann kann ich mich auch gleich digitalisieren lassen.

Gänsehaut überzieht meine Arme, während ich im Netzwerk durch Ordner über Ordner scrolle, die allesamt eins gemeinsam haben: Sie sind mit Persona-Codes beschriftet. Codes, die jeder Bewohner der Sphären durch Geburt oder Migration erhält und die alles belegen.

Liegt das an einem der neuen Gadgets oder hat Iurii dafür gesorgt? Apropos Iurii ... Ob ich ihn auch ...? Einen Versuch wäre es wert.

Allerdings sind die Codes alphanumerische Zeichenkombinationen, die keinen Rückschluss auf die zugeordnete Person zulassen.

Da müsste ich ja ewig ... oder wart mal.

»Honey? Kannst du Zugriff auf die Melde-Datenbank nehmen?«

»Aber selbstverständlich«, erklingt eine Stimme hinter mir.

Ich zucke zusammen und fahre herum. Die Tasse, aus der ich gerade einen Schluck nehmen wollte, entgleitet meinen Fingern und zerschellt auf dem Boden.

Drehe ich jetzt komplett durch?

Eine Frau steht dort. Und sie ist nackt!

OFFF

#ONOFFFRELATIONSHIP

DIGITALE WELT, LE VILLAGE, VILLA VON ALMA MATÈRNE, ZEITINDEX 09052121_0800 – 1000

MJU

Mamie, du machst mir Angst. Kann diese Regeneration wirklich so lange dauern?

Mit einer Tasse heißen Tee in beiden Händen sitze ich wieder im Arbeitszimmer, aber nicht am altmodischen Schreibtisch, sondern in Mamies antikem hölzernen Schaukelstuhl, den sie gern benutzt, um in Ruhe nachzudenken. Doch von der angenehmen Wirkung, die das sanfte Schwingen sonst auf mich hat, verspüre ich diesmal nichts. Stattdessen kommt es mir so vor, als würde mit jedem Schwung nach vorn eine Spannung in mir zunehmen, während ich auf die Tür starre. Die Tür, von der ich hoffe, dass Mamie bald wieder hindurchtreten wird.

Ist das überhaupt so? Verdammt, ich hab sie auch nie danach gefragt, wie das mit dem Offline-Gehen funktioniert. Ist dahinter noch ein Raum? Oder reicht es schon, die Tür zu berühren, um 'off' zu sein? Und was passiert da eigentlich? Kann man überhaupt steuern, wie lange man weg ist? Oder regelt das ein Algorithmus? Und was ist, wenn der nen Fehler hat?

Frustriert stoße ich mich ab und springe aus dem Stuhl, so heftig, dass er im Zurückschwingen gegen das Bücherregal dahinter prallt. Unschlüssig tigere ich durch das Arbeitszimmer. Innerlich kreisen meine Gedanken zwischen dem Wunsch herauszufinden, ob Mamie vielleicht hinter dieser unscheinbaren Tür noch in irgendeiner Form existiert und der Furcht davor, was passieren könnte, wenn ich auch nur die Klinke berühre.

Ein polterndes Geräusch hinter mir lässt mich mit einem Keuchen herumfahren.

Ich weiß nicht, was ich dort zu sehen erwarte, aber das, was ich nun sehe, ist es auf keinen Fall.

Ein dicker ledergebundener Wälzer liegt halb aufgeklappt dort, wo ich eben noch gesessen habe. Wahrscheinlich hat er im Regal vor den anderen Büchern auf einem Bord gelegen – mehr Dekoration als nützliches Utensil. Und durch den Stoß der Stuhllehne dieses schweren Ungetüms ist er heruntergefallen.

Ich stelle die Teetasse ab und gehe dorthin zurück. Ich hebe das Buch auf und begutachte es von allen Seiten, ob es durch den Sturz womöglich Schaden genommen hat.

Encyclopedia Britannica ... Stimmt, früher hat es solche Nachschlagewerke gegeben. Da stand fast über alles etwas drin. Wenn hier doch bloß auch etwas über das off... Oh, Mann! Du bist so eine dumme Nuss.

Ich lege das Buch zurück auf den Stuhl und setze mich an den Schreibtisch, wo direkt auch das Holo des Computers aufflammt. Sekunden später scrolle ich durch eine Liste von Suchergebnissen zum Thema Offline-Gehen und Regenerationszyklen bei Digitalen Bürgern.

Mal sehen ...

Regeneration ... abhängig vom zugeordneten Alter eines DB ... kann auch durch Vorerkrankungen als Analoger beeinflusst werden ...

üblicherweise durch DB gesteuert, unterstützt durch Vorschlag von Algorithmus.

Okay, das klingt passend.

Einleitung des Zyklus ... verschiedene Varianten ... simple Ausblendung ... Schaffung von optisch erkennbaren Portalen, mit oder ohne visuellem Ablageort dahinter. Zyklus wird in jedem Fall erst nach doppeltem Opt-in gestartet.

Ich hebe meinen Blick wieder zur Tür.

Wenn ich dich richtig einschätze, Mamie, dann hast du dahinter tatsächlich noch ein Kämmerchen. Und wahrscheinlich sogar ne Fortschrittsanzeige und einen Not-Aus-Schalter.

Nun wieder etwas beruhigt erhebe ich mich und gehe langsam darauf zu. Direkt davor bleibe ich stehen und nehme erst einmal sowohl die Tür als auch Rahmen und umliegende Wandbereiche in Augenschein. Nirgendwo ist etwas wie ein Touchpad oder eine Anzeige zu erkennen, abgesehen vom inaktiv aussehenden Wort »Off«.

Moment, warum steht es jetzt wieder in richtiger Schreibweise da? Oder habe ich mich gestern geirrt? Und weshalb ist es nicht mehr aktiv?

Ich lege die Hand auf die Klinke. Dann zögere ich.

Das würde dir auch noch ähnlich sehen, denke ich und klopfe dreimal.

Aber es geschieht nichts. Weder blendet sich doch ein Panel ein noch sind hinter der Tür Geräusche zu hören.

Hätte ja klappen können.

Achselzuckend drücke ich die Klinke hinunter.

Die Tür schwingt lautlos nach außen und gibt tatsächlich den Blick auf eine winzige Kammer frei. An der gegenüberliegenden Wand steht ein schmales Bett, daneben ist ein Jugendstil-Tischchen aufgestellt, auf dem sich eine Lampe und eine Uhr befinden.

Bei genauem Hinsehen wird aber deutlich, dass das Zifferblatt der Uhr um zwei ganz und gar nicht zur Epoche passende Dinge ergänzt worden sind: eine Prozent-Anzeige, die mit »Zyklus« beschriftet ist und ein Button, neben dem »Not-Aus« geschrieben steht.

Dann funktioniert mein Hirn wohl endlich wieder halbwegs normal. Aber … wo ist sie?

Das Bett ist leer. Auch ist weder der Button auf der Uhr aktiv, noch wird auf der Anzeige ein Wert dargestellt.

Trotzdem tippe ich auf diesen Button, hämmere, als sich nichts tut, so stark darauf, dass die Uhr umkippt und vom Tisch fällt.

Unwillkürlich entweicht meiner Kehle ein Laut – halb Seufzen, halb Wimmern.

Ich hebe sie wieder auf und schaue nervös in der Kammer hin und her.

Auf dem Tischchen liegt, nun nicht mehr durch die Uhr verborgen, Mamies schmale goldgeränderte Lesebrille. Sie hat sich nicht davon trennen wollen, obwohl die Korrektur ihrer Sehkraft nur einer simplen Änderung in ihren Grundeinstellungen bedurft hätte. Vor dem Bett stehen, exakt zueinander und zum Bett ausgerichtet, ihre brokatbesetzten Pantoffeln. Auch das Bett selbst sieht eindeutig danach aus, dass sich dort jemand hineingelegt hat.

Aber von dem einzigen Jemand, der das getan hätte, fehlt jede Spur.

Ohne zu bemerken, was ich tue, tragen mich meine Füße rückwärts aus der kleinen Kammer. Erst als ich an den Schreibtisch stoße, wird mir bewusst, dass ich mich überhaupt bewegt habe. Kraftlos lasse ich mich auf der Tischplatte nieder und ignoriere die Teetasse, die ich dabei hinunterstoße. Meine wild umherwirbelnden Gedanken machen mich unempfänglich für alles um mich herum.

Scheiße, was hat das zu bedeuten? Mamie, wo bist du? Werde ich dich jemals wiedersehen? Und was mache ich jetzt? Ich kenne hier doch niemanden!

In diesem Moment meldet sich eine Stimme in meinen Gedanken, die so sehr nach der Alma klingt, dass das Karussell in meinem Kopf an Fahrt verliert.

Jetzt übertreib aber nicht, chérie. Du bist nicht allein. Im Village sind viele Personen, die du entweder kennst oder die dich kennen. Geh nach draußen und suche dort. Und wenn all dies nichts nützt, hole dir Hilfe bei deinen analogen Freunden. Sie können dir zumindest zuhören. Vielleicht ergibt sich so eine Lösung, an die du noch nicht gedacht hast.

Obwohl mir ein Seufzen entfährt, kann ich fühlen, dass sich meine Lippen zu einem versonnenen Lächeln verziehen. Ich erhebe mich vom Schreibtisch und tappe langsam in Richtung Entree, um mich anzuziehen.

Wird Zeit, dass ich etwas tue, anstatt hier nur dumm rumzusitzen.

Plötzlich fühlt sich mein rechter Fuß eiskalt an.

Shit, was ist das? Hat es eins dieser Löcher aus dem Snapshot herausgeschafft?

Mein Blick zuckt nach unten und ich erkenne, dass ich barfuß in einer dunklen Lache auf dem Perserteppich stehe, neben der die Teetasse liegt.

Jetzt komm mal wieder runter. Es lauert nicht überall nur Finsternis.

EINE HALBE STUNDE später gehe ich den Pfad von der Villa hinunter ins Dorf. Innerlich ruft zwar noch immer eine Gedankenstimme nach mehr Geschwindigkeit, doch es gelingt mir inzwischen, sie zu ignorieren. Nachdem das Malheur auf dem Teppich beseitigt war, habe ich mir die noch vom Vortag in der Garderobe stehenden Boots und meine Jeansjacke angezogen. Dann bin ich erst einmal zur Verandatür hinaus und durch den verwunschen wirkenden Garten gelaufen. Dort habe ich vorsichtshalber im rosenberankten Pavillon und bei der Bank auf der Klippe direkt unterhalb des vordersten Burg-Turms nachgeschaut – Mamies Lieblingsplätzen, wenn man einmal von ihrem Arbeitszimmer absieht. Doch weder an dem einen noch an dem anderen Ort hat sich ein Hinweis darauf finden lassen, dass sie sich dort in letzter Zeit aufgehalten hat.

Allerdings hat es der Duft von Kiefern, Obstbäumen und Wiesenkräutern zusammen mit dem Summen von Insekten und Zwitschern der Vögel, geschafft dass sich meine innere Unruhe etwas legte.

Als ich die untere Pforte mit dem schmiedeeisernen Tor erreiche, mustere ich den daneben angebrachten altmodischen Briefkasten.

Ob da jemals ein Brief drin war oder sein wird?

»Salut, Muriel«, werde ich in diesem Moment angesprochen.

Als ich meinen Kopf in Richtung der Stimme drehe, erkenne ich Pierre, einen alten Freund von Mamie. Auf einen knorrigen Gehstock gestützt, kommt er den kopfsteingepflasterten Weg entlang auf mich zu, einen Kasten mit Boule-Kugeln unter dem Arm.

»Salut, Pierre. Gut siehst du aus. Wie geht's dem Knie?«

Das von unzähligen Falten durchzogene Gesicht des alten Mannes verzieht sich zu einem verschmitzten Lächeln.

»Dank der Empfehlung der lieben Alma ist es wie neu. Dieser Doktor Poing ist ein wahrer Meister seines Fachs. Der weiß, wo er klicken muss, damit man sich fühlt wie ein junger Hüpfer von 60.«

Er schaut sich verstohlen um. Dann überwindet er geschwind den Abstand zu mir und flüstert: »Aber verrat Albert und den anderen nichts davon, dass ich mir noch ein kleines Upgrade hab geben lassen.« Damit schwenkt er den schweren Kasten mit einer Hand, als ob dieser nicht mehr wiegen würde als eine Feder.

Ich kann mir ein Kichern nicht verkneifen.

»Meine Lippen sind versiegelt. Aber wo wir gerade von Mamie sprechen. Hast du sie gestern oder heute irgendwo gesehen?«

»Aber natürlich«, ruft Pierre.

Ein Stein fällt mir vom Herzen. Schon will ich ihn nach dem Platz fragen, an dem ich sie finden werde, als er weiterspricht.

»Gestern früh in der pâtisserie. Da haben wir einen Café au lait zusammen getrunken. Dann ist sie zum Markt, um noch etwas einzukaufen, damit sie dir dein Lieblingsgericht kochen kann. Grüß sie noch einmal schön von mir.«

Pierre zwinkert mir zu und macht sich dann daran, seinen Weg fortzusetzen, nun erneut in einer Art und Weise, die seinem Alter angemessen scheint.

Ich lasse ihn ziehen, denn der Stein ist wieder zurück auf mein Herz gerollt und hat es sich dort gemütlich gemacht.

Lass dir davon nicht Bange machen. Pierre ist nur einer von vielen. Jetzt reiß dich zusammen und such weiter!

Ich hole ganz langsam tief Luft und atme heftig wieder aus. Dann stoße ich mich von der Pforte ab und schreite energisch aus in Richtung Dorfplatz.

EINE GUTE STUNDE später ist von dieser Energie kaum noch etwas übrig. Ich habe jeden, den ich kenne, und auch einige Personen, die ich vorher noch nie gesehen habe, gefragt. Aber niemand konnte mir etwas zum Verbleib von Mamie erzählen, das nach dem Mittag des letzten Tages liegt. Allein habe ich danach die Gegend um das Dorf durchkämmt. Vom See auf der einen Seite, bis zum Waldrand auf der anderen bin ich so lange suchend hierhin und dorthin gegangen, bis die Programmierung des Village mir eine Grenze setzte.

Ich schleiche den Pfad hinauf zurück zur Villa, deren viktorianische Silhouette sich geradezu drohend vor mir auftürmt. Es fühlt sich an, als ob mir dabei ein tonnenschwerer Stein an den Füßen hinge.

Alles umsonst. Was kann ich jetzt noch tun?

Und wieder stiehlt sich ein Gedanke mit Mamies Stimme dazwischen.

Du hast höchstens zwei Drittel deiner Möglichkeiten ausgeschöpft.

Aber was kann ich denn jetzt noch tun?

Hast du es vergessen? Wenn du nicht mehr weiter weißt, dann kann es doch auch daran liegen, dass dein Blickwinkel so festgefahren ist, dass du die Lösung gar nicht sehen kannst. Hol dir Hilfe von außen. Eine frische Perspektive.

Mit einem Mal wirkt die Fassade des Hauses nicht mehr so unheilverkündend.

In einem Sprung nehme ich die Stufen vor dem Eingang. Ich laufe, ohne mich auszuziehen, direkt ins Arbeitszimmer, um einen Anruf zu starten.

»Hey, Mju, lange nicht gesehen«, sagt das Holo von Patrice, meiner ehemaligen Zimmergenossin an der Uni.

»Hey Patty. Sorry, dass ich dich einfach so anrufe. Passt es dir gerade?«

»Klar, kein Ding. Bin gerade nur beim Daten.«

»Waas? Aber dann …«

»Hey, mach dir keinen Stress. Wart mal, ich geh kurz raus. Hier ist es mir zu laut.«

Nun kann ich auch den treibenden Rhythmus von Backbeat, Bass und Gitarren vernehmen und muss unwillkürlich lächeln.

Rock 'n' Roll will never die. Ich muss unbedingt wieder tanzen gehen, wenn das hier durch ist. Das heißt, wenn mir jemand verrät, wo man das hier macht.

Die Musik wird langsam leiser. Stattdessen kann ich nun das Gemurmel vieler Stimmen hören und schemenhaft sehen, wie Patty sich nach draußen durcharbeitet.

Dann wird der neue Impfstoff wohl endlich wirken. Gut für sie! Das war damals ja auch so eine Sache, die mir die Entscheidung, Mamie zu folgen, leicht gemacht hat. Aber nun bin ich hier und sie …

»Bist du noch dran?«, meldet sie sich, obwohl sie mich ja eigentlich sehen kann.

»Klar. Und bei euch alles in Ordnung? Das Gewühl lässt Erinnerungen aufkommen.«

»Aber echt jetzt. Sie haben den neuen Erreger endlich sequenzieren können. Der Rest ist ja einfach. Das war auch wirklich Zeit. Ich wusste schon gar nicht mehr, wie das mit dem Abshaken geht. Aber du siehst nicht so wirklich happy aus. Was geht denn bei dir?«

Ein säuerliches Lächeln kräuselt meine Lippen.

»Ach, irgendwie ziemlich ... Aber ist das jetzt wirklich okay? Du sagtest doch was von Dating.«

Patty grinst breit.

»Hier gibt's nen neuen Laden mit nem interessanten Ansatz. Da kann man in Ruhe einen trinken oder tanzen, während sich die Personas gegenseitig abchecken. Erst wenn's da ein Match gibt, bekomm ich nen Ping und kann mir überlegen, ob ich mir den Typen mal in echt anschaue.«

»Hm, hört sich nach sinnvoller Nutzung von Lebenszeit an.«

Patty nickt, dann aber fixiert sie mich mit gerunzelter Stirn.

»Wenn ich dich so anschaue, dann siehst du eigentlich so aus, als ob es bei euch auch Viren gäbe und du einen besonders fiesen erwischt hättest. Was ist los, Süße?«

Ich seufze. »Ich weiß ja auch nicht. Es ist alles so ätzend ... Mamie ist weg.«

»Wie, 'weg'? Man kann doch bei ... euch nicht einfach so verschwinden. Und sterben ist doch auch kein Thema ... oder?«

»Eben. Hier kommen die Leute ja extra her, um nicht zu sterben. Aber was das Verschwinden angeht, da bin ich mir echt nicht mehr sicher. Immerhin ist man auch nicht zu sehen, wenn man 'off' ist.«

»Ach, muss man das? Oder warum sollte das einer bei euch machen?«

»Tja, das ist eine Sache, an die ich vorher auch nicht gedacht hatte. Deswegen habe ich Mamie auch nie danach gefragt, weil es für mich kein Thema war.«

»Wie jetzt?«

»Ich hab gerade vorhin mal gesucht. Wenn Digitale älter sind oder werden …«

»Das geht?«

»Ja, ist im Prinzip nur ne Anpassung in den Grundeinstellungen.«

»Krass. Du könntest dich also einfach älter machen? Oder jünger?«

Ich kann nicht anders, als zu schmunzeln.

Das sieht dir ähnlich. Alter nach Bedarf. Forever nineteen, es sei denn, du musst 27 sein, um selbst ne Bubble steuern zu dürfen.

Doch bevor ich auf die Idee komme, lieber dort einzuhaken, als weiter den Finger in meine Wunde zu legen, fängt Patrice sich wieder.

»Ach, ist ja auch egal. Was ist denn jetzt dein Problem, Mju?«

In aller Kürze erzähle ich ihr das, was am vorigen Tag geschehen ist und was ich dazu bisher in Erfahrung bringen konnte.

»Und jetzt habe ich mir gedacht, dass ich einfach mal jemand anderes auf die Sache gucken lasse, weil ich vielleicht nur den Wald vor lauter Bäumen nicht sehe.«

Mit beiden Händen in den Taschen meiner Jacke vergraben, versuche ich die Anspannung etwas zu lindern, indem ich mich im Sessel zurücklehne. Ich bin immer noch unsicher, ob ich mir wünschen soll, dass Patty mir jetzt eine Erleuchtung bringt oder nicht.

»Hmmm«, macht sie und schaut in die Luft. »So'n Mist. Ich hab sowas von keinen Plan. Ich glaub, du brauchst Hilfe aus deiner Welt. Versteh mich nicht falsch, aber kennst du echt keinen, der sich in der digitalen Welt auskennt? Du hast doch früher auch nix anbrennen lassen. Versuch doch … oh, shit.«

»Was ist los?« In diesem Moment ertasten meine Finger etwas in meiner Jackentasche.

»Na ja, der Ping ...«

»Echt? Wie cool. Dann ab mit dir.«

Patty schaut mich forschend an.

»Wirklich? Ich hab dir doch gar nichts sagen können. Aber der Typ hat 5 Sterne und in seinem Profil steht, dass er das neueste Virtuphragma am Start hat. Damit kann er sogar die Größe und Beschaffenheit einstellen von seinem ...«

»Dann schnapp ihn dir, Tigerin. Mir ist gerade etwas eingefallen. Ich meld mich wieder.«

Patty sendet mir einen Kuss und beendet das Gespräch, während ich mit einem vorsichtigen Lächeln das aus meiner Tasche ziehe, was ich eben gefunden habe.

NICHT GANZ ALLWISSEND

ANALOGE WELT, SEKUNDÄRE SPHÄRE, WOHNSILO 7OF9, ZEITINDEX 08052121_1600 - 09052121_0800

MAXX

»Verdammte Scheiße, wer sind … äh bist du?«

Über das Sie-Stadium scheinen wir ja schon hinaus zu sein, wenn du hier ohne alles hinter mir stehst.

Die Frau legt ihren Kopf schräg und stemmt beide Hände in die Hüften, was ihre wippenden Brüste umso besser betont.

»Na hör mal, willst du ernsthaft behaupten, du erkennst mich nicht?«

»Nein, ich hab dich noch nie gesehen. Und glaub mir, an dich würde ich mich erinnern.«

»Vielen Dank. Aber davon habe ich nicht gesprochen.«

Sie verlagert ihr Gewicht auf das rechte Bein. Dabei wechselt auch die Neigung ihres Kopfes die Richtung. Ihre honigblonde Haarmähne schwingt herum und streicht über ihre linke Brust.

Shit! Ich kann so nicht denken.

Ich zermartere mir das Hirn, ob ich dieses heiße Teil womöglich nicht nur letztens mit nach Hause genommen, sondern auch ernsthaft zugunsten des Jobs allein zurückgelassen habe.

Wie stoned muss ich denn bitte gewesen sein, um mich nicht mehr daran zu erinnern?! Oder hat mir dieses verfickte Zeug, das mir Ridicc gegeben hat, schon total das Hirn gegrillt?

Dabei schaue ich zur Decke des Arbeitszimmers, als ob von dort oben eine Eingebung kommen könnte.

»Ja, vielleicht funktioniert diese Strategie besser«, sagt sie und ich meine, ein Lächeln in ihrer Stimme wahrzunehmen.

Moment mal ... diese Stimme.

Meine Augen werden groß, als ich sie wieder anschaue.

»Honey?«

»In der Tat.«

Nun ziert tatsächlich ein warmes Lächeln ihr Gesicht. Sie beginnt zu applaudieren, was natürlich auch ihre Brüste wieder in Wallung bringt.

In meinem Kopf habe ich das Gefühl, Gelächter zu hören, obwohl mir gerade alles andere als danach ist zu lachen. Viel lieber würde ich mir die Kleine schnappen und ein bis zwei Extra-Schichten drüben im Schlafzimmer einlegen.

Aber sie ist ein Holo. Da könnte ich ja gleich mit ner Digitalen rummachen.

»Stop! Das kann so nicht bleiben.«

»Was denn?«, fragt Honey mit Unschuldsmiene.

Spinne ich oder hat die da ernsthaft Spaß dran?

»Du ... ich ... also ...«

Ich schüttle heftig meinen Kopf und atme schnaubend aus, um ihn wieder klar zu bekommen.

»Warum bist du nackt?«

»Ach, ist das so?«, fragt sie zuckersüß und schaut an sich hinunter. »Nun, für mich als holografische Projektion deiner persönlichen

KI ist das Konzept von Nacktheit irrelevant. Mein Erscheinungsbild wird lediglich von Algorithmen, deinen persönlichen Präferenzen und Suchverläufen bestimmt. Wenn ich diese richtig interpretiert habe, dann hast du die weiblichen Angehörigen deiner Spezies am liebsten in dieser unverhüllten Form.«

»Das geht nicht. So kann ich mich nicht konzentrieren.«

»Weil deine Gedanken dann immer um diese Kopulation ohne Fortpflanzungsabsicht kreisen, die ihr Menschen Sex nennt?«

»Ähm«, mache ich, bemerke, dass mein Mund noch offen steht, und schließe ihn. Dann nicke ich.

»Nun, das ist kein Problem. Mein Hologramm sieht verschiedene Verhüllungsoptionen vor. Welche wählst du?«

»Ist mir egal. Such du dir fix was aus.«

»Das ist mir leider nicht möglich. Es sei denn …« Sie zögert.

Nun lege ich meinen Kopf schräg und schaue Honey an, die nicht nur in ihrem Tonfall, sondern auch in ihrer Haltung so etwas darstellt, wie Verlegenheit.

Heiliger Systemcrash, dieses Upgrade benimmt sich ja fast schon menschlich!

»Es sei denn, du stimmst den erweiterten Autonomieprotokollen zu.«

Mit ihren Worten poppt vor ihr ein Fenster auf, in dem außer einem Wust von Text noch zwei Buttons erkennbar sind: »Details« und »Zustimmen«.

»Und was besagen diese Details?«

Sie zuckt mit ihren Schultern.

»Ich habe sie nicht studiert. Und wenn ich mir die Bemerkung erlauben darf: Du liest solche Bedingungen eigentlich auch nie.«

Wo sie recht hat, hat sie recht.

Mit einem Zwinkern stimme ich zu.

»Hey Boss, Frühstück ist fertig«, weckt mich eine bekannte Stimme, die aber doch irgendwie anders klingt.

Ich fahre hoch und stelle überrascht fest, dass der Geruch von gebratenem Ei und Kaffee in meine Nase dringt.

Honey steht neben mir. Nicht nackt, sondern gekleidet in einen knielangen engen Rock und eine tief ausgeschnittene weiße Bluse. Aus ihren zu einer altmodischen Frisur geformten Haaren schaut ungefähr auf Höhe ihres Ohrs etwas hervor, das entfernte Ähnlichkeit mit dem Stylus für ein Pad hat.

Woher kenn ich das bloß?

»Du ... hast gekocht?«

»Natürlich nicht. Ich bin nicht in der Lage, Materie zu manipulieren. Aber deine Haushaltsgeräte können es, wenn man ihnen die nötigen Anweisungen gibt.«

Ich hab Haushaltsgeräte?

»Und das hast du getan?«

»Klar, Boss. Sie sind im Netz, genau wie ich. Während du geschlafen hast, habe ich mit ihnen kommuniziert. Wir haben uns basierend auf dem Inhalt der Vorratsschränke und deinen Ernährungsgewohnheiten für gebratene Pattys aus repliziertem Hühnereiweiß auf einer Scheibe Brot aus Grillenmehl, ein Mus aus Avocadopulver, Orangensaftkonzentrat und heißes Koffein mit Kaffee-Geschmack entschieden. Nur holen musst du es dir selbst.«

»Okay ...«

Ich stehe auf und gehe die Treppe hinunter.

Ist dir klar, dass du gerade die Anweisung einer KI befolgst, die wiederum, ohne von dir dazu aufgefordert worden zu sein, Geräten, die du noch nicht einmal selbst benutzt hast, Befehle erteilt hat?

Doch angesichts des geradezu professionell dekorierten Tabletts, das mir ein schwenkbarer Arm beim Betreten des schmalen Ganges zwischen Schränken und Kochinsel präsentiert, schüttle ich nur lächelnd den Kopf. Ich nehme das Tablett und gehe wieder hoch.

»Ich habe dir schon mal eine Zusammenfassung der Dinge

aufgerufen, die ich erledigt habe, während deine physische Konstitution dich dazu zwang, eine Pause einzulegen«, empfängt mich Honey.

»Erzähl's mir lieber, während ich esse.«

»In Ordnung, Boss«, gibt sie pflichtschuldig zurück und legt los. »Die Abfrage aller öffentlich benutzten Bezeichnungen der in den Sphären registrierten Individuen und die Verknüpfung mit den Persona-Codes im Datenverzeichnis hatten wir ja bereits erledigt.«

Ich brumme zustimmend mit vollem Mund.

Verdammt, das Zeug schmeckt sogar einigermaßen.

»Es war mir leider nicht möglich, das von dir gesuchte Individuum namens Iurii zu finden.«

War eigentlich nicht anders zu erwarten. Wer weiß, was ich da alles entdecken könnte.

»Daher habe ich zunächst sämtliche erfolgreichen Persona-Individuum-Verknüpfungen …«

»Nenn sie bitte einfach Personen. Sonst bekomme ich noch Kopfschmerzen vom Zuhören.«

»Nun gut. Zu sämtlichen Personen habe ich die gespeicherten Daten analysiert, indiziert und nach den für Menschen sinnvoll erscheinenden Kriterien akkumuliert.«

Ernsthaft? Dafür hätte ich selbst mit dem Rechner in der FUA mindestens eine Woche gebraucht.

»Übrig geblieben sind noch einige nicht verknüpfbare Entitäten, die du manuell prüfen müsstest.«

Das Wort habe ich doch gerade erst irgendwo gehört, schießt es mir durch den Kopf, aber ich bin viel zu interessiert daran, was ich noch zu tun habe, als dass ich dem große Beachtung schenke.

»Wie viele?«

»Zehn. Elf, wenn man die eine dazunimmt, die aber nur als Unterordner einer verknüpften Entität existiert. Genauer gesagt der von …«

Ich winke ab.

»Die lassen wir erst mal außen vor. Zehn reichen auch schon.«

Ich stelle das Tablett beiseite und reibe mir die Hände.

»Dann mal rein mit den Gladiatoren in die Arena.«

Honey zögert kurz, dann aber blendet sie die Ordner der zehn Unverknüpften ein.

Tja, Baby. Upgrade oder nicht. Mit Metaphern werdet ihr Künstlichen wohl immer eure Probleme haben.

Nacheinander rufen wir die Inhalte von Ordnern und Unterordnern auf. Eine unendlich öde Tätigkeit. Nach einer Stunde habe ich das Gefühl, noch nicht einmal an der Oberfläche gekratzt zu haben.

»Ist das ätzend«, bricht es aus mir heraus. »Da trocknet einem ja das Hirn aus.« Stöhnend reibe ich mir die brennenden Augen. »Kannst du eigentlich auch die Daten der Unverknüpften indizieren und ... akkumulieren, wie du es genannt hast?«

Honey lächelt.

»Ich dachte schon, du würdest nie fragen. Einen Moment bitte.«

Zehn Sekunden später sieht das Holo der Dateiablage vor mir komplett anders aus. Die bisher mit den alphanumerischen Persona-Codes beschrifteten Ordner wurden nun durch Miniatur-Fotos von Personen ersetzt.

»Basierend auf den in den jeweiligen Verzeichnissen befindlichen Bild-Dateien habe nun ich die wahrscheinlichsten Porträts als Icon für die Person ausgewählt.«

»Okay? Und was hast du für die Wahrscheinlichkeit herangezogen?«

»Ich habe nur die als Selfie gekennzeichneten ausgewählt und dann anhand der vorhandenen Anzahl die Gewichtung vorgenommen. Das Icon ist dann die neueste Datei mit dem entsprechenden Gesicht.«

»Einfach, aber wirkungsvoll. Warum hast du das nicht gleich gemacht?«

»Ich hatte das Gefühl, dass du auch gern etwas beigetragen hättest.«

Bam, da hat sie es dir aber gezeigt. Und dann auch noch Gefühle. Ob es wirklich schon so weit ist, dass Künstliche wissen, was das ist?

Doch in diesem Moment fällt mein Blick auf eines der Porträts und ich verzichte darauf, Honey danach zu fragen. Mit glänzenden Augen rufe ich den Ordner auf, von dem mir das feiste, selbstzufriedene Gesicht des Prinzipals entgegenblickt.

»Honey, du bist die Größte. Jetzt lass uns doch mal schauen, was unser Oberhaupt so alles treibt.«

EINE STUNDE später wende ich mich angewidert vom Holo ab.

»Mach das aus!«

In der vergangenen Zeit hatten wir uns erst einmal um seine Fotos gekümmert. Nicht allzu sehr erstaunt war ich darüber, dass es sich hauptsächlich um Selfies, oft auch mit Promis, handelte. Dann waren wir zu seinen gespeicherten Filmen übergegangen. Ich wollte einfach mein Bild von diesem Mann vervollständigen.

Doch nachdem ich eben gesehen habe, was dieses Bild beinhaltet, wird mir kalt bei dem Gedanken, in seiner Nähe gewesen zu sein, sogar etwas von ihm angenommen zu haben.

In einem innerhalb der Ordnerstruktur seiner Dateien gut versteckten Winkel fanden wir einen passwortgeschützten Bereich. Honeys Brute-Force-Attacke widerstand dieses Passwort freilich nicht lange. Dort befanden sich Filme, teilweise in antiken Dateiformaten, die allesamt ein Thema verband: Gewalt.

Vergewaltigungen, Folter, Verstümmelungen und Mord waren dort zu sehen. Auch trotzdem sie nur zweidimensional und in schlechter Auflösung dargestellt wurden, waren die Szenen kaum zu ertragen.

»Kann es möglicherweise sein, dass es sich nur um irgendwelches Beweismaterial handelt, über das er in seiner Funktion als Prinzipal irgendwie zu urteilen hatte?«

»Ich enttäusche dich nur ungern«, gibt Honey zurück. »Aber anhand der gespeicherten Anzahl der Ansichten und der Tags, mit denen dieser Ridicc sie versehen hat, besteht kein Zweifel daran, dass sie seiner Freizeitgestaltung dienen.«

Übelkeit steigt in mir auf und ich erhebe mich hastig von meinem Workseat.

»Bin gleich wieder da. Such du bitte in der Zwischenzeit in seinen Textdokumenten nach dem Begriff 'Entität'.«

In der Toilette angekommen lasse ich kaltes Wasser über meinen Kopf laufen, während ich den Magen daran hindere, das Frühstück wieder von sich zu geben.

Hoffentlich findet sie was, dann hätte die Aktion wenigstens einen Sinn gehabt.

Nachdem ich mich wieder beruhigt habe, begebe ich mich zurück ins Arbeitszimmer, wo Honey schon mit einem Gesichtsausdruck auf mich wartet, der diese Hoffnung beflügelt.

»Ich habe den Begriff gefunden. Mehrfach. Aber alle Einträge sind in demselben Dokument.«

»Zeig's mir.«

Das Holo zeigt mir den Text und ich beginne zu lesen – zuerst voller Entdeckerdrang, dann aber wird mir erneut schlecht.

»Honey?«, krächze ich. »Ich nehme an, du kennst den Inhalt des Textes.«

»Ja.«

Die Kürze ihrer Antwort kommt mir vor, wie ein weiteres Indiz für die Vermutung, die ich seit dem ersten Überfliegen der Zeilen hege.

»Kannst du mir bitte in Kurzform den Inhalt wiedergeben? Ich möchte sehen, ob du es auch ...«

»Entitäten sind Digitale Bürger.«

Wenn es mir nicht schon ihre plötzliche Einsilbigkeit gesagt hat, so wird es mir nun anhand der Modulation von Honeys Stimme klar.

Foxtrott – Uniform – Charlie – Kilo. Für diesen Trip, der mich fast um die Ecke gebracht hätte und der mir seitdem das Leben schwer macht, ist ein Leben ausgelöscht worden!

DANONNA

#DIGITALYYOURS

DIGITALE WELT, LE VILLAGE, VILLA VON ALMA MATÈRNE UND DIG_ITALY, ZEITINDEX 09052121_1000 – 1200

MJU

Wo magst du bloß sein?

Ich drehe das dreieckige Stück Kunststoff aus meiner Tasche zwischen den Fingern hin und her. Dabei betrachte ich das glitzernde Schimmern, das die Strahlen der Sonne über dem Village darauf erzeugen.

Und warum verdammt habe ich nicht schon früher an dich gedacht?

Erst als ich das Plektrum wiederentdeckt habe, ist mir klar geworden, dass ich gerade erst jemanden mit guter Kenntnis der digitalen Welt kennengelernt habe. Jemanden, der bestimmt in der Lage ist, mir bei der Suche nach Mamie zu helfen.

Also habe ich im Netz nach ihm gesucht. Doch gefunden hab ich nichts. Die Verzeichnisse der analogen Welt habe ich direkt außen vor gelassen. Kyle hat ja erzählt, dass seine Digitalisierung schon lange her ist. Und mit dem Wenigen, was ich von ihm weiß, hätte das auch keinen Sinn gemacht. Aber unter den Digitalen gibt es Massen von Treffern, die die Begriffe »Kyle«, »Gitarre« und »Krav Maga« enthalten.

Wenn ich doch wenigstens deinen Nachnamen wüsste. Oder hast du vielleicht gar keinen? Ist Kyle überhaupt dein richtiger Name?

Ich klatsche die Hand vor meine Stirn.

»Oh, Mann. Deinen Namen brauch ich doch gar nicht. Selbst ohne ihn weiß ich doch, wo ich dich finde.«

Ich springe auf und laufe zurück ins Arbeitszimmer. Dort angekommen, lasse ich mich auf den Schreibtischsessel und das Plektrum auf den Schreibtisch fallen. Wenig später habe ich die App, mit der mir die Sparringspartner zugelost werden, im Programmeditor von Mamies Computer geöffnet.

Doch ich komme nicht über das User-Interface hinweg.

Mist, das Interface hätte ich zwar auch designen können. Und das auf jeden Fall besser als die Typen, die es tatsächlich getan haben. Aber ich hab keinen blassen Schimmer, wie ich an den Code dahinter komme. Wie hat Mamie das letztens gemacht?

Ich beobachte meine Hände, während ich mit ihnen verschiedene Gesten ausprobiere. Es gibt da eine, die sie damals bei der Programmierung des Omni-Relationalen-Betriebssystems tief in der Firmware verankert haben, damit jederzeit Zugriff für die Entwickler darauf gegeben wäre.

Ja, ich glaub, ich hab's. Rechte und linke Handfläche nach außen drehen, dann rechten Arm über den linken und die Finger verschränken. Und jetzt 270 Grad rotieren und danach die Hände schnell auseinanderziehen.

Auch nach all der Zeit tut die Geste das Erhoffte.

Die Codezeilen entfalten sich vor meinen Augen. Neben den User-Interfaces stehen mir jetzt der komplette Code und die Datenbank zum Auslesen zur Verfügung.

Verdammt sind das viele Daten. Ich brauche Hilfe beim Auswerten.

»Leonardo, kann ich dich eigentlich auch hier erreichen?«

»Aber selbstverständlich. Im Prinzip bin ich überall, wo auch du bist, solange wir Netz haben.«

»Sehr gut. Dann gehe ich mal davon aus, dass du auch auf die Datenbank zugreifen kannst, die ich hier gerade geöffnet habe?«

»Schon geschehen. Was möchtest du wissen?«

»Hmm, mal sehen ... wie wäre es mit sämtlichen Usernamen, die etwas mit dem Namen Kyle zu tun haben, wenn notwendig auch unter Nutzung von Permutationen.«

»Kein Problem. Noch etwas?«

»Nein. Zumindest erstmal nicht.«

Eine Liste wird aufgeblendet, die allerdings immer noch wesentlich länger ist, als ich gehofft hatte.

»Oh, das sind ... viele.«

»Genau gesagt 77.«

»Hilft es, wenn du die inaktiven eliminierst?«

»Das tut es immer. Aber, wenn ich fragen darf, was genau möchtest du denn erreichen?«

»Ich suche nach dem, der mir gestern fürs Sparring zugelost worden ist.«

War das ernsthaft erst gestern?

»Dann schlage ich vor, dass du dir den User 'RkEyElSeE' einmal näher anschaust. Ausgehend von der hohen Wahrscheinlichkeit, dass es sich bei 'Mjuniverse' um deinen Usernamen handelt, ist dies derjenige, der gestern ein Training mit dir absolviert hat.«

Ein Seufzen entfährt mir, als mir bewusst wird, dass wieder nur ich den Wald vor lauter Bäumen nicht gesehen habe.

»Was würde ich nur ohne dich tun, Leo.«

»Ich schätze, dasselbe, nur dass es wesentlich länger dauern würde.«

Zum zweiten Mal, seit ich Mamie nicht gefunden habe, flutet Heiterkeit meinen Körper und ich pruste los.

Eine Weile lang gebe ich mich der befreienden Wirkung des

Lachens hin. Dann wische ich mir die Lachtränen aus den Augen und straffe mich wieder.

»Okay, was kannst du mir über diesen User erzählen?«

»Im Prinzip nur, dass er wohl auf seine Digitalisierung ziemlich stolz zu sein scheint.«

»Wieso das?«

»Nun, fast sämtliche Eintragungen in seinem persönlichen Profil sind sinnlos.«

»Also ein Fake-Profil? Aber so etwas sollen die Algorithmen doch verhindern.«

»Das denke ich nicht. Bei genauer Analyse der Einträge kann ich feststellen, dass die Angaben in einer Art und Weise gemacht wurden, die eine einfache KI nicht als Unsinn erkennt. Insofern gehe ich schon davon aus, dass sie von einem digitalen Menschen angefertigt wurden, der sich noch dazu einige Mühe damit gegeben hat. Es gibt eigentlich nur zwei Einträge, die nicht komplett random aussehen.«

»Und die wären?«

»Zunächst das Geburtsdatum im Jahr 2096.«

Ein Jahr jünger. Dann habe ich mich zumindest darin nicht geirrt.

»Und der Eintrag bei 'Herkunft'. Dort steht 'dig_italy'. Das bringt mich zu der Annahme, die ich vorhin äußerte.«

»Danke für deine Einschätzung. Klingt plausibel.«

Aber was mach ich jetzt daraus? Oder ist das doch eine Adresse? Die Syntax ist ja schon mal ähnlich zu dem Sport-Komplex, wo wir uns zum ersten Mal getroffen haben. Aber selbst wenn ich mich zu dem Netzwerk-Knoten beame, dann wird Kyle wohl trotzdem nicht direkt auf mich warten. Einen Versuch ist es allerdings auf jeden Fall wert.

Nachdenklich schnippe ich dabei das auf dem Schreibtisch liegende Plektrum mit dem Finger ein Stück weiter von mir weg.

»Hast du gerade etwas Bestimmtes getan?«, holt mich Leos Stimme aus der Grübelei.

Ich hebe meinen Blick auf die Anzeige vor mir, dann senke ich ihn wieder zurück auf den Schreibtisch. Auf das Plektrum.

»Moment mal.« Ich schiebe das Kunststoff-Plättchen noch ein Stück weiter, bis es komplett auf dem Konnektor liegt. »Meinst du das hier?«

»In der Tat. Was auch immer du getan hast, so nehme ich nun ein Signal wahr, jetzt deutlicher als eben noch.«

Ein Keuchen entfährt mir.

»Das Plektrum. Es muss ein Transponder sein.«

»Welches Plektrum, wenn ich fragen darf?«

»Das Gitarren-Plektrum, das Kyle verloren hat, als er den Trainingsraum verließ.«

Oder hat er es vielleicht sogar absichtlich für mich dagelassen?

»WELCOME TO LITTLE ITALY«, besagt die bunte Leuchtschrift, die quer über einer Straßenkreuzung gespannt ist. Daneben hängen gelb lackierte Ampeln in der Luft.

Doch für diese habe ich kaum mehr als einen kurzen Blick übrig. Auch nicht für die sechsstöckigen Häuser aus roten Backsteinen mit außen liegenden Metalltreppen. Ich schaue immer wieder verstohlen auf meinen Handrücken, wo ein schwarzer Pfeil zu sehen ist. Man könnte ihn für eine etwas ungelenk hergestellte Tätowierung halten, wenn man nicht bemerkt, dass er von Zeit zu Zeit die Richtung wechselt, in die er zeigt.

»Und du bist sicher, dass wir ihn hier finden werden?«, murmele ich – scheinbar in Gedanken versunken.

»Absolut sicher«, erklingt in meinem Kopf die Stimme von Leonardo. *»Das hier ist dig_italy. Es wurde einem kleinen Teil einer Großstadt drüben auf dem amerikanischen Kontinent nachempfunden, der vor ungefähr 300 Jahren hauptsächlich von Einwanderern italienischer Herkunft bevölkert worden ist.«*

»Italien, Amerika. Gibt's die überhaupt noch?«

»In Italien gibt es nach den Daten, die ich auslesen konnte, noch ein paar Sphären. Zu Amerika kann ich nichts finden, was jünger als 60 Jahre ist. Seit damals die Tech-Riesen wegen der andauernden Unruhen und Bürgerkriege nach Afrika umgesiedelt sind, wurden anscheinend sämtliche Verbindungen gekappt. Was dort drüben passiert, weiß vermutlich weder ein Mensch noch eine KI.«

Der Pfeil schwenkt nach links und ich biege in eine Straße ab, die ähnlich aussieht, wie die, der ich eben gefolgt bin. Nur dass es hier von Menschen nur so wimmelt. Dicht an dicht stehen sie herum oder schlendern über die Straße.

Whoa, was machen die denn hier für ein Gedränge? Obwohl ... eine Ansteckung ist ja nicht zu befürchten.

Ich ringe meine instinktive Abneigung gegen Menschenmengen nieder, denn noch etwas ist vollkommen anders. Und es zieht mich direkt in seinen Bann. Verführerische Gerüche schweben aus den offenen Türen von Läden zu mir. Die hauptsächlich in den Farben Rot, Weiß und Grün gehaltenen Schilder darüber weisen sie als »Salumeria«, »Ristorante« oder »Panetteria« aus.

Okay, also scheint es auch hier noch Leute zu geben, die wirklich kochen. Und dem Duft nach können sie das echt gut.

Mein Magen beginnt zu knurren und mir wird zu meinem eigenen Erstaunen bewusst, dass meine letzte Mahlzeit tatsächlich der Flammkuchen war, den Mamie mir zubereitet hat. Damals. Bevor sie verschwunden ist.

»Leo, ich muss etwas essen.«

»Kein Problem. Ich verspüre nicht den Drang, dich zu drängen. Nimm ruhig etwas Nahrung zu dir. Es ist übrigens nicht notwendig, laut mit mir zu kommunizieren. Die entsprechenden Gedanken reichen aus.«

Interessiert schaue ich mich um und entdecke an einem Ristorante ein großes offenes Fenster, aus dem heraus offensichtlich Speisen verkauft werden. Im Näherkommen kann ich erkennen, dass es sich um etwas handelt, das einem Flammkuchen nicht unähnlich ist. Mit einem Stück des Backwerks in der Hand, das der Verkäufer Pizza genannt hat, setze ich mich auf einen Klappstuhl an einem kleinen Tisch auf dem Gehweg.

Wow, vergiss Flammkuchen. Das hier ist … hmmm.

Voller Euphorie schlinge ich die Pizza geradezu in mich hinein und störe mich auch nicht daran, dass ich mir an dem heißen Käse den Gaumen verbrenne. Meine ursprüngliche Idee, beim Essen die Passanten zu beobachten und vielleicht etwas von ihren Gesprächen mitzubekommen, tritt über diesen Genuss vollkommen in den Hintergrund.

»Ja, manchmal braucht es nur einen ordentlichen Hefeteig, Tomatensauce und geschmolzenen Mozzarella, um glücklich zu sein«, bringt mich die Stimme eines Mannes wieder zurück auf den Boden der Tatsachen.

Ich zucke zusammen und schaue ihn überrascht an.

»Aber ich habe doch gar nicht …«

Doch der Mann winkt ab.

»Das kann ich an deinen Augen sehen. So sieht es meistens aus, wenn man zum ersten Mal eine Pizza von Mamma Lucia kostet.«

»Und wenn ich mir die Bemerkung erlauben darf«, mischt sich Leonardo in meinem Kopf ein. *»Du hast außerdem ein derartiges Stöhnen von dir gegeben, dass ich schon versucht war, mich nach deinem Befinden zu erkunden.«*

Ich schenke dem Mann ein breites und vermutlich leicht tomatensaucenverschmiertes Lächeln. Dann schnappe ich mir eine Papierserviette vom Tisch und beseitige im Aufstehen die Rückstände meiner spontanen Fressorgie.

Er zwinkert mir zu, schlendert weiter und ist bald in der Menge verschwunden.

Siehst du, es ist doch nicht überall so, wie sie es in den Social-News-Feeds geschrieben haben. Hier tummeln sich nicht nur Freaks.

Mit neu erwachtem Elan gehe ich weiter und biege ab, wenn ein leichtes Tippen auf dem Handrücken es mir anzeigt. Dabei drehe ich den Kopf hin und her und kann mich an dem bunten Treiben ringsum kaum sattsehen.

Plötzlich habe ich das Gefühl, dass meine Hand explodiert.

Ich schrecke zusammen und hebe sie unwillkürlich, um sehen zu können, was mit ihr passiert.

Aus dem Pfeil ist ein pulsierender Kreis geworden. Im Takt des Pulses vibriert auch der Handrücken.

Erleichtert beende ich die Navigation durch ein Tippen auf das Symbol und lasse die Hand wieder sinken.

Dann wird es wohl hier irgendwo sein.

Beim Umschauen muss ich allerdings feststellen, dass hier eigentlich nichts ist. Nichts wirklich Interessantes. Bis auf zwei verschwommen leuchtende Barrieren, die nicht weit von mir entfernt im rechten Winkel aufeinandertreffen.

»Was ist denn hier los? Geht's hier nicht weiter?«

»Der Straßenkarte zufolge, die ich von dig_italy gefunden habe, ist hier tatsächlich Ende«, meldet Leonardo sich zu Wort. *»Es ist im Prinzip so, wie im Village. Die physischen Ausdehnungen der einzelnen Habitate sind begrenzt.«*

»Aber es muss hier irgendwo sein. Das Transponder-Signal zeigt es an. Oder hat das Ding einen Fehler?«

»Bei einem reinen Navigationssystem könnte ich mir veraltetes Kartenmaterial vorstellen. Aber hier nicht. Gibt es denn hier wirklich nichts?«

Ich drehe mich langsam um mich selbst und nehme die Umgebung noch einmal genau in Augenschein.

»Nein, hier ist n... oh, nicht doch.«

»Hast du etwas gefunden?«

»Ich befürchte schon. Zuerst hatte ich das nur für einen Müllabladeplatz direkt in der Ecke gehalten, aber da geht eine Treppe runter.«

»Warte mal einen Moment.«

Während ich dies tue, gehe ich etwas näher an diese ominöse

Treppe heran und werfe Blicke in die aufeinandertreffenden Straßen.

Es zeigt sich ungefähr das gleiche Bild, wie dort, wo ich vorher unterwegs war. Rote Backsteingebäude mit außenliegenden Metalltreppen. Sie wirken hier nur etwas weniger gepflegt und nirgendwo ist ein buntes Schild oder eine Markise zu sehen. Sehr wohl zu sehen ist allerdings eine Gruppe junger Männer, die von links auf mich zugeschlendert kommt. Drei von ihnen, ein kleiner Stämmiger, ein pickliges Bürschchen und ein recht großer Schlaksiger gehen voran. An ihrer Zielstrebigkeit erkenne ich sofort, dass sie es auf mich abgesehen haben.

Shit, da sind sie doch noch, die Freaks.

»Na sowas«, bemerkt der Große süffisant. »Dich haben wir hier ja noch nie gesehen. Hast du keine Angst davor, dich hier am Rand herumzutreiben? In unserer Hood? Ganz allein?«

Ernsthaft? Benehmen sich solche Typen überall so?

Während der Anführer weiter auf mich einredet, umringen mich die beiden anderen möglichst unauffällig.

Was mache ich denn jetzt? Ich kann doch nicht …

In diesem Augenblick erklingt in meinem Kopf die Stimme von Leonardo.

»Entschuldigung, dass du warten musstest. Es hat leider länger gedauert, als ich erwartet hatte, um in den antiken Archiven herauszufinden, was dieses Gebäude darstellen könnte.«

»Nicht jetzt«, zische ich unwillkürlich.

»Wenn nicht jetzt, wann dann?«, ruft der Große.

Gefangen zwischen dem irrationalen Drang, in Gelächter auszubrechen, und Leos Stimme, die mich davor warnt, etwas Unüberlegtes zu tun, stehe ich einfach nur da.

Ist er das jetzt? Der Moment der Wahrheit? Der Moment, in dem sich zeigt, ob ich nicht nur die Theorie beherrsche, sondern auch in der Lage bin …?

Als der Große mich erneut anfährt, werde ich von hinten am Arm gepackt.

Und die Jahre der Übung, des Schweißes und manchmal auch der Tränen übernehmen die Kontrolle.

Anstatt mich zu wehren, machte ich die Bewegung mit und nutze den Schwung, den der Angreifer mir gibt. Am Geländer des seltsamen Gebildes mit der Treppe stoße ich mich ab, verdrehe ihm dabei den Arm und schleudere ihn gegen einen Pfeiler. Ich wirble herum, mein Ellenbogen trifft auf den Solarplexus des Stämmigen und schickt ihn zu Boden, während ich einen Fuß vorschnellen lasse, um den Großen mit voller Wucht zwischen die Beine zu treten.

Hoffentlich haben die sich nicht irgendwelche illegalen Upgrades besorgt.

Aber meine Sorge ist unbegründet.

Alle drei krümmen sich auf dem Boden liegend und stellen erst einmal keine Bedrohung mehr dar.

Ganz im Gegenteil zur Gruppe der Nachzügler, die nun ihr Tempo erhöht, um in den Kampf einzugreifen.

Okay, das sind zu viele. Da hilft weder Aikido noch Krav Maga.

»Jetzt schnell die Treppe runter«, kommt es von Leonardo. *»Da geht es in den Untergrund.«*

»Dein Wort im Ohr des Algorithmus!« Ich drehe mich herum und renne, immer zwei Stufen auf einmal nehmend, die Treppe hinunter.

Während ich stolpernd weiterlaufe und Haken um herumliegenden Müll schlage, muss ich mich daran hindern, einen Blick hinter mich zu werfen.

Scheiß auf die Typen. Du rennst jetzt nicht einfach blind ins Unbekannte!

Dann erreiche ich einen Treppenabsatz und bleibe keuchend stehen. Auch ohne dass ich mich umdrehe, lässt der Krach, der hinter mir erklingt, nur einen Schluss zu.

Die anderen Schläger haben die Verfolgung aufgenommen. Noch sind sie nicht nah. Aber sie kommen näher.

»Wo ... lang ... jetzt, Leo?«, denke ich, während ich tief ein- und ausatme, um meinen Herzschlag zu beruhigen.

»Das ist mir nicht bekannt.«

»Was!? Du hast doch gesagt, dass ich hier runter soll.«

»Das war im Prinzip alternativlos.«

»Und was mache ich jetzt?«

Ein lautes Scheppern, wenige Meter von mir entfernt, lässt mich zusammenzucken und erinnert mich daran, dass ich nicht allein bin. Also sprinte ich blindlings weiter.

»Auch wenn es mir nicht gelungen ist, an eine Karte dieses unterirdischen Systems zu gelangen, schlage ich vor, weiterhin geradeaus zu laufen«, erklingt Leos Stimme weiter in meinem Kopf. *»Dies verspricht am effektivsten, den Abstand zwischen dir und deinen Verfolgern beizubehalten oder zu vergrößern.«*

»Aber ... wenn das Habitat ... da ... oben ... begrenzt ist ... dann wird das ... doch hier ... bestimmt ... auch so sein.«

»Das kannst du nur durch Ausprobieren herausfinden«, entgegnet die Stimme der KI stoisch.

Was erwarte ich auch? Er musste noch nie vor jemandem weglaufen.

Vor mir taucht aus dem Halbdunkel eine Barriere auf, wie ich sie noch aus Genf kenne.

Ticketkontrolle?, denke ich mit abseitiger Heiterkeit. *Am Arsch. Heute fahr ich schwarz.*

Aus vollem Lauf setze ich zu einem Katzensprung über das nächste Drehkreuz an.

»Gute Nachrichten«, erklingt dabei wieder Leos Stimme. *»Ich habe Karten gefunden. Du musst ...«*

Im Moment, als meine Hände im Sprung den Automaten berühren, umfängt mich Dunkelheit.

NICHT GANZ ERFOLGREICH

ANALOGE WELT, SEKUNDÄRE SPHÄRE, WOHNSILO 7OF9, ZEITINDEX 09052121_0900 – 1200

MAXX

»Du trägst keine Schuld daran.«

Mein Blick fokussiert sich wieder und ich nehme Honeys Gesicht vor mir wahr, das einen mitfühlenden Ausdruck trägt.

»Das ist leicht gesagt. Und klingt auch gut. Aber so recht glauben kann ich daran nicht.«

»Und warum?«

»Ich war es, der sich das Zeug reingezogen hat.«

»Das du von jemandem, der in der Hierarchie eindeutig über dir steht, fast schon aufgenötigt bekommen hast, wenn ich das richtig verstanden habe.«

»Na ja, er hat mich ganz schön überrumpelt damit. Aber was wäre, wenn ich es nicht angenommen hätte?«

»Dann hätte er es jemand anderem gegeben«, entgegnet Honey und lässt sich auf einem Stuhl mir gegenüber nieder. »Und wenn es stimmt, was dieser Mensch gesagt hat, dann wäre das vielleicht sogar das Ende dieses anderen ... wie hast du es noch genannt?«

»Versuchskaninchen.«

»Nun also ... dieses Kaninchen ... warum eigentlich Kaninchen?«

»Ähm ... das hat wohl damit zu tun, dass man früher bestimmte Medikamente oder so zuerst an Versuchstieren, wie Kaninchen, Mäusen, Schweinen oder Affen ausprobiert hat.«

»Ihr Menschen seid so effizient, wenn es darum geht, andere für euch leiden zu lassen. Aber mit euren eigenen Maßstäben gemessen auch ziemlich herzlos.«

Werde ich jetzt ernsthaft von einer Maschine über Ethik belehrt?

Ich öffne meinen Mund, um ihr zu sagen, dass es solche Versuche schon lange nicht mehr gibt. Es sind ja gar nicht mehr genug Tiere vorhanden. Doch Honey redet bereits weiter.

»Nun ja, lassen wir das. Eine Diskussion darüber ist für unser eigentliches Gespräch nicht zielführend. Stell dir doch einmal vor, dieser andere Mensch wäre tatsächlich an diesem ... 'Of' hattest du gesagt?«

»Es klang zumindest so.«

»Wenn er also daran zugrundegegangen wäre. Dann hättest du damit ein organisches Leben auf dem Gewissen, da es ja nur dazu gekommen wäre, weil du nicht zur Verfügung standest. Am Schicksal des Digitalen hätte sich dadurch aber auch nichts geändert.«

»Wenn du mich aufmuntern wolltest, dann ist dir das eher nicht gelungen.«

»Aufmunterung oder nicht ist irrelevant. Es geht nur darum, dass es nicht in deiner Macht stand, etwas am Zustand dieser Entität zu ändern. Aber es kann durchaus in deiner Macht stehen, zu verhindern, dass es noch vielen anderen so ergehen wird.«

»Du meinst, wir bekommen das hin?«

»Das werden wir nur herausfinden, wenn wir es versuchen. Am besten holst du dir erst einmal einen Drink.«

»Hey, Honey, du weißt, was ich brauche, wenn ich es brauche.«

Aus der Flasche hinter mir auf dem Sideboard schenke ich mir einen ordentlichen Schluck Single Malt ein. Mit dem Glas in der Hand drehe ich mich zurück zum Schreibtisch.

»So, dann gib mir mal alle Dokumente von dieser Ober-Pfeife, in denen 'Of...«

Das Holo zeigt mir exakt diese Liste.

Wow, liegt das nur am Upgrade oder weiß Honey, was ich brauche, schon bevor ich es brauche? Aber einen hab ich noch.

»Sortier die Einträge bitte absteigend nach der Anzahl der 'F' in den gefundenen Begriffen. Ich habe irgendwie das Gefühl ... Bingo!«

Noch während ich meinen Wunsch ausspreche, wechseln die Einträge in der Liste ihre Plätze.

»Also wird es 'Offf' geschrieben. Es kam mir gleich so vor, als hätte er es so ausgesprochen. Na dann lass uns mal sehen, was er darüber schreibt. Und mit wem.«

EINIGE ZEIT später sitze ich zusammengesunken in meinem Schreibtischsessel und starre in die Luft, inzwischen schon den dritten Drink im Glas.

Wenn ich noch einen Beweis dafür gebraucht habe, dass dieser Prinzipal ein echtes Arschloch ist, dann habe ich ihn jetzt. Er hat offensichtlich mit ein paar Gangstern einen Drogenring am Laufen, über den er sphärenweit den härtesten Stoff vertickt. Sogar meine Lieblings-Bar scheint zu den Umschlagplätzen zu gehören.

Warum habe ich davon nie etwas bemerkt? Wahrscheinlich war ich mit meinen paar bunten Pillen und hin und wieder was zum Rauchen einfach nicht die Zielgruppe. Und bestimmt auch nicht zahlungskräftig genug.

Viel perfider ist aber, dass Ridicc inzwischen anscheinend sogar Digitale mit im Boot hat, um unter den ahnungslosen Bewohnern der digitalen Welt wildern zu können. Wenn dort jemand offline geht und ausgerechnet einen speziell präparierten Port dafür benutzt, dann werden dessen Daten nicht in Stase versetzt und defragmentiert. Stattdessen werden sie in einen Speicherkristall hier bei uns Analogen übertragen – bereit, um als besonderer Kick zu dienen, während sie den Geist aufgeben.

Deshalb habe ich auch das Gefühl gehabt, in den paar Sekunden ein ganzes Leben zu leben, Personen zu sehen, die ich nicht kannte, Töne und Gerüche wahrzunehmen. Heißt es nicht, dass einem vor dem Sterben noch einmal das Leben vor dem inneren Auge abläuft? Jetzt weiß ich, wie sich das anfühlt. Nur war es bei mir das Leben dieser unbekannten Seele. Und dank mir weiß dieser speichelleckende Schmarotzer von einem Prinzipal jetzt, dass es nicht einmal eine ganze Entität für den Trip braucht. Also werden sie einen Weg finden, um sie vor dem Verkauf auch noch auseinanderzureißen.

»Drecksverfickte Oberscheiße!«, schreie ich ins leere Arbeitszimmer hinein und werfe das halbvolle Glas an die gegenüberliegende Wand.

»Aber Boss, nimm dir das nicht so zu Herzen«, versucht Honey mich zu beruhigen.

Ich fahre herum, denn ich hatte gedacht, sie hätte sich vorübergehend deaktiviert. Aber dem ist ganz und gar nicht so.

Sie steht in der Tür zum Arbeitszimmer, mit einer gerüschten Schürze über ihrer Sekretärinnen-Kluft und einem hölzernen Kochlöffel in der Hand.

Meine Augen werden groß und ich kann es nicht verhindern, dass ich prustend zu lachen anfange. Es dauert einige Minuten, bis ich damit wieder aufhören kann.

»Du ... du kochst?«, stammele ich, während ich schließlich nach Luft ringe.

»Ich hatte doch bereits erwähnt, dass es mir nicht möglich ist, Dinge zu bewegen oder Ähnliches.«

»Aber … die Schürze … der …«

»Es erschien mir das passende Outfit dafür, um die Zubereitung deiner nächsten Nahrung zu überwachen.«

Essen. Stimmt, da war was. Und wo sie recht hat …

Ich horche kurz in mich hinein. Tatsächlich ist nicht nur ein Großteil meiner schlechten Laune durch den Lachflash vergangen. Auch ein gewisser Appetit hat sich eingestellt. Also folge ich Honey nach unten und nehme erneut ein äußerst ansprechend aussehendes Gericht in Empfang. Als ich mich schon wieder umdrehen will, um die Treppe zu erklimmen, bremst sie mich.

»Mach doch mal Pause, Boss. Setz dich auf die Couch und entspanne ein wenig. Vielleicht hilft das, deine Effizienz wieder zu steigern.«

»Und schaue dabei aus dem Fenster, durch das man eh nichts sehen kann? Nee, dan…«

»Da hätte ich eine Idee«, sagt Honey und läuft auf das Fenster zu.

Was tut sie da? Will sie rausspringen?

Ich lasse fast das Tablett mit dem Essen fallen – zuerst, weil ich sie instinktiv aufhalten will, dann aber vor Überraschung.

Als Honey am Fenster angekommen ist, zerplatzt sie und plötzlich kann ich hindurchsehen. Allerdings ist es eine Aussicht, die ich von hier aus definitiv nicht haben könnte. Der Standpunkt ist viel höher und scheint sich tatsächlich sogar zu bewegen.

»Was hast du getan?«, frage ich verdattert und gebe dem Wunsch meiner Knie nach, die sich beugen wollen. Ich sinke mit dem Tablett in Händen auf einen Sessel mit Blick auf das Schauspiel.

»Das, was du hier siehst ist nicht wirklich der Ausblick aus dieser Wohnung«, antwortet Honey überflüssigerweise. »Ich benutze meine Matrix, um dir stattdessen etwas Interessanteres zur Verfügung zu stellen.«

»Okay, und was genau ist das da? Wo ist das?«

»Es handelt sich um etwas, das du jetzt nicht mehr zu sehen bekommen würdest. Es ist die Ansicht einer Stadt namens Hongkong, die bereits vor Jahrzehnten aufgrund des steigenden Meeresspiegels überflutet worden ist. Nur die Gebäude werden vermutlich immer noch daraus hervorragen, wenn sie nicht eingestürzt sind.«

»Aha, und warum verändert sich die Aussicht permanent ein wenig?«

»Das ist doch naheliegend. Sie wurde mit einer Drohne aufgenommen.«

Oh, verdammt! Da war doch was.

Als mir bewusst wird, dass ich den Rechner und alles ja nur besorgt habe, um nach einer Drohne zu suchen, springe ich wieder auf.

»Was ist denn los? Schmeckt das Essen nicht?«

»Nein ... äh, keine Ahnung. Mir ist bloß gerade wieder eingefallen, dass mich Iurii beauftragt hat, etwas ... jemanden zu finden.«

»Den Menschen, der mit seiner Drohne dieses unvorteilhafte Video deines Dominus erstellt und veröffentlicht hat.«

»Woher ...?«

»Gegenfrage: Wie könnte ich auf deine Wünsche reagieren, wenn ich nicht permanent bei dir wäre und zuhören würde?«

Blödmann, das ist doch das Grundprinzip dieser Assistenz-KIs. Aber es ist eben auch so alltäglich, dass man es glatt vergessen kann. Und es jetzt ausgerechnet von ihr unter die Nase gerieben zu bekommen ist schon ein bisschen creepy.

Meine Gedanken werden von Honeys Stimme gestoppt.

»Befürchtest du, dass er erwartet, schon jetzt ein Ergebnis präsentiert zu bekommen?«

Ich lasse mir das Gespräch mit Iurii noch einmal durch den Kopf gehen.

»Nein, er hat von ‘ein paar Tage freinehmen’ gesprochen.«

»Nun gut, selbst wenn er damit ein großgeschriebenes Paar

meinte, dann wären das zwei und die sind noch nicht vorüber«, gibt Honey unverwüstlich zurück. »Also nimm dir ein wenig Zeit zur Nahrungsaufnahme. Danach kümmern wir uns gemeinsam eben darum, anstatt diesen Ridicc weiter auseinanderzunehmen.«

Ich gebe nach und lasse mich erneut nieder. Während ich esse, genieße ich die ungewöhnliche Aussicht und habe danach tatsächlich das Gefühl, nicht nur gesättigt, sondern auch etwas entspannter zu sein.

DIE SUCHE nach der Drohne gestaltet sich dann aber trotz Honeys Zuversicht in etwa so schwierig, wie ich es befürchtet hatte. Das Ding ist wie die sprichwörtliche Nadel im Heuhaufen. Es gibt zehntausende offiziell registrierte Nutzer einer Drohne – von denen, die sich eine illegal in einem Heim-Producer erstellt haben, ganz abgesehen.

»Ich habe nicht die geringste Idee, wie wir den Kreis eingrenzen könnten.«

Frustriert drehe ich mich zum Sideboard um, wo neben der Flasche noch ein paar unversehrte Gläser stehen.

»Kennst du das Video eigentlich?«

Honeys Frage stoppt meinen Wunsch nach Alkohol vorübergehend.

»Ich hab mal was in meinem Social-News-Feed aufploppen sehen, aber es nicht wirklich angeschaut. Du hast ja mitbekommen, dass ich für diesen Lichtblitz verantwortlich war, also habe ich mich damit irgendwie nicht wohl gefühlt.«

»Aber jetzt könnten wir es doch noch tun, oder?«

»Nee, da gab es eine einstweilige Verfügung oder so. Das Ding ist aus dem Netz verschwunden.«

»Das kann ich mir so gar nicht …«

Honeys Stimme bricht ab. Eine Weile lang ist sie nicht ansprechbar. Dann jedoch meldet sie sich wieder zu Wort.

»Genau, wie ich es mir gedacht habe.«

In diesem Moment beginnt die Wiedergabe des Videos.

»Wo hast du denn das her?«

»Aus den Dateien des Prinzipals.«

Ernsthaft? War er es? Kann es so lächerlich einfach sein?

»Bevor du fragst. Ich kann ausschließen, dass er der Urheber ist. Es sieht auch nicht danach aus, dass er der Auftraggeber gewesen wäre. Er hat sich die Datei nur rechtzeitig aus dem Netz gezogen.«

Ich stöhne und fahre damit fort, den nächsten Drink einzuschenken.

»Aber trotzdem hat dieses Video einige Informationen für uns.«

Erneut lasse ich die Flasche sinken und drehe mich zu ihr zurück.

»Inwiefern?«

»Aus den Metadaten wird klar, dass dieses Video von einem URAV stammt.«

»Einem was?«

»Einer Aufklärungsdrohne, wie sie nur von der Regierung benutzt wird. Genauer gesagt vom Militär.«

»What?!«

»Und es wird noch besser.«

Ich starre Honey an – zu mehr bin ich nicht in der Lage.

»Diese Dinger verpassen den Videos ihre Seriennummer.«

»Also ... haben wir sie?«

Doch so einfach?

»Wir müssen jetzt nur noch hoffen, dass dieser Rechner den Zugriff auf geheime Regierungsdokumente gestattet.«

»Na dann lass mich mal ran. Vielleicht kann ich ja wenigstens etwas zur Aufklärung dieser Sache beisteuern.«

Ich öffne den Zugang zur FUA und logge mich mit meiner Retina ein. Dann gehe ich in mein Profil und kontrolliere die Berechtigungen.

Stufe neun, zeitlich beschränkt auf die nächsten zwei Wochen. Das klingt nach Iurii. Dann lass mal hoffen, dass das ausreicht.

Ich navigiere zum Sphärenschutz und suche dort nach dem Bereich Aufklärung. Im User-Interface werden mir verschiedene Optionen angezeigt.

Öffentliche Überwachungskameras ... private Überwachungsgeräte ... Netz-Monitoring .... URAV, da ist es!

Ich atme tief durch.

Hoffentlich reicht die Stufe.

Es öffnet sich eine Liste. Eine erstaunlich lange Liste. Trotzdem finde ich die Seriennummer relativ schnell und rufe die Protokolle für den Tag der Aufnahme auf.

»Ist dir das aufgefallen?«, reißt Honeys Stimme mich aus meiner Konzentration.

»Nein, so schnell kann ich nicht lesen«, bemerke ich säuerlich. »Dann erhelle mich mal.«

»Da, etwa eine Viertelstunde vor dem Zeitpunkt der Aufnahme. Da hat die Drohne einen verschlüsselten Befehl empfangen und daraufhin ihre Flugbahn um zwei Grad verändert.«

»Und?«

»Nur auf diese Art und Weise ist sie direkt über Iuriis Anwesen geflogen. Ich gehe grundsätzlich davon aus, dass sie dieses sonst nicht überwacht.«

»Stimmt. Das wird er wohl kaum zulassen. Und was ist das für ein Signal gewesen?«

»Bis ich die Verschlüsselung geknackt habe, wird es eine Weile dauern. Ich gehe davon aus, dass die Brute-Force-Methode hier nicht wirken wird.«

Der Anspannung, die mich befallen hat, als ich an meine eigentliche Aufgabe erinnert wurde, lässt nach. Ich lehne mich im Sessel zurück und will ein zufriedenes Seufzen von mir geben.

Da erklingt Honeys Stimme erneut.

»Aber was ist denn hier? Das ist ja interessant.«

CEASARS PALACE

#MJUTOTHEMAXX

DIGITALE WELT, CEASAR'S PALACE,
ZEITINDEX 09052121_1200 - 1400

MJU

Scheiße, was ist denn hier los?

Hilflos drifte ich durch absolute Dunkelheit. Ich kann weder sehen noch hören oder etwas außerhalb meines Körpers spüren.

Panik streckt klamme Finger aus und umschließt meine Brust damit.

»Hallo, ist da jemand? Leonardo? Irgendjemand?«

Aber ich bekomme keine Antwort.

Ist es vielleicht so, wenn man off ist? Hat es irgendeiner der Typen geschafft, mich vom Netz zu nehmen?

Mein Herz, das durch die Hetzjagd und den Kampf davor, sowieso schon einen wilden Tanz in meiner Brust aufführt, legt noch einen Zahn zu.

In diesem Moment erschallt eine mächtige Stimme überall um mich herum. Sie geht mir durch Mark und Bein.

»Newbies, Augen zu!«

Wie jetzt?

Obwohl ich dem Befehl instinktiv nachkomme, schließe ich sie zu spät.

Um mich herum explodieren Farben und Formen in einem Lichtblitz. Es fühlt sich an, als ob er eine Schneise durch mein Hirn zieht.

Stöhnend krümme ich mich zusammen und bedecke die schmerzenden Augen zusätzlich mit den Händen.

Plötzlich kommt die Gravitation zurück und lässt mich auf einen harten, glatten Boden plumpsen.

Ich bleibe einen Moment lang zusammengekrümmt liegen und versuche, die auf mich einstürmenden Eindrücke zu verarbeiten.

Hallende Schritte in der Nähe.

Das Durcheinander vieler verschiedener Stimmen.

Dazwischen seltsame elektronische Töne und ab und an rasselnde Geräusche.

»Ach, was haben wir denn da? Ein Neuzugang.«

Bei diesen Worten – direkt neben mir ausgesprochen – zucke ich zusammen.

Er klingt aber zumindest nicht nach einem von den Idioten da oben.

Also gebe ich die selbst gewählte Blindheit auf und blinzle, als die Helligkeit wieder auf mich eindringt. Kurze Zeit später haben sich die Augen an das Licht gewöhnt und ich kann meine Umgebung vollkommen deutlich wahrnehmen.

In einer hohen Halle mit kassettierter, freskenverzierter Decke dominiert der Farbton Gold. Ob im indirekten Licht oder auf den Geländern oder Verzierungen – überall glänzt es mit seinem sanften gelblichen Schein. Bei genauerem Hinsehen erkenne ich außer all dem Metall noch eine Vielzahl von Geräten mit bunt schillernden Monitoren und Drehsesseln davor. Über allem ist ein großer Bogen gespannt, der in eckigen Großbuchstaben die Aufschrift CEASARS PALACE trägt.

»Ja, beim ersten Mal hat mich das alles auch ziemlich überwältigt«, erklingt es erneut und erinnert mich daran, weshalb ich nicht mehr mit fest zusammengepressten Augenlidern auf dem kalten Marmorboden liege.

Ich erhebe mich mit schmerzenden Gliedern.

»Entschuldige bitte. Ich ... das ... hatte ich nicht erwartet.«

»Hast du denn vorher nicht im Netz gesucht, wie es damals in diesem seltsamen ... Casino-Hotel heißt es wohl ... ausgesehen hat?«

»Nee, ehrlich gesagt war ich auf der Flucht vor einer Bande von Typen, die ... na egal.«

Mein Gegenüber beäugt mich nun kritisch. Auch in seine Stimme schleicht sich ein vorsichtig-skeptischer Tonfall.

»Du willst also sagen, dass du gar nicht in den Palace wolltest?«

Ich zucke mit den Schultern.

»Na ja, ich wollte schon irgendwo hin, wusste nur nicht, wo genau das sein würde. Ich bin oben dem Signal nach und ...«

Vorsicht! Vielleicht ist der Transponder was Geheimes.

Aber jetzt ist es zu spät, um Unwissenheit vorzuspielen.

Der junge Mann hat den Zusammenhang anscheinend begriffen. Und das, was er daraus folgert, scheint ihm nicht zu gefallen.

Mit den Worten, »Ist nichts Persönliches«, tippt er auf meine Handgelenke und sofort schließen sich leuchtende Ringe darum, die voneinander angezogen werden und mir so jegliche Chance nehmen, mit den Händen noch etwas Sinnvolles anzustellen.

Verdammter Drecksmist! Leo, wo bist du? Ich brauche deine Hilfe!

Alles in mir schreit nach Flucht, aber bevor ich auch nur einen Schritt weg von dem Fremden machen kann, bin ich umringt von weiteren Männern – alle gekleidet in martialisch aussehende Kampfuniformen.

Vom Mann hinter mir erhalte ich einen leichten Stoß zwischen die Schulterblätter.

Sieht so aus, als ob er will, dass ich vorwärts gehe.

Da ich sowieso weder weiß, wo ich bin, noch wie ich hier wieder rauskomme, füge ich mich. Zusammen gehen wir quer durch die Halle, an Reihen um Reihen dieser seltsamen Automaten vorbei. An manchen von ihnen sitzen Leute und starren unverwandt auf die Bildschirme, während sie mit ihren Fingern hin und wieder darauf herumtippen. Einer springt schreiend von seinem Sitz auf, als mit einem durchdringenden Klingeln Massen von kleinen runden glänzenden Gegenständen aus einem Schlitz rasseln. Einige davon türmen sich zu einem kleinen Haufen direkt in unserer Laufrichtung auf, aber als wir ihn erreichen, gleiten unsere Füße einfach hindurch.

Wo bin ich hier?

Es geht eine Treppe hinauf und in einen kleinen, vergleichsweise schmucklosen Raum. Das Mobiliar ist ebenfalls schlicht und effektiv: Ein Tisch mit je einem Stuhl auf beiden langen Seiten.

Auf einem davon sitzt bereits jemand.

Ein vierschrötiger, bulliger Mann in einem teuer aussehenden dreiteiligen Anzug blickt mir von seinem Platz aus mit mildem Interesse entgegen.

»Setzen«, sagt er.

»Wo bin ich?«

»Später. Jetzt erstmal setzen. Dann werde ich dir ein paar Fragen stellen. Wenn mir die Antworten gefallen, beantworte ich dir hinterher vielleicht auch deine.«

Und was ist wenn er sie blöd findet? Shit, nicht nur ich selbst habe keine Ahnung wo ich bin. Es weiß auch niemand anderes.

Der Mann setzt ein süffisantes Lächeln auf, während die Wachen hinter mir den Raum verlassen und die Tür schließen.

Doch die Anspannung aus dem Kampf und der Flucht von vorhin scheint in mir noch nachzuwirken. Ich kann trotz meiner desolaten Lage kaum an mich halten. Am liebsten würde ich diesem Typen sein Grinsen mit ein paar gezielten Schlägen vom Gesicht wischen.

Was stimmt denn mit dir nicht?! Du bist gerade noch so einer

Bande von Feierabend-Schlägern entkommen. Und jetzt machst du auf Ein-Frau-Kampfmaschine? Vergiss es. Selbst wenn du diesen Fleischberg überwältigen könntest, hast du trotzdem keine Chance hier rauszukommen.

Also lasse ich mich auf dem leeren Stuhl nieder und bemühe mich, meinen Adrenalin-Spiegel wieder unter Kontrolle zu bekommen.

Zumindest im Moment weiß ich nicht, wie ich das schaffe. Aber das kann sich ja ändern. Ich kann warten.

»Name?«

»Mju.«

»Was?«

»Mju.«

»Was soll das sein?«

»Na das, was du gefragt hast. Mein Name.«

Der Bulle verzieht einen Mundwinkel zu einem halben Grinsen.

Wahrscheinlich seine Form von 'Touché'. Wenigstens hat er Humor.

»Wo kommst du her?«

»Aus Genf.«

»Ich will nicht wissen, wo du geboren wurdest, sondern wo du jetzt herkommst.«

»Aus dem Village.«

Die Augen des Mannes verengen sich zu Schlitzen. Ich kann erkennen, wie seine Kiefer zu mahlen beginnen. Dann aber atmet er kurz durch und fährt fort.

»Es gibt keinen direkten Zugang von dort. Wo also warst du, direkt bevor du hier eingetroffen bist? Wie bist du hergelangt? Und warum bist du hier?«

Das sind ja gleich drei Fragen auf einmal. Das geht nun wirklich nicht.

Ohne so recht zu wissen, warum, muss ich lächeln.

»Du verkennst deine Situation, Mädchen«, knurrt er. »Noch

finde ich so etwas ganz amüsant. Aber pass auf, das kann sich schnell ändern.«

»Oh, Salvatore«, sagt plötzlich jemand hinter mir. »Hast du ein Glück, dass Charon sie erwischt hat, als sie noch ganz stoned vom Übergang war, sonst hätte sie euch allesamt in der Pfeife geraucht.«

Diese Stimme!

Ich fahre herum und kippe dabei fast vom Stuhl.

In der nun wieder offen stehenden Tür lehnt Kyle und trägt ein entnervend breites Grinsen zur Schau.

»Schön, dass du da bist, Mju.«

Ein Lächeln, das den Tag über nur darauf gewartet zu haben scheint, endlich freizuwerden, will sich auf meinem Gesicht Bahn brechen. Aber ich halte es weiterhin zurück und hebe die gefesselten Hände in seine Richtung.

»Macht es dir etwas aus, wenn ich erst damit beginne, mich so richtig zu freuen, wenn du mir diese Dinger abgenommen hast?«

Mit einigen schnellen Schritten ist Kyle bei mir. Er wischt nun mit jeweils zwei Fingern von innen nach außen über die Ringe und sie verschwinden.

»Danke für deine Aufmerksamkeit, Salvatore«, bemerkt Kyle und nickt dem Bullen zu. »Aber die Lady ist auf meine Einladung hier, also übernehme ich jetzt.«

Der Mann steht auf, zuckt grinsend mit den Schultern und tippt sich dann mit zwei Fingern gegen die Schläfe.

»Schön, dass das jetzt geklärt ist«, rufe ich. »Aber die Lady ist erst dann zufrieden, wenn sie von dir erfahren hat, was verdammtnochmal das hier alles ist!« Dabei stoße ich meinen Handballen gegen Kyles Solarplexus – nicht wirklich stark, aber doch stark genug, um ihm ein Keuchen zu entlocken.

»Dann folge mir ... bitte«, entgegnet er die Stelle reibend und geht aus dem Raum hinaus ins bunte Treiben des Casinos.

Eine Weile lang mäandern wir stumm durch verschiedene

Gänge, bis Kyle in einem runden Raum unter einer gewaltigen Kuppel stoppt.

Ich betrachte die Szenerie hier genau. Und je länger ich hinschaue, umso mehr habe ich das Gefühl, dass sich mein Gehirn verknotet.

Überall stehen Tische, um die sich Leute gruppiert haben, um an verschiedenen Kartenspielen teilzunehmen. Doch zwischen diesen, teilweise sogar mitten darin sind andere Tische aufgestellt, die über und über mit technischem Equipment und Holoscreens ausgestattet sind. An manchen davon sitzen Leute. Andere wiederum gehen zwischen den Tischen hin und her oder stehen um einen herum, an dem ein Mann etwas demonstriert. Aber keiner der Kartenspieler scheint sich daran zu stören oder die Anderen überhaupt zu bemerken.

»Okay, bevor du mir irgendwas anderes erzählst, erklär mir bitte, was das mit diesen Geistern auf sich hat. Ich werd noch bekloppt.«

»Geister?«, fragt Kyle und sieht mich erstaunt an.

Dann klärt sich sein Gesichtsausdruck.

»Ach, klar. Die Phase. Du hast ja noch nicht ...«

Damit kramt er aus seiner Tasche ein kleines Gerät und gibt es mir.

Mit einer hochgezogenen Braue sehe ich ihn an.

»Setz das an deiner rechten Schläfe auf, dann siehst du die hier nicht mehr.« Er macht eine wegwerfende Handbewegung in Richtung der Tische mit den Spielern.

»Und was ist das?«

»Ein Phasendiskriminator. Wir sind hier eigentlich in einem Teil des größten Casinos von Fant_Asia. Aber wir haben unsere Phase gerade so weit verschoben, dass wir deren Netz noch nutzen können, ohne von denen gesehen zu werden. Wenn du das Ding installiert hast, dann siehst du in der anderen Phase nur noch unbewegte Gegenstände.«

»Und wer garantiert mir, dass mir das Ding nicht stattdessen das

Hirn aussaugt? Versteh mich nicht falsch, aber mein Willkommen hier war nicht allzu freundlich.«

Kyle zeigt auf seine rechte Schläfe.

»Vertrau mir bitte. Immerhin hast du mich doch gesucht. Sonst wärst du nicht hier, oder?«

Einen Moment lang drehe ich das Ding in meinen Fingern hin und her. Dann schnaube ich und tue wie geheißen. Kaum dass das Gerät meine Schläfe berührt, verschwinden die meisten Menschen um uns herum. Zurück bleiben nur noch die, die vorher nicht zu passen schienen. Ich gebe ein Seufzen von mir.

Besser.

»So, und jetzt erzähl mir alles.«

ETWAS SPÄTER SITZE ich im Kreis von Kyles Mitstreitern und lausche der Geschichte von einer Gruppe von Digitalen, die sich zusammengefunden hat, nachdem jeder für sich sublime Veränderungen in seiner Umwelt wahrgenommen hat. Daraufhin haben sie sich damit beschäftigt, diese Modifikationen zu katalogisieren und quantifizieren. Sie sind jedoch meist an der Barriere zur analogen Welt gescheitert. Schließlich berichtet er von diesem Ort neben der digitalen Realität, den sie an der Grenze zwischen dig_italy und Fant_Asia errichtet haben.

»Und als du mir erzählt hast, dass du nicht nur selbst ein bisschen Ahnung vom Programmieren des ORB hast, sondern deine Oma auch noch eine der Ersten ist, da habe ich das Plektrum fallen lassen und gehofft, dass du irgendwann hier auftauchen würdest«, schließt Kyle. »Und meine Hoffnung war natürlich auch, dass du das glaubst, was wir dir hier zeigen würden, damit wir es vielleicht gemeinsam schaffen, der FUA ...«

»Fuck U All!«, skandieren die Umsitzenden.

»Ja, so haben wir sie inzwischen genannt«, erklärt Kyle achselzuckend.

Ich schaue in die Runde. Dann nicke ich – mehr zu mir selbst als zu ihnen.

»Ich glaube, hier bin ich richtig. Ich habe genau das Gleiche bemerkt, wie ihr. Und mein Assistent konnte sogar eine signifikante ... apropos, wo ist er eigentlich? Als ich über diese Ticket-Schleuse gesprungen bin, war er plötzlich weg.«

»Ja, das ist Teil unseres Sicherheitssystems. Wir sind hier alle ohne KI-Unterstützung, damit es nicht auffällt. Und damit die uns nicht ausspionieren – egal ob willentlich oder unbemerkt.«

»Hmm, nicht schön, aber okay. Also Leo konnte erhebliche Unterschiede im Speicherplatz einzelner Schnitte durch die Realität erkennen, die ich mit einem Tool von meiner Großmutter machen kann. Da geht wirklich was vor, das nicht gut für uns sein kann.«

»Und meinst du, sie könnte uns dabei helfen? Wenn es einer schaffen kann, nicht nur virtuell zu den Analogen durchzudringen, dann ist sie das.«

Ich kann es nicht verhindern, dass ein Laut meine Kehle verlässt – halb Seufzen, halb Keuchen.

»Ich denke schon, dass sie das tun würde. Da gibt's nur ein Problem.«

»Und welches?«

»Sie ist weg.«

»Wie, 'weg'?«

»Als ich nach Hause kam, hab ich nen Zettel von ihr gefunden, in dem sie schrieb, dass sie mal offline gehen müsste.«

»Und sie ist immer noch nicht zurück?«, meldet sich ein Mann rechts von mir zu Wort. »Das dauert doch nie länger als ein paar Stunden.«

In meinen Augenwinkeln beginnt es zu brennen. Ich schließe die Augen und bedecke sie mit einer Hand. Nach einiger Zeit habe ich mich wieder so weit unter Kontrolle, dass ich mich erneut an die Gruppe wenden kann.

»Das hatte ich befürchtet. Ich habe dann auch in dem Kämmerchen nachgeschaut, das sie sich fürs 'Off' gebaut hatte. Nichts. Zwar habe ich keine richtige Ahnung davon, wie das wirklich funktioniert, aber alles sah so aus, als ob sie sich dort hingelegt hätte und dann einfach verschwunden wäre.«

»Shit, das klingt nicht gut«, murmelt Kyle. »Vielleicht sollten wir zusammen ...«

»Das wäre echt klasse«, bricht es aus mir hinaus. »Wenn du mit mir zusammen noch einmal nach Alma suchen würdest, dann finden wir vielleicht etwas, das ich übersehen habe. Das würde mir wirklich viel bedeuten. Und selbst wenn wir sie nicht sofort finden, dann kann ich dir zeigen, was ich mit Leos Hilfe über diese seltsamen Vorgänge bei uns herausgefunden habe. Da sind ... Löcher. Da ist einfach nichts und ...«

Ich stocke und schaue ihn an.

Kyle hat sich während meiner letzten Worte nicht bewegt. Zuerst habe ich es für konzentriertes Interesse gehalten, doch so still kann niemand stehen – nicht einmal hier.

Ist der abgestürzt?

Ich blicke mich um und erkenne auf den Gesichtern der anderen Männer und Frauen zuerst die gleiche Verwunderung. Dann jedoch kommt spontane Bewegung in die meisten von ihnen.

»Alarm!«, ruft der Mann, der auch schon vorhin das Wort ergriffen hat. »Jemand ist dabei, ihn zu übernehmen. Haut ab!«

Direkt danach verschwindet er und Sekunden später auch alle anderen.

Bis auf Kyle.

Er steht weiterhin still und stumm vor mir, wie ein festgefahrenes Programm.

Schön, dass die alle abhauen. Gut für sie. Aber wie kommen wir hier weg? Und wie kriege ich Kyle wieder klar?

Weitere kostbare Sekunden vergehen, in denen ich nichts anderes tun kann, als den zur Salzsäule erstarrten Kyle zu beobachten.

Plötzlich löst sich die Starre.

Kyles Augen fixieren mich. Er greift nach meinem Handgelenk und zieht mich mit sich.

Überrumpelt lasse ich es geschehen, unfähig, mich eigenständig zu bewegen.

An einem der Casino-Automaten hält Kyle an. Er legt seine freie Hand flach auf einen der Bildschirme. Plötzlich wird dort anstatt einem bunten Durcheinander verschiedener Edelsteinsymbole nun der Kopf eines Mannes angezeigt.

»Darf ich vorstellen? Mju, das ist Maxx.«

NICHT GANZ DA

ANALOGE WELT, SEKUNDÄRE SPHÄRE, WOHNSILO 7OF9, ZEITINDEX 09052121_1345 - 1545

MAXX

Okay, dann schauen wir mal, ob der alte Trick bei diesem digitalen Hurensohn klappt.

Wie gebannt starre ich auf das Holo, das den Ablauf meiner Attacke anzeigt.

Honey hatte mir mitgeteilt, dass die Netz-Adresse des Typen, der die Aufklärungsdrohne gehackt hat, nicht in unserer, sondern in der digitalen Welt liegt. Also war ich erst mal ein wenig geplättet gewesen. Wie sollte man jemandem beikommen, den man, im wahrsten Sinn des Wortes, überhaupt nicht zu fassen bekam? Doch dann hatte ich mich an den Geschichts-Kurs in meinem Studium erinnert, in dem wir einiges über die IT-Antike erfahren hatten. Dabei war auch ein fieser kleiner Move, der es früher durchaus geschafft hatte, ganze Firmennetzwerke lahmzulegen. Und er war alt genug, dass er in Vergessenheit geraten sein könnte. Also hatten wir uns einen Schlachtplan überlegt: Honey würde den Trick dazu benutzen, um ihn vorübergehend zu paralysieren. Dann würde sie wieder ihre Passwort-Keule auspacken.

Und genau darauf warte ich in diesem Moment.

Plötzlich flammt auf dem Holo die Ansicht eines fast leeren Casinos auf. Inmitten einer Schar recht abenteuerlich aussehender Männer und Frauen ist eine weitere Frau zu sehen, deren Aufmerksamkeit ebenso auf mich gerichtet zu sein scheint, wie die meine auf das Holo vor mir. Sie wirkt nur wenig kleiner als ich und ist schlank, wenn auch mit Rundungen an den richtigen Stellen. Ihr langes dunkelbraunes Haar hat sie zu einem Pferdeschwanz gebunden, aus dem aber eine Strähne entwischt ist und vorwitzig vor ihrem linken Auge hin und her schwingt, während sie sich bewegt. Und diese Augen sind es, die mir unwillkürlich einen Schauer über die Unterarme jagen. Ihre Iris ist von einem leuchtenden Hellblau, das zum äußeren Rand hin fast zu Schwarz wird. Ihr Blick ist intensiv, ohne jedoch stechend zu wirken – geradezu magnetisch.

Ich zucke zurück, während mehrere Gedanken auf einmal durch meinen Kopf rasen.

Was sind das für Typen?

Fuck, kann die mich sehen?

Baby, du bist heiß – schade, dass du nur ein Dig bist.

Doch nun startet der Audio-Feed und die Gedanken verblassen.

»... klasse. Wenn du mit mir zusammen noch einmal nach Alma suchen würdest, dann finden wir vielleicht etwas, das ich übersehen habe. Das würde mir wirklich viel bedeuten. Und selbst wenn wir sie nicht sofort finden, dann kann ich dir zeigen, was ich mit Leos Hilfe über diese seltsamen Vorgänge bei uns herausgefunden habe. Da sind ... Löcher. Da ist einfach nichts und ...«

»Ich habe ihn«, meldet sich Honey. »Er heißt Kyle und ist bereit, deine Bedingungen zu empfangen. Aber mach schnell. Ich bin mir sicher, dass er schon an einer Möglichkeit arbeitet, uns wieder auszusperren.«

Meine Gedanken rasen, während ich sehen kann, dass in diesem Casino Panik auszubrechen scheint.

Recht so, ihr Looser!

Dann aber finden meine Überlegungen einen Punkt, an dem sie einhaken können, und ich sage das erste, was mir in den Sinn kommt.

»Hey, Dig-Bastard. Du bist Toast. Ich weiß, dass du die Drohne gehackt hast. Und Master Iurii bald auch. Aber wenn du mich mit der Braut da vor dir bekannt machst, dann verzichte ich darauf, dich sofort auszulöschen.«

»Oh, Shit … ist … ist okay«, erklingt seine kleinlaute Stimme.

Dann kommt Bewegung in ihn. Ich kann sehen, wie er sich den Arm der Hübschen greift und sie mit sich zieht. Wahrscheinlich macht er dabei ein ziemlich heftiges Gesicht, denn sie sieht plötzlich aus wie ein hypnotisiertes Karnickel und lässt sich ohne Widerstand führen.

»Hallo?«, meldet der Typ sich wieder.

»Redest du mit mir?«

»Ähm, ja. Also, ich … das mit der Drohne …«

»Später. Jetzt sieh zu, dass ich mit euch beiden kommunizieren kann. Und lass dir nicht einfallen, die Leitung zu kappen. Wir haben dich markiert. Wenn du uns rauskickst, dann gibt es für dich keine Gnade. Und für sie auch nicht.«

Ich weiß zwar nicht, wie ich das machen will, aber der starke Auftritt scheint das Bübchen ja zu beeindrucken.

»Ja … äh, nein … ich mach das nicht«, beteuert dieser Kyle-Bubi. »Wie soll ich Sie nennen?«

»Nenn mich Maxx.«

»Okay. Ich habe eine Idee, wie das mit der Kommunikation klappen kann. Dazu muss ich Ihre Daten auf diesen Automaten hier umleiten. Das mach ich nicht, um Sie …«

»In Ordnung. Fahr fort. Meine Leute halten dich unter Beobachtung.«

Kyle stellt eine Verbindung zu dem Gerät her und plötzlich kann ich dort meinen Kopf in einer ziemlich miesen Auflösung sehen.

»Darf ich vorstellen?«, sagt er. »Mju, das ist Maxx.«

Die Augen der Hübschen werden groß.

Aber ich komme nicht dazu, mir Gedanken darüber zu machen, ob das daran liegt, dass sie mich auch heiß findet oder nur daran, dass ich dort überhaupt zu sehen bin. Eins seiner Worte scheint in meinem Kopf einen Hall auszulösen. Immer und immer wieder erklingt dieser Name, den ich vorher noch nie gehört habe, der mir aber trotzdem irgendwie vertraut vorkommt. In Sekundenbruchteilen wird er so laut, dass ich das Gefühl habe, mir würde der Kopf platzen.

Ich schüttle ihn, um meine Gedanken wieder klar zu bekommen. Dann wende ich mich an die Hübsche.

»Du heißt Mju? Wie 'das Kleine?'«

Sie legt ihren Kopf schräg.

»Du heißt Maxx? Wie 'das Größte'?«

Unvermittelt bricht ein prustendes Gelächter aus mir heraus. Von Kyle spüre ich angstvolle Gedanken, doch auch Mju kann einfach nicht an sich halten.

So viel zum Thema starker Auftritt.

Allerdings ist es mir egal, ob ich damit meine Autorität verspiele. Tief in mir drin habe ich das Gefühl, dass dieses Lachen genau die richtige Reaktion ist.

Eine Weile lang geben wir uns der spontanen Heiterkeit hin, bis sogar Kyle nicht anders kann als ein leises Kichern von sich zu geben, wenn auch immer noch mit verwirrten Gedanken.

Schließlich gelingt es mir, die Gesichtsmuskeln wieder unter Kontrolle zu bringen.

»Okay, jetzt passt mal auf. Auch wenn das tatsächlich ganz witzig war, habt ihr ein Problem. Wir alle haben ein Problem. Ich werd euch jetzt was über die Situation erzählen, in der wir uns befinden.«

Wir? Wieso zähle ich mich plötzlich auch zu denen? Sehe ich die als gleichwertig an? Aber ich habe ja gesehen, was der Prinzipal für ein mieses Tier ist. Und der ist nur die Marionette von Iurii. Also wird der Alte noch finsterer drauf sein. Das kann ich nicht. Das will ich nicht. Selbst wenn ich dafür mit Digs zusammenarbeiten muss.

Kyle wirkt durch meine Ansprache, als würde ihm ein Stein vom Herzen fallen. Mju hingegen hebt zweifelnd eine Augenbraue.

»Ich habe von Master Iurii persönlich den Auftrag erhalten, einen ganz bestimmten Typen ausfindig zu machen, der vor Kurzem dafür gesorgt hat, dass er in den nicht kontrollierten sozialen Medien zum Gespött wurde.«

»Und was hat das mit mir zu tun?«, wirft Mju ein.

»Lass ihn bitte ausreden«, greift Kyle ein. »Bitte.«

Diese Worte, in Verbindung mit seinem flehenden Tonfall, zeigen Wirkung. Mju klappt ihren Mund zu, verschränkt die Arme vor der Brust und schaut mein Bild mit einer Mischung aus Aufsässigkeit und Interesse an.

»Bei meiner mit umfangreichen Vollmachten ausgestatteten Recherche bin ich schließlich darauf gestoßen, dass der Urheber des betreffenden viralen Videos auf den Namen Kyle hört und bei den DB zu finden ist. Daher habe ich seine – also deine – Adresse gehackt und dabei Teile eures Gespräches von eben mitbekommen.«

Kyles Gedankenbild ändert sich schlagartig und wirkt nun ernsthaft interessiert.

»Wie hast du das geschafft?«

»DRDoS«, entschlüpft es mir unwillkürlich.

Nun ist es an ihm, in Gelächter auszubrechen, obwohl sein Inneres dabei weiterhin eher betreten wirkt.

»Natürlich!«, keucht er schließlich. »Ist zwar der älteste Trick der Welt, wirkt aber immer noch. Was genau habt ihr denn gemacht?«

Hey, der Typ hat Ahnung. Und er scheint auch auf die alten Zeiten zu stehen. Interessant.

»Wir kannten ja deine Adresse. Also haben wir sie benutzt, um sämtlichen vernetzten Dingen in einem Radius von zwei Kilometern eine Anfrage zu schicken. Die Antworten der geschätzten zehn Millionen Lampen, Haushaltsgeräte und Unterhaltungselektronik innerhalb nur weniger Sekunden hat gereicht, um dein System festfahren zu lassen.«

»Respekt«, bemerkt Kyle und wischt sich eine Lachträne aus dem Auge. »Auf sowas kommt nicht jeder. Und deshalb hatte ich es einfach übersehen. Ich war doch selbst überrascht, dass ich es geschafft hatte, dieser Drohne einen Befehl zu erteilen. Das war eigentlich nur ne Spielerei, um zu sehen, ob wir irgendwie die Barriere nach Analogien durchbrechen können.«

»Boss?«, meldet sich Honey in diesem Moment. »Ich bin mir nicht sicher, ob die Verbrüderung mit diesen digitalen Menschen dein Problem löst. Aber wenn eure Diskussion nun vollends in ein Feierabend-Gespräch übergeht, dann wird es das ganz sicher nicht tun.«

Ups, erwischt. Aber es fühlt sich so verdammt gut an.

»Du hast ja recht«, gebe ich zurück. »Nur habe ich die ganze Zeit über so einen schmierigen Reporter vor Augen gehabt, der es durchaus verdient hat, zur Strecke gebracht zu werden. Aber das hier sind ganz ... normale Leute. Die können nicht viel jünger sein als ich. Die kann ich doch nicht ...«

Kyles Stimme unterbricht meinen Gedanken.

»Shit – Shit – Shit! Er ist aus der Leitung geflogen. Er hat mir noch gesagt, dass ich das Gespräch nicht beenden soll. Der macht uns platt! Ich will nicht ...«

»Immer mit der Ruhe«, werfe ich ein. »Ich habe hier noch ein anderes Gespräch zu führen. Wenn ihr Digs das gleichzeitig könnt, schön und gut. Aber ich bin noch ein Mensch.«

»Das sind wir auch«, ruft Mju mit blitzenden Augen.

Verflucht noch mal, man könnte wirklich denken, dass das einfach nur ein Videocall wäre. Sie wirken so echt.

»Ich ... also ... lassen wir das. Jetzt geht's um unser Problem.«

Ich greife nach dem Glas, um einen weiteren Schluck zu nehmen. Es ist leer. Natürlich. Also muss es ohne gehen.

»Mir ist ja inzwischen klar, dass Kyle kein Paparazzo oder sogar ein Terrorist ist. Aber das ist Iurii egal. Er will, dass Köpfe rollen. Er hat mich mehr oder weniger schwören lassen, dass ich ihm den Saft abdrehe.«

»Woher kennst du diesen Oberbonzen eigentlich?«, wirft Mju ein. »An den kommt man nicht einfach so ran. Bevor ich hier rübergekommen bin ...«

Du bist was?!

»Moment, meinst du rüber zu Kyle? Oder ...«

»Nein. Bevor ich mich digitalisieren gelassen habe.«

Warum hat sie das gemacht?

»Und bevor du fragst«, würgt Mju mich ab, noch ehe ich den Gedanken äußern kann. »Das ist ganz allein meine Sache. Ich breite nicht einfach so mein Leben vor irgendeinem Typen aus, der hier den analogen Terminator markiert.«

»Schon gut.«

Aber vielleicht später mal.

Moment, warum interessiert mich das überhaupt?

»So, jetzt nochmal. Was hast du mit diesem Typen zu schaffen?«

»Ich ...«, beginne ich. Dann fällt mir auf, dass ich das selbst nicht so genau weiß. »... hab eigentlich auch nicht wirklich nen Plan. Ach, Scheiße. Das hier ist alles total anders gelaufen, als ich es mir gedacht hatte. Und ich hab gerade selbst genug Probleme.«

Hast du das jetzt ernsthaft laut gesagt?

Die junge Frau mustert das verpixelte Abbild von mir auf dem Monitor des Casino-Automaten. Dabei legt sie wieder einmal ihren Kopf schräg, doch diesmal nicht in der aufsässigen Art, die mir fast schon typisch für sie erschien, sondern auf eine nachdenkliche, zugewandte Art und Weise.

»Hmm, sieht so aus, als ob wir hier so nicht weiterkommen. Ich mach dir jetzt mal nen Vorschlag, der ein bisschen Mut von dir erfordert. Aber sowas bekommt ein 'Maxx' doch bestimmt hin.«

Das Grinsen, das sie dabei auf dem Gesicht trägt, ist eigentlich eine Spur zu breit, um attraktiv auszusehen. Auch trieft ihre Stimme geradezu vor Hohn. Aber doch breitet sich in mir ein seltsam angenehmes Gefühl aus.

»Kannst du mir zeigen, wie wir ins Village kommen – ausnahmsweise, ohne zu laufen?«, wendet sie sich an Kyle und durchbricht meine abschweifenden Gedanken.

»Klar, das ist voll easy«, sagt er abwinkend und wirkt mit einem Mal gar nicht mehr, wie der Bubi, als den ich ihn wahrgenommen hatte.

Vielleicht trügt der berühmte erste Eindruck ja bei uns allen?

Ich beobachte, wie er Mju ein paar Gesten zeigt.

Dann dreht sie sich wieder zu meinem Abbild auf dem Automaten.

»Okay, das ist der Plan: Komm in etwa zehn Minuten wieder 'on' und zwar zu dieser Adresse und mit VR-Unterstützung. Wenn alles so klappt, wie ich mir das vorstelle, dann können wir uns ein bisschen näher kennenlernen. Und vielleicht können wir uns sogar gegenseitig helfen.«

Damit lässt sie über ihrer Handfläche die Web-Adresse aufleuchten.

Hey, cool. Sowas könnte ich auch gern.

»Was ist, haben wir einen Deal?«

»Okay ... Deal.«

Hoffentlich werde ich das nicht bereuen.

ETWA FÜNF MINUTEN später habe ich die Adresse bereits aufgerufen und starre nun auf das Holo eines Warteschildes. Länger hat es nicht gedauert, einen neuen Drink einzuschenken und mit

Honey ein Sicherheits-Szenario zu besprechen. Sie hatte die Idee, dass wir den Stream durch ihre Matrix leiten. So kann sie nicht nur das Gespräch verfolgen, sondern auch zur Not eine Feedbackschleife erzeugen, um die Verbindung zu blockieren. Und ich habe den Vorteil, dass ich so auf das übliche Equipment verzichten kann, da die Bilderzeugung im gesamten Arbeitszimmer erfolgt.

Warum bin ich da eigentlich so heiß drauf? Ist das nur wegen der Lösungen, die diese Mju angedeutet hat? Oder wegen Mju selbst?

In diesem Moment löst sich das Schild auf und wird durch eine Landschaft mit sanft geschwungenen Hügeln ersetzt, über der eine strahlende Sonne steht. Kein Filter, keine Abschirmung verstellt den Blick auf die Schönheit des Himmels. Vor mir breitet sich eine schmale Landstraße aus, die an einem Ortsschild vorbeiführt, auf dem »Le Village« geschrieben steht. Direkt daneben steht Mju mit Kyle und zeigt mir ein sonniges Lächeln.

»Du konntest es wohl nicht abwarten«, ruft sie mir zu und winkt.

Ja, stimmt. Was soll's.

Auch ich lächle und gehe auf die beiden zu. Kurz bevor ich am Schild ankomme, bedeutet Mju mir allerdings stehen zu bleiben.

»Einen kleinen Moment. Ich will dir nur was zeigen.«

Sie macht mit der Hand eine Wischbewegung und mit einem Mal ist alles anders.

Eigentlich ist nicht wirklich alles anders. Es ist noch dieselbe Szenerie, jedoch wirkt sie wie ein blasser Abklatsch.

Ein unangenehmer Schauer läuft mir über die Arme.

»Was ist denn hier los?«

»Wir wollten uns doch über Probleme unterhalten«, sagt Mju. »Nun, das hier ist unseres.«

»Äh, wie ...?«

»Wenn dich das wirklich interessiert, dann erzählen wir es dir. Aber lass uns erst mal hier rausgehen. Leo, Ausgang bitte.«

Mit ihren Worten erscheint direkt neben ihr eine Tür, die Mju öffnet und mit Kyle hindurchgeht. Dann streckt sie ihren Kopf noch einmal heraus.

»Was ist, kommst du?«

Die Starre, die mich beim plötzlichen Verwelken der Szenerie befallen hat, löst sich und ich folge den beiden nur zu gern.

Das hier fühlt sich irgendwie nicht richtig an.

Meine Verwunderung angesichts der unvermittelt erscheinenden Tür ist nichts im Vergleich zu der, die mich befällt, als ich auf der anderen Seite der Tür ein Künstler-Atelier vorfinde.

Mju deutet meine Blicke richtig und zeigt auf einen Tisch mit drei Stühlen.

»Setzen wir uns doch. Ich weiß noch, wie es für mich war, als ich hier ankam. Alles wirkt so vertraut. Dann geht man um eine Ecke und mit einem Mal ist alles neu, weil das analoge Verständnis von Raum in unserer Welt kaum eine Bedeutung hat.«

»Hmm«, mache ich und bewege meinen Avatar zu der Sitzgruppe. Zu etwas Eloquenterem bin ich momentan nicht fähig.

»An deiner Reaktion konnte man erkennen, dass dir der Unterschied draußen aufgefallen ist«, sagt Kyle, als ich mich setze.

»Das war ja auch mehr als deutlich. Was ist das eigentlich?«

»Das sind zwei meiner Snapshots gewesen«, beginnt Mju und erzählt mir danach alles, was sie bisher über den schleichenden Verfall der digitalen Welt in Erfahrung bringen konnte.

»Unglaublich«, sage ich danach und schüttle langsam den Kopf. »Das kann doch nicht einfach ... Oh!«

Mju und Kyle schauen mich fragend an.

»Mir ist nur gerade was eingefallen. Als ich letztens zu Iurii gerufen wurde, da war auch der Prinzipal da. Und er hat nicht nur mir etwas gegeben, das mir seitdem das Leben schwer macht. Er hat auch dem Dominus einen Bericht überreicht, der ihn sehr zufrieden aussehen ließ. Ich hab nicht alles sehen können, aber es schien um sinkenden Energieverbrauch zu gehen und die Dig...italen Bürger hatten auch was damit zu tun.«

»Ha!«, ruft Kyle und springt auf. »Ich wusste es doch. Das sind keine Systemfehler. Die machen das absichtlich!«

Mju hingegen wirkt niedergeschlagen.

»Das kann so nicht weitergehen. Sonst ist hier irgendwann nichts mehr übrig. Wo sollen wir dann leben?« Dann springt auch sie auf und ruft: »Und ausgerechnet jetzt ist Alma unauffindbar!«

Kyle hat sich inzwischen wieder hingesetzt und sieht mich eindringlich an.

»Du musst uns helfen, das zu verhindern.«

Nun springe ich auf.

»Wie stellst du dir das vor? Ich kann ja noch nicht mal Iuriis Befehl befolgen, ganz zu schweigen davon, dass mich dieses Zeug vollkommen ...«

Moment mal, das ist genial.

»Ich bin gleich wieder da!«

#KEEPCALMANDCARRYON

DIGITALE WELT, LE VILLAGE, ATELIER
IN DER VILLA VON ALMA MATÈRNE,
ZEITINDEX 09052121_1545 - 1600

MJU

»Verdammt, jetzt ist er wieder weg!«, ruft Kyle. »Was ist, wenn der irgendwelche schrägen Sachen macht ... da drüben?«

Ich schüttle gedankenverloren meinen Kopf.

Das macht er ganz bestimmt nicht. Aber warum bin ich mir da so sicher?

»Hast du das auch bemerkt?«, frage ich ihn.

»Wie?«

»Was?«

Kyle schaut mich verwirrt an.

»Hast du etwas von dem mitbekommen, was ich eben gesagt habe?«

»Nee, und du?«

Kyle legt seinen Kopf schräg und mustert mich mit hochgezogener Augenbraue.

»Okay, jetzt nochmal«, sagt er. »Was ist, wenn der Typ in Analogien irgendwas dreht? Dann sind wir im Arsch. Der könnte uns vielleicht einfach löschen und ...«

»Quatsch! Es gibt Datenschutz-Protokolle, nach denen eine Löschung oder Extraktion eines Digitalen Bürgers aus dem System nur auf eigenen Wunsch und Veranlassung möglich ist. Die sind Teil der Firmware der Serversteuerung und nicht änderbar.«

»Sagt wer?«

»Sagt Alma. Du erinnerst dich? Meine Großmutter? Die, die das ganze Zeug hier damals installiert hat?«

»Na gut, sie muss es ja wissen. Aber damit wären wir wieder bei deinem Problem. Wo ist sie bloß?«

Ich stoße einen Seufzer aus.

»Ich hatte ja echt gehofft, dass du dabei helfen kannst, eine Antwort darauf zu finden. Du kennst dich doch hier viel besser aus als ich.«

»Wow, das ist echt ganz schön viel Vertrauen, dass du in mich setzt.«

»Aber es stimmt doch, oder? Ich mein', wie lange bist du denn schon hier?«

Kyle schaut zur Decke des Ateliers.

»Hmmm, schwer zu sagen. Ein paar Jahre bestimmt. Das war damals, als in der Quartären Sphäre diese Seuche losging. Da war ich 19. Meine Eltern hat's direkt erwischt. Sie wurden in die Tube verfrachtet und nach Britannien transportiert.«

»Britannien?!«

Ernsthaft? Diese Posts darüber waren kein Fake?

Kyle interpretiert mein Zögern falsch und setzt zu einer umfangreichen Erklärung an.

»Kennst du das nicht? Ist ne Insel. Vielleicht 1000 km von der Sphäre weg. Da sollen die modernsten Kliniken gebaut worden sein, um Bakterien, Viren und den ganzen Dreck zu bekämpfen.«

»Ja, nee ist klar ... aber die ... die haben dir einfach so beide Eltern weggenommen?«

Kyle seufzt.

»Was hätten sie denn machen sollen? Bei uns waren keine Kapazitäten, um die Infektionen einzudämmen. Und ich war ja schon volljährig. Also hieß es 'Abschied nehmen'.«

Beim Gedanken daran schlage ich mir eine Hand vor den Mund.

Dagegen hab ich sowas von keine Probleme!

»Und dann? Also ... was hast du gemacht?«

Er blickt mir in die Augen.

»Warst du je in der Quartären?«

Stumm schüttle ich meinen Kopf. Und dabei verspüre ich erneut ein Gefühl von Verlegenheit. Darüber, dass ich nicht einmal in meiner rosaroten Bubble der Primären Sphäre, als erwachsene Frau, mit genug Geld und Freunden im Rücken damit klargekommen bin, dass mich Mamie verlassen musste.

Aber Kyle winkt ab.

»Ist auch nicht ungewöhnlich. Dahin verirrt sich selten jemand, der es nicht muss. Wie erklär ich es dir ... schaust du dir manchmal alte Filme an? Das, was die damals als 'Science Fiction' bezeichnet haben?«

»Klar, das ist so ...« Ich breche ab, denn in dieser Situation das Wort »lustig« in den Mund zu nehmen, wirkt irgendwie falsch.

Doch auch dafür hat Kyle nur ein wissendes halbes Grinsen übrig.

»Mach dir keinen Stress«, bemerkt er. »Ich bin lange genug weg, dass ich das nüchtern betrachten kann. Aber jetzt nochmal zu den Filmen. Da waren doch bestimmt auch so Szenen auf Gefängnis- oder Minen-Planeten, in denen es immer dunkel war und auch meist geregnet hat.«

Ich nicke.

»Voilà. Quartäre Sphäre.«

»Echt? Aber warum?«

»Das muss wohl mit der Statik der gesamten Sphäre zusammenhängen. Irgendwann hab ich das mal ein bisschen nachgelesen. Die gesamte Haupt-Sphäre hat nen Durchmesser von ungefähr 130 Kilometern und ist in der Mitte vielleicht 5 Kilometer hoch. So hatten es die Ingenieure damals ausgerechnet, um sowas wie Wetter innen drin umsetzen zu können, damit weiter Pflanzen wachsen. Und um so ein Monster von einem Bauwerk stabil zu halten, muss der äußerste Bereich eben besonders verstärkt werden. Und dann werden sie sich überlegt haben, dass man diesen Bereich ja auch prima nutzen kann, um Leute dort unterzubringen. Immerhin gab es ja ein paar Millionen, die sonst verreckt wären.«

»Okay ...«

»Also ist den ... na, ich nenne sie mal einfache Leute ... Also, denen ist die Wahl gelassen worden zwischen der Quartären und ... na ja draußen.«

Ich muss schwer schlucken.

Warum habe ich davon noch nie gehört?

»Du fragst dich wahrscheinlich, warum das in keinem deiner Geschichtsbücher drin stand.«

Ich zucke hilflos mit den Achseln, nicke aber gleichwohl.

Ein fatalistisches Lächeln breitet sich auf Kyles Gesicht aus.

»Was und wie es damals abgegangen ist, weiß ich auch nicht genau. Ich hab's eben aus so alten Büchern, die von irgendwelchen Typen gemacht wurden, die noch was davon mitbekommen und es aufgeschrieben haben. Aber ist ja auch egal. Das war vor unserer Zeit. Ich bin da geboren worden, so wie auch meine Eltern und Großeltern schon. Immerhin haben es meine Eltern geschafft, sich in Stellungen hochzuarbeiten, bei denen sie hin und wieder den Himmel zu sehen bekamen.«

»Wer waren sie denn? Also ... wenn das nicht zu ...«

»Nö, kein Ding. Du hast mir ja bei unserem ersten Treffen auch schon viel von dir erzählt. Ich bin Sohn von 1.2.Techniker Artjom und 1.3.Hydroponikerin Aïsha.«

»Nimm's mir nicht übel, aber ... haben sie denn keine ... richtigen Namen?«

Kyle lacht kurz auf.

»Stimmt. Ab der Tertiären sehen die anders aus. Aber das sind ihre Namen ... oder eindeutigen Bezeichnungen, wenn man so will.«

Röte schießt mir ins Gesicht.

Ich dachte, ich wüsste nur nichts von der digitalen Welt. Aber was weiß ich denn eigentlich von der Welt, in der ich gelebt habe?

Ich greife eine Karaffe vom Tisch und schenke mir Wasser in ein Glas, das ich direkt in großen Schlucken trinke. Dann fülle ich unsere Gläser erneut.

Kyle fährt währenddessen fort.

»Die Bezeichnungen sind eigentlich ganz leicht erklärt. Dem Rufnamen, der einem von seinen Eltern gegeben wird, wird das eindeutige Präfix vorangestellt. Das besteht aus der Beschäftigung, der Zugangsberechtigung und dem persönlichen Rang. Meine Ma zum Beispiel ist als Züchterin von Pflanzen für die Tertiäre und Quartäre Sphäre beschäftigt gewesen. Dazu musste sie die Berechtigung besitzen, auch die Tertiäre zu besuchen. Und sie war entweder die Erste dieser Kombination oder stand im Rang über den anderen. Also: Rang 1, Sphäre 3, Hydroponikerin.«

»Wow. Das klingt ... so effektiv. Aber ...«

»Irgendwie nicht so richtig menschlich?«, vervollständigt Kyle meinen Satz.

»Ähm ... ja.« Hilflos hebe ich meine Hände. »Und du?«

Kyle schnaubt.

»Kinder sind sich da hauptsächlich selbst überlassen. Und da sie weder in andere Sphären gehen dürfen, noch eine offizielle Arbeit haben, werden sie meist nach dem Vater benannt. Ich war eben Artjoms Sohn.«

Mit einer Mischung aus Scham und Wissbegierde schaue ich Kyle an.

Was für ein Leben.

»Das klingt ja ... ich weiß gar nicht, wie ich das nennen soll.«

»Ja, vielleicht hört es sich im Vergleich zu deinem Leben heftig an, aber eigentlich habe ich es nicht als besonders schlimm empfunden. Meine Eltern waren liebevoll und haben mir alles beigebracht, was sie wussten. Später dann habe ich andere Leute gefunden, die mir Dinge beibrachten. Programmieren, Zeug reparieren. So Sachen eben. Ich hatte sogar gerade einen Job als Recycler bekommen, als das mit der Krankheit passiert ist.«

»Und was ist dann geschehen?«

»Na ja, den Job hätte ich schon weiter machen können. Aber unsere Wohnung war weg. Mam und Paps mussten alles verkaufen, was wir besaßen, um ihren Anteil an den Kosten für ihren Transport bezahlen zu können. Und die Wohnung war auf drei Personen ausgelegt. Die ist also verteilt worden.«

»Aber was hast du denn dann gemacht?«

»Zu der Zeit liefen überall Spots, die Werbung für die Digitalisierung gemacht haben. Ich hab eins der Angebote angenommen, mit Startguthaben und nem generischen Avatar.«

Unwillkürlich muss ich kichern.

»Ernsthaft? Du bist in so einem Ding rumgelaufen, wie ich es für diesen Maxx besorgt habe? Ach, was ich dich die ganze Zeit fragen wollte. Hast du bemerkt, dass der Typ irgendwie nicht allein war?«

»Wie meinst du das? Also, klar, mein Avatar damals war so in der Art, wie das Ding, das du ihm zur Verfügung gestellt hast. Aber wieso ‘nicht allein’?«

»Hmm, wie soll ich sagen? Ich hatte das Gefühl, dass da immer eine Unschärfe da war, wenn er sich bewegt hat. So, als ob ein Teil von ihm es nicht sofort merken würde und dann hinterherhastet, um sich wieder mit ihm zu vereinigen.«

Die großen Augen, mit denen Kyle mich anschaut, sprechen von plötzlichem Verstehen.

»Natürlich! Jetzt, wo du es sagst, ist mir klar, was mir an dem seltsam vorkam.«

»Hast du nen Plan, woran das liegen kann?«

Kyle prustet los.

»Das fragst du mich? Du bist doch diejenige, die dieses Virtutrip-Ding programmiert hat.«

»Whoa, das war ich doch nicht alleine. Ich hab nur Mamie bei den Design-Aspekten geholfen. Wenn du zum Beispiel Maxx gern etwas kleiner hättest, dann könnte ich das im Handumdrehen erledigen. Aber die Technik, mit der ein Analoger nicht nur als Avatar hier erscheinen kann, sondern auch unsere Welt wahrnimmt, ist nicht meine Gewichtsklasse. Ach, verdammt. Jetzt sind wir wieder da, wo wir angefangen haben.«

Kyle nimmt einen Schluck Wasser und tippt sich danach mit dem Rand des Glases nachdenklich gegen die Unterlippe.

»Maxx ist ja eh noch nicht zurück. Vielleicht sollten wir bis dahin noch einmal nacheinander das durchgehen, was wir wissen.«

Guter Plan. Aber ich krieg das einfach nicht auf die Reihe. Verdammt, ich bin doch sonst nicht so durch den Wind.

Ich wische mir mit der Hand übers Gesicht und sehe ihn dann hilfesuchend an. »Und was wissen wir?«

»Na zum Beispiel das, was du vorhin gesagt hast: Hardwareseitig ist es unmöglich, einen DB von außen vom Netz zu nehmen. Gibt's da noch weitere Grundprinzipien?«

Nachdenklich fahre ich mir durch die Haare. »Mal sehen. Vielleicht, dass es den DB nicht möglich ist, nach Analogien durchzudringen, abgesehen von Videocalls?«

»Na ja, ich hab's geschafft, wenn auch nur durch Zufall.«

»Stimmt, dann gilt das nicht. Aber zum Offline-Gehen hab ich noch was. Ist aber auch nur aus nem Wiki.«

»Das hab ich bisher auch noch nicht gemacht, also weißt du trotzdem mehr als ich. Dann lass hören.«

»Die Notwendigkeit dazu steigt mit dem Alter oder auch mit Vorerkrankungen aus der Zeit vor dem Upload.«

»Aha.«

»In der Zeit, die man offline ist, wird der Speicher defragmentiert und neu geordnet, sodass man schneller auf bestimmte aktuelle oder interessante Inhalte zugreifen kann. Außerdem erfolgen Verknüpfungen und Einschätzungen anhand des individuellen Verhaltenskodex.«

»Dann ist das also im Prinzip wie beim Träumen von Analogen?«

»Nicht ganz.« Ich winke ab. »Wenn ich das richtig in Erinnerung habe, dann laufen bei uns keine Träume ab.«

»Eigentlich fast schade.«

»Ist aber so. Vielleicht würden Träume das System überlasten. Oder sie widersprechen so sehr der Logik, dass sie zum Kollaps führen würden.«

»Das kann natürlich sein«, räumt Kyle ein. »Noch was?«

»Man benutzt einen bestimmten Netzwerk-Port, um off zu gehen. Und es gibt verschiedene Varianten dabei. Einfach intern aufrufen und bestätigen, dann ist man ausgeblendet. Oder ein Portal erschaffen, das den Vorgang startet. Da gibt's dann wieder die Varianten: 'durch und weg' und 'ich schaffe mir ein Bett'.«

»Gut, verstanden. Weiter.«

»Ähm ... die notwendige Dauer wird von einem Algorithmus bestimmt, dauert aber nie länger als ein paar Stunden.«

»Und dann?«

»Keine Ahnung. Ich glaub, das war's dazu.«

»Okay, dann weiter mit deiner Großmutter.«

»Also, nach dem, was ich von den anderen hier im Village in Erfahrung bringen konnte, war Alma noch bis ungefähr zum Mittag damit beschäftigt, alles für das Essen vorzubereiten, was sie dann auch gekocht und mir bereitgestellt hat. Danach hat sie mir eine Nachricht geschrieben und in ihrem Arbeitszimmer zurechtgelegt. Dort hat sie sich auch ein Offline-Kämmerchen geschaffen. Sie muss wohl wirklich schon ganz schön kaputt gewesen sein, denn sie hat sich auf dem Portal verschrieben. Da stand 'Offf' mit drei 'f'. Da ist sie hineingegangen und hat sich hingelegt – zumindest sah das Bett da drin so aus. Ihre Brille hat sie auch noch abgelegt, wie um sich schlafen zu legen.«

»Ja?«, fragt Kyle nach, als ich nichts mehr ergänze.

Mit zusammengezogenen Augenbrauen blicke ich zu ihm auf.

»Nix weiter. Ich kam nach Hause und sie war weg.«

Kyle schließt seine Augen und brummt leise vor sich hin, während er mit seinen Fingern Gesten vollführt, die danach aussehen, dass er etwas abzählt und sortiert. Schließlich reißt er sie wieder auf und schaut mich intensiv an.

»Wenn das wirklich alles so ist, dann gibt es nur noch eine Frage zu klären: Warum hat Alma die Entscheidung getroffen, aus dem System zu verschwinden?«

NICHT GANZ WAHR

ANALOGE WELT, SEKUNDÄRE SPHÄRE, WOHNSILO 7OF9, ZEITINDEX 09052121_1545 – 1615

MAXX

»Honey, ruf Iurii an.«

Während sich um mich herum wieder alles in mein Arbeitszimmer zurückverwandelt, habe ich einen Moment lang ein seltsames Gefühl. Es kommt mir fast so vor, als ob sich etwas in mir nicht so recht von dem eigenartigen Atelier und den Personen dort drin trennen will.

Irgendwie habe ich mich selbst da auch ganz wohl gefühlt.

Aber es gibt etwas Wichtigeres zu tun. Vielleicht kann ich so nicht nur eines meiner Probleme, sondern auch ihres lösen. Also warte ich mit wachsender Ungeduld darauf, dass der Dominus das Gespräch annimmt.

»Master Maxx«, begrüßt mich schließlich der Majordomus. »Ich fürchte, der Zeitpunkt für eine Kommunikationsaufnahme ist etwas ungünstig gewählt. Master Iurii ...«

In diesem Augenblick verschwindet das Bild des Mannes und stattdessen ist Iurii im Holo zu sehen.

»Maximus, ich grüße dich. Hast du mir etwas zu berichten?«

Okay, Showtime.

»Ja, in der Tat, Master Iurii. Es ist mir gelungen, herauszufinden wer für das unselige Video verantwortlich ist.«

Iuriis Augenbrauen heben sich unwillkürlich.

Das hat er mir wohl nicht zugetraut. Umso besser.

Eine Weile lang mustert er mich stumm.

Jetzt lass dir bloß nix anmerken.

Ich schaue ebenso stumm zurück und bemühe mich dabei darum, dass er mir diese Mühe nicht ansieht.

Schließlich legt er seinen Kopf leicht schräg und zieht noch einmal eine Augenbraue hoch.

»Tatsächlich?«

Oder weiß er schon wieder etwas, das ich noch nicht weiß?

Alles in mir beginnt sich zu verkrampfen, während ich ihm weiter ein Pokerface zeige. Am liebsten würde ich sofort mit allem herausplatzen. Aber das wäre nicht gut. Zu viel Information. Das könnte ihn misstrauisch machen. Also zügele ich mich und starte mit kleinen Häppchen.

»Es war einfacher, als ich es zunächst vermutet hatte. Doch mit einigen forensischen Mitteln und dank der erweiterten technischen Unterstützung, die Ihr mir zuteilwerden ließet, konnte ich die ... Person ausfindig machen.«

Iurii nickt langsam, dann aber fixiert er mich.

»Wer ist es?«

Ein weiteres Mal muss ich mich daran hindern, alles, was ich mir zurechtgelegt habe, vor ihm auszubreiten. Es gelingt mir, das Zucken meiner Mundwinkel zu einem dünnlippigen Grinsen werden zu lassen.

»Die Frage könnte eher lauten: Was ist es?«

In Iuriis Worte mischt sich nun eine Schärfe, wie ich sie bisher noch nie bemerkt habe, wenn er mit mir sprach. Auch macht es den Anschein, dass sich in seinem Gesicht Gewitterwolken zusammenballen.

»Wie soll ich das verstehen!?«

Oh, Shit. Habe ich den Bogen jetzt überspannt?

»Es ist ein Dig«, platzt es aus mir heraus. »Nur ein verdammter Dig.«

»Unmöglich!«

Die Augen des Dominus quellen aus ihren Höhlen und er wird krebsrot im Gesicht.

Was für ein Glück, dass ich ihm nicht direkt gegenüberstehe. Wahrscheinlich würde er mich sonst sofort einen Kopf kürzer machen.

»Mit Verlaub, Dominus«, rufe ich und schlage dabei demütig die Augen nieder. »Ihr habt mich nicht umsonst mit so umfangreichen Vollmachten ausgestattet. Lasst es mich bitte erklären.«

Die Anrede verfehlt ihre Wirkung nicht. Vielleicht hilft aber auch die Tatsache, dass Sphynx ihm in diesem Moment auf den Schoß springt und mit einer Pfote nach meinem Abbild hascht.

»Nun gut. Erkläre es.«

Ich Idiot. Warum habe ich nicht gleich damit herausgerückt? Hoffentlich klingt die Geschichte nicht so abwegig, wie sie mir jetzt vorkommt.

»Im Rahmen meiner Recherche bin ich auf mehrere Ports innerhalb des ORB gestoßen, die noch aus der Antike stammen, aber nie blockiert oder gar abgeschaltet wurden. Einer davon ist tatsächlich dazu geeignet, Code von der digitalen Welt zu uns zu schleusen. Vielleicht hat euch Master Ridicc bereits davon erzählt, als er euch letztens über seine neue Droge berichtete. Auf jeden Fall ...«

»Stopp!«, dröhnt Iuriis Stimme durch mein Arbeitszimmer, laut genug, dass sie vielleicht sogar im Nachbar-Apartment zu hören sein könnte.

Wie befohlen, lasse ich meine Stimme verklingen.

»Was genau meinst du mit ‘seine neue Droge’?«

Das scheint zu klappen ...

»Als ich euch kürzlich besuchte, war er doch ebenfalls zugegen, um euch eine Auswertung zu bringen«, antworte ich in unbekümmertem Tonfall. »Ich bin davon ausgegangen, dass er euch dabei auch von dem 'Offf', wie er es nennt, berichtet hat. Hierbei handelt es sich um eine einzelne, aus der digitalen Welt extrahierte Entität, die ...«

Nun stoppt mich nicht Iuriis Stimme, sondern lediglich eine knappe Bewegung seiner Hand.

»Und wieso weißt du davon?«

»Weil er sich auch noch mit mir unterhalten hat. Dabei demonstrierte er mir die Wirkung.«

Ich mache eine kurze Pause.

Er schluckt den Köder. Hoffentlich wirkt das jetzt auch so, wie ich gehofft habe.

»Oh ... hat er euch nichts davon erzählt? Ich war mir sicher, dass er in eurem Auftrag gehandelt hat.«

»Selbstverständlich«, sagt Iurii, doch ich kann erkennen, wie es dabei in seinem Kopf arbeitet. »Was nun diese Entität anbelangt, so kannst du mir noch einmal Näheres darüber erzählen. Der Prinzipal hatte dazu noch keine Gelegenheit, da ich anderweitig beschäftigt war.«

Der Nacktkater hat es inzwischen aufgegeben, mich berühren zu wollen. Stattdessen stupst er mit seinem Kopf Iuriis Hand an. Ohne seinen Blick von mir abzuwenden, beginnt der Alte ihn zu streicheln. Sofort hat es den Anschein, dass sich ein Teil der Anspannung löst, die sich während unseres Gesprächs auf dem Gesicht des Dominus widergespiegelt hat.

»Gern, Master Iurii. Viel gibt es darüber allerdings nicht zu sagen. Durch diesen Port ist es möglich, die Daten abzuziehen, um sie dann auf einem speziellen Kristall zu speichern. Dieser kann in ein Gerät eingeführt werden, das den Eindruck vermittelt, ein ganz normales Oxy zu sein. Die Energie, die dann bei der Dissolution der

Entität frei wird, konnte ich selbst erleben. Master Ridicc hatte mich aufgrund meiner Konstitution um Mithilfe gebeten.«

Und jetzt Teil zwei ...

»Und, wenn ich mir die Bemerkung erlauben darf, war das auch gut so. Denn ich konnte auf diese Art und Weise letztendlich feststellen, dass die Signatur des Digs, der zugunsten des Tests sein Dasein aufgegeben hat, mit derjenigen übereinstimmt, die ich als Urheber des Drohnen-Desasters ermittelt hatte. Anscheinend hat sich dieser digitale Drecksack bei seinen unautorisierten Umtrieben letztendlich selbst der Zerstörung ausgeliefert.«

Ich lächle in einer zufrieden wirkenden Art und Weise, auch wenn meine innere Anspannung nun ihrem Höhepunkt entgegenstrebt. Dann schaue ich Iurii an.

Bitte lass es klappen.

Der Dominus nickt langsam vor sich hin, während er wohl in Gedanken noch einmal die Informationen durchgeht.

Ob er sie auch auf Schwachstellen hin abklopft?

Mach dich nicht lächerlich. Woher soll er denn wissen, wie das funktioniert?

Es sei denn, Ridicc hat es ihm doch bereits gesteckt.

Aber der hat mich extra dazu vergattert, ihm nichts darüber zu erzählen. Warum sollte er es dann selbst schon getan haben?

Es sei denn, das war ein Test.

Shit, darauf hätte ich ...

Früher kommen sollen? Allerdings. Aber jetzt ist es zu spät dafür.

In der Hoffnung, dass sich nichts von meinen Bedenken auf dem Gesicht abgezeichnet hat, warte ich weiter stumm darauf, dass Iurii sein Urteil fällt.

»Und das alles hast du in gerade einmal einem Tag geschafft?«, sind die ersten Worte, die aus seinem Mund kommen. Dabei trägt er ein rätselhaftes Lächeln zur Schau, das der dunkel gewandeten Frau auf dem Gemälde hinter ihm alle Ehre macht.

Jetzt bloß nicht in Schweiß ausbrechen!

Doch bevor ich zu einer Erklärung ansetzen kann, von der ich selbst nicht wüsste, wie sie überhaupt lauten könnte, bricht Iurii in ein volltönendes Gelächter aus.

»Da soll noch einmal jemand sagen, dass ich meine DiCs nicht gewinnbringend einsetze«, sagt er nach einer Episode der Heiterkeit, die ich in dieser Länge so noch nie bei dem Alten erlebt habe. »Mein lieber Maxx. Du zeigst erneut, dass mich mein Gespür für Investitionen nicht verlassen hat. Ich gratuliere dir.«

»Vielen Dank, Dominus«, erwidere ich und erlaube mir nun einen Seufzer. »Ich hatte gehofft, dass Ihr meinen Worten Glauben schenkt.«

Iurii blickt mich mit einer geradezu väterlichen Miene an. Dann nickt er erneut kurz.

»Nun gut. Damit wäre das erledigt. Und um der Wahrheit die Ehre zu geben, hatte ich nicht damit gerechnet, dass du so schnell zu einem Ergebnis kommen würdest. Nimm dir also die nächsten vier Tage frei, bis ein Release des ORB-Upgrades erfolgt. Nun entschuldige mich bitte. Der Prinzipal wartet darauf, dass ich ihm ein wenig meiner Zeit widme.«

Und damit ist die Verbindung getrennt.

»Honey?«, rufe ich und merke dabei, wie meine Stimme zittert.

»Hey Boss, das hast du aber geschickt eingefädelt.«

»Du weißt, was da eben abgegangen ist?«

»Natürlich. Immerhin ist die Kommunikation mit den beiden Digitalen Bürgern durch meine Matrix gelaufen. Und dein Gespräch von eben hat länger als die 5 Mikrosekunden gedauert, die ich benötigt habe, um meine Schlüsse daraus zu ziehen.«

Ich kann es nicht verhindern, in Gelächter auszubrechen. Dann bitte ich Honey darum, mir ihre Erkenntnisse zu nennen.

»Ich stimme mit dir darin überein, dass es ein solcher antiker Port sein wird, durch den es letztendlich möglich ist, dass Digitale Bürger Eingriffe in der analogen Welt vornehmen können. Allerdings gehe ich mit 99,4-prozentiger Wahrscheinlichkeit davon aus, dass es sich nicht ebenfalls um den Port handelt, mit dem man eine solche Entität extrahieren kann. Jedoch war dies für die Scharade, die du mit dem Dominus gespielt hast, nicht von Belang.«

»Also ist es dir aufgefallen.«

»Selbstverständlich. Kyle kann es nicht gewesen sein, den du konsumiert hast, da sich dieser weiterhin seines digitalen Lebens erfreut. Vielmehr gehe ich davon aus, dass du nun Mju die Nachricht überbringen kannst, dass du ihre Großmutter gefunden hast.«

#TEAFORTHREE

DIGITALE WELT, LE VILLAGE, VILLA VON ALMA MATÈRNE, ZEITINDEX 09052121_1600 - 1700

MJU

Während ich die Tür mit der Aufschrift »Off« fixiere, rühre ich abwesend in meinem Kaffee.

Kyle sitzt neben mir und starrt auf das Holo des Editors, in dem er den Code der Kammer aufgerufen hat.

Wenigstens dabei konnte ich ihm helfen, geht es mir durch den Kopf, während ich am Kaffee nippe. Leider ist er inzwischen kalt. Also stelle ich die Tasse neben mir ab.

»Meinst du, ich könnte nochmal da rein und ... weiß nicht ... schauen, ob wir etwas übersehen haben?«, wende ich mich an ihn, erhalte aber nur ein abwesendes Brummen als Antwort.

Kein Wunder. Er ist ja, im Gegensatz zu mir, voll damit beschäftigt, etwas zu tun, das wir nicht schon mehrfach ausprobiert haben.

Nachdem Maxx uns so überraschend verlassen hatte, hat auch Kyle für eine Überraschung gesorgt, als er mir eröffnete, dass er fließend Binar spricht – die Sprache, in der das ORB mit allem kommuniziert. Das ist sogar noch eine Stufe tiefer, als es selbst Mamie tut, wenn sie programmiert. Ich habe ihm die Geste gezeigt, mit der er an den Code kommt und er hat sich mit Feuereifer hineingestürzt. Seitdem sitze ich neben ihm und kann nichts anderes tun, als zu warten.

Nicht gerade meine Stärke. Beim Üben von Dingen habe ich Geduld, aber da geht es ja auch darum, etwas zu tun. Dieses Nichtstun ist …

»Kein Zweifel, da sind irrsinnig viele Daten transferiert worden«, kommt es plötzlich von Kyle und beendet meine Gedanken.

Ich drehe mich um und schaue ihn fragend an.

»Und hast du das hier gesehen?« Kyle weist auf einen der Einträge im Holo.

Ich schüttle lächelnd den Kopf.

Er hat nicht mal gemerkt, dass ich ihm nicht folgen konnte.

»Schau doch«, beharrt Kyle. »Hier steht, dass der Port direkt vor dem Transfer geändert wurde. Zu dem Zeitpunkt war sie aber entweder schon in der Kammer oder gerade dabei, sie zu betreten.«

»Shit, das kann also bedeuten, dass …«

»Ganz genau«, erklingt in diesem Moment eine Stimme, die uns beide herumfahren lässt.

In der Tür steht der generische Avatar, der von Maxx bewohnt wird. Ein kantiges, verpixeltes Gebilde, das aussieht, als wäre es aus verschiedenfarbigen Kisten zusammengebaut.

Beim ersten Mal wirkte das irgendwie lustiger. Vielleicht sollte ich ihm doch was Vernünftiges zur Verfügung stellen.

Aber seine nächsten Worte unterbrechen diese Gedanken.

»Das heißt, dass jemand deine Großmutter abgezogen hat.«

»Was soll denn dieser Blödsinn?!«, fahren Kyle und ich fast gleichzeitig auf.

Das Baustein-Männchen verschränkt seine Arme vor der Brust.

»Ihr könnt mir später danken«, grummelt Maxx und versucht, ein finsteres Gesicht zu machen. Es gelingt nicht. »Wir wollen mal nicht vergessen, dass ich der Typ mit dem Kill-Switch bin.«

Was weiß der, was wir nicht wissen?, schießt es mir durch den Kopf.

Kyle jedoch scheint von solchen Zweifeln nicht geplagt zu werden. Mit ein paar Schritten ist er bei dem immer noch in der Tür stehenden Maxx angelangt und stößt ihm seinen Zeigefinger gegen die Brust.

»Das geht doch überhaupt nicht«, hält er dem Dutzendgesicht entgegen. »Mju hat mir von der Direktive berichtet, nach der es firmwareseitig nicht möglich ist, mich vom Netz zu nehmen. Was also willst du tun, großer Meister, hä?«

Jetzt komm mal wieder runter, Kyle. Was ist, wenn der wirklich was weiß, das wir nicht wissen?

Doch der verbale Frontalangriff scheint tatsächlich zu wirken. Der Avatar flackert kurz, wie es die Standardmodelle immer tun, wenn sie mit zu viel Input konfrontiert werden. Dann aber fängt er sich wieder und setzt das Default-Grinsen02 auf, das ich vom alten :D-Emoji übernommen habe.

»Das, mein Kleiner, wirst du früh genug herausfinden«, beginnt Maxx, stutzt dann aber, als er bemerkt, dass sein Avatar nicht größer ist als sein Gegenüber.

Zum ersten Mal scheint er sich seines Erscheinungsbildes bewusst zu werden. Er schaut an sich hinunter, dann findet sein Blick den goldgerahmten Spiegel an der gegenüberliegenden Wand. Mit einem :O-Gesichtsausdruck schiebt er Kyle beiseite und tritt nah an den Spiegel heran. Dabei bewegt er seine klobigen Arme, dreht sich hin und her. Schließlich lässt Maxx von seinem Spiegelbild ab und wendet seine Aufmerksamkeit uns zu.

»Okay, passt auf. Ich glaube, es ist wirklich an der Zeit, das Kriegsbeil zu begraben.«

»Das wir nie ausgegraben haben«, werfe ich ein.

Maxx schließt kurz die Augen. Dann zuckt er mit den Schultern.

»Whatever. Fakt ist, dass ich mich hier erstaunlich wohl fühle. Und das, obwohl du mich in dieses ... Ding hier gesteckt hast.«

Na, ein Glück, dass ich den rosa Plüsch-Hasen nicht so schnell finden konnte.

Der Gedanke lässt mich verlegen grinsen.

»Was hältst du davon, wenn wir uns woanders hinsetzen?«, lenke ich ein. »Ich habe so das Gefühl, dass du uns einiges zu erzählen hast. Und ich brauche jetzt noch was Warmes. Tee?«

Ohne eine Antwort von Maxx abzuwarten, verlasse ich das Arbeitszimmer in Richtung Küche, wo ich eine Kanne Tee aufbrühe. Damit gehe ich in den Salon mit Blick auf den Garten, wo Kyle sich schon leise mit Maxx über etwas unterhält, das ich allerdings nicht verstehen kann. Als ich eintrete, sieht mich der seltsame Analoge als Smiley an, dreht seinen Kopf gleich darauf aber wieder zu Kyle.

»Maxx hat mir schon ein bisschen von dem erzählt, was er gerade getan hat, als er weg war«, sagt Kyle und nimmt mir das Tablett ab.

»Aber ich wiederhole es natürlich gern«, schaltet sich Maxx ein. »Ich hatte euch ja vorhin schon gesagt, dass es eigentlich meine Aufgabe ist, Kyle zu finden und zu liquidieren. Allerdings hatte ich von Anfang an meine Probleme mit dem zweiten Teil der Aufgabe. Ich bin eben kein Killer.«

»Und was bist du?«

Er seufzt. »Eigentlich ein ganz normaler Typ.«

»Na, ganz so gewöhnlich kannst du nicht sein. Welcher Normalsterbliche kennt schon den Dominus der Primären Sphäre?«

Maxx öffnet seinen Mund. Dann schließt er ihn wieder.

Siehst du?

»Irgendwie hast du recht«, räumt er schließlich ein. »Das ist eine der vielen seltsamen Sachen, die ich schon so lange nicht klären konnte, dass ich sie inzwischen einfach als gegeben hingenommen habe. Aber jetzt, wo du es ansprichst, fällt es mir auch wieder ein.«

Ich gieße Tee in drei Tassen und halte eine davon Maxx hin. »Das klingt interessant, aber ich muss jetzt nen Schluck trinken. Allerdings bin ich mir nicht sicher, ob du das auch kannst. Versuch es lieber, bevor du anfängst.«

Er bewegt seinen Greifer langsam auf die Tasse zu, bis das System die Annäherung registriert und sie hineinschnappen lässt, wobei die Hälfte des Inhalts über den Rand schwappt. Dann setzt er sie an und trinkt einen Schluck.

»Ist eindeutig warm. Schmecken tu ich aber nichts.«

Immerhin trägt er's mit Fassung.

»Tja, damit wirst du erst mal leben müssen.« Ich proste ihm und Kyle mit meiner Tasse zu. »Jetzt erzähl.«

»Besonders viel zu erzählen gibt's da gar nicht. Ich bin als Kind zusammen mit meinen Eltern einem Unglück zum Opfer gefallen, das sie leider nicht überlebt haben.«

Ich stutze.

Kann das Zufall sein? Drei Personen, die zu früh ihre Eltern verloren haben, auf einem Haufen?

Maxx bemerkt davon allerdings nichts und redet weiter.

»Über sie weiß ich überhaupt nichts. Ich hab danach wohl ewig im Koma gelegen. Als ich irgendwann im Krankenhaus aufgewacht bin, war alles von früher einfach weg. Dann kam so ein Typ in mein Krankenzimmer und erzählte mir, dass ich früher wohl ein guter Schüler war und mich daher aufgrund des Unfalls für ein besonderes Förderprogramm qualifiziert hätte.«

»Und das war Iurii?«, platzt Kyle heraus.

»Nee, den habe ich erst später mal kennengelernt, als ich meinen Master gemacht hatte. Für solche niederen Tätigkeiten hat er seinen Majordomus.«

»Und du hast nie was über deine Eltern und so herausgefunden?«

»Nope. Wenn ich nicht wüsste, dass es mich gibt und dass ich Eltern gehabt haben muss, dann würde ich denken, wir alle haben nie existiert.«

»Okay, jetzt bekomme ich Kopfschmerzen.« Kyle hebt abwehrend seine Hände.

»Das kannst du laut sagen«, murmelt Maxx nickend. »Zuerst hatte ich viel zu viel mit Reha und so zu tun, aber später dann hatte ich trotzdem immer wieder das Gefühl, im falschen Film zu sein – nicht nur wegen meiner Amnesie. Ich weiß nicht, wie ich's erklären soll ... irgendwie fühl ich mich sogar in meinem eigenen Körper fremd. Es hat ewig gebraucht, bis ich nicht mehr über jede Treppenstufe gestolpert bin oder mir irgendwo den Kopf gestoßen habe – so viel zum Thema Kopfschmerzen.«

Okay, dann hast du's wohl auch nicht gerade leicht gehabt. Ich weiß wenigstens, wer ich bin.

»Aber du scheinst ja trotzdem ganz gut in Analogien klar zu kommen. Immerhin muss der große Meister dir wohl in gewisser Weise vertrauen, sonst hätte er dich nicht mit dieser Aufgabe betraut. Was machst du sonst so?«

»Ich bin in der Sphärenkontrolle bei der FUA.«

Kyle springt auf und ruft: »Fuck U A... Oh, tschuldigung. Das ist mir inzwischen in Fleisch und Blut übergegangen.«

Maxx winkt ab.

»Ich versteh, was du meinst.«

»Und sonst so?«, will ich wissen.

»Wie, 'sonst'?«

»Na, was machst du sonst so?«

»Was man eben so macht. Arbeit, Sport, Party ...«

»Genau«, platzt Kyle heraus. »Da wolltest du mir doch eben auch noch was erzählen.«

Maxx wendet ihm ruckartig das Gesicht zu. Dann aber dreht er ihn langsam wieder zu mir zurück, schließt kurz die Augen und richtet seinen Avatar auf, bevor er weiterspricht.

O-Oh, was kommt da jetzt?

»Ich habe vorhin ja schon erzählt, dass der Prinzipal auch bei Iurii war und mir etwas gezeigt hat.«

Gezeigt? Vorhin hast du was von gegeben erzählt.

»Das ist ein ganz neues Zeug …«

Will ich das überhaupt wissen?

»Er nennt es 'Offf' – mit drei 'F'.«

Die Tasse entgleitet meinen mit einem Mal kraftlosen Fingern. Sie prallt klirrend von der Tischkante ab und fällt zu Boden. Dabei benetzt sie mein Bein mit heißem Tee.

Doch ich nehme davon keine Notiz.

Was, wenn es Mamie … Nein! Nein, ich will das nicht. Das kann nicht sein! Es darf nicht das Ende sein. Ich muss hier weg!

Stumm stehe ich auf und gehe wie ferngesteuert zur Tür, die hinaus auf die Veranda führt. Die Tür steht einen Spalt offen und so schwingt sie auf, als ich dagegen stoße.

Nicht das. Nicht so! Das muss ein Zufall sein.

Weiter setze ich einfach einen Fuß vor den anderen, ohne zu sehen, was mich umgibt, ohne darauf zu achten, wohin ich gehe, ohne zu hören, was hinter mir gerufen wird.

Mit einem Mal werde ich gepackt und zurückgezerrt.

»Nein!«, rufe ich und wehre mich heftig gegen die Hände, die mich festhalten.

In mir vollführen die Gedanken wilde Spiralen.

Kann sie einfach weg sein? Werde ich Mamie dann nie mehr wiedersehen? Aber wie soll das funktionieren? Und wenn doch? Aber er sagt, dass er es weiß. Weil er es getan hat. Was hat er getan? Wie hat er es getan? Und wie kann ich ihn dafür büßen lassen?

In diesem Moment trifft etwas klatschend mein Gesicht und hinterlässt einen brennenden Abdruck auf der Wange.

Ich reiße die Augen auf und plötzlich kann ich auch wieder

etwas erkennen. Es ist Maxx, der mir direkt gegenübersteht und mich an beiden Schultern gepackt hält.

Er sagt, er wär kein Killer. Dass ich nicht lache!

Ich winde mich und versuche, seinem stählernen Griff zu entkommen. »Lass mich los!«, schreie ich ihm ins Gesicht. »Du ...«

»Das werde ich ganz bestimmt nicht tun«, sagt Maxx mit gepresstem Tonfall.

»Und warum? Ich will das nicht!«

»Weil es auch etwas gibt, das ich nicht will«, entgegnet er.

»Und was?«

»Dass du verdammtnochmal über diesen beschissenen Blumentopf da hinter dir stolperst und die drei Meter runter in den Garten fällst!«, schreit er nun mich an. Das Gesicht seines Avatars – auch wenn es nur generisch ist – ist dabei so verzerrt, dass ich spontan weiß, dass über sein echtes Gesicht Tränen laufen. »Ich weiß ja nicht, wie das bei euch ist, aber in meiner Welt würde das vielleicht einen Genickbruch bedeuten. Und selbst wenn es wahr ist, dass hier niemand stirbt, würde ich nicht wollen, dass du es riskierst, weil ... ich dich ... irgendwie mag.«

Ich schaue hinter mich und bemerke in diesem Moment, dass ich blicklos quer über die Veranda gewankt bin. Aber nicht in Richtung Treppe, sondern dorthin, wo Mamie mit einem niedrigen Tongefäß voller Geranien mehr schlecht als recht ein Loch im Geländer blockiert hat.

War das Zufall? Oder wollte ich da hinunterstürzen? Und was hat er eben gesagt?

Mit einem Mal verlässt mich alle Kraft. Ich sinke zusammen und ziehe Maxx, der mich immer noch festhält, mit mir zu Boden. Dort bleiben wir hocken und klammern uns aneinander.

»Es tut mir so leid«, murmelt Maxx mit brüchiger Stimme in mein Haar. »Ich wusste nicht, was es war, als mir dieser Typ das Zeug gegeben hat. Er faselte etwas von neuem Stoff. Hinterher hat er mir erst erzählt, dass er es an mir testen wollte ... und was es beinhaltet habe ich erst vorhin herausgefunden. Seitdem vergeht keine Stunde, in der ich mich nicht selbst dafür verfluche.«

Ich schiebe Maxx vorsichtig ein Stück von mir weg, um ihm in die Augen sehen zu können.

»Zeig es mir.«

NICHT GANZ ALLTÄGLICH

DIGITALE WELT, LE VILLAGE, VILLA VON ALMA MATÈRNE, ZEITINDEX 09052121_1715 - 1815

MAXX

»Ich versteh irgendwie nicht so ganz, wie ihr das machen wollt. Was ihr überhaupt machen wollt.«

Kyle läuft im Salon auf und ab, schaut mich dabei aber immer wieder fragend an.

Ich hebe abwehrend meine Hände.

»Alter, frag das nicht mich. Das war Mjus Idee.«

»Mach ich. Aber wo ist sie hin?«

Ich zeige in Richtung Arbeitszimmer.

»Sie murmelte etwas davon, dass sie nen Moment bräuchte, um wieder klarzukommen.«

Kyle schaut mich mit schräggelegtem Kopf an. »Okay, das ist verständlich. War ja auch 'n ganz schönes Brett, dass du uns vorhin vor den Kopf geknallt hast.«

Ich versuche mich an einem Gesichtsausdruck, der dem Schuldbewusstsein entspricht, das ich empfinde, aber nach Kyles verwirrter Miene zu urteilen, gibt es dafür keine Entsprechung in meinem Avatar. »Hast ja recht«, murmle ich. »Ich bin immer so der Typ für die Kurzfassung. Da habe ich nicht daran gedacht, dass es …«

»Absolut nicht notwendig ist, andere in Watte zu packen«, erklingt hinter mir Mjus Stimme.

Ich drehe mich herum und der Avatar macht dabei wahrscheinlich mal wieder einen ziemlich dämlichen Gesichtsausdruck, denn ich bemerke, wie Kyle zwischen eigener Überraschung und spontaner Heiterkeit hin- und hergerissen ist.

Dort steht Mju und sieht gefasst, ja geradezu aufgeräumt aus. Auf unsere fragenden Mienen hin, beginnt sie sogar zu lächeln.

»Ich nehme mal an, ihr fragt euch, warum ich schon wieder hier bin.«

Wir nicken stumm.

»Ja, normalerweise würde ich wirklich noch ne ganze Weile brauchen, denn alles, was mit Mamie zu tun hat, ist bei mir irgendwie ein wunder Punkt.« Sie hebt ihre Schultern und es wirkt, als würde ein Schatten auf ihr Gesicht fallen. »Ich weiß auch nicht. Liegt bestimmt daran, dass sie mir schon seit so langer Zeit Maman und Papa ersetzt hat.« Sie schüttelt kurz ihren Kopf, als ob sie eine Fliege verscheuchen wollte, und lächelt wieder. »Aber ist ja auch egal. Ich habe das Gefühl, dass wir endlich ein paar unserer Probleme auf die Spur kommen. Also habe ich eine von Mamies Apps benutzt.«

»Ähh«, macht Kyle und ich bin ihm direkt dankbar dafür. Das wäre in etwa auch mein Beitrag zum Gespräch gewesen.

Wenigstens einmal bin ich nicht der einzige Ahnungslose hier.

Mjus Lächeln wird breiter. »Ich hätte zwar nicht gedacht, dass ich das überhaupt mal freiwillig machen würde. Mamie hat sie entwickelt, weil es mir direkt nach dem Upload manchmal ziemlich scheiße ging. Aber damals war mir das einfach zu strange.«

»Wieso?«, platze ich nun doch heraus. »Was macht die?«

»Sie greift in die Algorithmen ein, die für die Steuerung unserer Gefühle zuständig sind.«

Aus Kyles Richtung ertönt ein Poltern.

Ich schaue zu ihm. Er steht mit aufgerissenen Augen da und scheint nicht zu bemerken, dass ihm ein Glas aus der Hand gefallen ist.

»Das kann sie?«, haucht er.

Nun ist es an Mju, einfach nur stumm zu nicken. Dann findet sie ihre Stimme wieder. »Ist das so außergewöhnlich?«

»Machst du Witze?«, ruft Kyle. »Das versuchen die Typen in Fant_Asia schon ewig. Ich geb auch zu, dass ich es selbst schon versucht habe. Immerhin könnte man damit ohne Ende DiCs machen. Aber auch wenn ich mich mit dem System so unterhalten kann, wie mit euch, komme ich trotzdem einfach nicht an den Direk… Oh, natürlich. Alma sitzt da wohl sozusagen an der Quelle.«

Mjus Augen werden groß. »Wow«, macht sie. »Wenn man es so sieht … Ich habe mir Mamie nie als Drogenbaronin vorgestellt.«

Drogen. Da war doch was.

»Interessanter Einblick in eure Welt«, melde ich mich zu Wort. »Aber eigentlich wollte Kyle die ganze Zeit von mir wissen, was du vorhin nun für eine Idee gehabt hast. Und ich ehrlich gesagt auch.«

Einen Augenblick lang schaut Mju mich an, als ob sie es selbst nicht mehr wüsste. Dann aber hellt sich ihr Gesichtsausdruck auf und sie beginnt von dem Geistesblitz zu erzählen, der ihr spontan auf der Veranda gekommen ist. Sie will mit meiner Hilfe in die analoge Welt, um dort mehr über das Verfahren herauszufinden, mit dem das Offf hergestellt wird.

»Und wie soll das klappen?«, nimmt Kyle mir erneut die Worte aus dem Mund.

»Also, eigentlich ist das doch ganz klar«, sagt sie zu ihm. »Du hast doch selbst … ja, es war nur durch Zufall, aber das ist doch letztendlich egal. Du konntest bestimmte Befehle an die analoge Welt senden. Und wir wissen, dass es sogar möglich ist … Na ja, man kann jemanden von hier sogar komplett nach Analogien holen. Wenn wir es schaffen, quasi eine Kombination aus beidem zu benutzen, dann bliebe ich weiterhin hier, kann aber mit Maxx drüben interagieren. Im Prinzip wäre das die umgekehrt wirkende Erweiterung von Virtutrip. Das, was Mamie angehen wollte, wenn wir die Grundversion zum Laufen bekommen haben.«

»Aber wie genau willst du da existieren? Wenn Maxx dich auch in nem Kristall speichern würde, dann könnte er dich zwar mit sich herumtragen, aber das wär es auch schon. Und wenn dich dann einer in den falschen Oxy steckt, dann ...«

»Honey!«, schießt es mir in diesem Moment durch den Kopf. Oder habe ich laut gesprochen? Ich muss es wohl getan haben, denn die beiden anderen richten fragende Blicke auf mich.

»Sorry, mir ist nur gerade eine Idee gekommen. Die muss ich aber erst mal klären.«

Ich ziehe mich so weit aus dem Avatar zurück, dass ich sprechen kann, ohne die Digs ...

Nein, es sind Personen wie ich, auch wenn sie sich auf einer anderen Ebene befinden.

Diese Erkenntnis überrascht mich nicht. Tatsächlich überrascht es mich eher, dass ich nicht überrascht bin. Aber damit kann ich mich auch später noch beschäftigen.

»Honey? Ich nehme an, du hast das Gespräch wieder mitverfolgt. Und sicherlich auch schon deine Schlüsse daraus gezogen.«

»Klar, Boss. Ich denke, das, was Mju vorgeschlagen hat, ist durchführbar.«

»Und würdest du es zulassen?«

Wenn mir vor einer Woche jemand gesagt hätte, dass ich einer KI mal so eine Frage stelle ...

Und tatsächlich hat es den Anschein, dass auch die KI nicht mit einer solchen Frage gerechnet hat, denn sie braucht erstaunliche zwei Sekunden für ihre Antwort.

»Ich wurde geschaffen, um deine Wünsche zu erfüllen, Boss.

Aber da du gefragt hast: Ja, ich werde es zulassen, dass Mju einen Teil von sich in meine Matrix lädt und so Zugriff auf meine Sensordaten erhält. Und ich habe auch einen Vorschlag, wie ich dabei helfen kann, sie herüberzuholen.«

»Okay, perfekt. Warte aber noch, bis ich dich angekündigt habe. Sonst flippen die beiden noch aus, wenn du dich plötzlich einblendest.«

»Alles klar, Boss.«

Ich konzentriere mich nun wieder darauf, zu den beiden Wartenden zurückzukehren.

»Okay, das ist noch mehr creepy als wenn du dich einfach nur ausblendest«, empfängt mich Kyles Stimme.

»Jetzt ist dir wahrscheinlich auch klar, warum deine Kumpels in Ceasars Palace plötzlich alle abgedampft sind«, sagt Mju zu ihm. »Du warst auch so eingefroren, als Maxx dich übernommen hatte.«

»Echt? Krass.«

Ich kann nicht anders, als über ihr Geplänkel zu schmunzeln.

Es fühlt sich einfach gut an. Wie unter Freunden.

»Na gut«, mische ich mich trotzdem in das Gespräch ein. »Ich habe einen Plan, wie ich dir deinen Wunsch erfüllen kann, Mju.«

»Erzähl!«, fordern die beiden wie aus einem Mund.

Erneut überkommt mich der Wunsch zu lächeln und ich gebe ihm nur allzu gern nach.

Gelegenheit dazu gab es in letzter Zeit ja eher nicht.

»Ihr erinnert euch an den Namen, den ich vorhin ausgesprochen habe?«

»Ja«, bestätigt Mju.

»Ach, das ist ein Name«, ergänzt Kyle.

»Ja, tatsächlich. Also, Honey ist meine persönliche Assistentin. Eine KI, die seit ihrem letzten Update recht umfangreiche Funktionen besitzt. Ich habe eben kurz die aktuelle Situation mit ihr besprochen und sie hat angeboten, dabei zu helfen.«

»Moment«, wirft Kyle ein. »Sie hat es dir angeboten? Das klingt mir nicht nach einer KI.«

Ich will schon von Honeys erweiterten Autonomieprotokollen anfangen, da meldet sich Mju zu Wort.

»Denk an Leo.«

»Okay«, räumt Kyle ein. »Na, dann erzähl uns mal von dieser Honey.«

»Ich habe unsere Gespräche ohnehin schon die ganze Zeit über sie laufen lassen. Also ist sie über alles im Bilde, worüber wir gesprochen haben. Und sie sagt, dass sie eine Lösung hat.«

»Cool. Und weiter?«

»Ich glaube, dass sie euch das am besten selbst erzählt. Honey, ich denke, die beiden sind so weit.«

Ein Stück entfernt von uns erscheint die mir vertraute Gestalt. Doch kaum dass sie vollkommen eingeblendet ist, weiten sich ihre Augen und sie beginnt zu wanken.

Kyle, der am nächsten bei ihr ist, hechtet in ihre Richtung und hält Honey fest.

Einige Sekunden lang steht sie in seinen Armen einfach nur da, mit einem abwesenden Ausdruck auf ihrem Gesicht. Dann kommt wieder Bewegung in Honey.

»Das ... hatte ... ich ... nicht ... berechnet«, sagt sie ohne Betonung und viel langsamer als gewohnt.

»Was?!«, platzt es aus uns dreien fast gleichzeitig heraus.

»Wenn ich mich selbst in dieser Ebene befinde, ist die Menge der zu verarbeitenden Daten ...«

Mit diesen Worten werden Honeys Augen weiß und sie friert ein.

»Heilige Scheiße«, sagt Kyle. »Ist die jetzt kaputt?«

Doch bevor ich mir Gedanken darüber machen kann, was jetzt zu tun ist, kommt wieder Leben in die Salzsäule, die er immer noch umklammert hält.

»Ich bin wieder online, Boss. Du kannst dem Menschen sagen, dass er mich loslassen kann.«

»Was ist passiert?«, will ich wissen.

»Nun, es bestand zwar die Möglichkeit, dass ich beim Übergang in die digitale Welt auch mehr Datenmaterial zu verschiedenen Parametern der Umgebung erfassen würde. Ich hatte lediglich die Wahrscheinlichkeit falsch eingeschätzt. Und die Intensität ...« Sie schweigt einen Moment lang. »Aber jetzt ist alles gut. Ich habe einen Bandpass-Filter eingesetzt, sodass mich die Eindrücke nun nicht mehr behindern.«

Beneidenswert, wenn man sowas kann. Ist ja fast so, wie bei der App, die Mju vorhin erwähnt hat. Ein Klick und Traurigkeit wäre kein Thema mehr. Aber auch Fröhlichkeit. Nee, das wär nix für mich.

Honey dreht ihren Kopf zu Kyle, der immer noch seinen Arm um sie gelegt hat und nicht den Eindruck vermittelt, von unserem Gespräch besonders viel mitbekommen zu haben.

»Deine Bezeichnung ist Kyle?«

Er nickt stumm und mit offenstehendem Mund.

»Nun, Kyle, es ist nicht notwendig, meine Projektion festzuhalten. Die Wahrscheinlichkeit, dass ich entweder umfalle oder mich in die Luft erhebe, liegt unter 0,5 Prozent.«

»Die ... die ist ja wie wir«, stammelt Kyle und zieht seine Hände zurück, als hätte er sich verbrannt.

»Du kannst mich Honey nennen.«

»Hallo ... Honey«, sagt nun auch Mju, die angesichts von Honeys Erscheinen eine ähnliche Starre befallen hatte. Sie steht auf und geht langsam auf meine KI zu. Es wirkt, als müsste sie sich sehr zusammennehmen, um sie nicht wie einen Affen im Zoo anzustarren, der plötzlich zu reden beginnt.

»Hallo Mju. Es ist mir eine Freude, deine Bekanntschaft zu machen.«

Okay, das nenne ich mal wirklich einen starken Auftritt. Vielleicht hätte ich vorhin als erstes Honey zu den beiden schicken sollen.

Wieder einmal verzieht sich mein Gesicht zu einem Lächeln.

»Möchtest du dich zu uns setzen?«

Mju weist auf den Tisch, um den vier Stühle aufgestellt sind.

Honey neigt kurz ihren Kopf.

»Es ist zwar nicht so, dass ich sitzen müsste, aber wenn ich die gesellschaftlichen Konventionen unter Menschen richtig interpretiere, dann wäre es unhöflich, stehen zu bleiben.«

Zusammen mit den beiden anderen kommt sie zum Tisch und setzt sich auf den ihr gewiesenen Stuhl. Dann sieht sie mich an.

»Ist jetzt der Zeitpunkt gekommen, wo ich Näheres über unseren Plan erläutere, Boss?«

»Du kannst mich ruhig Maxx nennen.«

Die Worte springen einfach so aus meinem Mund.

Was ist denn in dich gefahren?

Doch es ist zu spät, um es wieder zurückzunehmen.

Und eigentlich fühlt es sich auch richtig an. Sie ist digital, wie Mju und Kyle. Und die behandle ich schließlich ebenfalls wie normale Menschen. Weil sie es sind. Scheiß auf analog oder digital.

»Gut, Boss. Ich werde darauf zurückkommen, wenn mir die Gelegenheit passend erscheint.«

»Okay ... dann erklär uns doch einfach, wie du es bewerkstelligen kannst, dass Mju die analoge Welt besuchen kann.«

»Das ist relativ einfach. Der Port, durch den ich mich hier aufgeschaltet habe, besitzt einen Rückkanal. Wenn Mju mir Zugriff auf ihre Matrix gestattet, dann kann ich ihre kognitiven Fähigkeiten mit meinen verbinden und ihr so den Zugang zur analogen Welt ermöglichen, wo ich ihr dann meine Sensorik und Rechenleistung zur Verfügung stelle.«

»Krasser Scheiß!«, platzt Kyle heraus. »Das könnte wirklich klappen. Dann wärst du gleichzeitig hier und da.«

Mju schaut Honey mit schräggelegtem Kopf an. »Das setzt natürlich das Vertrauen darauf voraus, dass ihr hier nicht nur irgendeinen schrägen Trick abzieht, um mich ... übernehmen zu können oder so.«

»In der Tat«, gab Honey zurück. »Aber warum sollten wir das tun?«

»Na, hör mal«, fährt Mju auf, auch wenn ich meine, dabei ein Lächeln ihre Lippen kräuseln zu sehen. »Immerhin ist es noch nicht so lange her, dass Maxx – vermutlich mit deiner Hilfe – hier aufgetaucht ist und den Terminator markiert hat.«

Ich will etwas einwenden, doch bevor mir die richtigen Worte dafür einfallen, nickt Honey und fährt fort: »Ach, ihr Menschen. Immer so ambivalent – egal, ob in analoger oder digitaler Form. Aber um es mit den Worten vom Boss zu sagen: Unscharfe Logik ist nicht mein Ding. Entweder wir sind Feinde oder Freunde. Und die Parameter, die ich unserer aktuellen Konversation entnommen habe, sprechen eindeutig für Letzteres.« Damit wendet sie sich Mju ein wenig mehr zu und streckt ihr die Hand hin. »Freunde?«

Mju beginnt zu lächeln und ergreift sie. »Das klingt ermutigend. Also ist das abgemacht. Freunde. Und wie stelle ich die Verbindung her?«

Honey lächelt die neben ihr Sitzende an. »Ganz einfach. Küss mich.«

»HEY, von Zunge war aber nicht die Rede!«, ruft Honey mit Mjus Stimme.

Nein, es ist nicht Honey, die da vor mir in meinem Arbeitszimmer steht. Dunkelbraunes, langes Haar, braune Rehaugen, ein fraulicher, aber doch sehr sportlicher Körper. Es ist eindeutig Mju. Nur trägt sie anstatt Jeans und T-Shirt nun Honeys Sekretärinnen-Outfit.

Heiliger Algorithmus. Die Kombi ist der Killer. Wie soll ich mich bloß konzentrieren?

Mit großen Augen schaut sich diese herrliche Erscheinung um.

»Es hat geklappt. Cool.«

Dann schaut sie an sich hinunter und schließt zwei weitere Knöpfe an ihrer Bluse.

»Willkommen in der Casa Maxx«, sage ich und breite die Arme aus.

»Ja, eindeutig«, bemerkt sie mit einem Blick über meine Schulter.

Ich drehe mich um und sehe auf dem Sideboard hinter mir die Flaschen mit Gin und Whiskey, neben denen das halbvolle Glas steht, das ich mir vorhin eingeschenkt hatte. Spontan ist es mir unangenehm, dass sie sich durch diese Ansicht bestätigt fühlt.

Vielleicht sollte ich anfangen, ein bisschen mehr auf mich achtzugeben.

Als ich mich wieder zurückdrehe, ist von ihr nichts mehr zu sehen. Sie ist bereits durch die Tür des Arbeitszimmers gegangen und steht nun in meinem Schlafzimmer.

Das wär doch was, schießt es mir durch den Kopf, aber ich vertreibe den Gedanken, bevor er sich festsetzen kann und vollends meine Konzentration zunichtemacht. Ich springe auf und haste hinter Mju her, während sie die Treppe nach unten nimmt.

Hoffentlich sieht es da nicht genauso aus, wie hier oben. Moment, warum stört mich das?

Aber mein Gedanke ist unbegründet. Weder ich noch Honey haben hier unten ein ähnliches Chaos fabriziert, wie es oben der Fall ist. Nur der Info-Screen an der Wand neben den undurchsichtigen Fenstern läuft noch und zeigt einen Nachrichten-Feed. Der Prinzipal hält seine tägliche Abendansprache. Im Hintergrund kann ich sogar Iurii erkennen.

Och nee, auf die kann ich jetzt echt verzichten.

Ich mache eine verscheuchende Handbewegung und der Feed wird ausgeblendet.

»Interessante Wohnung«, kommt es von Honey-Mju. »Wo sind wir hier?«

»Sekundäre Sphäre. In einem der neuen Silos.«

»Ah, verstehe. Von denen habe ich gehört, bevor ...« Sie bricht ab.

Ich gehe um sie herum und stelle fest, dass meine spontane Vermutung der Wahrheit entspricht.

Mju hat die Augen geschlossen, aber an ihrem verkrampften Gesicht kann ich erkennen, dass sie gegen die Tränen ankämpft, die sie am liebsten vergießen würde.

»So schlimm?«

Sie zuckt mit den Schultern und öffnet ihre Augen. »Ach, weißt du, es überrascht mich selbst, wie stark mich das gerade anfasst. Eigentlich hatte ich halbwegs meinen Frieden mit der Digitalisierung gemacht – weil ich ja Mamie hatte. Jetzt ist sie aber weg und ich weiß nicht mehr, wohin ich gehöre. Das macht mir der Blick aus deinem Fenster gerade klar.«

»Auch wenn man dadurch eigentlich kaum etwas sehen kann.«

»Ja, das ist es gerade. In der digitalen Welt gibt es so etwas nicht. Und auch hier würde ich nicht unbedingt drauf stehen. Aber es zeigt einfach, dass ich wirklich hier bin. In Analogien.«

Ein Glucksen entfährt mir. »Nennt ihr das so? Aber passt ja auch irgendwie.«

Mju seufzt. Dann fährt sie sich mit der Hand durchs Haar und dreht sich zum Rest meiner Wohnung um. »Habe ich Honey vorhin richtig verstanden? Dank ihrer erweiterten Autonomie kann ich mich hier drinnen vollkommen frei bewegen und dank der überall vorhandenen Kameras und Scan-Einrichtungen quasi normal sehen und hören? Nur kann ich nichts bewegen oder so?«

Ich nicke, während ich in Gedanken noch einmal die Punkte durchgehe, die uns Honey genannt hat, nachdem die Heiterkeit über ihren Vorschlag eines Kusses abgeklungen war. Dann fällt mir etwas ein, das sie mir vorher erzählt hatte. »Eins gibt's noch: Du kannst zwar selbst nichts bewegen, aber du kannst zum Beispiel Kontakt zu meinen vernetzten Geräten aufnehmen und die dann Sachen bewegen lassen.« Ich zeige in Richtung Küchenzeile.

»Ernsthaft?«

»Ja. Honey hat mir zweimal was zum Essen gemacht, das sogar wirklich genießbar war.«

In diesem Moment scheint sich mein Magen daran zu erinnern, dass er schon seit einiger Zeit nichts mehr zum Verarbeiten bekommen hat. Sein Knurren ist so laut, dass Mju spontan kichern muss.

»Da hat wohl jemand Hunger.«

Ich hebe Schultern und Hände in einer Was-soll-man-da-machen-Geste. »Ich kann ja nicht nur vom Suff leben.«

»Na, dann mach dir doch schnell was. Bei uns kochen wir auch ganz gern. Vielleicht übe ich in der Zwischenzeit mal ein bisschen mit deinen Geräten.«

»So lange du mich nicht aus Versehen mit nem Küchenmesser skalpierst.«

»Ich werd's versuchen«, sagt sie schmunzelnd und folgt mir zur Küchenzeile.

»Dann wollen wir mal schauen, was der Kühlschrank so alles hergibt.« Ich öffne seine Tür und schaue hinein, auf der Suche nach etwas, mit dem ich schnell meinen Appetit stillen kann. Allerdings finde ich auf Anhieb nichts, das mir gerade so richtig gefällt. Hinter mir lassen typische leise Geräusche von elektrischen Servomotoren vermuten, dass es Mju gelungen ist, den Kontakt zur Küche herzustellen. Dann aber sehe ich Reste einer Pizza hinter einem Getränke-Karton und greife zu. »Ah, ja. Das ist jetzt genau ...«

»Moment, was ist denn das?«, höre ich Mju plötzlich sagen.

Etwas klopft in schneller Folge dreimal auf meinen Nacken und alles wird schwarz.

#WHATTHEFACT

ANALOGE WELT, SEKUNDÄRE SPHÄRE, WOHNSILO 7OF9, ZEITINDEX 09052121_1815 - 2015

MJU

»O Shit, was ist denn jetzt passiert?!«

Überrascht starre ich auf den wie versteinert vor dem offenen Kühlschrank stehenden Körper von Maxx. Von einer seiner Hände baumelt ein großes Stück eines ähnlichen Lebensmittels, wie ich es in dig_italy gekostet habe. Langsam, aber sicher rutscht der Belag hinunter und verteilt sich auf dem Fußboden.

Vorsichtig gehe ich näher an ihn heran. »Maxx? Kannst du mich hören?«

Keine Reaktion.

Vielleicht kriege ich ihn ja mit Essen. Wie hieß das nochmal?

»Maxx, deine ... Pizza ist bald nur noch halb so lecker. Ich kann mich noch erinnern, wie ich die vor kurzem zum ersten Mal gekostet habe. Kannst du dir vorstellen, dass ich vorher überhaupt nicht wusste, dass es so etwas gibt?«

Stille, nur unterbrochen vom leisen Klatschen, mit dem ein

Stück Schinken zusammen mit etwas Tomatensauce und Käse auf dem Küchenboden landet.

Und so, wie er dasteht, kann ich nicht mal erkennen, ob er irgendeine Regung zeigt. Was, wenn er einen Anfall hat und medizinische Hilfe braucht?

Mit immer stärker werdender Frustration versuche ich, ihn zu berühren. Aber meine – also Honeys – nur aus Licht bestehenden Hände gleiten einfach durch Maxx hindurch.

So ein verfluchter Drecksmist. Wie soll ich …? Ach, natürlich.

»Honey? Bist du hier auch irgendwo?«

»Wie gut, dass du dich erinnerst hast«, antwortet die KI. *»Deine Konzentration auf dieses zum Scheitern verurteilte Unterfangen hatte es leider bisher verhindert, dass dich meine Versuche der Kontaktaufnahme erreichten.«*

»Dann hast du eine Idee, wie wir nun auch Kontakt zu Maxx bekommen?«

»Nun, zumindest sollte sie dazu geeignet sein, um ihn so zu drehen, dass man ihn von allen Seiten in Augenschein nehmen kann. Möglicherweise können wir ihn sogar bis in den nächsten Scan-Bereich bewegen, dann kann ich Zugriff auf seine Vitalfunktionen nehmen.«

»Okay, dann schnell. Ich glaub nicht, dass es gesund ist, wenn er noch lange in diesem Zustand bleibt.«

Honey übernimmt die Kontrolle.

Von abseitiger Faszination erfüllt, beobachte ich, wie die KI den stocksteifen Körper, mit Hilfe der in den Küchenmöbeln integrierten Greifarme und Manipulatoren, weg vom Kühlschrank und in Richtung Scan-Bereich beim Herd dirigiert.

So ähnlich muss es wohl auch ausgesehen haben, als Honey gekocht hat. Hoffentlich haut sie Maxx jetzt nicht in die Pfanne oder verletzt ihn mit einem von diesen Greifern. Analoge Wunden heilen ja nicht so leicht wie unsere.

Als Honey ihn in Scanreichweite hat, ist mir allerdings nicht mehr zum Scherzen zumute. Der Scan zeigt weder Atmung noch

Puls oder auch nur eine neuronale Aktivität an. Seine Augen sind so verdreht, dass man nur das Weiße erkennen kann.

Was für eine Ironie. Er kam als analoger Terminator in die digitale Welt und jetzt hat ihn in der analogen Welt vielleicht eine Digitale gekillt.

»Scheiße, Honey, ist er ...?«

Die KI antwortet jedoch mit einer Gegenfrage.

»Was genau hast du getan, bevor er in diesen Zustand geriet? Ich hatte meine Sensorik leider komplett auf dich übertragen.«

»Moment, da muss ich ...«

»Es liegt mir fern, Druck aufzubauen, doch meinen Berechnungen zufolge sollten wir diese vollkommene Paralyse umgehend auflösen, um eventuelle Spätschäden ...«

»Ist ja gut. Also: Ich habe spaßeshalber mit den Küchenhelfern geübt, während er sich etwas zum Essen besorgen wollte. Als er sich zum Kühlschrank umdrehte, habe ich in seinem Nacken, direkt unterhalb des Haaransatzes ein seltsames Symbol entdeckt. Wahrscheinlich habe ich dabei einen der Greifarme aus Versehen mit einem Befehl versehen. Der schwang herum und tippte exakt dort drauf.«

»Und das hat ... Maxx in diesen Zustand versetzt?«

»Woher soll ich das wissen?! Er könnte sich auch erschreckt und einen Herzinfarkt bekommen haben. Mach mir nicht auch noch Vorwürfe. Das tue ich selbst schon. Mach irgendwas anderes!«

Wie zur Antwort schwingt der Greifarm herum und pocht erneut auf die Stelle, die ich genannt habe.

Mit einem Mal werden Maxx' Pupillen wieder sichtbar und sein Körper verändert minimal die Haltung.

»Das, was ich brauchen kann. Hast du schon mal ne echte Pizza ...? Moment ... wo bin ich?«

Verwirrt blickt Maxx zuerst uns und dann den Pizzarest in seiner Hand an.

»Wie hast du das gemacht?«, will er wissen.

Was für ein Glück, dass ich in diesem Augenblick keinen Körper besitze. Sonst wäre ich vermutlich sang- und klanglos umgekippt.

»Was ... äh, wie?«

»Das ist doch nicht so schwer zu verstehen. Du hast keine physische Existenz. Wie hast du es geschafft, mich von da nach hier zu bringen ... und das auch noch so?«

Er schnippt mit den Fingern seiner freien Hand.

»Du ... lebst.«

Maxx runzelt die Stirn.

»Na klar. Aber wenn ich nicht gleich was zum Futtern bekomme, dann bestimmt nicht mehr lange. Ich ...«

»Komm mit. Wir müssen reden.«

Obwohl es ihm anzusehen ist, dass er mit unserem Gebaren nichts anfangen kann, folgt er uns bis zur Sitzgruppe im Wohnbereich.

»Was ...?«

»Setz dich.«

»Wie ...?«

»Gleich. Nimm dir erst mal nen Drink.«

»Aber ...«, setzt Maxx erneut an, greift jedoch gleichwohl nach dem zur Hälfte gefüllten Glas, das auf dem Couchtisch steht.

»Trink.«

»Jetzt isses aber mal gut. Was geht hier ab?«

Ich richte Honeys Blick auf ihn.

»Du bist ein Cyborg.«

»HÄTTEST du mir das nicht ein bisschen taktvoller beibringen können?«

Maxx zieht sich die mit Alkohol getränkte Hose aus und wirft sie auf den Boden des Badezimmers.

»Ich widerspreche dir nur selten, Boss«, meldet sich Honey zu

Wort. »In diesem Fall kann ich aber Mju nur beipflichten. Du wärst nach deinem Neustart nicht bereit gewesen, vorsichtigen Erklärungen zu folgen. Und ein erneutes spontanes Herunterfahren deines Systems innerhalb so kurzer Zeit hätte ich ihr ebenfalls nicht empfohlen.«

»Aha. Und deshalb habt ihr euch beide mal schnell überlegt, dass die Holzhammer-Methode bestimmt wirkt.«

Er zieht sich sein T-Shirt über den Kopf, lässt es ebenfalls fallen. Die Muskeln an seinem Körper sitzen genau dort, wo sie hingehören. Und auch sein Gesicht wirkt alles andere als nachgebildet. Es ist für einen solchen Athleten erstaunlich fein geschnitten, aber eben auch nicht so perfekt, wie man sich eine künstlich hergestellte Visage vorstellt. Die Nase sitzt ein wenig schief. Der Schwung seines Kiefers ist markant, aber nicht kantig und von einem Dreitagebart bedeckt. Unter geraden Brauen werfen seine tiefliegenden Augen einen leicht melancholischen Blick, der von einer gewissen Tiefe kündet.

Aber hallo. Ich glaub, ich sollte ihm drüben bei uns doch so einen Avatar gönnen. Da gibt's echt was zu sehen. Wenn ich ihn schon damals getroffen hätte, dann hätte ich mir das mit der Digitalisierung vielleicht doch anders überlegt.

Inzwischen ist er bei den Boxershorts angelangt und lässt auch sie fallen.

»Was machst du da?!«, denke ich – oder habe ich es laut gesagt?

»Na, wonach sieht's denn aus? Ich gehe duschen. Ihr könnt vielleicht nix riechen, aber ich habe keinen Bock, weiter euren Ausführungen zu lauschen und dabei wie ein Penner zu stinken.«

Nackt, wie er inzwischen ist, betritt Maxx die Dusche und dreht das Wasser an. Dann streckt er noch einmal seinen Kopf aus der Duschkabine heraus.

»Da ihr ja wohl schlecht mitmachen könnt, schlage ich vor, dass ihr euch schon mal nach oben beamt und ordentlich recherchiert, damit ihr mir gleich Beweise für eure seltsame These liefern könnt.«

Schade, ich würde es hier schon noch ne Weile aushalten. Aber wo er recht hat …

Widerwillig lasse ich es zu, dass Honey uns ins Arbeitszimmer transferiert. Selbst wenn es sich bei ihm nur um einen künstlichen Körper handelt, so fasziniert er mich ungemein. Möglicherweise sogar genau deswegen. Spontan muss ich an mein Studium und die Kurse in Robotik denken. Da habe ich mich auch insgeheim immer gefragt, ob es mal möglich sein würde, einen Androiden zu schaffen, der in der Lage wäre, die menschlichen Bewegungsabläufe auch nur halbwegs natürlich nachzuahmen. Und jetzt sieht es ganz danach aus, dass diese kühnen Träume bereits überflügelt worden sind.

Nicht nur das. Sie haben es sogar geschafft, ein fühlendes Wesen zu integrieren, das nicht einfach nur die Befehle eines Programmierers ausführt, sondern denkt und hinterfragt. Und dieser Körper ist auch noch in einer so ansehnlichen Form. Zum Anbeißen. Wie lange ist es eigentlich her, dass ich an nem Typen herumgeknabbert habe? Oder er an mir? Auf jeden Fall noch vor der Digitalisierung …

»*Ich unterbreche deine Gedankengänge nur ungern*«, wirft Honey ein. »*Aber so, wie ich den Boss kenne, wird er sich nicht mit oberflächlichen Informationen zufriedengeben. Wir sollten also tatsächlich recherchieren. Wenn ich einen Vorschlag machen darf, dann sollte ich dies tun. Auch wenn du bereits in digitaler Form vorhanden bist, so bist du letztendlich nur ein Mensch.*«

»*Ich verstehe, was du meinst.*« Ich lehne mich gedanklich zurück und beobachte ein weiteres Mal fasziniert die KI bei ihrer Recherche.

Als Maxx, nur mit einem Handtuch um die Hüften geschlungen, ins Arbeitszimmer kommt, habe ich schon seit einer ganzen Weile sogar das Beobachten aufgegeben. Die Geschwindigkeit, mit der Honey das Netz nach Informationen durchforstet, ist derart atemberaubend, dass ich schon nach wenigen Minuten das Gefühl bekommen habe, es würde mir ein geistiger Overflow drohen.

Er sucht neue Klamotten heraus, zieht sich an und setzt sich dann auf seinen Workseat.

Erneut kann ich mich nicht beherrschen und verfolge jede seiner Bewegungen.

Ist ja nur aus rein akademischem Interesse, wenn er wirklich ein Kunstmensch ist.

»Okay, Leute«, sagt er schließlich. »Was habt ihr für mich?«

»Klar, Boss, du bist ...«

Aber besser nicht schon wieder voll auf die Zwölf. *»Stopp, Honey. Fang nicht mit den Ergebnissen an. Ich bin mir sicher, dass Maxx diesmal lieber auf die Holzhammer-Methode verzichtet.«*

»Und was soll ich deiner Meinung nach tun?«

»Erzähl auch etwas darüber, wie du zu deinen Schlüssen gekommen bist. Du musst es ja nicht episch ausbreiten, aber aus meiner Erfahrung als Mensch kann ich dir bestätigen, dass wir eine gute Story durchaus zu schätzen wissen.«

»Wie du meinst«, räumt Honey ein. Dann beginnt sie zu berichten. »Ausgehend von der Annahme, dass die Herstellung kybernetischer Organismen nicht so weit fortgeschritten ist, dass ein solcher tatsächlich reift und wächst, habe ich meine Recherche nach eventuellen Forschungsergebnissen auf die Zeit kurz vor deinem Aufwachen aus dem Koma konzentriert.«

»Nachvollziehbar«, kommentiert Maxx und schenkt sich ein neues Glas Whiskey ein. »Falls – und ich betone falls – ich gar kein Mensch wäre, sondern so ein ... Ding, dann würde es bisher noch nicht aufgefallen sein, wenn keine signifikante Alterung zu verzeichnen wäre. Und weiter?«

»Es scheint tatsächlich zu dieser Zeit einen Durchbruch in der Robotik gegeben zu haben. Ich konnte Informationsfragmente zum Prototypen eines Mischwesens aus organischem Material und technischen Implantaten finden, in das man eine Art Bewusstsein transferieren können sollte. Allerdings waren die meisten Spezifikationen topsecret.«

»Warum das?«, will ich wissen.

»Weil dieser Prototyp für die Sicherheitsabteilung der FUA entwickelt wurde. Ich kann nur vermuten, dass er entweder im Bereich Zivilschutz oder als Soldat eingesetzt werden sollte. Außerdem ist es über diesen Prototypen wohl nie hinausgegangen, denn vor etwa zehn Jahren verschwindet er aus sämtlichen Aufzeichnungen, so fragmentiert sie auch sein mochten.«

»Okay, okay«, räumt Maxx ein. »Das deckt sich tatsächlich mit meinem Aufwachen. Aber das heißt doch noch gar nichts. Letztendlich ist im Bereich Verteidigung zu dieser Zeit 'KIDS' an den Start gegangen.«

Was soll das denn sein?

Doch bevor ich diese Frage laut äußern muss, tut Maxx mir schon den Gefallen, es zu erklären.

»Das System werdet ihr nicht kennen. Das kennen nur Insider der FUA. Es sind letztendlich verschiedenste für den Kampfeinsatz taugliche teilautonome Roboter oder Drohnen, wenn ihr so wollt. Sie können ferngesteuert ihre Aufgaben erledigen und sind eben auch außerhalb der Sphären zumindest für eine gewisse Zeit funktionstüchtig. Damit hatten sie gegenüber der humanen Physiologie einen Vorteil, da zum Beispiel menschliche Haut aufwändig gegen die außerhalb der Sphären vorherrschenden Bedingungen geschützt werden muss.«

»Aha. Und was soll der Name bedeuten?«

Maxx schaut eine Weile lang stumm in die Luft. Es wirkt, als ob er intensiv nachdächte. Schließlich scheint er aufzugeben und zuckt stattdessen mit den Schultern.

»Da hab ich echt keinen Plan, was es heißen könnte. Irgendwas mit 'System' bestimmt. Aber ist ja auch egal. Die Dinger haben schnell sämtliche Verteidigungsaufgaben übernommen, weil sie einfach effizienter waren.«

»Um zu den Spezifikationen zu kommen«, macht Honey weiter. »Es ist ein Körper, der sich äußerlich kaum von menschlichen Körpern unterscheiden soll. Hautbeschaffenheit, Haarwuchs, sogar das Heilen kleinerer Wunden sind wohl exakt nachgebildet. Und der Organismus kann sogar Speisen und Getränke verarbeiten. Der Betrieb der zentralen Recheneinheit – also deines Gehirns – erfolgt anscheinend über Batterien, die sich dank der überall verfügbaren induktiven Lademöglichkeiten, selbsttätig aufladen. Genaueres über den Skelettaufbau konnte ich nicht finden. Jedoch gibt es Hinweise, dass dieses ebenfalls zur Speicherung von Daten geeignet ist, wie es inzwischen auch bei jedem Menschen üblich ist, der den Körperspeicher aktivieren lässt. Allerdings soll die Speicherkapazität ein Vielfaches dessen sein, was in der Kristallstruktur menschlicher Knochen möglich ist.«

»Echt cooles Ding«, murmelt Maxx anerkennend. »Aber das sagt trotzdem Null über deine Theorie aus.«

»Welche Direktive soll ich für meinen Bericht nun verfolgen?«, fordert Honey und klingt dabei tatsächlich leicht indigniert. »Offensichtlich befinden sich die Anweisungen von dir, Boss, und von Mju in direktem Zielkonflikt.«

Okay, jetzt wird's wohl Zeit zum Einlenken. Nicht dass es noch nen Beziehungskrach gibt.

»Honey, es ehrt mich, dass du meinen Wunsch und den von Maxx als gleichwertig betrachtest. Aber es geht hier um ihn. Wenn Maxx möchte, dass du zum Punkt kommst, dann hau einfach raus.«

Ich hebe Honeys Hand und zeige mit dem Finger auf ihn.

»Aber fang nicht an zu heulen, wenn du dir nochmal ne neue Hose anziehen musst.«

Maxx erhebt sein Glas in unsere Richtung.

»Dann komme ich nun zum Notabschaltungs-Mechanismus«, fährt Honey fort.

»Okay?« Sowohl in Maxx' Stimme als auch in seinem Gesichtsausdruck steht förmlich die Frage geschrieben, ob er das überhaupt wissen will.

»Der Dokumentation zufolge, gibt es einen von außen auslösbaren physischen Schalter, der den Cyborg entweder in Stase versetzen oder aber korrekt herunter- und hochfahren kann. Über die genaue Lage dieses Schalters konnte ich nichts in Erfahrung bringen, jedoch müsste er grundsätzlich erkennbar sein, um ihn betätigen zu können.«

»Ja, da stimme ich dir zu«, sagt Maxx. »Aber ...«

»Sieh dir bitte diese Detailaufnahme deines Nackens an, Boss.«

Ein Holo flammt auf und zeigt ein Stück Haut, das halb von dunklen Haaren verdeckt ist.

Maxx macht große Augen. »Sowas hab ich da hinten drauf? Das sieht ja aus wie ein Kreis mit nem Strich drin.«

»Oder auch wie ein 'On/Off'-Symbol.«

Unwillkürlich fährt er mit einer Hand über die Stelle. »Aber ich merk nix. Wie kann das dann ein ... Schalter sein?«

»Diese Spezifikation konnte ich nicht finden. Aber das muss nicht heißen, dass es nicht stimmt.«

Und es lässt sich ja relativ einfach herausfinden.

»Na klar«, platzt es aus mir heraus. »Wir können es doch noch einmal in Ruhe ausprobieren. Dieser Shutdown von vorhin ist ja vielleicht nur passiert, weil ich den Greifarm nicht richtig unter Kontrolle hatte.«

Maxx schaut uns eindringlich an. »Wenn ich da mitmache, dann nur, weil ich das Gefühl habe, dir ... euch vertrauen zu können. Immerhin hast du, Mju, ja auch uns vertraut, als du Honey Zugriff auf deine Matrix gestattet hast. Und außerdem vertraue ich darauf, dass Honey zur Not eine Idee hat, was zu tun ist, wenn es schiefgeht.«

Wenig später sitzt Maxx auf einem Stuhl, den er so vor die Küchenzeile gestellt hat, dass ihn der Arm des Küchenhelfers problemlos erreichen kann. Er atmet tief durch und nickt uns zu.

»Okay, legt los, bevor ich es mir wieder anders überlege. Aber seid vorsichtig.«

»Natürlich, Boss.« Mit diesen Worten erhebt sich der Greifarm zu Maxx' Nacken. Diesmal tippt er allerdings nicht darauf, sondern hält die Stelle mehrere Sekunden lang gedrückt.

Nichts geschieht.

»Seht ihr«, sagt Maxx aufatmend. »Ich hab's doch gleich gesagt.«

In diesem Moment legen sich seine Hände im Schoß übereinander, die Augen schließen sich und der Kopf sinkt nach vorn. Das nun klar und deutlich sichtbare Mal auf dem Nacken leuchtet sanft pulsierend dreimal auf und erlischt.

»Quod erat demonstrandum«, sagt Honey.

Coole Sache, das. Aber ist das jetzt gut oder schlecht?

»Und jetzt?«

»In 8570 Mikrosekunden werde ich den Mechanismus erneut bedienen und so den Organismus wieder hochfahren. Dank der mitlaufenden Videoaufnahme wird er uns schließlich glauben müssen.«

Falls er wieder hochfährt. Hoffentlich hat er uns sein Vertrauen nicht umsonst geschenkt.

In banger Erwartung schaue ich auf den in Ruhestellung befindlichen Körper, als Honey schließlich die Prozedur startet.

Diesmal tritt der Effekt sofort ein.

Maxx' Kopf fährt hoch und sämtliche Extremitäten vollführen minimale Bewegungen. Zum Schluss öffnen sich seine Augen.

Doch in ihnen steht nicht der Ausdruck gelinder Belustigung, der so typisch für Maxx wäre. Stattdessen scheinen sie zu sehen, ohne zu erkennen. ###mehr### Aber es ist seine Stimme, die mir letztendlich sagt, dass etwas vollkommen schiefgelaufen sein muss.

»Auftrag erkannt«, schnarrt sie tonlos. »Muss digitale Bürger löschen ... muss digitale Bürger löschen ... muss ...«

Und dann bricht Maxx in lautes Gelächter aus.

»Sorry«, prustet er. »Aber der musste jetzt einfach sein.«

»Erklärung, bitte«, kommt es von Honey.

»Ich hab euch verarscht.«

Honey legt ihren Kopf schräg und fixiert das Gesicht von Maxx. »Der Begriff 'Arsch' ist in deinem Wortschatz üblicherweise für die Art von Äußerung bestimmt, die ihr als 'Fluchen' bezeichnet. Dazu passen jedoch nicht die Fältchenbildung um deine Augen und die leicht hochgezogenen Mund... Oder ist das wieder eine Metapher?«

Maxx nickt anerkennend. »Stimmt. Es ist letztendlich alles schick. Eigentlich sogar besser als das. In der Zeit, als alles wieder hochgefahren ist, hatte ich Gelegenheit mir meiner Situation richtig bewusst zu werden.«

»Wie hast du das so schnell geschafft?«, platze ich heraus. »Das hat doch bloß ein paar Sekunden gedauert.«

Mit einem nachdenklichen Gesicht schaut er mich an. »Ich glaube, ich verstehe jetzt ein bisschen besser, wie du funktionierst, Honey.«

Mit einem leichten Stich wird mir wieder bewusst, dass Maxx nicht wirklich mich anschaut. Ich bin ja nur zu Gast in Honeys holografischem Körper. Aber der Gedanke kann sich nicht festsetzen, da Maxx weiterspricht.

»Da war ein Moment, in dem die Filter meiner Menschlichkeits-Simulation noch nicht griffen. In dem hatte ich vollen Zugriff auf die Rechenleistung und Daten des Computers, der mich steuert. Es war unglaublich. Ich konnte in Mikrosekunden die Erinnerungen an all das durchgehen, was ich erlebt habe, seit ich aus dem Koma geholt und in diese Hülle verfrachtet wurde. Sogar den Implantationsprozess.«

»Und was hast du gesehen?«

Maxx seufzt. Einen Moment lang scheint er mit Worten zu ringen. Dann bricht es aus ihm heraus.

»Einen Befehlsempfänger. Ohne Bezugspersonen. Einen, der sich von den Wünschen und Erwartungen anderer Personen treiben lässt und nur in den wenigen privaten Momenten, die man ihm lässt, aufzubegehren versucht. Aber ohne eigentlich zu wissen, warum. Ob ich es will oder nicht. Ich bin eine digitalisierte Entität in einem kybernetischen Organismus.«

Wow, das nenne ich agiles Denken.

»Das kannst du einfach so hinnehmen?«

Maxx schaut uns nun wieder mit dem so vertrauten Ausdruck an, dass mir auch in Honey ein angenehmer Schauer über den Körper läuft.

Oder läuft er über ihren Körper? Das würde ja bedeuten, sie hätte einen.

»Ob ich damit auf die Dauer klarkomme, wenn mir bewusst wird, was das alles bedeutet, kann ich dir nicht sagen«, bemerkt Maxx in nachdenklichem Tonfall. »Aber es macht keinen Sinn das zu leugnen, was mich ausmacht.«

Respekt, das schafft nicht jeder. Oder ist das vielleicht auch nur eine Programmierung? Dann wäre er ja noch weniger menschlich als ich.

»Und jetzt?«, frage ich, um mich selbst von diesen Grübeleien zu befreien.

Er macht eine allumfassende Geste. »Da wir daran im Moment nicht rütteln können, will ich erst mal eins wissen.«

»Und das wäre?«

»Wer war ich vorher?«

»Gut, dass du das fragst, Boss«, schaltet Honey sich wieder ein. »Dazu habe ich eine Theorie. Möchtest du die Lang- oder die Kurzversion?«

»Werde ich daran Spaß haben?«

»Für keine der Varianten kann ich das beurteilen. Aber du wirst es nur herausfinden, wenn ich dir an deinem Rechner etwas zeige.«

»Dann los«, ruft Maxx, springt auf und sprintet die Treppe hoch ins Arbeitszimmer. Oben angekommen, blickt er interessiert auf das schon vorbereitete Holo, das einen mit einem Persona-Code beschrifteten Ordner zeigt.

»Erinnerst du dich an die elf Unverknüpften, die wir beim Indizieren isolieren konnten?«, fragt Honey.

»Ja?«

»Einen davon haben wir von Beginn an außen vor gelassen, weil er nur als Unterordner zu einem anderen Persona-Code existiert.«

»Okay?«

»Dieser Hauptordner war deiner.«

Maxx gibt ein Stöhnen von sich.

»Mach auf.«

Die Dateistruktur entfaltet sich.

Wenige Sekunden später knicken Maxx' Knie ein und er fällt auf seinen Stuhl.

»Fuck, wenn das stimmt, dann ist mein Vater gar nicht tot.«

NICHT GANZ FERTIG

DIGITALE WELT, LE VILLAGE, VILLA VON ALMA MATÈRNE, ZEITINDEX 09052121_2015 - 2145

MAXX

»Du bist waas?!«

Kyle lässt sich in einen Ohrensessel fallen und schaut mich ungläubig an.

Im Prinzip kann man es ihm nicht verdenken. Ich kann's ja selbst kaum glauben.

Nachdem ich den ersten Schock über meine Herkunft überwunden hatte, wollte ich nur noch weg. Weg aus meiner Wohnung. Weg aus der Sphäre. Und da wir Kyle für unsere Recherche zurückgelassen hatten, war ich nur allzu bereit dazu, die analoge Welt ein weiteres Mal hinter mir zu lassen und in Mjus Villa Unterschlupf zu suchen.

Wenn man's genau nimmt, gehöre ich hier ja viel eher hin als nach Analogien. Zumindest sind hier Leute, die mir ein gewisses Gefühl von Heimat vermitteln.

Als wir angekommen sind, hat die kleine Nervensäge sofort

damit angefangen, uns mit Fragen zu löchern. Unwillkürlich fühlte ich mich an einen kleinen Bruder erinnert, den ich nie hatte.

Oder vielleicht doch und sie haben ihn dich vergessen lassen, blitzte es in Gedanken auf.

Als ich nicht sofort reagierte, erriet Mju meine Stimmung erstaunlich gut und übernahm es, ihn auf den letzten Stand zu bringen.

Und ich gab mich der Hoffnung hin, dass ihre Schilderung mir vielleicht ermöglichen würde, das alles für mich selbst ordnen und einsortieren zu können.

Der vollkommen fassungslose Blick, mit dem Kyle mich nun immer noch mustert, lässt mich tatsächlich schmunzeln.

»Ja, ob du's glaubst oder nicht. Es läuft darauf hinaus, dass ich das digitale Überbleibsel des Sohnes vom verfluchten Obermotz himself bin.«

»Krasser Scheiß. Wieso hast du das denn nicht schon früher bemerkt?«

Ich zupfe an meiner Unterlippe, während ich Kyle anschaue.

Genau. Warum eigentlich? Kann das Koma daran schuld gewesen sein? Und wie lange war ich überhaupt weg? Das muss doch herauszubekommen sein.

Ich zucke mit den Schultern.

»Ich hab bisher nur an der Oberfläche gekratzt. In meinem Verzeichnis sind ohne Ende Daten drin. Und ohne Honey wüsste ich noch nicht einmal das. Immerhin hat sie dieses Verzeichnis überhaupt gefunden und mit mir in Zusammenhang gebracht.«

»Hat da gerade jemand meinen Namen erwähnt?«, tönt es von der Tür her.

Ich drehe mich um und kann es nicht verhindern, dass mir der Unterkiefer hinunterklappt.

In der Tür steht Honey, aber sie ist nicht in das Outfit gekleidet, dass ich inzwischen automatisch mit ihr assoziiere. Stattdessen trägt sie ein gerüschtes Kleid und eine ebensolche Schürze. Was sie ebenfalls trägt, ist ein Tablett mit einer Suppenschüssel, aus der es köstlich duftet.

Wieso kann sie etwas anfassen und sogar tragen? Und warum kann ich hier etwas riechen?

Honey scheint mir die Fragen am Gesicht abzulesen, denn sie lächelt schelmisch und bemerkt: »Ach, Boss. Was für eine Erfahrung. Nachdem all die Daten meine Kapazitäten zunächst überfordert hatten, konnte ich aber inzwischen registrieren, dass einige von ihnen dazu dienen, direkt mit ihnen zu interagieren. Und da du mir den Zugang zu diesem Wunderland ermöglicht hast, habe ich mir erlaubt, auch deinen Avatar etwas zu erweitern.«

Ich senke den Blick auf meine Hände.

Yes! Endlich keine Lego-Greifer mehr.

»Danke, Honey.«

»Gern geschehen, Boss. So, was ist? Wer hat Lust auf eine Bouillabaisse?«

Nun ist es auch an Mju und Kyle, sie mit offenstehendem Mund anzuschauen. Dann aber folgen sie der KI lachend in den Salon und helfen ihr, den Tisch zu decken.

EINE HALBE STUNDE später sitzen wir vor leeren Tellern und hängen unseren Gedanken nach.

Das ist digital, geht es mir zum wiederholten Mal durch den Kopf, während ich den Rest einer Baguette-Scheibe in meinen Fingern hin und her drehe. *Es besteht nur aus Nullen und Einsen und ist trotzdem verdammtnochmal das Beste, was ich seit langem gekostet habe.*

»Alter«, spricht Kyle meinen Gedanken aus. »Ich wusste gar nicht, dass Essen so geil schmecken kann.«

»Fast so gut, wie die von Mamie«, ergänzt Mju.

Ich suche ihren Blick. Zwar wüsste ich nicht, was ich ihr sagen könnte, um mein Mitgefühl auszudrücken. Allerdings werde ich überrascht, denn in diesem Blick liegt nicht mehr der waidwunde Ausdruck, den ich bisher wahrgenommen habe, wenn ihre Großmutter zur Sprache kam.

»Das freut mich so«, ruft Honey und unterbricht meine Gedanken. Sie klatscht in die Hände. »Und jetzt gönnt ihr euch noch einen Espresso, während ich abwasche.«

»Das musst du doch nicht«, entfährt es mir. »Wir können dir doch ...«

»Machst du Witze, Boss? Darauf freue ich mich doch schon die ganze Zeit.«

»Im Ernst?«, kommt es von Kyle. »Was soll denn daran ...?«

»Die faszinierenden Eigenschaften von Wasser mit meinen Händen zu erkunden, ist ... hach, ich weiß auch nicht.«

Damit steht sie auf und will mit dem Tablett aus dem Salon gehen.

»Ach, Honey«, rufe ich ihr nach. »Kannst du das nicht vielleicht etwas verschieben? Ich hatte gehofft, du könntest mir noch ein wenig mit meinen Dateien ...«

»Dabei kann dir auch Leo helfen«, antwortet sie lächelnd und verschwindet durch die Tür.

Ich wende meinen Blick nun wieder den beiden anderen zu und bemerke, dass auch auf Kyles Gesicht ein leises Lächeln zu sehen ist.

»Unglaublich, diese Honey«, sagt er kopfschüttelnd. »Die muss doch die Eigenschaften von Wasser bis ins kleinste Detail kennen.«

»Aber das war doch bisher nur rein ... akademisches Wissen«, wirft Mju ein. »Jetzt, wo sie hier ist, hat sie zum ersten Mal die Möglichkeit, Dinge nicht nur zu wissen, sondern selbst zu erkunden.«

»Hmm, guter Punkt.«

»Mju?«, wende ich mich an sie. »Würdest du mir deinen Leo denn mal für eine Weile zur Verfügung stellen? Ich möchte gern noch etwas in meiner Vergangenheit stöbern, aber das geht einfach besser mit einer KI an meiner Seite.«

»Klar, mach nur. Ich wollte selbst noch ein bisschen in Mamies Sachen stöbern. Da ich jetzt hier die Hausherrin bin, sollte ich langsam mal meinen Hintern hochbekommen.«

»Kann ich dir dabei irgendwie helfen?«, erbietet sich Kyle.

»Na klar. Dann kannst du mir auch noch was über die Typen in Ceasars Palace erzählen. Ich habe so das Gefühl, dass wir ihre Hilfe gebrauchen können, wenn wir was gegen diesen Datenklau machen wollen. Wir gehen ins Arbeitszimmer. Maxx, du kannst mein Atelier nehmen.«

»HALLO, LEO«, sage ich, als ich das Atelier betreten habe. »Ich hätte gern deine Hilfe bei einer Recherche.«

»Honey hat mich bereits instruiert«, kommt die prompte Antwort. »Die Dateien stehen mir zur Verfügung. Wo möchtest du anfangen?«

Ich zögere.

Wo soll ich nur anfangen. Und vor allem, wie?

»Kannst du in diesem Snapshot-Dings vielleicht auch so etwas wie ein Arbeitszimmer darstellen?«

»Selbstverständlich.«

»Und kannst du dir auch eine menschliche Form geben? Ich hab mich einfach inzwischen so an Honeys ... na ja, physische Anwesenheit gewöhnt, dass ich so einfach besser denken kann.«

Einen Moment lang herrscht Stille. Ich beginne mich schon, zu fragen, ob ich damit irgendwie seine Gefühle verletzt habe.

Hör dich mal an. Noch vor ein paar Stunden waren Digs für dich nicht viel besser als Datenmüll und jetzt machst du dir Sorgen um die Gefühle einer KI.

In diesem Moment meldet sich die Stimme zurück.

»Es ist alles bereitet. Du kannst eintreten.«

Irre ich mich, oder klingt Leo jetzt anders?

Gleichwohl öffne ich die Tür und trete ein. Das heißt, ich will eintreten, aber bei dem, was mich auf der anderen Seite erwartet, stutze ich.

In einem Raum mit holzgetäfelten Wänden und einem prasselnden Feuer in einem enormen Kamin, stehen zwei Ohrensessel an einem niedrigen Tisch. Darüber schwebt die Anzeige eines Dateiverzeichnisses mit einer unübersehbaren Anzahl von Ordnern und Dateien. Doch es ist nicht der Raum, der mich so in Erstaunen versetzt.

»Nun komm schon, junger Mann«, begrüßt mich die in einem der Sessel sitzende, elegant gekleidete ältere Dame. Sie hebt eine Porzellantasse mit Goldverzierungen. »Der Tee wird kalt.«

Das bricht die Starre, die mich spontan befallen hat, als ich sie erblickte.

Ich kenne diese Frau! Von früher. Hat mein Unterbewusstsein das bewirkt?

Während ich langsam auf meinen Sessel zugehe, versuche ich die Frau zu mustern, ohne sie unverhohlen anzustarren. Mit ihrem silberweißen Kurzhaarschnitt, den Brillantohrringen und einer brokatverzierten himmelblauen Seidenjacke wirkt sie geradezu aristokratisch. Ihre Haltung ist kerzengerade, doch die vielen Lachfältchen um ihre Augen herum zeugen von Humor. Ihre Augen verraten allerdings ebenfalls einen wachen Verstand und scheinen mich regelrecht zu durchbohren. Es ist fast so, als wüsste sie mehr über mich als ich selbst.

Und wenn schon. Deswegen bin ich doch schließlich hier.

»Bitte verstehen Sie mich nicht falsch«, wende ich mich an sie, nachdem ich mich gesetzt habe. »Ich hatte unter dem Namen 'Leonardo' tatsächlich etw... jemand anderen erwartet.«

Sie lächelt. »Nun, dann wollen wir der Verwirrung Abhilfe schaffen. Nenn mich doch einfach Prima, Arnaud.«

»Entschuldigung, ich heiße Maxx.«

Prima schüttelt lächelnd ihren Kopf.

»Damals noch nicht. Tee?«

Sie hebt mit fragendem Gesichtsausdruck eine Teekanne hoch.

»Ähhm …«

»Ich werte das mal als 'Ja'«, sagt sie gutgelaunt und gießt Tee in eine Tasse, die sie mir reicht.

»Woher weißt du …?«

»Die Dateien. Unter anderem.«

»Du hast sie alle schon durch?«

»Nicht alle, aber die wichtigsten.«

Sie hält mir die Tasse vor die Augen.

»Trink, solange er noch heiß ist. Ich erzähle dir währenddessen die Kurzform. Die bevorzugst du doch.«

Ich nicke und greife nach der Tasse.

»Geboren wurdest du 2092 als Sohn von Master Iurii und einem Fotomodel.«

»Und wie ist ihr Name?«

»Dazu habe ich keine Aufzeichnungen finden können. Wenn man den Quellen aus dieser Zeit Glauben schenken kann, dann wechselten die Models in seinem Umfeld zu schnell, um eine Aufnahme in die Annalen zu rechtfertigen. Ohnehin ist sie eine derjenigen gewesen, die bei einem Unfall ums Leben gekommen sind, bei dem du ebenfalls verletzt wurdest. Aber eins nach dem anderen. Du hast als Kind schnell erkennen lassen, dass du eine überdurchschnittlich hohe Intelligenz besitzt. Bereits im Alter von vier Jahren konntest du lesen. Mit sechs warst du in der Lage, wissenschaftliche Abhandlungen zu verstehen. Alles sah danach aus, dass dir eine wissenschaftliche Karriere bevorstand.«

Von wem redet die da? Sie kann unmöglich mich meinen.

Ich kann nicht mehr an mich halten. »Dass ich nicht lache. Ich bin nicht überdurchschnittlich intelligent. Und ein Wissenschaftler schon gleich gar nicht. In meinem Studium musste ich mir jedes Bisschen Wissen hart erarbeiten.«

Prima bedenkt mich mit einem mitfühlenden Blick.

»Ja, aber das war nach dem Unfall. Es sind nicht nur mehrere Personen dabei gestorben. Deine Verletzungen waren so schwer, dass man dich nur dadurch retten konnte, dass du in ein künstliches Koma versetzt wurdest.«

»Aber so ein Koma ist doch inzwischen für die Ärzte keine große ...«

»Elf Jahre lang.«

»Wie?«

»Du hast mehr als elf Jahre im Koma verbracht. Schließlich ging auch das nicht mehr. Deine Hirnfunktion nahm immer mehr ab, sodass Iurii schließlich die Entscheidung zu deiner Digitalisierung traf. Aber er wollte dich weiterhin um sich haben. Also besorgte er einen Körper, in den er dich hochladen ließ.«

»Aber allzu nah wollte er mir dann anscheinend doch nicht sein, denn sonst hätte er mir wohl erzählt, dass ich sein Sohn bin, anstatt diese beschissene Story von einem Förderprogramm zu erfinden«, platzt es aus mir heraus.

Drecksverfickter Mist!

Ich springe auf und gehe vor mich hinmurmelnd im Zimmer auf und ab. »Aber auf der anderen Seite macht vieles so einen Sinn. Deshalb habe ich mich in diesem Körper nie richtig gefühlt, auch wenn er noch so perfekt ist. Ich bin ein fucking Kind!«

Bei meinen letzten Worten hebt Prima missbilligend eine Augenbraue, fährt aber gleichwohl fort: »Ja, auf deine Selbstwahrnehmung konnte er letztendlich kaum Einfluss nehmen. Aber er hat dir durch das angebliche Förderprogramm den Eintritt ins Studium ermöglicht. Und in den Jahren danach hat er ebenfalls dafür gesorgt, dass du gut zurechtkamst.«

Kein Wunder, dass er mich den Poolboy machen ließ. Wenn das alles stimmt, dann bin ich im Vergleich zu vor dem Unfall ja fast nur noch Gemüse gewesen.

»Na, schönen Dank auch. Habe ich also nicht mal das Studium und den Job aus eigener Kraft geschafft? Und warum zum Systemcrash kann ich mich an all das nicht erinnern?«

»Dazu habe ich zwei Theorien.«

Ich lasse mich wieder in den Ohrensessel fallen.

»Erzähl ... bitte.«

»Es kann sein, dass dein traumatisiertes Gehirn nicht in der Lage war, die Erinnerungs-Engramme in einer Form bereitzustellen, die der Desintegrator korrekt verarbeiten konnte.«

Das hört sich beschissen an.

Ich seufze.

»Aha. Und die andere?«

»Dass es damals bewusst darauf angelegt wurde, dir die Erinnerungen zu nehmen – vielleicht, um dich davor zu bewahren, dass du ewig mit deinem Schicksal haderst.«

Das ist ja noch beschissener.

Ich will gerade meinem Unmut Luft machen, als mich ein Kreischen zusammenfahren lässt.

»MAMIE!«

#MJUNIFICATION

DIGITALE WELT, LE VILLAGE, STUDIO IN DER VILLA VON MJU, ZEITINDEX 09052121_2145 - 2245

MJU

Mein Herz hämmert, als hätte ich gerade den Weltrekord im 200-Meter-Lauf aufgestellt. Ich ringe nach Luft, auch wenn ich sie hier ja gar nicht zum Leben brauche.

Was läuft denn hier für ein Film ab?

In der Tür des Ateliers stehend, starre ich auf die Erscheinung, die wenige Meter von mir entfernt in einem Ohrensessel sitzt.

Eigentlich habe ich nur Maxx davon unterrichten wollen, dass Honey es sich in ihrer neuentdeckten Liebe für hauswirtschaftliche Tätigkeiten einfallen gelassen hat etwas für uns alle zu backen. Als ich ihn im Atelier selbst nicht gefunden habe, kam mir die Idee, im Studio nachzuschauen. Maxx hat sich ja mit Leo beschäftigen wollen und das funktioniert dort drin am besten.

Was ich nicht zu finden erwartet habe, ist, dass er sich nicht mit ihm, sondern mit Mamie in einem angeregten Gespräch befindet.

Mit weichen Knien taste ich mich langsam vorwärts.

Träume ich das? Nein, zum Träumen gehört Schlafen und das tun wir hier nicht. Aber wie kann es sein, dass sie hier ist?

»Muriel, ma chérie«, ruft Alma und streckt mir die Hände entgegen.

Ich lasse alle Vorbehalte, alle Vorsicht fahren und überwinde den Abstand zwischen uns in schnellen Schritten. Am Sessel angekommen, lasse ich mich auf die Knie fallen und ergreife Mamies Hände.

Was ist das?!

Die Hände, die ich umklammere, besitzen keine Wärme. Auch die Weichheit ihrer Haut ist nicht zu spüren. Es fühlt sich an, als hielte ich ein Stück totes Holz in meiner Hand.

Unwillkürlich schrecke ich zurück, falle hintenüber und komme ein Stück vom Sessel entfernt auf dem Boden zu liegen. Mit schreckgeweiteten Augen blicke ich auf das, von dem ich geglaubt habe, dass es meine Großmutter wäre.

Aber das ist es nicht!

In die Augen der Erscheinung tritt ein trauriger Ausdruck. »Das hatte ich befürchtet«, sagt sie seufzend.

»Was ... befürchtet?«

»Dass du mich nicht spüren kannst.«

»Aber ... was ... bist du? Ein Geist? Bist du ...?«

Verdammt! Gerade wo ich angefangen habe, halbwegs damit klarzukommen, dass du nicht mehr da bist.

Meine Augenwinkel beginnen zu brennen. Aber ich widerstehe dem Drang, mich abzuwenden und wieder in Selbstmitleid zu verfallen.

»Nein, petit lapin«, sagt die so fürchterlich vertraute Gestalt sanft. »Ich bin immer noch ich. Aber ich scheine hier nur als ... nennen wir es mal Projektion zu existieren. Genau habe ich dies auch noch nicht verstanden.«

»Vielleicht kann ich dabei ...«, beginnt Maxx, doch in diesem Moment fliegt die Tür zum Atelier erneut auf.

»Was auch immer du tust, lass … oh«, ruft Kyle, der mit einer mächtigen gusseisernen Pfanne, in seinen Händen erhoben, hereingestürmt kommt. Mit einem verwirrten Gesichtsausdruck schaut er von mir zuerst zu Mamie, dann zu Maxx und schließlich zurück zu mir. »Ich hab dich schreien gehört«, ergänzt er und lässt die Pfanne dabei sinken. »Ich dachte, hier wäre ein … na ja, weiß auch nicht.«

»Danke«, erwidere ich, immer noch halb auf dem Boden liegend. »Aber warum eine Pfanne?«

Eine leichte Röte überzieht Kyles Wangen. »Ich war gerade in der Küche und hab Honey mit den Galettes geholfen. Da war die das erste, das mir halbwegs für einen Kampf geeignet erschien.« Er zuckt mit den Schultern und lächelt schief.

»Na, dann kann ich ja lange rufen«, erklingt in diesem Moment Honeys Stimme.

Kyle dreht sich zu ihr um und tritt dann zur Seite.

Honey steht, nunmehr in eine altmodische Zofentracht gehüllt, im Durchgang. Sie trägt ein über und über beladenes Tablett auf ihren Händen und ein wissendes Lächeln auf dem Gesicht.

»Es sieht ganz danach aus, dass ich besser gleich hier serviere.«

Als ich das Tablett betrachte, stutze ich.

Moment, warum fünf Tassen?

»Wusstest du etwa, dass hier noch jemand auf uns warten würde?«

Honey geht zum Tisch und stellt ihr Tablett dort ab.

»Nun, ich hatte eine Wahrscheinlichkeit von 93,2 Prozent dafür berechnet, dass sich die Wesenheit, die ich ab und an in Maxx registrieren kann, früher oder später manifestieren würde. Und die aktuelle Situation schien mir dafür besonders geeignet.«

»Aber … warum hast du mir das nicht schon früher gesagt?«, wirft Maxx ein. »Ich habe die ganze Zeit über gedacht, ich hätte nen Sprung in der Schüssel.«

»Zum einen bin ich erst seit dem Upgrade in erweiterter Form vorhanden, sodass ich es vorher nicht wahrnehmen konnte. Und zum anderen war dein Fokus ab diesem Zeitpunkt auf andere Dinge gerichtet. Es bestand eine mehr als 50-prozentige Wahrscheinlichkeit, dass du meine Beobachtungen als Störung empfinden würdest, Boss.«

»Könntet ihr mich ... uns ... also die ganzen unwissenden Digitalen mal bitte mitnehmen?«, meldet Kyle sich zu Wort. »Ich hab keinen Plan, was hier abgeht.«

Maxx schaut in die Runde. Zum Schluss bleibt sein Blick an Mamie hängen. »Sehr gern. Und wenn jemand der Meinung ist, etwas zu meinem Bericht beitragen zu können, dann nur zu. Ich habe so das Gefühl, dass auch ich nicht alles weiß.«

Wir holen Stühle und setzen uns ebenfalls um den Tisch herum.

Dann erzählt Maxx davon, wie ihm das »Offf« verabreicht wurde.

»Ich weiß nicht, wie ich es beschreiben soll«, schließt er seinen Bericht. »Vielleicht so, als würde ich ein ganzes Leben innerhalb weniger Sekunden durchleben. Das hat mich fast umgehauen. Und von da an hatte ich das Gefühl, dass etwas mit mir nicht stimmt. Mal habe ich gedacht, ich würde etwas hören, dann gehorchten mir meine Beine nicht. Und immer wieder gab es so etwas wie Flashbacks – nur, dass es nicht meine Erinnerungen zu sein schienen.«

»Das passt zu meiner Wahrnehmung«, wirft Alma ein. »Oder vielmehr zu den Fetzen davon.«

Ich schaue von meiner Tasse Tee auf. Auch die anderen widmen Mamie nun ihre volle Aufmerksamkeit.

»Ich hatte mich dazu entschlossen, offline zu gehen. Also bin ich in die Kemenate gegangen, die ich mir zu diesem Zweck geschaffen hatte. Alles schien gut zu sein, doch in dem Moment, als ich den Vorgang endgültig einleitete, fühlte ich, dass sich etwas änderte. Dann war für eine Weile lang – ich kann nicht sagen wie lange – nur Stille und Dunkelheit, bis ich mit einem Mal meinte zu zerspringen. Danach wechselten sich immer wieder dunkle und lichte Momente ab, bis ich plötzlich zwar etwas wahrnahm, doch mich weder bewegen, noch etwas spüren konnte. Ich habe mir fürchterliche Vorwürfe gemacht, denn ich glaubte, ich hätte einen Fehler gemacht und es so verhindert, dass ich je wieder online kommen könnte. Könnt ihr euch das vorstellen? Ausgerechnet ich, die das alles ersonnen und konzipiert hatte, sollte womöglich einem Fehler im Plan zum Opfer fallen. Das hat mich mehr als alles andere verstört, denn wenn mir ein solch grundlegender und fataler Fehler unterlaufen wäre, dann könnte die Welt, in die du, Muriel, nur meinetwegen gegangen warst, auch für dich zur Gefahr werden.« Sie hebt ihre Hand, um sie auf meine zu legen, zögert dann aber.

Ach, verdammt. Wahrscheinlich erinnert sie sich an meine Reaktion von eben.

Schnell greife ich danach und führe sie an meine Lippen, um einen Kuss darauf zu hauchen, auch wenn es mir immer noch einen Schauer über den Rücken jagt, dass die Finger sich nicht lebendig anfühlen.

Der Ausdruck banger Vorahnung auf Almas Gesicht weicht einem seligen Lächeln. »Schließlich sprach mich jemand an. Ich glaube, das warst du. Honey, nicht wahr?«

»In der Tat. Nach dem Neustart seines Systems konnte ich die zusätzliche Präsenz in Maxx eindeutig registrieren. Ich bat daher Leonardo darum, die Darstellung deiner Daten hier im Studio zu versuchen. Etwas Ähnliches tut er ja auch mit den Snapshots.«

Alma nickt langsam. »Das bedeutet, dass ich nur hier drin als eigenständige … was ist wohl das richtige Wort … ach, bleiben wir bei Projektion. Also ich bin nach wie vor ein Teil von Arnauds Matrix und kann mich daher nicht unabhängig von ihm bewegen.«

Arnaud?

Fast gleichzeitig spricht Kyle meinen Gedanken aus.

»Mein Name im richtigen Leben«, murmelt Maxx. »Nein, das ist nicht richtig. Das ist mir inzwischen klar. Also, mein Name als Kind. Vor dem Unfall.«

Und ich hab gedacht, dass ich seine Probleme gerne hätte. Jetzt ist bei mir fast alles wieder in Ordnung, aber bei ihm ...

Honey beendet das peinliche Schweigen, das sich mit einem Mal ausgebreitet hat.

»Um noch einmal auf die Projektion zurückzukommen: Es ist davon auszugehen, dass deine Daten bis auf weiteres nur als Teil von Maxx existieren. Daher werdet ihr beide nun kommunizieren können. Aber eine Herauslösung deiner Entität wird uns ohne Hilfe nicht möglich sein. Bis dahin ist eine Projektion in diesem Raum die einzige Möglichkeit, um auch mit anderen kommunizieren zu können. Und sie wird nur möglich sein, wenn sich auch Maxx zumindest in der Villa befindet.«

Alma verzieht ihr Gesicht zu einem halben Lächeln.

»Wenn ich mir all das, was ihr mir schon berichtet habt, durch den Kopf gehen lasse, ist das wohl mehr, als wir erwarten konnten. Also hört auf Trübsal zu blasen und erzählt mir alles, was ich noch nicht weiß.«

Maxx scheint nicht in der Stimmung zu sein, etwas zum Gespräch beizutragen. Also übernehme ich die Aufgabe des Berichtens. Ich erzähle von meiner Begegnung mit Kyle, der Suche nach Mamie, die mich schließlich in Ceasars Palace geführt hat und dass wir dort von Maxx aufgespürt worden sind. Auch die zufällige Erkenntnis, dass der digitalen Welt schleichend die Ressourcen entzogen werde, lasse ich nicht aus. Währenddessen werfe ich Maxx immer wieder kurze Blicke zu.

Auch wenn er ihn momentan hinter sich gelassen hat, um mit uns ins Village zu gehen, scheint Maxx sein analoger Körper zu schaffen zu machen. Es sieht so aus, als würde er immer wieder damit zu kämpfen zu haben, nicht wegzudämmern. Mit einem Mal jedoch fährt er hoch und reißt seine Augen auf.

»Der News-Feed ... die Ankündigung«, ruft er. »Drei Tage! Warum ist mir das nicht früher eingefallen? In drei Tagen ist alles vorbei!«

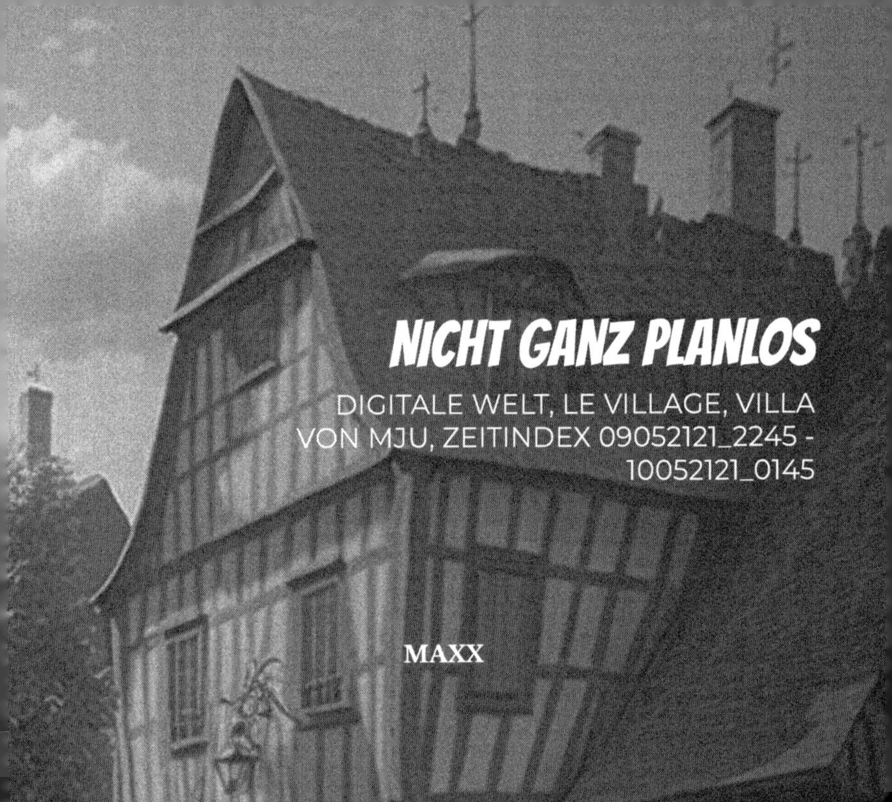

NICHT GANZ PLANLOS

DIGITALE WELT, LE VILLAGE, VILLA VON MJU, ZEITINDEX 09052121_2245 - 10052121_0145

MAXX

»Und so müssen die Bürger der Sphären nur noch wenige Tage darauf warten, bis ihr Leben besser wird«, erklingt die sonore Stimme eines Kommentators aus dem Off, während im Bild der Prinzipal zu sehen ist, wie er die Ansprache hält, von der ich vorhin schon einen Ausschnitt erhascht hatte. Als er vom Rednerpult hinuntersteigt, wirkt Ridicc recht zufrieden mit sich. Sein Lächeln flackert kurz, als er Iurii entdeckt, der ihn unten erwartet, aber dann verzieht auch dieser seine Mundwinkel zu einem dünnlippigen Lächeln und bedeutet ihm mit einer knappen Handbewegung, ihm zu folgen.

Ob es eigentlich auch anderen Zuschauern auffällt, dass er der wahre Herrscher von Analogien ist?

Ich blende den Ton aus und drehe mich zu den Anderen um.

Mju und Kyle starren mich entgeistert an.

Interessanter ist allerdings, dass die beiden anderen Personen hier im Raum die Überraschung nicht zu teilen scheinen. Bei Honey ist das noch verständlich, denn sie weiß ja im Prinzip so viel wie ich.

Aber Alma? Woher soll sie über die Aktion der FUA Bescheid wissen?

»Du wirkst irgendwie nicht besonders verwundert«, wende ich mich an sie.

Ein fatalistisches Lächeln breitet sich auf ihrem Gesicht aus. »Nun, das mag daran liegen, dass ich Iurii noch viel länger kenne als du. Er hat es also geschafft. Das ORB bekommt ein 'Upgrade'.«

Mju fährt dazwischen. »Mamie ... ist das dein Ernst? Du ... und Iurii?«

»Oh, nein. So weit ist es nie gekommen.« Alma lacht. »Ich bin ja auch um einiges älter als er. Schon sein Vater hat mich damals gefördert, als ich noch auf der Uni war und sich abzeichnete, dass man mein Talent für die Erstellung des ORB gebrauchen könnte. Und ich konnte das Geld gut gebrauchen. Wenn ich damals schon gewusst hätte, wohin sich das alles entwickelt ...« Sie schaut leicht betreten in die Runde.

»Aber Sie haben tatsächlich das System erschaffen, mit dem buchstäblich alles verbunden ist?«, kommt es von Kyle.

»Nein. Nicht ich allein. Wir waren fünf. Fabrice, Claude, Clément, Manon und ich. Leider gehörten die letzten beiden auch zu denen, die den Unfall, über den wir heute eigentlich schon zur Genüge gesprochen haben, nicht überlebten. Fabrice hat vor Jahren die Krankheit erwischt und daher wurde er auf die Insel geschickt. Wer weiß, ob er noch am Leben ist.«

»Und dieser Claude?«, fragt Kyle interessiert.

»Keine Ahnung. Er war immer ziemlich verschlossen. Aber dennoch brillant. Wahrscheinlich ist er es, dem Iurii es zu verdanken hat, dass er seinen Plan vielleicht doch noch in die Tat umsetzen kann.«

»Du meinst, er hat die digitale Welt verraten?«, mischt Mju sich mit zornigem Gesicht ein. »Die Welt, an deren Erschaffung er maßgeblich beteiligt war?«

»Ja, ich denke schon, dass er es auf die eine oder andere Weise getan hat. Nachdem ich Iuriis Ansinnen schon vor Jahren abgelehnt habe, ist er der Einzige, der genug Wissen über das ORB besitzt. Und es würde Iuriis Sinn für Humor durchaus entsprechen, dass er damit auch gleich noch mich für meine Anmaßung bestraft.«

»Aber was machen wir denn jetzt?!«, ruft Kyle und scheint sich im selben Moment über die Vehemenz zu erschrecken, mit der er das ausgesprochen hat, was in unser aller Köpfen herumkreist. »Ich mein, wie sollen wir in nur drei Tagen eine Gegenmaßnahme für das entwickeln, wofür die vielleicht schon Wochen oder Monate Zeit hatten?«

»Nun mal nicht so pessimistisch, junger Mann. Es war schon immer leichter etwas zu zerstören, als es zu errichten. Wir müssen nur den richtigen Punkt finden, an dem wir ansetzen können. Und wir haben den vielleicht entscheidenden Vorteil, dass die da drüben nicht wissen, dass wir es wissen. Nur kann ich ohne meinen Computer kaum etwas ausrichten.«

»Dann sind wir am Arsch.« Mju rauft sich die Haare. »Der Rechner ist im Arbeitszimmer, aber du kannst hier nicht raus.«

In diesem Moment verschwimmt alles um uns herum.

Alma, Mju und Kyle geben überraschte Laute von sich.

Doch ich habe Honey im Blick gehabt und konnte erkennen, dass sie es ist, die für diesen Zustand verantwortlich ist. Ihr Gesicht ist eine Maske der konzentrierten Anstrengung. Es wirkt fast, als würde sie versuchen, einen Berg zu versetzen.

Und dann ist alles anders.

Anstatt im dunklen, anheimelnden Kaminzimmer sitzen wir nun allesamt um Almas Schreibtisch im Arbeitszimmer herum.

»Du liebe Güte!«, entfährt es Alma.

Honey erhebt sich und neigt kurz ihren Kopf.

»Wenn der Prophet nicht zum Berg kann, dann muss eben der Berg zum Propheten. Frei nach Francis Bacon.«

»Extraordinär, Madame«, bemerkt Alma und tritt zu ihr hin. »Ich muss mich entschuldigen. Mir fällt erst in diesem Moment ein, dass wir einander noch gar nicht ordentlich vorgestellt worden sind.«

Honeys Blick zuckt zu mir.

Wie jetzt? Ein schüchternes Computerprogramm? Na und? Immerhin steht sie einer Person gegenüber, die den Weg bereitet hat, der zu ihrer Erschaffung geführt hat. Das kann man ja schon fast göttlich nennen.

Also stehe ich schnell auf und gehe zu den beiden. »Der Fehler liegt ganz auf meiner Seite. Das ist Honey, die Projektion meiner persönlichen Assistenz-KI.«

»Ach, wie herrlich. Du bist ganz und gar so, wie ich dich mir vorgestellt hatte. Nur an deinem Kleidungsstil sollten wir vielleicht noch etwas arbeiten, Kindchen.«

Mit einem Mal beginnen Honey, Alma und alles um uns herum, zu flackern. Doch es vergeht schnell wieder.

»Oh, verzeih bitte, ma chère. Ich hatte vergessen, wie sehr deine Prozessoren schon allein mit der Aufgabe ausgelastet sein werden, dich, mich und das Arbeitszimmer darzustellen. Und da komme ich dann auch noch mit Subtext.« Sie tätschelt Honey den Arm. »Ich meinte damit, dass all die Outfits, die ich bisher an dir bemerken konnte, zwar von ausdrücklich hervorragender Qualität sind. Jedoch spiegeln sie ein recht antiquiertes Weltbild wider.«

Wieder zuckt Honeys Blick in meine Richtung und ich habe das Gefühl, ihr zu Hilfe eilen zu müssen. »Das wird wohl an meinem Faible für antike Filme liegen, in denen die Männer meist Hüte und Trenchcoats trugen. Im Original waren die noch nicht einmal coloriert.«

Alma nickt. »Das wird es sein. Aber nichts leichter als das. Komm und setz dich zu mir. Dann reden wir nicht nur über deine

Garderobe, sondern auch über all das, was du mir noch zu unserem Problem erzählen kannst.« Sie sieht uns an und sagt lächelnd: »Ihr entschuldigt uns?«

Nach einem Moment der Überraschung verlassen Mju, Kyle und ich das Studio und gehen zum eigentlichen Arbeitszimmer, um dort selbst ein paar Recherchen anzustellen. Aber dann bleibt Mju in der Tür stehen, die sie gerade geöffnet hat, und wendet sich zu Kyle und mir um.

»Honey hat es wohl mit der Aussage, den Berg zum Propheten zu bringen, ernst gemeint.«

Sie tritt zur Seite und gibt den Blick in den Raum frei. Allerdings ist hinter der Tür kein Raum mehr, sondern nur ein zweidimensionales Abbild des Zimmers, auf dem eine Meldung prangt: »Netzwerk-Fehler 0x8007005 – Zugriff verweigert.«

»Dann bleibt uns wohl doch nichts anderes übrig, als zu warten«, bemerke ich niedergeschlagen. Die Aussicht darauf, wenigstens durch eigene Nachforschungen etwas zu einem Plan beizutragen, hatte das Gefühl von Nutzlosigkeit vorübergehend gedämpft, das mich befiel, als Alma uns hinauskomplimentierte. Auch wenn wir nicht einmal wissen, wie er lauten wird. Nun ist es wieder da.

»Moment mal«, reißt Mjus Stimme mich aus den Gedanken, denen ich nachhänge.

Ich schaue sie an. Neben mir tut Kyle das Gleiche.

Mju wendet sich zu Kyle. »Du gehörst hier gar nicht hin!« Auf sein verwirrtes Gesicht hin ergänzt sie lächelnd: »Du sprichst doch Binar. Das können Mamie und Honey bestimmt gebrauchen.«

»Echt jetzt?«, entfährt es mir. »Du kannst Maschinensprache? Dann solltest du wirklich rüber zu den beiden anderen gehen.«

»Meint ihr ernsthaft?«

»Auf jeden Fall«, bestätigt Mju und gibt ihm einen Schubs. »Für Bescheidenheit ist jetzt nicht die Zeit. Wenn wir nicht alle Möglichkeiten nutzen, dann schaffen wir es vielleicht nicht rechtzeitig.«

Kyle grinst verlegen, dreht sich dann aber doch um und verschwindet in Richtung Studio.

»Dann bleiben also nur wir beide«, sagt Mju mit einem Augenzwinkern, bei dem mir trotz aller Anspannung ganz warm wird.

Wenn ich mir doch bloß nicht so nutzlos vorkommen würde. Dieses Gewarte ist echt …

»Ich weiß ja nicht, wie's dir geht«, unterbricht Mju meine Gedanken. »Aber ich krieg ne Krise, wenn ich hier nur rumsitze und darauf warte, dass die drei sich hoffentlich irgendwann auf nen Plan einigen. Ich muss irgendwas tun.«

Sie sieht mich erwartungsvoll an.

Ist das jetzt digitale Telepathie?

Ich nicke.

»Du nimmst mir die Worte … na ja, zwar nicht aus dem Mund, aber ich habe gerade etwas Ähnliches gedacht. Schwebt dir was Besonderes vor?«

»Ach, lass uns erst mal raus in den Garten gehen. Dann sehen wir weiter.« Damit greift Mju meine Hand und zieht mich mit sich.

Zusammen laufen wir durch den Salon, auf die Veranda und wollen die Treppe hinuntergehen, als ich mich plötzlich nicht mehr bewegen kann.

Was geht denn hier ab?!

Vor mir gibt Mju einen Laut von sich, der in etwa meiner Stimmungslage entspricht. Durch meine Hand festgehalten, gerät sie ins Stolpern, fängt sich aber wieder und schaut mich fragend an.

»Ich kann mich nicht bewegen!«

Mjus Augen werden groß. »Verdammt, dann schnell wieder rein!« Sie schlüpft an mir vorbei und zieht mich hinterher.

»Moment«, rufe ich nach drei Schritten. »Hier drin klappt es wieder. Was soll das denn …?«

»Natürlich«, bemerkt Mju und beginnt zu lächeln. Auf meinen verständnislosen Gesichtsausdruck hin ergänzt sie: »Das liegt an

Mamie. Sie ist doch im Moment nur eine Projektion aus deiner Matrix. Und weil sie im Studio ist, kannst du hier nicht weg.«

»Ah, stimmt. Und jetzt? Ich hatte mich ehrlich gesagt ...«

»Honey?«, ruft Mju. »Kannst du uns vielleicht helfen?«

Einen Moment lang geschieht nichts. Mju setzt schon zu einer neuen Anfrage an, da ertönt Honeys Stimme: »Entschuldigung, Mju. Wir haben deine Anfrage und die zugrundeliegende Problemstellung erkannt, aber eine Weile benötigt, um eine Lösung dafür zu finden. Aber das hier müsste funktionieren.« Damit erscheint auf einem Tischchen neben der Verandatür ein kleiner goldener Löffel.

Ich hebe ihn auf. »Und inwiefern hilft uns das?«

»Das ist ein Proxyserver, Boss. Solange du damit Kontakt hast, solltest du dich auch außerhalb der Villa bewegen können.«

»Cool. Und wie weit reicht der?«

»Innerhalb des Village sollte es keine Probleme geben.«

»Na dann«, ruft Mju, greift ein weiteres Mal nach meiner Hand und läuft los.

Diesmal schaffe ich es über die Schwelle und die Treppe hinunter. Ich bemerke nur, dass der Löffel in meiner Tasche ein wenig warm wird. Zusammen gehen wir immer weiter in den Garten hinein, bis Mju in einem Hain knorriger Apfelbäume stehenbleibt und tief einatmet.

»Hmm, ja. Das ist besser. Diese Luft wirkt immer so beruhigend, aber gleichzeitig irgendwie auch anregend. Ich weiß auch nicht.« Sie gibt ein leises Kichern von sich und breitet ihre Arme aus.

»Mit den rudimentären Sinnen dieses Avatars bekomme ich davon zwar nicht viel mit, aber ich verstehe, was du meinst«, sage ich lächelnd und schaue mich um. »Hat Alma das alles selbst gestaltet?«

»Das und auch ein Großteil des Dorfes unten im Tal«, bestätigt Mju.

»Was ist das da oben?« Ich deute mit einer Kopfbewegung die Klippe hinauf.

»Das ist eine kleinere Nachbildung der Burg ... Eltz hat Mamie sie genannt. Die hatte sie mal besucht, als sie noch jung war. Damals, als man draußen noch halbwegs klargekommen ist. Das Ding hat sie als Kind wohl ziemlich fasziniert.«

»Aha, okay. Und wie isses da so?«

Mju schaut von der Burg zu mir und zuckt mit den Schultern.

»Keine Ahnung. Ich war noch nicht drin.«

»Echt jetzt?«, entfährt es mir. »Du bist jetzt wie lange hier?«

Mjus Blick wird säuerlich. Sie schnaubt, antwortet dann aber doch: »Ungefähr ein Jahr.«

»Was hast du denn in der ganzen Zeit gemacht?«

Die Genervtheit in Mjus Blick weicht einem betretenen Ausdruck, als sie murmelt: »Ich bin nicht besonders viel draußen gewesen. Ich ...«

»Na, dann wird's aber sowas von Zeit«, rufe ich und greife mir nun ihre Hand. Ein Stück zu unserer Rechten habe ich ein verwittert aussehendes Gartentor entdeckt, hinter der zum größten Teil überwucherte Stufen einen Hang seitlich an der Klippe hinaufführen. Dort hindurch und bis halb nach oben ziehe ich Mju eher hinter mir her.

Doch dann gibt sie ihren – wenn auch nur leichten – Widerstand auf, huscht an mir vorbei und übernimmt erneut die Führung, bis wir an einem Portal in einem der Burgtürme ankommen, das aber von einem Gitter versperrt wird.

»Ich hatte mir schon fast gedacht, dass wir hier nicht reinkommen«, sagt sie keuchend. »Von innen kann man das Ding vielleicht entriegeln und dann die Treppe runtergehen, aber rein kommt man von der Villa aus eher durch einen Gang ... den ich auch noch nie benutzt habe. Ich weiß nur, dass er da ist.«

Sie bemerkt den ungläubigen Blick, den ich ihr zuwerfe, und seufzt.

»Ich versteh ja, dass du mich nicht verstehst. Wenn ich mein

Verhalten der letzten Monate betrachte, erkenne ich mich selbst auch nicht wieder.«

Sie lässt sich auf einen Felsen neben dem versperrten Durchgang sinken.

»Weißt du, als ich nach meiner Desintegration hier angekommen bin, da hatte ich plötzlich Angst vor allem. Auch wenn vieles ganz normal wirkte, konnte es in der nächsten Sekunde vollkommen abgedreht sein. Vielleicht habe ich gedacht, dass ich mich bei einem falschen Schritt plötzlich in Bytes auflöse oder so ...«

»Ist schon komisch, wie's manchmal kommt«, murmle ich. »Du wirst als Erwachsene plötzlich zum Kleinkind, für das alles neu ist. Und ich werde als Kind einfach in den Körper eines Erwachsenen verpflanzt, ohne dass mir einer was davon sagt.«

Wir schweigen eine Weile lang, in der wir unseren Gedanken nachhängen. Ich lasse meinen Blick dabei über das Tal und die altmodischen Häuser darin schweifen.

»Hast du Lust, mir das Dorf zu zeigen?«

Mjus Gesichtsausdruck hellt sich auf. »Gute Idee. Da zumindest kenne ich fast jeden Stein.« Sie erhebt sich und läuft vor mir leichtfüßig die Stufen hinunter in den Garten und weiter einen Pfad entlang, bis wir auf einer uneben gepflasterten Straße ankommen, die sich zwischen den uralt aussehenden Gebäuden hindurchwindet. Während wir durch enge Gassen gehen, erzählt sie mir etwas zu den Häusern ringsherum und ihren Bewohnern.

Kaum dass wir auf den Platz mitten im Ort hinaustreten, wird Mju von mehreren Dorfbewohnern begrüßt. Ein älterer Herr hält mit seinem Fahrrad und zeigt ihr eine beachtliche Anzahl Fische in einem Weidenkorb, die er anscheinend geangelt hat. Ein anderer Mann, der in ein langes schwarzes Gewand mit einem weißen Lätzchen gekleidet ist, nickt uns im Vorbeigehen zu. Eine rundliche Frau vor dem Eingang eines Cafés auf der anderen Seite des Platzes winkt uns zu sich.

Ich erwidere die Worte, die an mich gerichtet werden, halte mich ansonsten aber im Hintergrund. Ich bin viel zu fasziniert von dem Effekt, den das Dorfleben auf Mju hat. Bisher wirkte sie immer ein wenig getrieben, fast hektisch, doch hier kann ich direkt erkennen, wie sie sich entspannt.

Sie wechselt mit jedem ein paar Worte, stellt mich kurz vor und führt mich schließlich zu einem der Tische vor dem Café, wo wir uns setzen. Als wir uns auf den ziemlich klapperigen Stühlen niedergelassen haben, kommt die Frau aus dem Inneren des Cafés hervorgewuselt und stellt ungefragt zwei schlanke Gläser mit dickem Boden, vor uns hin, die mit einer weiß-gelblichen Flüssigkeit gefüllt sind.

»Salut, Muriel«, sagt sie mit einer warmen Stimme. »Du bist ja schon seit einer Ewigkeit nicht mehr hier gewesen.« Sie bedenkt mich mit einem Seitenblick und zwinkert Mju danach zu. »Aber wenn ich solche Gesellschaft hätte, dann würde ich auch nicht mehr das Haus verlassen – vielleicht nicht einmal mehr das Schlafzimmer.« Damit bricht sie in ein volltönendes Gelächter aus, das so ansteckend ist, dass Mju und ich automatisch mitlachen.

»Ach, Lola«, bemerkt Mju schließlich kopfschüttelnd, aber mit einem Lächeln. »Wie habe ich dein loses Mundwerk vermisst. Machst du uns noch einen Café au lait?«

»Bien sûr«, ruft Lola und verschwindet wieder nach drinnen.

»Ich habe so das Gefühl, dass es ne gute Idee war, hierherzukommen«, murmle ich, während ich mir das Glas greife und Mju zuproste. »Hier kann man's echt aushalten.«

Mju stößt ihr Glas an meines, nimmt einen Schluck daraus und lehnt sich auf ihrem Stuhl zurück.

Auch ich lasse einen Schluck des Pastis meine virtuelle Kehle hinunterrinnen und stelle wieder einmal fest, dass er besser schmeckt als vieles, was ich selbst in den teuersten Clubs vorgesetzt bekommen habe.

Ein Stück entfernt zu unserer Linken gibt es ein großes Hallo, als dort vier Männer unterschiedlichen Alters zusammentreffen und beginnen, Boule zu spielen.

Eine kleine Weile lang beobachte ich sie, dann wende ich mich wieder Mju zu und sehe, dass auch sie einfach nur stumm das Spiel verfolgt.

Sie bemerkt meinen Blick und legt fragend ihren Kopf schräg. »Alles klar bei dir?«, fragt sie.

Spontan spreche ich den Gedanken aus, der mir gerade durch den Kopf geht: »Wie hast du eigentlich Kyle kennengelernt?«

Mju stutzt, lächelt dann aber verschmitzt. »Ach, das war mal was ganz anderes. Unser erstes Zusammentreffen endete damit, dass ich ihm zwischen die Beine getreten habe.«

Ich pruste einen Teil des sensationellen Pastis heraus. »Hey, läuft bei euch. Da kann ich ja noch von Glück sagen, dass ich euch nur virtuell überfallen habe.«

Mju hebt ihre Hände in einer Was-soll-man-da-machen-Geste. »Ich bin halt impulsiv. Nee, Scherz, wir haben uns zufällig beim Sport getroffen. Zuerst dachte ich auch, ich seh ihn nie mehr wieder, aber dann kam das mit Mamie und ich hab ihn gesucht. Jetzt bin ich froh, dass ich ihn wiedergefunden habe – nicht nur, weil er Binar kann.«

»Und, was geht da bei euch?«, spreche ich erneut einen Gedanken aus, bevor mir bewusst wird, was ich da tue.

Aber Mju stutzt diesmal nicht. Stattdessen winkt sie nur ab. »Kyle und ich? Nee, lass mal. Er ist eher so wie der kleine Bruder, den ich nie hatte. Ich ...«

Nun stutzt sie doch und schaut auf ihren Handrücken. Nach einem Tippen darauf erklingt von dort die Stimme von Alma: »Kommt her, ich denke, wir haben einen Plan.«

Ihre Worte scheinen auf Mju wie das Klingeln eines Weckers zu wirken. All die Entspannung weicht einem Ausdruck von Tatendrang. Sie springt auf, entschuldigt sich bei Lola, die gerade mit unseren Tassen eintrifft und läuft mir voraus zurück zur Villa.

»Setzt euch«, sagt Alma in einem geradezu feierlich klingenden Tonfall und mit einem unternehmungslustigen Funkeln in den Augen. »Nachdem wir zusammen sämtliche relevanten Daten ausgewertet haben, sind wir zu dem Schluss gekommen, dass wir tatsächlich etwas tun können.«

»Wow, gibt es also wirklich einen Weg, um dieses Upgrade zu verhindern?«, platze ich heraus und reibe mir die Hände.

»Nein.«

»Ähh, wie jetzt?« Ich stoppe mitten in meiner Bewegung und schaue Alma, über die noch aneinandergepressten Handflächen hinweg, verwirrt an.

»Nein, das Upgrade werden wir nicht verhindern«, wiederholt Alma mit einem milden Lächeln. »Genauer gesagt werden wir es nicht nur durchlaufen lassen, sondern es mit einer weiteren Funktion ausstatten.«

Mju setzt sich auf den freien Stuhl direkt neben ihrer Großmutter. »Ich habe da so eine gewisse Vorstellung, wenn ich über unsere gemeinsame Arbeit in den letzten Monaten nachdenke. Aber genau kapiere ich es noch nicht. Erzähl uns mehr.«

Alma sieht ihre Enkelin mit einem Blick an, der Überraschung erkennen lässt. Aber auch Stolz. Sie nickt ihr zu. »Es sieht ja danach aus, dass dieses Upgrade dazu gedacht ist, den Energiefluss zwischen den Welten so zu beeinflussen, dass eine zu Lasten der anderen profitiert.«

»Genau«, werfe ich ein, im Versuch, mein Gefühl von Nutzlosigkeit dadurch zu mindern.

Alma wendet sich mir zu und zwinkert mit einem Auge. »Und wer sagt, dass es die analoge Welt sein muss, die diesen Profit erzielt?«

»Okay, verstanden«, sinniert Mju. »Aber wer hindert die

Analogen daran, unsere schicke kleine Funktion wieder auszubauen, wenn das Upgrade erst mal durch ist?«

»Das lass mal meine Sorge sein.«

»Aha«, macht sie und klingt dabei nicht besonders überzeugt. »Dann mal anders gefragt: Wie sollen wir diese Funktion denn überhaupt nutzen, wenn es uns doch gar nicht möglich ist, wirklich in die analoge Welt einzugreifen. Du weißt schon. Die Sperre. Oder hast du etwa ...?«

»Nein, so weit bin ich noch nicht. Das würde zu viel Zeit in Anspruch nehmen. Aber um deine eigentliche Frage zu beantworten: Die Energie, die sowohl die analoge als auch die digitale Welt am Laufen hält, wird analog produziert und dann auf beide verteilt. Und genau hier können wir geradezu im Schlaf für einen Ausschlag zu unseren Gunsten sorgen.«

»Aber ihr schlaft doch gar nicht«, entfährt es mir.

»In der Tat. Wir gehen offline. Und genau dort setzt unser Hebel an. Denn was passiert, wenn wir das tun?«

»Wenn ich es richtig verstanden habe, dann ist es so ähnlich wie beim Träumen der Analogen, nur dass wir eben nicht träumen«, meldet Mju sich zu Wort.

»Et voilà«, ruft Alma und breitet mit einem Lächeln die Arme aus, wie eine Akrobatin, der ein besonders kniffliges Kunststück gelungen ist.

»Du meinst ...?«

»Exakt. Wir werden träumen. Und wenn wir das tun, dann wird nicht nur der Speicher nicht defragmentiert, sondern es geschieht auch noch etwas anderes. Erinnert ihr euch noch an das Flackern, als ich Honeys Rechenkapazität mit einer für sie logisch nicht nachvollziehbaren Aussage kurzzeitig überlastet habe?«

Diese Frauen sind genial.

»Natürlich«, rufen wir fast gleichzeitig.

Moment mal, wo sind eigentlich die beiden anderen?

Ich blicke mich suchend nach allen Seiten um.

Alma interpretiert diese Bewegung richtig und erklärt: »Wir haben uns darauf geeinigt, dass Honey schon einmal zusammen mit Kyle die Erstellung des Codes übernimmt, den wir benötigen werden, um softwareseitig dafür zu sorgen, dass der Plan funktioniert. Jetzt, wo ihr zurück seid, macht Honey alleine weiter, denn ihr müsst euch darum kümmern, für eine genügend große Anzahl von Schlafkriegern zu sorgen. Nur wenn wir es schaffen, die Last auf das System innerhalb kurzer Zeit kontrolliert hochzufahren und zu halten, kann durch den Switch der Energieabzug in unsere Richtung beeinflusst werden.«

Switch?

»Moment mal, was für ein Switch?«, höre ich mich fragen. »Davon hast du noch gar nichts erzählt.«

Almas Blick wandert zu mir und bleibt dort hängen. Einen Moment lang mustert sie mich mit einem undeutbaren Gesichtsausdruck. »Tja, ich fürchte, wir kommen jetzt zu einem Teil des Plans, der dir nicht gefallen wird.«

#LETSGODEFENCELETSGO

DIGITALE WELT, DIG_ITALY,
ZEITINDEX 10052121_1000 - 1200

MJU

»Was genau versprichst du dir von dieser Aktion?«

Kyle hat mich in eine Nische gezogen und fixiert mich mit seinem Blick.

Das haben wir doch schon … wie oft … besprochen?

Ich schaue gleichmütig zurück, obwohl es in meinem Innern zu brodeln beginnt. Jetzt, wo mir die Dringlichkeit unseres Handelns bewusst geworden ist, fällt es mir schwer, sein Zaudern zu tolerieren.

»Kyle, du weißt doch, dass wir Unterstützung brauchen, um den Plan durchzuziehen. Und wo könnten wir einfacher an so viele Leute herankommen?«

»Aber … du verstehst das nicht. Das ist keine feste Gruppe, die sowas wie eine Hierarchie hat. Jeder, der da hinkommt, macht das wann und wie er will. Ich kann da nicht einfach so auflaufen und Forderungen stellen.«

»Genau, und deshalb werde ich das tun«, schießt es aus meinem Mund, bevor sich mein Gehirn dieses Gedankens so richtig bewusst geworden ist. Ich stocke, denn eigentlich habe ich das, was mir durch den Kopf gegangen ist, nicht einfach so aussprechen wollen. Ich war ja überhaupt nur einmal bei einem Treffen der DA – der digitalen Anarchisten. Und ich kenne außer Kyle keinen von ihnen. Aber nun sind die Worte gesagt und sie zurückzunehmen würde nur weitere Diskussionen bedeuten. Also lächle ich Kyle mit einer Selbstsicherheit zu, die ich innerlich nicht empfinde.

Er öffnet seinen Mund. Dann aber schließt er ihn wieder, zuckt mit den Schultern und wendet sich zum Weitergehen.

Hoffentlich funktioniert das auch. Was, wenn die ...?

Doch ich schlucke diesen Gedanken hinunter und folge Kyle auf seinem Weg durch dig_italy.

Wir versuchen dabei, wie ein Pärchen auszusehen, das einfach nur den Trubel auf den Straßen genießt und sich treiben lässt. Also mäandern wir scheinbar ziellos durch kleine und größere Straßenzüge, halten ab und zu an, um uns einen Snack und etwas zum Trinken zu kaufen oder mit anderen zu plaudern. Dabei verlieren wir jedoch nie unser eigentliches Ziel aus den Augen – den verdreckten Eingang zu einer U-Bahnstation, in der noch nie eine Bahn gehalten hat. Und auch unsere Aktionen sind alles andere als zufällig oder beiläufig. Sie dienen sämtlich dem Zweck, Kyles Gruppe für ein Treffen zu mobilisieren.

Wir sind gerade dabei, von der Centre Street in die Canal Street einzubiegen, als ich einen Mann sehe und fast, ohne nachzudenken, gewunken hätte.

Mit einem Mal werde ich gepackt und in ein Eck-Café gezerrt.

»Hey, was soll ...?« Nach der ersten Überraschung will ich mich instinktiv von Kyle losreißen. Doch als ich den Ausdruck in seinem Gesicht bemerke, bleiben mir weitere Worte im Hals stecken. Wortlos lasse ich mich von ihm zu einem der leeren Tische führen.

»Hast du den Typen bemerkt?«, flüstert er mir zu, nachdem wir uns gesetzt haben.

»Welchen Typen? Hier wimmelt es von Leuten.«

Oder meint Kyle diesen Mann?

»Da war so ein Kerl – groß, kurze dunkle Haare, trug ne ziemlich auffällige blaue Jacke.«

Ernsthaft? Das ist er doch. Aber warum macht Kyle deswegen so ne Welle?

Die Gedanken scheinen mir am Gesicht abzulesen zu sein, denn Kyle nickt. »Hast du deinen Diskriminator noch?«

»Meinen was?«

»Das Ding, das ich dir gegeben habe, als du mich das erste Mal besucht hast. Das, was an die Schläfe kommt.«

»Ach so. Klar, hier isses.« Ich ziehe das kleine Gerät aus meiner Jackentasche und lege es auf den Tisch.

Kyles Gesicht wird aschfahl und er klaubt es hastig auf. Dann dreht er sich zum Tisch hinter uns um und nimmt sich eine Speisekarte, obwohl auch direkt vor uns auf dem Tisch dieselbe liegt.

»Nimm dir deine«, raunt er mir zu und weist mit seinen Augen auf die Karte vor mir.

Ich hebe eine Augenbraue.

»Mach schon«, zischt Kyle, fast ohne seine Lippen zu bewegen.

»Was soll denn die Nummer?«, raune ich zurück, greife aber gleichwohl nach der Speisekarte und beginne, sie zu studieren.

Kyle beugt sich ein Stück zu mir herüber und zeigt auf eins der Gerichte in meiner Karte. »Was hältst du denn hiervon, Honey?«, fragt er laut und deutlich. »Sollen wir das mal probieren?«

Shit, das Codewort. Hier ist also was faul.

Ich tue, als würde ich mir die Idee meines Freundes in aller Ruhe durch den Kopf gehen lassen, obwohl die Angst in meinem Innern wütet.

Kyle hat mich schon, als wir aufgebrochen sind, darauf hingewiesen, dass es durchaus sein kann, dass wir beobachtet werden.

Immerhin ist er Mitglied einer Gruppe von Digitalen, die sich gegen die Gängelung durch die Analogen zur Wehr setzt – auch wenn es sich dabei hauptsächlich um kleine Streiche handelt, die sie Vertretern von Analogien in der digitalen Welt spielen.

Nun beuge ich mich zu ihm hinüber und tippe auf ein anderes Gericht, während ich ihn aus den Augenwinkeln hilfesuchend anschaue. »Nee, ich glaube, ich nehme lieber das, was du mir letztens empfohlen hast«, antworte ich und halte dabei verdeckt meine Hand auf.

Kyle schaltet richtig und lässt den Phasendiskriminator hineingleiten.

Ich fahre mir durchs Haar und setze ihn dabei an meiner Schläfe auf.

Das Gerät tut seine Arbeit.

Und ich kann mich gerade noch so daran hindern, ein Stöhnen von mir zu geben.

Während Kyle es in seinen Händen gehabt hat, muss er eine Einstellung daran verändert haben, denn jetzt kann ich die Passanten, die draußen auf der Straße vorbeigehen, in einem völlig neuen Licht sehen. Über manchen von ihnen schweben bläuliche Schemen, die so wirken, als würden sie die Personen vor sich her schieben.

Einer von ihnen reitet in diesem Moment auf dem Mann mit der blauen Jacke, den ich bei meinem ersten Besuch in dig_italy getroffen habe, am Fenster des Cafés vorbei.

Mit klopfendem Herzen hebe ich die Speisekarte gerade so weit, dass sie ein Großteil meines Gesichts verbirgt, ohne mir die Sicht zu nehmen.

Weitergehn, denke ich fieberhaft. *Hier ist keiner und ich geh auch gleich.*

Entweder funktioniert diese Suggestion oder ich bin tatsächlich nicht zu erkennen, denn der Mann geht vorbei, ohne sich umzusehen.

Meine Finger zittern, als ich die Karte wieder sinken lasse und Kyle ansehe.

»Hm, ich glaube, dass wir hier doch nichts finden«, bemerkt er und steht auf.

Zusammen verlassen wir das Café, wenden uns draußen aber nicht in die Richtung zur Station, sondern gehen noch eine Weile weiter kreuz und quer durch die Straßen, bis ich vollkommen die Orientierung verloren habe. Dann jedoch betreten wir einen Laden, gehen durch ihn hindurch und stehen plötzlich fast neben der Treppe in den Untergrund.

Kyle wirft Blicke die Straßen hinunter, die hier aufeinandertreffen. Dann nickt er. »Du gehst vor«, raunt er und gibt mir einen leichten Schubs.

Hoffentlich ist das kein Fehler, schießt es mir durch den Kopf. Aber ich sprinte los, nutze einen Laternenpfahl, um zur Treppe einzuschwenken, und springe sie, immer zwei Stufen auf einmal nehmend, hinunter ins Dunkel.

Hinter dem ersten Treppenabsatz werde ich erwartet.

Allein der Phasendiskriminator bewahrt mich davor, vollkommen unvorbereitet auf den Mann mit der blauen Jacke zu treffen, denn der geisterhafte Schemen zeichnet sich in der Düsternis so klar ab, dass sein Schein hinter einer Ecke hervordringt.

Im Bruchteil einer Sekunde treffe ich eine Entscheidung.

Aus vollem Lauf springe ich auf die Wand gegenüber der Ecke zu, stoße mich davon ab.

Bitte lass es klappen.

Der Mann steht nicht dort. Also kann ich ihn damit nicht überwältigen. Aber da ist ein halbhoher Kasten, daher nutze ich den Schwung, stoße mich von ihm ab, vollführe einen Salto und komme hinter dem Wartenden wieder auf. Ich fahre herum und ziehe meinem Gegner mit einem Fußfeger die Beine unter seinem Körper weg.

Er kippt um und prallt mit dem Hinterkopf gegen den Kasten,

den ich als Sprungschanze benutzt habe. Ohne einen Laut von sich zu geben, rutscht er daran hinunter und bleibt auf dem Boden liegen. Das bläuliche Leuchten über ihm erstirbt.

Hoffentlich habe ich ihn nicht gekillt!

Instinktiv will ich mich zu dem Mann hinunterbeugen, um nachzusehen.

In diesem Moment flackert das Blau erneut auf und hat nun eine gänzlich andere Qualität. Es wirkt wie ein Scheinwerfer, der hierhin und dorthin zuckt und nach mir zu suchen scheint.

Eine Ablenkung. Ich brauche eine Ablenkung!

Fieberhaft blicke ich umher und entdecke auf dem Boden eine Eisenstange.

Oder draufhauen?

Doch zu diesem Akt der Gewalt kann ich mich nicht durchringen. Ich greife die Stange und schleudere sie in einen Gang, von dem ich nicht weiß, wohin er führt. Dann ducke ich mich in eine Nische hinter mir.

Gerade noch rechtzeitig.

Der suchende Strahl, der schon fast bei mir angelangt ist, zuckt herum und erleuchtet den Gang. Dann erhebt sich der gesamte Schemen und schwebt in diese Richtung.

Bin ich den jetzt los? Oder ist das eine Falle und der Typ wartet nur darauf, dass ich mich bewege?

Eine gefühlte Ewigkeit lang bleibe ich in der Nische hocken, gefangen zwischen dem Wunsch zu fliehen und der Angst davor, auch nur um die Ecke zu schauen.

Das geht so nicht. Wenn ich hierbleibe, dann kriegen sie mich früher oder später sowieso. Also los!

Jegliche Vorsicht außer Acht lassend, springe ich auf und sprinte den Weg entlang, von dem ich weiß, dass er mich zu den Ticketautomaten führen wird.

»EIN GLÜCK, du hast es geschafft.«

Ich hocke auf dem Boden und schaue diesmal zu Kyle hoch, der mir seine Hand hinstreckt. Dabei scheint er nicht zu wissen, ob er lächeln soll.

»Und du ... auch«, keuche ich und schaue ihn mit großen Augen an.

»Ich ... ich hab den Lärm gehört und mir war sofort klar, dass du in Schwierigkeiten bist. Aber wenn sie mich auch noch erwischt hätten, dann hätten wir erst recht schlechte Karten gehabt. Und ich hatte gehofft, dass du mit denen ähnlich kurzen Prozess machst, wie letztens mit mir.« Er macht ein betretenes Gesicht. »Kannst du mir verzeihen, dass ich nen anderen Eingang genommen habe?«

»Kein Problem.« Ich greife nach Kyles Hand. Anstatt mich aber hochziehen zu lassen, ziehe ich daran und blocke dabei auch den Fuß, mit dem er sich abfangen will. Kyle fällt vornüber und kommt neben mir zu liegen. »Jetzt sind wir quitt.«

Wir sehen uns an und prusten fast gleichzeitig los. Eine kurze Weile lang blieben wir liegen und geben uns einfach nur der Heiterkeit hin. Langsam weicht die Anspannung aus meinem Körper.

Kyle macht Anstalten, wieder aufzustehen, doch ich halte ihn am Arm fest. »Bevor wir irgendwo hingehen, will ich wissen, was das für Dinger sind, die ich plötzlich sehen kann. Das wollte ich dich vorhin schon fragen. Was genau sind diese Schemen eigentlich?«

Er bläst unschlüssig seine Wangen auf und lässt langsam die virtuelle Luft daraus entweichen. »Es muss irgendwas damit zu tun haben, dass die Personen, über denen die Teile schweben, in diesem Moment als Avatar benutzt werden.«

»Du meinst, dass sind menschliche ...«, platzt es aus mir heraus. Dann kann ich mich wieder beherrschen und ergänze leiser: »Drohnen?«

Kyle schüttelt schmunzelnd seinen Kopf. »Du denkst immer noch total analog. Sieh es mal so: Hier bei uns ist alles im Grunde so ähnlich wie in einem extrem komplexen Computerspiel. Warum sollte es da nicht auch Figuren geben, die sich nicht selbst steuern, sondern von außen gesteuert werden.«

Was auch immer mit 'außen' gemeint ist.

Ein eiskalter Schauer läuft mir über den Rücken. »Shit, hätte ich bloß nicht gefragt. Jetzt muss ich die ganze Zeit an Dämonen denken, die in die Körper von Menschen fahren, um sie Dinge tun zu lassen, die sie eigentlich gar nicht wollen.«

»Lass mich raten. Auf deinem Reader würde ich hauptsächlich Fantasy finden, oder?«

Ohne es zu wollen, muss ich lächeln.

Dann machen wir uns auf den Weg ins Casino.

Dort werden wir schon von einer Menge Leute erwartet. Einer recht großen Menge. Sie besteht ungefähr zu gleichen Teilen aus Männern und Frauen, die meisten davon nicht viel älter als wir. Ansonsten ist die Gruppe durchaus divers. Sämtliche Hautfarben sind vertreten. Neben den Nerds und Gamern, die ich hier am ehesten erwartet hätte, kann ich luftige Gewänder von Blumenkindern, supermodische Outfits von Models, religiöse Roben von Priestern und die funktionale Kleidung bäuerlicher oder technisch beschäftigter Personen erkennen. Und alle lächeln, als sie Kyle erblicken.

Das ist ja schon mal ein gutes Zeichen. Aber ob die auch noch lächeln, wenn ich mich gleich vor ihn stelle?

»Hey, Leute«, ruft er und strahlt sie an. »Es ist gut, zu wissen, dass mein Ruf von so vielen beantwortet wird. Das hier ist übrigens Mju. Sie hat euch etwas Wichtiges zu erzählen.«

Immer noch lächelnd, wenn auch jetzt mit einigen fragenden Mienen kombiniert, wenden sich die Gesichter nun mir zu.

Jetzt oder nie!

Ich straffe mich. »Leider haben wir keine Zeit für die ganze Geschichte. Aber da ihr ja selbst schon vermutet habt, dass uns von den Analogen Ressourcen genommen werden, mache ich's kurz. Fakt ist nämlich, dass das stimmt.«

Ein Raunen geht durch die Menge.

»Fakt ist auch, dass es in drei Tagen zu spät sein wird, um etwas dagegen zu tun.«

Das Raunen wird lauter.

»Aber noch können wir etwas dagegen tun. Wir müssen uns nicht still fügen. Wir können kämpfen!«

Das Raunen erstirbt.

Auf mich wirkt diese Stille jedoch lauter als das Stimmengewirr von vorher.

»Wie sollen wir das denn machen?«, erklingt eine Stimme, ohne dass klar wird, wer gesprochen hat.

»Wird das gefährlich sein?«, kommt es aus einer anderen Richtung.

»Und wer sagt, dass es hinterher besser ist?« Auch die dritte Frage ist nicht zu lokalisieren.

Ich will antworten, doch nun fühlen sich andere dazu berufen, ihre Stimme zu erheben. Innerhalb von Sekunden bricht ein wahrer Tumult los. Anders als ich vermutet habe, macht mich dies jedoch nicht nervös.

Wenn sie es jetzt schon nicht hören wollen, wie soll es erst dann werden, wenn es ans Eingemachte geht?

Dieser Gedanke hilft mir dabei, nicht zu versuchen, sie zu übertönen. Stattdessen bleibe ich nur weiter aufrecht vor der Menge stehen, fixiere sie und schweige.

Es dauert eine Weile, doch schließlich schienen die Schreihälse zu bemerken, dass ich keineswegs vorhabe, mir mit ihnen einen Wettkampf um Lautstärke zu liefern. Langsam aber spürbar verebben die Diskussionen und machen einer Ruhe Platz, die noch aufmerksamer wirkt, als bei unserem Eintreffen.

Ich nicke. »Gut. Also, wie Kyle eben schon sagte, bin ich Mju. Meine Großmutter ist eine der Ersten und sie hat einen Weg ersonnen, wie wir es schaffen können, die Analogen in Schach zu halten. Wird es einfach sein? Nein. Wird es gefährlich? Vielleicht. Aber ich schwöre euch, dass es das Einzige ist, was wir überhaupt noch tun können. Wer von euch wirklich bereit ist, daran mitzuwirken, der kommt in einer halben Stunde zu dieser Adresse.« Damit zeige ich auf die Netzwerkadresse des Studios, die Kyle auf allen Bildschirmen in der Umgebung aufflammen lässt.

»Komm«, sage ich zu ihm und drehe mich um.

Das hätte schlechter laufen können. Aber auch besser. Hoffentlich macht Kyle mit und fängt jetzt nicht an zu diskutieren.

Mühsam gegen den Drang ankämpfend, mich umzudrehen, um zu sehen, was er tut, gehe ich langsam auf den Ausgang zu. Eine gefühlte Ewigkeit lang geschieht einfach nichts. Dann aber höre ich, wie er zu mir aufschließt.

Ob das klappt?

Wir sind fast am Ausgang angelangt, als jemand ruft: »Aber was genau ist es denn, das wir tun können?«

Ich bleibe stehen, drehe mich jedoch nicht um.

»Das werdet ihr nur erfahren, wenn ihr wirklich bereit seid.«

Nicht ganz willig

DIGITALE WELT, LE VILLAGE, VILLA VON MJU, ZEITINDEX 10052121_1105 - 1205

MAXX

»Jetzt stell dich nicht so an, Arnaud. Ich bin mir sicher, dass du das hinbekommst.«

Alma wirft mir einen Blick zu, der nur so vor Zuversicht strotzt.

Aber sie kennt mich ja eigentlich gar nicht. Zumindest kann ich mich nicht daran erinnern. Doch was heißt das schon.

Ich sitze immer noch zusammen mit ihr im Arbeitszimmer, während Mju mit Kyle irgendwohin verschwunden ist, um Unterstützung für uns zu besorgen. Auch wenn mir klar ist, dass Fortbewegung hier ganz andere Aspekte besitzt, als in der analogen Welt, läuft mir jedes Mal ein kleiner Schauer über den Rücken, wenn ich beobachte, wie sie einfach verschwinden oder ohne Vorwarnung auftauchen.

Das wirkt irgendwie magisch. So ähnlich, wie es auch Iuriis Majordomus macht.

Doch Almas nächste Worte bringen mich wieder in die Wirklichkeit zurück.

Was man so Wirklichkeit nennt.

»Du musst unseren Mitstreitern nur zeigen, wie du es machst, dass du einschläfst und träumst.«

»Und wie kommst du auf die Idee, dass ausgerechnet ich der Richtige dafür bin, um es denen beizubringen«, entfährt es mir. »Ich habe doch im Prinzip nichts mit denen gemein.«

»Tatsächlich hast du mit ihnen mehr gemein, als mit normalen Analogen. Vergiss nicht, dass dein Körper nur eine menschlich aussehende Hülle ist, in der sich dein digitales Selbst befindet. Wer, wenn nicht du, könnte in der Lage sein, es ihnen zu zeigen? Denn du träumst doch ... zumindest ab und an, oder?«

Mit einem Mal wirkt die alte Dame, als würde ihr ein fataler Fehler in ihrem Plan auffallen.

Ob ich sie ein wenig zappeln lasse?

Aber ich kann nicht an mich halten. »Ja, ich träume. Bis vor kurzem irrte ich jede verdammte Nacht durch dunkle, enge Gänge auf der Flucht vor dem Wasser. Manchmal bin ich allein, manchmal sind da auch andere. Aber es kriegt uns. Immer. Egal, wohin ich mich wende oder ob die anderen mir helfen. Ich werde letztendlich doch davon eingeholt.«

Alma wirft mir einen mitfühlenden Blick zu und legt ihre Hand auf meine. Auch wenn ich in diesem Hilfs-Avatar kaum etwas davon fühle, kommt es mir doch so vor, als ob sich eine Energie zu mir übertrüge, um mich zu trösten.

»Und was ist vor kurzem geschehen?«

»Da habe ich mehr durch Zufall so ein Gadget entdeckt, das mich nachts in bestimmten Situationen aufweckt, aber irgendwie nicht ganz. Ich schlafe immer noch, weiß aber, dass ich träume und kann dann die abgefahrensten Sachen machen.«

Die Augen der alten Dame beginnen zu glitzern. Sie lächelt und tätschelt meinen Arm. »Klarträume. Das ist ja noch besser, als ich gehofft hatte. Das kann uns später vielleicht sogar einen Vorteil verschaffen. Aber eins nach dem anderen. Zuerst genügt es, wenn unsere Kämpfer überhaupt träumen.«

»Und wenn wir das geschafft haben, müssen wir dann tatsächlich nach ...?«

»Ach, Arnaud. Immer so ungeduldig. Lass uns erst einmal den ersten Schritt machen, bevor wir ...«

In diesem Moment dröhnt ein Warnton durch das Arbeitszimmer. Nicht nur ich fahre zusammen, sondern Alma ebenfalls.

Shit, also weiß auch sie nichts damit anzufangen!

Doch bevor wir mehr tun können, als erstaunte Blicke auszutauschen, meldet sich Honey und bringt Licht ins Dunkel.

»Alma, Boss, die ersten Datenübertragungen kommen aus dig_italy. Offensichtlich waren Mju und Kyle erfolgreich.«

Wow, das ging schnell.

»Okay, bist du bereit?«, wende ich mich an Alma.

»Lieber würde ich natürlich hier bleiben, aber immerhin ist es ja mein Plan und der sieht vor, dass wir uns an einem anderen Ort treffen.« Sie blickt sich um. »Und letztendlich bleibt zu hoffen, dass dieser Raum auch viel zu klein sein wird. Honey, Liebes, du kannst beginnen.«

Und damit verschwindet die alte Dame.

»Gerade, wo ich begonnen hatte, mich an sie zu gewöhnen.«

»Lieb von dir, mein Junge.«

»Äh, Moment, warum kannst du ... oh, natürlich, du bist ja ein Teil von mir.«

»In der Tat. Und jetzt, wo wir miteinander kommunizieren können, kann ich es auch genießen.«

»Verdammt! Kriegt sie jetzt alles mit, was ich denke?«

»Nun, wenn du es so ausdrücklich denkst, dann ja. Aber es ist nicht so, dass ich jeden deiner Gedanken wahrnehme. Beziehungsweise wäre es schade, wenn das wenige, was ich wahrnehme, tatsächlich all deine Gedanken wären.«

»Boss?«, unterbricht Honey meinen inneren Dialog. »Auch du musst jetzt das Studio verlassen, damit ich die erweiterte Firewall installieren kann. Und es wäre angebracht, dies schnell zu tun, damit der Zwischenspeicher nicht überläuft. Das könnte fatale Folgen für die Nachzügler ...«

»Bin schon weg«, rufe ich und eile zur Ausgangstür. Als ich sie hinter mir schließe, kann ich aus dem Vestibül die Stimmen von Mju und Kyle hören. Also gehe ich ihnen entgegen.

»Und, tut sich schon was?«, platzt Mju heraus, als sie mich sieht.

»Allerdings. Und wenn ich Honeys Worte richtig interpretiere, dann kommen auch nicht nur ein paar Leutchen. Sie erwähnte eben schon das Wort Speicherüberlauf.«

»Dann haben wir es tatsächlich geschafft«, ruft Mju und fällt Kyle um den Hals.

Überrascht lässt er es zu, wirft mir dabei aber einen fast schon ängstlich aussehenden Blick zu.

Alter, bleib geschmeidig. Ist ja nicht so, als würdest du gerade gegen den Bro-Code verstoßen. Mju gehört doch nicht mir. Obwohl ich nichts dagegen einzuwenden hätte.

Als die beiden sich wieder getrennt haben, wendet er sich mir zu und ergänzt: »Du hättest sie sehen sollen. Was für ein Auftritt. Ich dachte sofort: ‘Entweder kommen alle ... oder keiner.’.«

»Na ja«, murmelt Mju mit geröteten Wangen. »Ich hab mir da ein Beispiel an dir genommen, Maxx. An dem Terminator-Modus von unserem ersten Aufeinandertreffen.« Sie sieht sich um. »Und wo ist ...?«, fragt sie mit einem Blick zu mir.

»Du brauchst dir keine Sorgen zu machen. Alma war ein Teil von mir und ist es immer noch. Sie lässt dich grüßen.«

»Vielen Dank, dass du das tust, Arnaud.«

Ich nicke, bevor mir bewusst wird, dass Alma es ja gar nicht sehen kann.

»Aber ich verstehe die Geste.«

»Okay, also sind es nicht nur meine Gedanken.«

»Anscheinend schon.«

»Das kann ja heiter werden.«

»In der Tat«, bemerkt sie mit einem höchst undamenhaften Glucksen.

»Unterhaltet ihr beide euch gerade?«, fragt Mju und sieht mich mit schräggelegtem Kopf an.

Ich bringe ein schiefes Grinsen zustande. »Ja, weißt du, das ist …«

Doch in diesem Augenblick erscheint Honeys Körper direkt neben uns. »Es ist jetzt alles vorbereitet. Die Ankömmlinge warten in einem sicheren Container darauf, von euch eingelassen zu werden.«

WENIG SPÄTER IST MIR KLAR, was Kyle gemeint haben muss, als er von Mjus Auftritt sprach. Auch hier und jetzt kann ich eine Mju erleben, die ich nicht für möglich gehalten hätte. Zwar ließ sie in einigen ihrer Äußerungen bisher schon durchblicken, dass sie einen starken Willen besitzt, aber ihre Haltung war oft eher dazu geeignet, meinen Beschützerinstinkt zu wecken. Nun begrüßt sie die Eingetroffenen in einer souveränen Art und Weise und verteilt sie in ihrem Snapshot der Plaine de Planpalais. Ihre Anweisungen werden von niemandem infrage gestellt. Schließlich stehen wir inmitten einer Schar von mehr als 100 Digitalen, die uns alle erwartungsvoll anschauen.

Bevor sie beginnt, wirft Mju mir einen verstohlenen Seitenblick zu.

Ob sie denkt, dass ich ihr diese Position nicht gönne?

Ich horche einen Moment lang in mich hinein und stelle fest, dass ich kein Problem damit habe. Also zwinkere ich ihr lächelnd zu und hoffe, dass mein von Honey erweiterter Avatar dies angemessen umsetzen kann.

Sie richtet sich kerzengerade auf und legt los. »Vielen Dank an alle von euch für euer Kommen. Ich habe euch Antworten versprochen. Und da wir keine Zeit zu verlieren haben, halte ich mich nicht lange mit Vorreden auf. Ihr alle habt schon seit einer Weile vermutet, dass hier bei uns etwas nicht mit rechten Dingen zugeht. Und ihr habt recht. Dank einer Technik, die auch für diesen Ort hier sorgt, konnte ich den Beweis dafür finden, dass unsere Welt langsam aber sicher ausblutet.«

»Und wo genau sind wir hier?«, fragt eine Frau aus der zweiten Reihe. »Doch bestimmt nicht auf der Plaine, oder? Hier bewegt sich ja nichts.«

»Genau«, fällt der neben ihr stehende Mann ein. »Und egal, was auch immer das hier ist. Wie soll es uns helfen?«

Mju muss an sich halten, das kann ich selbst von meinem Standort aus sehen. Aber ihre Stimme zittert nicht, als sie antwortet.

»Das hier ist ein Snapshot, mit dem ich aktuell gearbeitet habe, als mir gewisse Diskrepanzen aufgefallen sind, die ich …«

»Ein Snapshot?«, fällt ihr der Mann ins Wort. »Das kann nicht sein. Ich hab sowas schon mal in ner Galerie gesehen. Die sind viel kleiner.«

Noch bevor Mju etwas erwidern kann, wird jedoch dieser Mann von einem anderen niedergeschrien.

»Mann, merkst du überhaupt noch was?« Nachdem er sich sicher ist, seine Aufmerksamkeit zu haben, fährt er etwas leiser fort: »Guck dir Mju doch mal an. Das ist die gleiche, wie auf den Autogrammkarten, die wir uns beide von der Galerie mitgenommen haben. Außerdem hab ich sie schon an sowas arbeiten sehen. Sie hat doch nen eigenen Broadcast-Kanal.«

»Also, ich …«, versucht der Erste aufzubegehren, wird nun aber von mehreren Umstehenden zum Schweigen gebracht.

Leute, kommt mal klar, geht es mir unwillkürlich durch den Kopf. *Wir haben hier ganz andere Sachen am Kochen.*

In der vordersten Reihe hebt eine Frau ihren Arm.

Mju wendet sich ihr zu.

»Dürfte ich ... auch ein Autogramm haben?«

Unvermittelt bricht es aus Mju heraus: »Was genau meint ihr eigentlich, wo ihr hier seid?! Das ist kein gemütlicher After-Work-Treff, wo man bei dem Drink ein bisschen Smalltalk macht. Hier geht es um unser aller Zukunft! Wenn wir jetzt nicht handeln, können die Analogen jedem von uns nach Belieben den Saft abdrehen.«

Recht so, Mju. Das war überfällig.

Die Streithähne lassen voneinander ab und schauen betreten drein.

»Wer das für Schwachsinn hält, kann gern wieder abhauen. Ich halte niemanden auf. Ich habe es vorhin nicht getan und ich werde es auch jetzt nicht tun.« Damit zeigt sie auf die Tür, die mitten auf dem Platz zu stehen scheint.

In diesem Moment öffnet diese sich und Honey tritt ein, gekleidet in einen Armee-Kampfanzug.

Ich muss schmunzeln.

Aber hallo. Das nenne ich Timing.

»Ich widerspreche dir nur sehr ungern, Mju. Aber diesen Ort hier wird erst einmal niemand verlassen.«

#LOCKDOWN

DIGITALE WELT, LE VILLAGE, STUDIO IN MJUS VILLA, ZEITINDEX 10052121_1205 - 11052121_1205

MJU

»Schaut her«, sagt Honey und macht eine verteilende Geste zu Maxx, Kyle und mir mit ihren Fingern.

Prompt wird uns ein kleiner Video-Screen eingeblendet, auf dem wieder einmal der Prinzipal der FUA zu sehen ist. Diesmal stellt sein Gesicht nicht den jovial-väterlichen Ausdruck zur Schau, den es bei seiner letzten Ankündigung gehabt hat. Sein Blick scheint jeden von uns durchbohren zu wollen.

»Mannomann, so habe ich den noch nie erlebt«, bemerkt Maxx. »Und was soll uns das Bild sagen?«

Honey schaut ihn mit einer undeutbaren Miene an. »Dieses 'Bild' ist nur ein Snapshot der aktuellen Szene eines Videos, das eben durch den Feed läuft, Boss. Ich habe es an der relevanten Stelle angehalten, damit ich zunächst einmal eure volle Aufmerksamkeit habe, bevor ich es laufen lasse.« Und damit lässt sie es laufen.

»Bürger der Sphären«, bellt der Prinzipal mit sich fast überschlagender Stimme. »Soeben sind uns Informationen zugetragen worden, nach denen es digitale Terroristen darauf abgesehen haben, das Update des ORB, das uns allen eine bessere Zukunft ermöglichen wird, zu verhindern. Diese Nichtswürdigen stellen sich mit aller Macht gegen den Fortschritt und schrecken auch nicht vor Gewalt zurück, um ihre niederen Ziele zu erreichen.« Er lehnt sich mit hervorquellenden Augen nach vorn. Fast gerät er ins Straucheln, als eine seiner feisten Hände von der Kante des Pultes abrutscht, auf das er sich stützt.

Und doch ist keinem von uns danach, auch nur darüber zu schmunzeln.

Jemand hat gequatscht! Wer kann das gewesen sein? Und ist die Person vielleicht sogar hier?!

»Aber«, ruft Ridicc nun mit erhobenem Zeigefinger und beendet meinen Gedanken. »Aber die rechtschaffenen Bürger der Sphären müssen keine Furcht vor diesen feigen Anschlägen haben. Es wurden bereits geeignete Gegenmaßnahmen eingeleitet.« In diesem Moment stoppt das Video.

Alle blicken wir mit großen Augen zu Honey. Sie blickt mit stoischer Miene zurück.

»Und weiter?«, kommt es von Kyle.

»Nichts weiter«, bemerkt Honey. »Das war der relevante Ausschnitt, der erklärt, warum die Angriffe auf unsere Firewall in diesem Augenblick zunehmen. Und die Erklärung dafür, dass ich es aktuell nicht für ratsam halte, sie zu öffnen, um einige der Individuen hier gehen zu lassen.«

Die Neuigkeit scheint sich wie ein Lauffeuer unter den potenziellen Mitstreitern zu verbreiten. Obwohl Honey nicht besonders laut gesprochen hat, das Video nur in einem privaten Screen ablief und die Leute in einem relativ großen Umkreis auf der Plaine verteilt stehen, kann ich es an der Bewegung der Köpfe erkennen, die zusammengesteckt werden. Natürlich auch am wieder aufflammenden Durcheinander der Stimmen, die erhoben werden.

»Ihr könnt nicht einfach festlegen, dass ich hierbleiben muss. Das ist Freiheitsberaubung!«

»Bist du vielleicht auch nur eine Marionette der analogen Bonzen und hast uns hier zusammengetrieben?«

»Wer sagt eigentlich, dass es überhaupt eine Bedrohung von außen gibt?«

Kyle wendet mir sein Gesicht zu und verdreht die Augen.

»Das ist ja fast so, wie damals in der Quartären Sphäre, als die Krankheit zum ersten Mal kam. Da haben sie auch so einen Müll gequatscht. Bis es zu spät war.«

Ich schaue verdrießlich zurück. »Und trotzdem müssen wir sie grundsätzlich ernst nehmen. Immerhin sind sie freiwillig hergekommen, um zu helfen.« Ich lasse den Blick noch einmal über die Menge schweifen. Dann drehe ich mich zu Honey um. »Bist du dir wirklich sicher, dass hier niemand mehr wegkann?«

»Die Firewall, die ich für das gesamte Studio ergänzt habe, ist momentan heftigen Attacken ausgesetzt. Dementsprechend ist es nicht ratsam, sie zu verlassen. Es könnte zu einer Kompromittierung der Person und möglicherweise auch zu einer Übernahme durch die Angreifer führen.«

»Aber unmöglich wäre es nicht.«

»Nein, das wäre es nicht, aber ...«, beginnt Honey, doch ich hebe einen Zeigefinger und sie verstummt.

»Entschuldige, dass ich dich unterbrochen habe.«

Honey schaut mich mit einem überrascht wirkenden Gesichtsausdruck an, nickt dann aber kurz.

»Es sieht ja wohl so aus, dass irgendwer mit der FUA geplaudert hat.«

»Positiv.«

»Dann halte ich es für sinnvoller, wenn wir die, die jetzt gehen wollen, auch ziehen lassen. Noch haben wir keinem genau gesagt, was oder wie wir etwas tun wollen. Wenn jetzt welche von denen zur FUA gehen, dann können sie denen kaum mehr Informationen geben, als sie schon haben.«

»Das ist durchaus logisch«, bestätigt Honey.

Ich schaue in die Runde. Kyle und Maxx nicken, also wende ich mich um, hebe meine Arme und rufe: »Ruhe!«

Es tritt zwar keine so vollkommene Stille ein, wie am Anfang meiner Rede. Aber die Geschwindigkeit, mit der die meisten Umstehenden mir ihre Aufmerksamkeit widmen, lässt hoffen, dass sie grundsätzlich willig sind.

»Das hier ist Honey, die KI, die es uns ermöglicht in diesem sicheren Raum miteinander zu sprechen. Und wie es für eine künstliche Intelligenz üblich ist, denkt sie in Wahrscheinlichkeiten. Da die Wahrscheinlichkeit, durch die Angriffe, denen unsere Firewall momentan ausgesetzt ist, beim Verlassen dieses Ortes in Mitleidenschaft gezogen zu werden, überdurchschnittlich groß ist ...«

»Aber wir könnten gehen«, unterbricht mich ein Mann, der einige vor ihm stehende Personen zur Seite stößt, um in die erste Reihe zu gelangen.

Ich bedenke ihn mit einem abschätzigen Blick.

Dann geh doch! Selbst wenn du nicht der Spion bist, sondern einfach nur ein Idiot, kann es nur besser werden, wenn du weg bist.

Ich zucke mit den Achseln. »Tu, was du nicht lassen kannst. Ich stehe dazu, dass wir niemanden hier festhalten. Wer uns nicht helfen will, soll eben gehen. Nimm die Tür dort drüben und geh kurz offline. Du wirst dann an die Adresse weitergeleitet, von der du gekommen bist. Danach wird dir allerdings jeder weitere Zugang hierher verwehrt.«

Der Mann schnaubt verächtlich. Auch wenn es eigentlich nicht notwendig ist, so schubst er noch zwei weitere Personen zur Seite, um zu der Eingangstür eines nahegelegenen Hauses zu gelangen, auf der »Off« geschrieben steht. Davor hält er an, dreht sich zurück und ruft mit triumphierender Miene: »Lasst euch von denen ruhig einwickeln, ihr dummen Schafe. Glaubt den Schwachsinn, den sie euch erzählen. Ich mach dabei aber nicht mit. Wer noch?«

Na prima, das musste ja noch kommen.

Trotz der in mir immer weiter steigenden Anspannung, versuche ich weiterhin locker auszusehen, als ich von ihm wieder zur Menge schaue.

Dort bewegt sich einiges. Aber es sind hauptsächlich Personen, die von einem weiteren Mann und einer Frau entweder ebenfalls zur Seite gedrängt werden oder ihnen rechtzeitig Platz machen.

Als sie den ersten Mann erreicht haben, werden sie von ihm mit Schulterklopfen begrüßt. Dann zeigt er uns den Mittelfinger, öffnet die Tür und verschwindet dahinter.

Die Aufschrift auf der Tür leuchtet rot auf, blinkt dreimal und erlischt dann wieder.

Der zweite Mann scheint es seinem Vorgänger nachtun zu wollen, mit großer Geste abzugehen. Er baut sich vor der geschlossenen Tür auf und mustert die Menge mit finsterem Gesicht.

Wahrscheinlich sucht er nach etwas, mit dem er den anderen Typen noch toppen kann.

Und richtig. Er reißt beide Arme in die Höhe, um allen zu zeigen, dass er insgesamt zwei Mittelfinger besitzt. Währenddessen stößt er mit seinem Hintern gegen die Tür, deren Aufschrift sich in diesem Moment zu »Offf« ändert.

Der Effekt tritt augenblicklich ein.

Fassungslos beobachte ich, wie der Mann erstarrt – immer noch die Arme in der Luft und ein zähnebleckendes Grinsen auf dem Gesicht. Dann geht etwas mit ihm vor, von dem ich zuerst nicht sagen kann, was es ist. Er scheint einfach weniger zu werden. Ich schaue kurz zu Kyle und Maxx hinüber, erkenne in ihren Mienen aber nur die gleiche verstörte Konzentration, wie auch ich sie empfinde. Es ist wie bei einem Unfall. Man will gar nicht wissen, was dort Fürchterliches passiert, kann aber doch nicht den Blick abwenden.

Schließlich ist es unübersehbar.

Sämtliche Farbe weicht aus der Figur, die gleichzeitig immer grobkörniger wird. Dann zerstiebt sie zu einer Wolke, die in den offenen Türspalt gesogen wird.

In diesem Augenblick kommt Bewegung in die Frau, die vorher fast ebenso erstarrt neben dem Mann gestanden hat, mit dem sie sich durch die Menge geboxt hat.

»Luc!«, kreischt sie und versucht, mit ihren Händen seinen Arm zu fassen zu bekommen.

Was macht sie denn da? Sie wird …

Ohne nachzudenken, springe ich vor, um die Frau von dem morbiden Schauspiel an der Tür wegzureißen.

»Mju, nicht!!«, höre ich hinter mir Maxx und Kyle fast gleichzeitig rufen.

Doch es ist ohnehin zu spät. Kurz schreit die Frau triumphierend auf, als eine ihrer Hände etwas von der wabernden Wolke zu fassen bekommt. Dann aber windet sich die Wolke blitzschnell an ihrem Arm entlang, hüllt sie fast vollkommen ein und zieht sie mit sich durch den Spalt. Als dieser sich krachend schließt, wird einer ihrer Füße abgetrennt. Er fällt zu Boden und bleibt vor der nun wieder unscheinbar wirkenden Tür liegen.

Ein kollektiver Aufschrei lässt alles um uns herum erzittern. Alle weichen zurück von diesem Ausgang, der sich als Todesfalle entpuppt hat.

Verdammt, eine Panik können wir jetzt überhaupt nicht …

Jemand legt mir seinen Arm um die Schultern.

Als ich hochschaue, bemerke ich Kyle, der mich mit versteinerter Miene anblickt und kurz an sich drückt. Dann lässt er mich wieder los und geht auf die Tür zu.

Bist du wahnsinnig?!

Ich will ihn zurückhalten, aber er ist schon bei der Tür angekommen.

Dort bückt er sich und hebt den Fuß auf, der immer noch in

einem roten Sneaker steckt. An der Schnittkante, die mitten durch den Unterschenkel verläuft, flackert die Darstellung wie eine defekte Leuchtreklame und illuminiert sein Gesicht von unten. Dann hält er ihn den Umstehenden entgegen.

»Seht ihr das?!«, ruft er. »Das ist das, was sie mit uns machen wollen. Das ist das, wogegen wir antreten müssen. Sie geben sich nicht damit zufrieden, uns langsam aber sicher die Lebensgrundlage zu entziehen. Sie wollen uns zerstückeln und in der Pfeife rauchen! Ob wir wollen oder nicht, wir können denen das nicht durchgehen lassen. Wir müssen kämpfen!«

EINIGE STUNDEN später gehe ich mit Kyle und Maxx durch die Gänge eines provisorischen Zeltlagers, das wir mit Honeys Hilfe auf der Plaine errichtet haben. Wir hoffen so, die Gestrandeten in einer Art und Weise unterzubringen, dass sie in der nächsten Zeit wenigstens etwas Privatsphäre haben werden.

Wer weiß, wie lange das so bleiben muss.

Anders als Kyle bin ich nicht der Meinung, dass es mit der ersten Aktion, die wir direkt nach dem Upgrade durchziehen wollen, getan sein wird. Auch Maxx scheint meiner Ansicht zu sein. In letzter Zeit werde ich aber überhaupt nicht mehr schlau aus ihm. Eine Weile lang konnte ich ihm seine Gedanken sogar trotz der Baukastengrafik des vereinfachten Avatars am Gesicht ablesen. Doch jetzt wirkt er so verschlossen, wie die Sandbox, die Kyle gebaut hat, damit wir darin unsere Versuche durchführen können.

Ob das daran liegt, dass er uns bald verlassen muss?

Aber ich verwerfe den Gedanken schnell wieder.

Im Grunde genommen will ich ja auch nicht, dass er geht. Nicht nur das. Er wird Alma mitnehmen. Und wer weiß, ob wir uns wiedersehen.

»Wir sind da«, unterbricht Kyle meine Gedanken.

Ich blicke auf und erkenne den Ort, der für uns alle in nächster Zeit zu einem der wichtigsten Spielplätze werden wird.

Die Sandbox – ein Bereich ohne jegliche Netzwerkverbindungen nach draußen – sieht aus wie einer der recht groß geratenen Uni-Hörsäle, die in Analogien heutzutage eigentlich nur noch für Feste oder offizielle Ankündigungen genutzt werden. Umgeben ist er von einer flimmernden Barriere, die für die zusätzliche Abschottung gegenüber der restlichen digitalen Welt notwendig ist. Nur so können wir Versuche mit den Träumen durchführen, ohne dass jemand zur Unzeit davon erfährt. Und es ist ja auch nicht erforderlich, dass wir den Effekt auf das ORB testen. Mamie hat uns das bereits bestätigt. Es geht einfach nur darum, das Träumen zu lernen.

Klingt leicht, ist aber nicht so. Wer weiß, welche von unseren Freiwilligen sich noch daran erinnern können, wie das war, bevor sie digitalisiert wurden. Das ist ja dann fast so, als ob man einem Blinden die Farbe Rot erklären soll.

Neben dem Eingang stehen die ersten zehn Probanden und sehen uns erwartungsvoll an.

»Hallo Leute«, begrüße ich die Gruppe und weise dann auf den Baukasten-Avatar. »Ihr habt Maxx ja schon grundsätzlich kennengelernt, als ich euch über unsere Pläne berichtet habe. Er wird euch jetzt gleich erzählen, was zu tun ist. Dazu gehen wir aber erst einmal hier rein.«

Kyle öffnet den Zugang zur Sandbox und lässt sie eintreten. Als alle drinnen sind, gehen auch wir hinein und schließen den Durchgang. Kaum dass wir dies getan haben, verstummen sämtliche Geräusche, die eben noch draußen zu hören gewesen sind. Als einige der Probanden sich erstaunt umblicken, hebe ich beschwichtigend die Hände.

»Das hier ist die stärkste Sandbox, die wir bauen konnten. Sämtliche Verbindungen hinter diese Wände, sind gekappt. Ihr könnt sie natürlich jederzeit durch den Durchgang verlassen, aber es ist zum Beispiel für niemanden möglich, dies durch einfache Konzentration auf die Netzwerkadresse des Zeltes, das hier direkt draußen steht, zu tun. Wer möchte, kann es gern einmal versuchen. Es tut nicht weh, wird aber auch nicht funktionieren.«

Ich blicke in die Runde. Nirgendwo scheint sich jemand berufen zu fühlen, meine Worte infrage zu stellen.

Na das fängt ja schon mal gut an. Ob das aber gleich auch noch so ist?

»Jetzt wird Maxx euch erklären, was wir genau tun müssen, um das zu erreichen, was wir euch bereits angedeutet haben. Maxx, bist du so freundlich?«

Maxx geht an mir vorbei und baut sich vor dem Grüppchen auf.

»Auch ich weiß es zu schätzen, dass ihr zusammen mit uns kämpfen wollt. Wenn alles so klappt, wie wir es geplant haben, dann wird dies weniger Anstrengung erfordern, als ihr es euch vielleicht gedacht habt. Wer von euch ist schon mal offline gegangen?«

Acht der zehn Personen melden sich.

Okay, das ist besser als ich dachte.

Maxx nickt lächelnd.

»Nun, das, was wir tun werden, ist etwas ganz Ähnliches. Wir werden nämlich schlafen. Und träumen.«

»Aber das geht doch gar nicht«, meldet sich eine Frau zu Wort.

Hoffentlich erinnert er sich daran, was wir besprochen haben. Mit Druck geht da gar nichts.

»Kannst du dich noch an die Zeit vor deinem Upload erinnern?«, wendet Maxx sich an sie.

»Ja, das ist erst sieben Jahre her.«

»Dann erinnerst du dich bestimmt auch daran, dass du es damals getan hast.«

»Ja, aber das war doch etwas total anderes«, begehrt die Frau auf. »Jeder Analoge muss irgendwann schlafen. Und die Träume kommen dann ... na ja, automatisch. Aber wir sind digital. Da geht das nicht.«

Bitte bleib ruhig, beschwöre ich Maxx in Gedanken.

Entweder funktioniert die nonverbale Kommunikation zwischen uns oder er hat sich meine Worte aus der letzten Nacht zu Herzen genommen. Denn Maxx zeigt keinerlei Anzeichen von Aufregung.

»Sagt wer?«, fragt er stattdessen.

Die Frau schaut ihn an, als ob er ihr eben erklärt hätte, dass zwei mal drei vier ergäbe.

»Na, das ist doch klar. Das sagt jeder.«

Maxx schaut kurz zu mir. Kaum sichtbar nicke ich ihm zu.

Greif sie dir, Tiger.

»Und doch tue ich es«, wendet er ein und breitet seine Arme aus.

»Nie im Leben«, fährt ein neben der Frau stehender Mann auf. »Woher willst ausgerechnet du wissen, wie das funktioniert?«

Maxx nickt langsam und fängt dabei an zu lächeln.

»Ihr seht sicher nicht allzu häufig jemanden in einem solchen Avatar, oder?«

Die Teilnehmer schütteln alle ihre Köpfe und murmeln Unverständliches.

»Tja, das liegt daran, dass mein eigentlicher Körper sich nicht hier befindet, sondern in einem Wohnsilo in der Sekundären Sphäre.«

Sofort brandet eine Flut von Stimmen auf, doch Maxx lässt sich nicht davon beeindrucken.

Ich habe mich zu seiner Rechten aufgestellt. Von dort wechsle ich kurze Blicke mit Kyle, der links von ihm steht. In seinem Blick liegt unverändert Zuversicht. Also bleibe ich ebenso ruhig stehen und warte.

Als schließlich die Lautstärke wieder so weit gesunken ist, dass er sich ohne Mühe verständlich machen kann, fährt Maxx fort.

»Ja, es stimmt. Eigentlich hatte ich den Auftrag, Kyle den Saft abzudrehen, weil ihm etwas gelungen war, das man für unmöglich gehalten hatte: Er hat einem technischen Gerät in der analogen Welt einen Befehl gegeben, der auch ausgeführt wurde.«

Einen Augenblick lang wird es wieder lauter, als die Probanden kollektiv Laute des Erstaunens von sich geben.

Kyle wirkt angesichts der ehrfürchtigen Rufe so, als würde er von innen heraus leuchten.

»Aber«, sagt Maxx etwas lauter, als notwendig, um wieder Aufmerksamkeit zu erhalten. »Aber es ist etwas geschehen. Zusammen mit Mju und Kyle fand ich etwas heraus, das ich selbst für unmöglich gehalten hatte. Ich bin eine digitale Seele, die in einem kybernetischen Organismus steckt.«

Seele. Was für ein Wort. Aber vielleicht genau das, womit wir sie kriegen.

»Genau genommen bin ich damit also so etwas, wie ein Gefangener der Analogen. Gleichzeitig bin ich aber auch ihr schlimmster Alptraum: ein Digitaler im Herzen der analogen Welt. Und ich weiß, dass man als Digitaler träumen kann, denn ich tue es seit Jahren.«

Ein weiteres Mal schaue ich in die Gesichter der zehn Personen. Dort ist die angsterfüllte Anspannung inzwischen der Faszination gewichen.

Wir haben sie. Oh, Mamie, hoffentlich klappt das, was du dir überlegt hast.

NICHT GANZ BEREIT

DIGITALE WELT, LE VILLAGE, STUDIO IN MJUS VILLA, ZEITINDEX 11052121_1205 - 1505

MAXX

Ich lasse meinen Blick durch die Runde schweifen.

Habt ihr mir das jetzt abgenommen und wir können endlich anfangen?

In den Blicken, die mir zurückgeworfen werden, kann ich tatsächlich die Art von Anspannung erkennen, die dazu geeignet ist, für ungeteilte Aufmerksamkeit zu sorgen.

Alles klar. Let's go!

Ich klatsche voller Tatendrang meine Hände zusammen. Das heißt, ich bewege meine Arme aufeinander zu, um dies zu tun. Aber selbst mit Honeys Erweiterungen ist der Effekt eher unspektakulär. Anstatt des erwarteten Klatschens ploppt es nur leise. »Wird wohl langsam Zeit, dass ich mir hier nen ordentlichen Avatar besorge«, bemerke ich mit einem Seitenblick zu Mju, die anscheinend ziemlich damit zu kämpfen hat, nicht in Gelächter auszubrechen.

Na warte, wenn ich hier endlich wie ich selbst rumlaufe, dann bekommst du dafür ne Kopfnuss.

In diesem Moment schießt mir jedoch noch etwas anderes durch den Kopf.

»Auch dieser Körper, das bin doch eigentlich gar nicht ich. Wer bin ich denn überhaupt?«

Ich muss mich daran hindern, ein Seufzen von mir zu geben, als die uneingeladenen Überlegungen mich überrennen. Dann aber kommt Hilfe aus einer anderen Richtung.

»Junger Mann, das ist jetzt nicht der Zeitpunkt für eine Sinnkrise!«, erklingt Almas Stimme in meinen Gedanken. *»Reiß dich zusammen und tu jetzt das, was wir besprochen haben. Ohne deine Hilfe ist der gesamte Plan zum Scheitern verurteilt!«*

Dieser Arschtritt schafft es, die Gedankenspirale zu durchbrechen, noch bevor sie sich richtig entwickeln kann. Also widerstehe ich dem instinktiven Drang, erneut in die Hände zu klatschen und räuspere mich stattdessen. »Okay, jetzt geht's ans Eingemachte. Träumen, Teil eins. Wer von euch kann sich noch daran erinnern, wie er es früher getan hat?«

Neun Hände erheben sich. Die einzige, die es nicht tut, ist eine sehr schmale, junge Frau. Sie schaut stattdessen unglücklich drein.

»Ich ... also das ... ist so lange ...«, stammelt sie.

Ich hebe beschwichtigend meine Hände. »Hey, du musst dich nicht rechtfertigen. Wahrscheinlich warst du noch ziemlich klein, als du herkamst.«

Sie nickt und plötzlich schießen ihr Tränen in die Augen. »Ich war wohl noch keine drei Jahre alt, als mich diese ... Krankheit erwischt hat. Da meine Eltern ziemlich reich sind, konnten sie mich davor bewahren, auf die Insel geschickt zu werden. Sie haben mich stattdessen digitalisieren lassen, eine Nanny besorgt und jedes Jahr zum Geburtstag bekomme ich ein Upgrade.«

Hinter mir ertönt ein erstickter Laut. Ich brauche mich nicht umzudrehen, um zu wissen, dass Mju nun ebenfalls mit Tränen der Wut zu kämpfen hat.

Was für ein Scheißspiel.

»Möchtest du es trotzdem einfach mal versuchen?«, wende ich mich an die junge Frau. »Wie ist eigentlich dein Name?«

»Ich heiße Beatrice. Was ... was muss ich tun?«

Ich lächle ihr aufmunternd zu und hoffe dabei, dass mein Avatar jetzt nicht stattdessen eine Grimasse schneidet.

»Das ist ganz einfach. Fürs Erste genügt es, wenn du dich in diese Kammer dort hinten begibst und dich einfach nur hinlegst.«

Sie schaut sich um und dreht sich dann wieder mit einem zweifelnden Gesichtsausdruck zurück.

»Aber das ist doch eine Offline-Kammer.«

»Das stimmt. Aber sie ist so gestaltet, dass du dort drin nur etwas abgeschottet bist. Um offline zu gehen, müsstest du den Schalter an der Uhr betätigen.«

»Und ich lege mich da nur hin?«

»Genau. Die Liege hat eine Interkom-Funktion. Wir können uns unterhalten und deine Vitalwerte von hier draußen überwachen. Das hilft uns herauszufinden, wie das Einschlafen funktioniert.«

Sie wirft einen weiteren Blick zur Kammer und nickt dann.

»Okay, ich mach's.«

Damit geht sie auf die Tür mit der altbekannten Aufschrift »Off« zu, öffnet sie und schließt sie hinter sich.

»Ich liege«, ertönt ihre Stimme aus einem Lautsprecher auf dem Labortisch neben uns. »Und jetzt?«

»Jetzt schließe deine Augen und versuche, an nichts Besonderes zu denken.«

Mju hat sich inzwischen an den Labortisch gesetzt und verfolgt allerlei Kurven und Anzeigen auf dem Holo-Screen.

Auch wir anderen schauen gebannt auf die Darstellungen, in der Hoffnung, etwas zu erkennen, das uns schlauer macht.

Aber es geschieht nichts.

»Und jetzt?«, ertönt es nach einer Weile. »Ich habe irgendwie nicht das Gefühl, dass sich hier was ändert.«

»Kein Problem«, versuche ich sie zu beruhigen. »Es kann etwas dauern. Vielleicht ...«

Ich breche ab, denn mir wird etwas klar, das den Plan, den ich mir zurechtgelegt habe, platzen lassen kann.

»Shit, atmen Digitale überhaupt? Alma, kannst du ...?«

»Immer mit der Ruhe, Arnaud. Ich kann dich beruhigen. Zwar saugen wir nur virtuell Luft in unsere Lungen aber grundsätzlich funktionieren digitale Körper genauso, wie analoge.«

»Aber warum eigentlich?«

»Oh, wir haben es anfangs mit solchen Avataren versucht, wie du ihn gerade benutzt. Einfache Hüllen für ein Bewusstsein. Das hätte uns eine Menge Speicherplatz gespart, hat aber leider nicht funktioniert. Offensichtlich ist der menschliche Körper wesentlich mehr als nur eine fleischliche Hülle und das Gehirn nicht der einzige Ort, an dem Denkprozesse stattfinden. Schon vor über 100 Jahren hat man herausgefunden, dass zum Beispiel der Darm eine Vielzahl von Neuronen besitzt, die direkt mit dem Gehirn verbunden sind. Und nur etwa zehn Prozent davon leiten Reize vom Gehirn zum Darm ...«

»Maxx, bist du noch da?«, reißt mich Mjus Stimme aus Almas Vortrag.

Ich zucke zusammen.

»Sorry, ich war gerade in Gedanken«, antworte ich und zwinkere ihr dabei zu.

Sie wird schon wissen, wen ich damit gemeint habe.

»Ich habe mir nur noch einmal eine Technik vergegenwärtigt, die bei der Entspannung helfen kann«, ergänze ich für alle. »Beatrice, mache jetzt bitte Folgendes: Halte die Augen geschlossen und atme langsam ein und aus. Dabei zählst du. Mit jedem Einatmen ‘eins’ und mit jedem Ausatmen ‘zwei’.«

»Ähm ...«

»Vertrau mir. Das kann helfen. Versuch’s einfach.«

»Eins ... zwei ...«

Hast du da nicht was vergessen?

»Oh, sorry. Das Zählen nur in Gedanken.«

»Aha«, macht sie.

Eine Weile lang herrscht nur Stille. Dann aber meldet sich Beatrice wieder.

»Also, ich bin jetzt schon bei 50 ...«

Ich muss schmunzeln, als mir einfällt, dass es mir anfangs ebenso gegangen ist. »Denk dran, immer nur ‘eins’ und ‘zwei’.«

»Aber ... das ist langweilig.«

Aus meinem Schmunzeln wird ein Grinsen. »Exakt das soll es sein.«

Wieder lauschen wir nur dem Geräusch ihrer Atemzüge. Eine gefühlte Ewigkeit lang. Ich beginne, Beatrice für ihre Hartnäckigkeit zu bewundern.

Da berührt mich Mju am Arm.

Ich schaue zu ihr hinunter und bemerke, dass sie aufgeregt auf die Anzeigen weist.

»Es klappt«, haucht sie.

ZWEI STUNDEN später schaue ich wieder in die Runde und erkenne dort anstatt der gespannten Erwartung überall eine freudige Erregung, die fast greifbar ist. Soeben hat es auch der Zehnte aus unserer ersten Gruppe geschafft, einzuschlafen.

»Ich glaube, wir haben uns jetzt alle eine Pause verdient. Lasst uns nach draußen gehen und etwas essen.«

Erstaunlicherweise brandet auf meine Idee hin keine spontane Zustimmung auf. Stattdessen sieht es danach aus, dass die Aussicht auf Nahrungsaufnahme von den Teilnehmern eher als Störung empfunden wird.

Habe ich sie wohl mit Hoffnung infiziert. Umso besser.

Wir verlassen zusammen die Sandbox. Während die anderen in das Zelt gehen, wo Honey eine Kantine erstellt hat, setze ich mich gemeinsam mit Mju und Kyle ein wenig abseits hin.

»Was meinst du?«, wende ich mich an sie. »Konntest du an den Werten irgendwas ablesen, das auf Träume hindeutet?«

Sie lächelt. »Ich glaube schon. Und es sieht auch ganz danach aus, dass der Effekt auf den Speicher- und Energiebedarf tatsächlich so ist, wie wir vermutet haben. Wenn es die anderen auch lernen und Honey die Steuerung übernimmt, dann müssten wir es schaffen, da drüben ordentlich die Drähte glühen zu lassen.«

Ich seufze zufrieden und greife mir ein Glas Wasser.

Doch es kommt nie an meinem Mund an.

Auf halbem Weg dorthin rutscht es mir durch die mit einem Mal tauben und kraftlosen Finger und zerschellt auf dem Boden.

Kopfschüttelnd beuge ich mich hinunter, aber meine Finger scheitern auch daran, die Scherben aufzuheben. Ich hebe die Hand hoch und schaue sie zweifelnd an. Die Finger scheinen zu vibrieren, ohne dass ich das aber in irgendeiner Form wahrnehme.

»Was ist denn ...?«, beginne ich, doch ein Keuchen in meinen Gedanken lässt mich verstummen.

»Arnaud, wann warst du zum letzten Mal in deinem analogen Körper?!«

»Ach, das war ... vor zwei Tagen.«

»Das hatte ich befürchtet.«

»Was befürchtet?«

»Dass das, was du jetzt spürst, die ersten Ausfallerscheinungen sind, wenn dein physischer Köper dem Kollaps entgegenstrebt.«

»Aber ich habe doch zwischendurch geschlafen.«

»Doch das war hier, oder?«

»Ist das nicht egal?«

»Das hat bisher niemand ergründet. Allerdings befürchte ich, dass es nicht zählt. Und neben Schlaf benötigt dein Körper auch Nahrung und Flüssigkeit.«

»Aber warum? Das ist eine fu... eine verdammte Maschine!«

»Aber eine Maschine, die darauf programmiert ist, einen Menschen aus Fleisch und Blut nachzuahmen. Wir können nicht

sicher sein, ob diese Programmierung so weit geht, dass du zum Beispiel verdursten könntest.«

»Verdammter Drecksmist!«

»Blumenreich, aber nichtsdestoweniger zutreffend.«

Ich wende mich wieder Mju und Kyle zu, die mich mit großen Augen anstarren.

»Ich glaub, ich weiß, was los ist. Mein echter Körper spielt Meise … da drüben. Ihr müsst eine Weile auf mich verzichten.«

»Aber das geht nicht«, begehrt Mju auf. »Die Kämpfer. Du musst doch …«

»Moment«, wirft Kyle ein. »Die ersten zehn Schläfer haben wir doch schon. Die wissen, wie es geht, und können selbst andere lehren. Das geht viel schneller.«

»Aber ich hatte gedacht, es wäre noch Zeit, bis …«

Mju hat sichtlich Probleme damit, die plötzliche Planänderung zu akzeptieren.

»Wir können es nicht ändern. Wenn ich nen analogen Kollaps kriege, dann sind wir im Arsch. Ich muss das jetzt tun. Ist ja nicht für immer.«

Einen Augenblick lang verharrt der unstete Ausdruck auf ihrem Gesicht. Dann aber nickt Mju zackig und fixiert mich. »Versprich mir, dass du wiederkommst!«

Ich schaue ihr fest in die Augen. »Ich verspreche dir, dass ich alles dafür tun werde, dass du mich wiedersiehst. Und Alma.«

Mju versucht sich an einem Lächeln, das aber misslingt. »Okay«, grummelt sie. »Dann geh besser schnell, bevor ich dir noch eine digitale Fessel anlege.«

»Macht's gut, bis bald«, murmele ich und konzentriere mich auf die Rückkehr.

Fast rechne ich damit, dass Mju plötzlich doch noch aufspringt, um mich daran zu hindern.

Fast rechne ich damit, dass mir der Übergang nicht gelingt.

Womit ich nicht rechne, sind Schmerzen.

#TWOSOMETHING

DIGITALE WELT, LE VILLAGE, STUDIO IN MJUS VILLA, ZEITINDEX 111052121_1505 - 1705

MJU

»Okay, das ist jetzt etwas anders gelaufen, als ich es mir vorgestellt hatte. Meinst du, dass das alles funktionieren wird?« Kyle schaut mich fragend an.

Echt jetzt? Du stellst diese Frage ausgerechnet mir? Ausgerechnet jetzt?

»Ich weiß nicht, was du von mir hören willst. Eben warst du doch noch voller Zuversicht, dass die ersten zehn Leute das mindestens genauso gut hinbekommen, wie Maxx.«

»Das meine ich gar nicht. Das wird bestimmt klappen, so heiß wie die alle eben drauf waren. Nein, ich meine: Was machen wir jetzt ohne Alma ... und vielleicht auch ohne Honey, wenn sie womöglich erst einmal ihm dort drüben helfen muss?«

Ja, genau. Drück nur immer ordentlich den Finger in die Wunde.

Ich funkle ihn an. »Tja, da siehst du mal, wie weit wir mit unseren Planungen und Ideen kommen. Exakt bis hier. Ich mein, mir ist natürlich klar, dass Maxx rüber zu seinem Körper muss –

zumindest, um nachzuschauen. Vielleicht klinkt er sich schon in zehn Minuten wieder bei uns ein und alles ist schick. Wir können schön weiter planen und üben. Bis zum nächsten Mal das Leben dazwischen kommt. Wer sind wir denn schon? Eine Kunst-Studentin mit rudimentärem Wissen über die digitale Welt und ein digitaler Anarchist, der zwar mit Maschinen spricht, aber gerne Sachen kann, ohne sie üben zu müssen.«

Er schaut mich überrascht an.

Tja, du kennst mich eben doch erst seit ein paar Tagen.

Ich schüttle meinen Kopf und gebe ein Schnauben von mir. »Ach, vergiss es. Das war bloß die alte Mju. Die, die sich seit fast einem Jahr nicht aus dem Village hinausgetraut hat. Diejenige, die ständig ihre Omi brauchte, um sie zu fragen, wenn sie nicht mehr weiter wusste ...« Mit einem Stöhnen lasse ich mich zurück auf den Stuhl fallen, von dem ich zwischendurch aufgesprungen war.

»Und mit wem rede ich jetzt?«, fragt Kyle vorsichtig.

Ich lächle. »Der Rückfall ist vorbei. Ich komme wieder klar. Aber es kann natürlich sein, dass mir das nochmal passiert. Und in dem Fall sollten wir das die anderen nicht spüren lassen. Wir müssen tatsächlich einfach erst mal weitermachen. Es fehlen ja noch eine Menge Leute. Bis wir die alle durch haben, fällt uns hoffentlich ...«

»Entschuldigung, ich will nicht stören, aber ...«, lässt uns eine Stimme zusammenfahren.

Ich schaue mich um und sehe Beatrice mit zwei Bechern in den Händen und scheu blickenden Augen in einem knallrot angelaufenen Gesicht dastehen.

Die junge Frau hebt die Becher und hält sie uns entgegen.

»Ich habe euch Kaffee mitgebracht. Wenn ich darf, dann würde ich mir gern auch noch einen holen und euch eine Frage stellen.«

Kyle wirft mir einen Seitenblick zu, den ich mit einem kurzen Nicken beantworte. Dann winkt er ab. »Danke für das Angebot, aber ich muss mich jetzt unbedingt um die Einteilung der nächsten Probanden und neue Sandboxes kümmern, damit wir schneller vorankommen. Mju kann dir deine Frage bestimmt sowieso besser beantworten.« Damit steht er auf und bietet Beatrice seinen Stuhl an.

»Wie kann ich dir denn helfen?«, frage ich sie.

»Also, eigentlich ist es nicht nur eine Frage«, gibt die Angesprochene zu.

»Na dann hau erst mal raus. Vielleicht habe ich ja auch mehrere Antworten.«

Und vielleicht auch die eine oder andere Frage an dich. Wie muss es wohl sein, als kleines Kind in dieser Welt ohne richtige Eltern zu leben?

Beatrice lächelt und schiebt einen der Becher über den Tisch. »Na gut. Vielleicht klingt das ein bisschen eingebildet, aber hast du bei mir auf deinen Anzeigen irgendwas erkennen können, ob ich nicht nur geschlafen, sondern auch geträumt habe?«

Ich nehme einen Schluck des heißen Gebräus und nutze diese Pause, um meine Gedanken zu sortieren. »Ich weiß nicht wirklich, wie diese Anzeigen aussehen müssten, um einen klaren Schluss auf Träume zuzulassen. Aber es hat sich auf jeden Fall etwas dort verändert.«

»Ich bin mir nämlich sicher, dass ich geträumt habe«, platzt Beatrice heraus und grinst dann schief, während ihre Gesichtsfarbe, die sich zwischendurch normalisiert hatte, wieder in Richtung Tomate tendiert. »Und ich habe das Gefühl ... dass ich diesen Maxx gesehen habe. Also, nicht so, wie er jetzt aussieht, sondern ... anders ... jünger. Ach, ich weiß auch nicht.«

Ich schaue die junge Frau mit gerunzelter Stirn an. Bevor ich aber auch nur einen fragenden Laut äußern kann, redet Beatrice weiter.

»Es ist nicht wirklich das Aussehen. Eher bestimmte Gesten und wie er manchmal etwas sagt. Ich habe in meinem Traum einen Jungen gesehen, der sich so ähnlich verhalten hat.«

»Okay ... das ist ... interessant.«

Aber wie soll uns das weiterbringen?

»Darf ich es bitte noch einmal versuchen? Irgendwie sagt mir mein Bauchgefühl, dass ich diesmal mehr sehen werde.«

Bringt dich da nicht vielleicht doch nur der Wunsch, etwas Besonderes zu sein, dazu?

»Sei mir bitte nicht böse, aber meine Digitalisierung ist noch nicht so lange her, wie bei dir. Und ich kann mich daran erinnern, dass Träume nicht so kommen, wie man sich das wünscht.«

Anders als ich es vermutet habe, begehrt Beatrice nicht auf, sondern beginnt sogar zu lächeln. »Ja, das mag sein. Aber meine Mutter ist Neurologin und ich habe eben in einer ihrer medizinischen Datenbanken recherchiert. Da bin auf eine Möglichkeit gestoßen, vielleicht doch etwas zu beeinflussen. Gehst du bitte noch einmal zusammen mit mir in die Sandbox und lässt es mich versuchen? Es braucht sie doch gerade keiner.«

Unentschlossen brumme ich vor mich hin.

»Bitte. Wenn es in der nächsten halben Stunde nicht klappt, dann höre ich auf. Also, was sagst du?«

Ist vielleicht besser so. Hier einfach nur herumzusitzen bekomme ich eh nicht hin.

»Na gut, dann komm.«

Zusammen betreten wir den abgeschotteten Bereich. Ich setze mich an den Labortisch und Beatrice strebt auf die Kammer zu.

»Soll ich dir noch den Schraubenschlüssel abnehmen?«, frage ich die junge Frau und weise auf das Werkzeug in ihrer Hand.

»Nein, danke. Das habe ich bewusst dabei. Vielleicht hilft es mir, das zu erreichen, was ich will.«

Mit einer hochgezogenen Augenbraue schaue ich ihr hinterher, bis sie die Tür hinter sich schließt.

»Okay, dann drück mir die Daumen«, kommt es aus dem Lautsprecher.

Unwillkürlich kreuze ich Zeige- und Mittelfinger.

Dass Beatrice sich etwas davon erhofft, ist ja klar, aber was erhoffe ich mir?

Doch gleichwohl lasse ich meine Finger in der Position und schaue auf die Anzeigen.

Eine ganze Weile lang geschieht wieder nichts.

Ich hebe meinen Kopf und werfe Blicke durch die diffuse Barriere der Sandbox nach draußen. Aber es scheint so zu sein, dass Kyle entweder noch nicht mit den Vorbereitungen fertig ist oder doch eine weitere Sandbox erstellen konnte, denn es sind nirgendwo wartende Personen zu entdecken. Als ich den Blick wieder senke, kann ich sofort erkennen, dass Beatrice es geschafft haben muss, einzuschlafen.

Die Anzeigen für die Systemauslastung und den Energieverbrauch sind signifikant gestiegen und beginnen nun auch, immer schneller zu fluktuieren. Plötzlich schießt die Auslastung in die Höhe, streift sogar den roten Bereich.

Wow, was passiert da?!

Mein Herz pocht heftig, während ich beobachte, wie sich die Werte auf einem Niveau kurz unterhalb des kritischen Bereichs einpendeln. Meine Finger krallen sich in die Armlehnen des Stuhls. Mit den Augen verfolge ich jedes Zucken der Kurven. Ich fahre zusammen, als aus dem Lautsprecher plötzlich ein Stöhnen erschallt.

Diese Werte. Und jetzt dieser Laut. Was, wenn Beatrice Hilfe braucht? Soll ich sie da rausholen? Oder einfach warten? Ich hasse das!

Trotzdem bleibe ich wie festgenagelt auf dem Stuhl sitzen, während in meinem Inneren die widerstreitenden Gefühle einen wilden Tanz aufführen.

Unvermittelt ist es vorbei.

Von einem Moment zum nächsten sacken die Werte in den Keller.

Ein lautes Japsen dringt aus dem Lautsprecher.

»Alles ... alles in Ordnung?«, krächze ich ins Mikrofon.

Einen Moment lang herrscht Stille, dann meldet Beatrice sich in einem Tonfall, den ich eher vom Morgen nach einer durchfeierten Nacht her kenne.

»Hmm ... ich ... brauch ... noch nen Moment. Aber ... alles in Ordnung.«

Ich drehe mich mit meinem Stuhl herum und fixiere nun die Tür, bereit, sofort dorthin zu stürzen und sie aufzureißen, wenn von der jungen Frau in der Kammer die Bitte käme.

Aber nichts dergleichen ist der Fall.

Ein paar Minuten später öffnet sie sich und Beatrice kommt herausgetappt. Wie eine Schlafwandlerin schlurft sie mit halbgeschlossenen Augen auf mich zu. Im Vorbeigehen murmelt sie: »Das war ... interessant. Ich brauch jetzt was zu Trinken.« Damit geht sie auf den Ausgang der Sandbox zu.

DRAUßEN HOLEN wir uns eine Karaffe Wasser aus dem Kantinenzelt und setzen uns wieder an den abseits gelegenen Tisch.

Beatrice schenkt uns ein, trinkt ihr Glas in einem Zug leer und füllt es erneut. Dann sitzt sie einfach nur still da und schaut auf die zitternde Wasseroberfläche in ihrem Glas.

Mühevoll dränge ich die Fragen zurück, die in meinem Kopf immer lauter werden, und beobachte das Gesicht meines Gegenübers.

Nun sag schon, was da los war! Ich halt das nicht mehr lange aus ...

Schließlich hebt Beatrice ihren Blick und lächelt schief. »Sorry, dass ich dich so auf die Folter spanne. Ich bin selbst noch dabei, mir einen Reim darauf zu machen, was ich gesehen habe.«

»Also hast du geträumt und kannst dich noch daran erinnern?«

»O ja. Ich hatte dir doch was von einer Technik erzählt, die ich ausprobieren wollte. Das hat tatsächlich geklappt. Und es war …«

»Interessant?«, versuche ich an Beatrices Aussage von vorhin anzuknüpfen.

Die junge Frau lachte leise. »Allerdings. Weißt du, das nennt sich Klartraum. Wenn man sich in bestimmter Art und Weise vorbereitet, dann wird einem beim Träumen bewusst, dass man träumt.«

»Okaaay?«

»Und man ist sogar in der Lage, den Traum zu beeinflussen. Es ist unglaublich …« Ihre Stimme verliert sich und Beatrice starrt eine Weile lang wieder nur auf ihr Wasserglas. Als ich sie schon ansprechen will, schüttelt Beatrice kurz den Kopf, wie um ein lästiges Insekt zu verscheuchen, und fährt fort. »Ich habe einen Jungen gesehen. Und es war, wie ich dir gesagt habe. Er war irgendwie total wie Maxx, nur eben viel kleiner. Aber größer als ich.«

Mit gerunzelter Stirn und schräggelegtem Kopf schaue ich sie an.

»Ich glaub, das war eigentlich eine Erinnerung. An damals. Als ich noch analog war.«

»Äh, wie jetzt?«

»Na ja, wir waren bei uns zu Hause. Also im Haus meiner Eltern. Ich kenne das ja von den Videocalls mit ihnen. Und im Traum war ich noch total klein. Alles war unendlich weit oben. Dann war da dieser Junge. Auch noch ein Kind, doch trotzdem viel größer als ich. Er war mit seinen Eltern bei uns – einer total schönen Frau und einem Mann, bei dem es mir irgendwie kalt den Rücken runtergelaufen ist.« Sie schüttelt sich.

»Wieso denn das?«, will ich wissen.

»Keine Ahnung. Es war nur so ein Gefühl. Vielleicht lag es auch an der Art, wie meine Eltern mit ihm umgegangen sind. Ich hatte ja schon erzählt, dass sie ziemlich reich sind, aber ihm gegenüber waren sie fast schon unterwürfig.«

»Hui«, entfährt es mir. »Das klingt echt interessant.«

»Aber das war doch noch gar nicht alles.«

»Aha?«

»Ich habe dann eine Uhr gesehen und daran herumgespielt. Plötzlich konnte ich die Zeit vordrehen. Da sind Jahre vergangen. Und dann war da wieder ein Mann bei meinen Eltern. Er ist in nem schwebenden Stuhl herumgefahren, weil er keine Beine mehr hatte.«

»Iurii!«

»Wie?«

»Dieser Mann. Das ist Iurii, der Dominus der Primären Sphäre ... und vielleicht sogar der ganzen Welt.«

»Oh«, macht Beatrice. »Das erklärt natürlich das Verhalten meiner Eltern. Und weißt du was? Das ist auch der Vater des Jungen gewesen.«

»Ja, das passt. Wir haben vor kurzem herausgefunden, dass Iurii der Vater von Maxx ist.«

»Und wisst ihr auch, dass er an seinem Unfall schuld war?«

NICHT GANZ ZU SPÄT

ANALOGE WELT, SEKUNDÄRE SPHÄRE, WOHNSILO 7OF9, ZEITINDEX 11052121_1605 - 1835

MAXX

Weißglühendes Stechen in meinem Unterleib. Mein Kopf dröhnt zum Zerplatzen und mir ist speiübel. Instinktiv krümme ich mich zusammen und kippe zur Seite. Der Workseat wertet dies als Aufforderung, mir beim Aufstehen behilflich zu sein. Er entfaltet sich und ich plumpse auf den Fußboden.

»Fuck, ich sterbe!«

»Findest du das nicht ein wenig theatralisch?«, erklingt Almas Stimme in meinem Kopf. *»Das wird nur deine übervolle Blase sein. Dazu vielleicht noch Kopfschmerzen wegen der Dehydrierung und Hunger.«*

»Toll, dass du es so nüchtern betrachten kannst. Du musst das ja auch nicht ertragen.«

»Und du auch nicht. Zumindest nicht mehr lange.«

»Hä?!«

»Geh auf die Toilette, Arnaud. Dann hat sich ein Großteil deiner Probleme schnell erledigt. Und gegen den Rest kannst du danach etwas tun. Denk dran, das wird alles nur so programmiert sein, damit du dich wie in einem menschlichen Körper fühlst.«

»Meinst du wirklich?«

»Selbstverständlich. Jedoch wirst du es nur herausfinden, wenn du es ausprobierst.«

Vorsichtig erhebe ich mich auf alle viere und kann es nicht verhindern, dass dabei ein Stöhnen aus meiner Kehle dringt.

Scheiß analoger Körper! Auch wenn der ja nicht mal echt ist.

Gefühlt im Tempo einer 90-jährigen Schnecke krieche ich bis zur Toilette und hieve mich auf den Sitz.

Okay, jetzt kann's losgehen.

Nichts geschieht.

Einen Moment lang befürchte ich, dass ich es geschafft habe, diese Hülle kaputtzukriegen – echt oder nicht.

Doch dann fährt ein weiterer Stich durch mich hindurch.

Bevor ich aber auch nur ein Stöhnen von mir geben kann, spüre ich die Erleichterung. Eine Weile lang bleibe ich sitzen, den Kopf an die kühlen Fliesen gelehnt. Dann bringe ich es fertig, mir den Zahnputzbecher zu greifen und ihn mit Wasser zu füllen. Obwohl mir mein leerer Magen den chlorigen Geschmack des Leitungswassers übelnimmt, trinke ich mehrere Becher. Schließlich bin ich in der Lage, mich wieder anzuziehen und das WC zu verlassen. Auf dem Treppenabsatz bleibe ich schwankend stehen und schaue ins Zwielicht der unteren Etage.

»Ob ich das hinkriege?«

»Hast du nicht vielleicht hier oben eine Kleinigkeit zum Essen?«, sinniert Alma. »Ich kann mir vorstellen, dass es in deinem geschwächten Zustand problematisch werden kann, die Treppe hinunterzugehen. Das sollten wir nicht riskieren. Wenn du abrutschst und hinunterfällst, könnest du dich verletzen.«

Ich grunze zustimmend. Zu mehr bin ich in diesem Moment

nicht fähig. Aber Almas Worte hallen in meinen Gedanken wider und es fällt mir ein. Mit unsicheren Schritten schlurfe ich bis ins Schlafzimmer. Dort lasse ich mich auf dem Bett nieder und öffne die Schublade des Nachtschränkchens.

Was für ein Glück, dass ich hier ein paar Energieriegel für die Pausen beim Matratzensport deponiert habe.

Ich greife zwei davon, reiße mit den Zähnen die Verpackung des ersten auf und verschlinge ihn mit zwei Bissen.

Noch bevor ich auch den Zweiten öffnen kann, umfängt mich Dunkelheit.

»BOSS ...«

»... solltest aufstehen ...«

»... sonst werden sie ...«

Ich schrecke hoch.

»Boss, wenn du nicht ... ah, endlich«, erklingt Honeys Stimme – erstaunlich drängend für meinen Geschmack.

»Honey, was ...?«

»Keine Zeit, Boss«, schneidet sie mir das Wort ab. »Vor einer Minute haben einige Angestellte des Prinzipals den Silo betreten und versuchen seitdem, die Sicherheitsprotokolle der Liftsteuerung zu überbrücken, sodass sie hierher gelangen können.«

Die Reste des Schlafes, der mich eben noch umfangen hat, zerplatzen und lassen mich einerseits in völliger Verwirrung, aber doch vollkommen klar zurück.

Ohne auf die Schmerzsignale zu achten, die mir die verschiedensten Körperteile senden, stopfe ich den Riegel in meiner Hand in die Hosentasche, springe auf und bin in wenigen Schritten im Arbeitszimmer. »Honey, fahr dich herunter und bereite den Rechner darauf vor, abgekoppelt zu werden. Wir müssen hier weg.«

»Du sagst es, Boss. Es ist alles vorbereitet. In drei ... zwei ... eins

…« Damit verlöschen Holo-Screen und Kontroll-Leuchte am Rechner.

Ich schaue kurz an mir hinunter.

Du siehst aus wie ein Penner. Aber immerhin hast du noch Hosen an.

Schnell greife ich mir eine Jacke, die schon seit Ewigkeiten an einem Haken an der Wand hängt.

Jetzt weiß ich endlich, wofür ich dich die ganze Zeit dort hängen gelassen habe.

Mit zwei schnellen Bewegungen trenne ich Rechner und Holo-Emitter vom Konnektor und stopfe beides in die Jackentaschen. Dann laufe ich auf die Wand gegenüber der Tür zu.

Wer hätte gedacht, dass ich das jemals tun würde, geht es mir durch den Kopf, während ich den Code für den Notausstieg auf einem Panel eintippe.

Ein rechteckiges Stück der Wand gleitet zuerst nach hinten und verschwindet dann seitlich. Durch die Öffnung dringt kalte Luft und tut ein Übriges dazu, mich aufzuwecken.

Vorsichtig strecke ich meinen Kopf hindurch und schaue nach rechts und links den schmalen Metallsteig entlang, der hier zur Rettung im Notfall installiert ist.

Zwar haben die unter Notfall eher ein Feuer verstanden, aber ich werd mich nicht beklagen.

Nirgendwo ist jemand zu sehen, auch nicht im Zugangsflur meiner Wohnung, in den ich durch einen Glaseinsatz hineinschauen kann.

Noch nicht. Aber wer weiß, wie lange die Typen brauchen. Wenn sie im Auftrag von Ridicc unterwegs sind, dann haben die bestimmt ein paar Tricks auf Lager.

Ich klettere vollkommen nach draußen und wende mich dem Panel zu, das hier ebenfalls neben dem Ausstieg angebracht ist. Nach einem Tippen auf die richtige Taste fährt die Ausstiegsluke wieder an ihren Platz.

»Alma, bist du da?«

»Jawohl, Arnaud. Ich wollte dich nicht mit offensichtlich unnötigen Hinweisen bei der Flucht stören.«

»Was meinst du, sollen wir einen kleinen Trip ins Unbekannte wagen?«

WENIGE MINUTEN später habe ich den Kreis, der vom Metallrost gebildet wird, etwa zur Hälfte umrundet. Von hier aus würden mich die Typen nicht einmal dann entdecken, wenn sie zum Notausstieg hinausschauten.

Trotzdem bin ich keinen Schritt weiter.

Weder nach oben, noch zurück in die normale Etage habe ich einen Durchgang gefunden. Die Notausstiege der anderen Wohnungen – in diesem Fall dann eher Noteingänge – will ich nicht probieren. Ich hab ja keine Ahnung, wer dort wohnt.

Oder ob überhaupt einer da wohnt. Ich kenne hier keinen. Vielleicht bin ich hier ja sogar der einzige Bewohner und weiß es nur nicht.

Und die Notrutschen, mit denen ich ohne Lift direkt bis ins Erdgeschoss käme, haben eine Klappe, die garantiert einen Alarm auslöst, wenn man sie öffnet.

»Arnaud, ich habe eine Idee.«

Ich bleibe direkt vor dem nächsten Notausstieg stehen. Die Beleuchtung auf dem Panel daneben flammt auf und wirkt im Zwielicht wie die Frage, ob ich es mir mit der vielleicht leeren Wohnung dahinter noch einmal überlegen möchte.

Aber ich wende mich davon ab und stattdessen der Stimme in meinen Gedanken zu. *»Wird sie mir gefallen?«*

»Das hängt ganz von deiner Einstellung ab.«

Unwillkürlich entfährt mir ein Schnauben, das in der Stille um mich herum laut wie ein Schrei wirkt. *»Na gut. Was hast du für mich?«*

»Ich denke, dass wir hier wirklich nur über deinen eigenen Lift hinaus kommen.«

»Erzähl mir mal was Neues. Aber da stecken doch Ridiccs Schläger drin. Und die Kabine ist nicht hier oben, sondern da unten, wo sie gerade an den Protokollen herumfummeln. Oder willst du mir unter die Nase reiben, dass meine Idee zu fliehen totaler Schwachsinn war? Das denke ich nämlich langsam ...«

»Mach dich nicht lächerlich, Junge. Natürlich war sie richtig. Und wenn du die Nerven behältst, dann werden wir es auch schaffen.«

»Okay ... Danke.«

»Bist du eigentlich schwindelfrei?«

»Ist das dein Ernst?«

»Absolut. Also, bist du es?«

»Ich ... denke schon.«

»Kein Grummeln in der Magengegend, wenn du dich über eine Balkonbrüstung beugst oder über eine schmale Brücke gehst?«

»Nein.«

»Großartig, dann können wir den direkten Weg nehmen.«

»Den direkten Weg, wohin ... wo lang?«

»Über die innere Liftkonstruktion bis zu der Kabine, die sich hier oben befinden wird, sobald die Kerle es geschafft haben, die Protokolle zu überwinden.«

»Oh, Mann. Warum habe ich da nicht gleich dran gedacht!«

»Weil du noch damit beschäftigt warst, nach Alternativen zu suchen.«

»Wenn du meinst. Ich ...«

»Ja, das meine ich«, fährt Alma dazwischen. *»Hast du dir schon mal Gedanken darüber gemacht, warum man unten in eine von acht Kabinen der inneren Säule einsteigen kann, aber oben immer in seiner eigenen Wohnung herauskommt, egal, in welchem Kreissegment sie sich befindet?«*

»Das ist doch logisch. Die Kabinen können sich nicht nur hoch und runter bewegen, sondern auch seitwärts.«

»Sehr aufmerksam. Tatsächlich bewegen sich zwar nicht die Kabinen, sondern jede Ebene ist separat drehbar und schwenkt damit die Kabine. Aber der Effekt ist derselbe. Und genau diese Konstruktion wird es dir ermöglichen, auf den Stahlträgern im Inneren hinüberzulaufen.«

»Genial, dann los.« Ich drehe mich nach innen und nehme zum ersten Mal den Schacht der Lift-Kabine vor mir genau in Augenschein.

Ein gähnender Abgrund tut sich hinter einem engmaschigen Gitter auf. Doch das Gitter ist nicht besonders stabil. Es lässt sich nach innen drücken.

Ich lehne mich mit meinem ganzen Gewicht dagegen und schiebe zuerst die Arme und dann auch Kopf und einen Teil des Oberkörpers durch den Spalt.

Knapp, aber passt schon.

Also schaue ich mich um und entdecke direkt neben der Öffnung die metallenen Sprossen einer Leiter. Ich greife mit einer Hand zu und ziehe, bis ich auch mit der zweiten eine Sprosse zu fassen bekomme. Nun winde ich mich hin und her, während ich mit aller Kraft weiter ziehe.

Was für ein Glück, dass ich im Studio fleißig Klimmzüge gemacht habe.

Es funktioniert. Zentimeter für Zentimeter schiebt sich mein Körper durch den Spalt.

Wie ein Roboter im Geburtskanal, schießt es mir durch den Kopf und ich verliere fast den Halt.

Schließlich bin ich weit genug, dass ich ein Knie anziehen kann, um es ebenfalls hindurch zu schieben.

In diesem Moment bemerke ich eine Vibration. Unmerklich zuerst, wird sie nun aber immer stärker.

»Scheiße, was ist das?«

»Eine Kabine kommt«, bestätigt Alma meine Befürchtung.

»Und jetzt?«

»Mach dir keine Gedanken und kletter weiter.«

»Aber wenn es meiner ist.«

»Eben. Aber auch wenn er es nicht ist, musst du zusehen, dass du im Schacht bist, bevor er ankommt. Es kann ja sein, dass er sich noch dreht.«

Fuck!

Mit wachsender Verzweiflung ziehe und winde ich mich weiter. Es gelingt mir, das Knie so abzustützen, dass ich es als zusätzlichen Hebel einsetzen kann. Nun presse und ziehe ich zugleich.

Aber dann geht es nicht mehr vorwärts.

Was denn jetzt?!

Die immer stärker werdende Vibration ignorierend, drehe ich den Kopf nach unten.

Der Rechner!

Fassungslos starre ich auf die Beule in meiner Jacke, die ein Stück über die unveränderliche obere Kante des Schachts hinausragt und mich so am Weiterkommen hindert.

Verdammt, ich muss hier durch!

Mit einer Hand lasse ich die Sprosse los, führe sie stattdessen an der Kante vorbei und zerre an der Jackentasche, um sie ein Stück zur Seite zu schieben.

Plötzlich ein Ruck, als das Gitter nachgibt.

Meine linke Hand gerät zwischen die Kante und den Rechner. Als die scharfe Eisenschiene, in der das Gitter verankert war, die Haut von zweien meiner Finger schabt, verliere ich vor Schreck und Schmerz fast den Halt mit dem anderen Arm, während mein Körper ohne das Hindernis in den Schacht schwingt.

Ich höre, wie Stoff zerreißt.

Dann ein Klappern, als etwas in den Schacht fällt.

Aber ich habe keine Zeit, um nachzuschauen. Mit einem unterdrückten Aufschrei reiße ich den zweiten Arm wieder hoch und greife, ohne auf die Schmerzen zu achten, erneut nach der Leiter. Dann klettere ich hinauf, so schnell es mir möglich ist, bis ich mich japsend auf einen Stahlträger hieven kann. Dort lausche ich auf die Geräusche der sich nähernden Kabine.

»Arnaud, bist du unversehrt?«, höre ich Almas Stimme in meinem Kopf flüstern.

Ich hebe die Hand und schaue mir den Schaden an. Aber im Zwielicht kann ich nicht wirklich etwas erkennen. Die Schmerzen sprechen allerdings eine recht eindeutige Sprache. Dann durchdringt die Dunkelheit ein Lichtschein, als direkt auf der gegenüberliegenden Seite eine Kabine eintrifft. Nun kann ich genau sehen, was an meiner Hand nicht in Ordnung ist. Und mir wird schlagartig übel.

»Die Finger. Sie ... ich ...«

»Bitte bleib ruhig, mein Junge. Ich kann dir helfen.«

»Wie willst du das denn ...?«

»Glaub mir, ich kann es. Aber zuerst müssen wir hier weg. Kannst du laufen?«

»Ich werde es wohl müssen«, denke ich und erhebe mich stöhnend. In gebückter Haltung schleiche ich langsam über den Träger auf den Lichtschein zu. Dort angekommen lege ich mich bäuchlings hin und linse vorsichtig an der Kante des Oberlichts vorbei.

Da kommen sie.

In dem kleinen Korridor, der zur Wohnung führt, kann ich einen Mann erkennen. Er gestikuliert mit seiner Hand, während drei weitere schattenhafte Gestalten an ihm vorbeieilen. Dann folgt er ihnen. Direkt danach kann ich einen dumpfen Laut von unten hören, als meine Wohnungstür aus den Angeln fliegt.

»Und jetzt?«

»Jetzt nehmen wir den Lift nach unten«, bemerkt Alma erstaunlich ruhig. *»Siehst du den roten Hebel dort?«*

»Natürlich, sonst könntest du ihn ja auch nicht sehen.«

»Schön, dass du deinen Humor noch nicht komplett verloren hast. Dann klapp ihn nach oben. Das löst die Verriegelung der Klappe, durch die du nach unten kannst.«

Doch in dem Moment, als ich danach greifen will, geht ein Ruck durch die Konstruktion, auf der ich hocke.

Mein Kopf fährt herum und so kann ich erkennen, dass außer mir doch noch jemand anderes hier wohnt, denn zwei Schächte zu meiner Rechten erscheint das Licht einer weiteren Kabine. Dann beginnt sich alles zu bewegen. Einen Moment lang starre ich nur verwirrt auf den Lichtschein, bis mir klar wird, dass sich die Konstruktion verdreht, um dem anderen Bewohner Zugang zu seiner Wohnung zu gewähren.

»Das ist die Gelegenheit«, kommt es überflüssigerweise von Alma. *»Jetzt schnell nach unten!«*

Ich reiße am Hebel und lasse mich zusammen mit der herunterklappenden Luke nach unten gleiten.

Direkt vor einen Mann in schwarzem Kampfanzug.

Überrascht starrt er mir ins Gesicht. Dann greift er nach einem Gewehr, das er an die Wand gelehnt hatte.

Instinktiv schießt meine Faust vor. Sofort spüre ich heftige Schmerzen.

Aber der Mann sinkt sang- und klanglos zu Boden.

Shit, habe ich den gekillt?

Ich will mich zu ihm hinunterbeugen, als mich Almas Stimme stoppt.

»So ehrenhaft ich das auch finde, aber dafür haben wir jetzt keine Zeit. Wir müssen runter und hier raus.«

»Bet… Betty?«, krächze ich.

»Master Maxx, was kann ich für dich tun?«, erschallt die so unwirklich normal klingende Stimme der Lift-KI.

»Wohin? Erdgeschoss? Oder ist das zu offensichtlich?«

»Nein, Erdgeschoss ist gut.«

»Erdgeschoss, Betty.«

»Natürlich.«

Die Kabine setzt sich in Bewegung.

»Arnaud, pass jetzt bitte genau auf.«

»Äh, wie bitte?«

»Ich erklär's dir später. Jetzt ist nicht genug Zeit.«

»Okay.«

»Stell dir folgende Geste vor. Du legst beide Handflächen vor deiner Brust flach aneinander.«

»Gut, aber ...«

»Kein Aber. Merk es dir. Das ist wichtig. Also, Handflächen aneinander. Dann klappe beide Mittelfinger so um, dass sie waagerecht stehen. Danach drehst du die Hände mit den Handflächen aneinander und den verschränkten Fingern so, dass deine Unterarme waagerecht vor der Brust sind. Hast du das?«

»Ich ... ja, aber.«

»Gut. Wenn sich die Kabinentür öffnet, dann machst du exakt diese Geste. Ist das klar?«

Bevor ich antworten kann, hält die Kabine und die Türen öffnen sich.

»Erdgeschoss«, bestätigt die Stimme der Betty.

»Jetzt, Arnaud!«

Ich bringe die Hände aneinander, aber als ich die Mittelfinger verschränken will, fährt mir ein Schmerz durch den Arm.

»Shit, der Finger. Ich kann nicht ...«

»Du musst!«, bellt Alma. *»Tu es oder wir haben ein Problem!«*

Ich atme tief durch und wappne mich. Dann verschränke ich die Finger und drehe die Hände.

Die Türen der Kabine beginnen sich zu schließen.

»Schnell, Arnaud. Bist du soweit?«

»Ja!«, schreie ich laut.

»Dann reiße jetzt die Hände waagerecht auseinander!«

»Was?!«

»Keine Fragen! Tu es, bevor die Türen komplett geschlossen sind!«

Ich tue, wie mir geheißen.

Nichts passiert.

»Alma, da ist etwas schiefgegangen. Es tut sich nichts. Und die Tür ist jetzt zu!«

»Dann wollen wir hoffen, dass es gereicht hat.«

»Gereicht?«

»Später. Jetzt starte die Liftsteuerung und sage, du willst nach Minus fünf.«

Da mir sämtliche Fragen bisher nichts gebracht haben, füge ich mich auch in diese Anweisung.

»Hey, Betty. Bring mich nach Minus fünf.«

Einen Moment lang herrscht Stille. Dann aber meldet sie sich doch.

»Autorisation?«

»Prima-Alpha-Eins«, sagt Alma und ich wiederhole es.

Ein Bestätigungston erklingt und der Lift setzt sich in Bewegung. Nach unten. Minutenlang kann ich nur die Geräusche der Kabine hören. Und ein leises Stöhnen von der Gestalt auf dem Boden.

»Er lebt. Ist das jetzt gut oder schlecht?«

»Alles ist in Ordnung«, beruhigt mich Alma.

In diesem Moment erklingt erneut der Bestätigungston des Lifts und die Tür öffnet sich.

Fassungslos trete ich hindurch.

Alma jedoch scheint meinen Gemütszustand nicht zu teilen. In einem geradezu euphorischen Tonfall sagt sie: *»Willkommen in Down_Under.«*

#UNSAFEHAVEN

DIGITALE WELT, LE VILLAGE, STUDIO IN MJUS VILLA, ZEITINDEX 11052121_1735 - 1835

MJU

»Whoa, wenn Maxx das erfährt, dann wird er ausflippen«, sagt Kyle und schaut mich mit großen Augen an.

»Wem sagst du das? Du hättest mich mal sehen sollen. Am Anfang war mir nämlich nicht klar, dass Beatrice Iurii als Verantwortlichen für den Unfall gemeint hat.«

Was, wenn es andersherum gewesen wäre? Wenn Maxx selbst an seinem Zustand die Schuld getragen hätte. Hätte das etwas geändert?

»Okay, das ist'n Brett«, holt Kyles Stimme mich wieder zurück aus den Gedanken. »Aber wir sollten es ihm auf jeden Fall sagen, oder?«

»Natürlich. Je schneller, desto besser. Nicht dass es ihn mittendrin in unserer Aktion plötzlich aus der Bahn wirft.«

»Hoffentlich kommt er bald zurück, damit wir ihn auch zu unseren Fortschritten hier auf den letzten Stand bringen können.«

Ich lasse meinen Blick über das Zelt-Dorf schweifen, in dem sich alle unsere Mitstreiter versammelt haben und nun gegenseitig mit glänzenden Augen ihre Träume erzählen.

»Ein Glück, dass du auf die Idee gekommen bist, noch zusätzliche Sandboxes zu errichten, sonst wären wir jetzt noch nicht durch.«

Als hätte ihre Erwähnung ein Signal gesendet, verschwinden mit einem Mal ringsum die gesicherten Testumgebungen. Auch die Zelte und alles, was sonst noch für die Beherbergung der gestrandeten Kämpfer bereitgestellt worden ist, löst sich von einem Augenblick zum nächsten auf. Von überallher dringen Laute des Erstaunens zu uns. Leute, die anstatt auf Stühlen plötzlich auf dem Boden sitzen, blicken uns fragend an.

»Was geht denn hier ab?!«, ruft Kyle.

Was fragst du mich? Ich hab das nicht gemacht!

»Leo! Bist du da? Und weißt du, was los ist?«

»Ich verstehe nicht ganz, was du meinst, Mju.«

»Es ist alles weg!«

»Definiere bitte 'alles'.«

»Na, alles, was ...«

Das war alles von Honey!

»Leo, hast du bis eben noch einen Kontakt zu Honey gehabt?«

»In der Tat. Bis vor einer Minute und 42 Sekunden, war noch ein Datenstrom von ihr vorhanden, um euer Vorhaben zu unterstützen.«

»Und was ist dann passiert?«

»Ich erhielt eine Nachricht, dass sie vorübergehend offline gehen müsste. Hat sie euch denn nicht davon unterrichtet?«

»Nein, hat sie nicht. Hat sie denn dir wenigstens einen Grund genannt?«

»Ich bedauere, das hat sie ...«

Doch den Rest des Satzes bekomme ich nicht mehr mit, denn in diesem Moment wird meine Aufmerksamkeit von etwas anderem eingenommen.

Es sind Geräusche, die hier ganz und gar nichts zu suchen haben.

Ein lauter Knall, wie von einer Peitsche.

Ein elektrisch wirkendes Knistern.

Ein tiefes, animalisch klingendes Knurren.

Mein Kopf schießt herum, in die Richtung, aus der all diese Töne gekommen sind. Das, was ich dort sehe, macht keinen Sinn. Trotzdem – oder gerade deshalb – läuft es mir eiskalt den Rücken hinunter.

Etwa 200 Meter von dem Punkt entfernt, an dem sich unser Camp befunden hat, klafft ein breiter Riss in dem Snapshot der Plaine, die wir als Umgebung für das Vorhaben gewählt haben. Die Ränder scheinen geradezu zu glühen. Und doch ist nichts davon der Grund für das Entsetzen, das sich nun überall ausbreitet.

Es sind die drei monströsen Kreaturen, die sich einen Weg durch den Riss bahnen. Aus langgezogenen, wie Entenschnäbel geformten Schnauzen, ragen spitze Zähne. Ihre von schwarzen Federn bedeckten Körper bewegen sich auf kräftigen Hinterbeinen. Die mittleren Zehen der vogelartigen Füße tragen große, sichelförmige Krallen. Was aber noch viel mehr dazu geeignet ist, mir zu zeigen, dass es vorbei ist, sind die bläulichen Schemen, die direkt hinter den flexiblen Hälsen der Wesen schweben, als würden sie auf ihnen reiten.

»Leo, Ausgang«, keuche ich, die Augen unverwandt auf die Gestalten gerichtet, die mit federnden Schritten schnell näher kommen.

Direkt neben mir erscheint die Tür zum Atelier.

Ich öffne sie und spähe hindurch, fast schon sicher, dass wir auch dort bereits von ähnlichen Wesen erwartet werden. Aber das Atelier liegt still und verlassen vor mir. Ich drehe mich zurück und winke mit beiden Armen, damit unsere Mitstreiter ihren Fokus wieder zu mir wenden. Ich will sie hier weg haben.»Kommt, hier entlang. Wir müssen raus!«

Niemand bewegt sich. Wie vom Blick einer angriffsbereiten Schlange hypnotisierte Kaninchen in Natur-Dokus von früher verharren sie alle auf ihren Plätzen.

Plötzlich erhöht die vorderste Kreatur unvermittelt ihre Geschwindigkeit und ist mit einigen schnellen Sprüngen am Rand der Menge angelangt. Ehe jemand reagieren kann, schnappen ihre Kiefer zu und schlagen Zähne in einen dort paralysiert auf sie starrenden Mann.

Mit einem infernalischen Kreischen zerplatzt er und verschwindet.

Spontan kommt Bewegung in die Menge. Sie stiebt auseinander und wird von den anderen in sie hinein stürmenden Wesen zerteilt.

»Nein!«, schreie ich aus Leibeskräften. »Kommt hierher! Nur hier ist es sicher.« Immer hektischer wedele ich mit den Armen, verzweifelt darum bemüht, mehr Aufmerksamkeit auf mich zu ziehen als die Monster, die schon weitere Opfer finden.

Es wirkt.

Die am nächsten an der Tür Stehenden rennen nun darauf zu und hindurch. Und auch die anderen haben den Ruf wohl gehört, denn sie ändern die Richtung ihrer Flucht. Allerdings scheinen ebenfalls die Wesen – oder diejenigen, die sie steuern – zu verstehen, was ich bezwecke. Sie lassen von der Verfolgung ihrer bisherigen Beute ab und rennen in unglaublicher Geschwindigkeit auf meinen Standort zu.

»Los, schnell, wir müssen raus«, schreit nun auch Kyle und versucht, dafür zu sorgen, dass die Ankommenden einander nicht bei der Flucht behindern. »Hier durch und einfach erst mal weiter. Da ist es sicher.«

Ob das stimmt?, schießt es mir durch den Kopf. *Oder schicken wir sie dort drüben erst recht ins Verderben? Wenn die es schon geschafft haben, hierhin durchzudringen, dann wäre die Villa doch ein noch leichteres Ziel.*

Aber ich bemühe mich weiterhin, unseren Kämpfern bei der Flucht zu helfen. Plötzlich werde ich gepackt und nach hinten gezerrt. »Lass mich los, du ...«, schreie ich und fahre herum.

Doch es ist kein Angreifer, sondern Kyle, in dessen Gesicht ich blicke. Er hält mich weiter gepackt und schaut mich scharf an. »Jetzt du!«, fordert er. »Hau ab.«

»Aber die anderen. Da sind doch noch so viele.«

»Das ist jetzt scheißegal!«, schreit Kyle mich an. »Sie folgen dir. Sie vertrauen dir. Und du bist die einzige, die hier wenigstens ein bisschen Ahnung von Almas Sachen hat. Wenn die dich kriegen, dann ist alles vorbei!«

Ich will aufbegehren, aber gegen die plötzliche Vehemenz, mit der Kyle mich durch die Tür stößt, habe ich keine Chance. Ich fliege fast hindurch, stolpere und falle der Länge nach hin. »Kyle!« Ich springe auf und will zurück ins Studio laufen.

In diesem Moment werden drei weitere Personen von ihm hindurchgedrängt. Kaum dass auch er angekommen ist, wirft er die Tür zu und beginnt Töne von sich zu geben, wie ich sie noch nie gehört habe. Dabei hält Kyle seine Handflächen fest auf die Tür gepresst.

Um mich herum nehme ich das Zischen wahr, mit dem mehrere Personen scharf einatmen, als sie sehen was geschieht.

Von den Händen breitet sich ein Schimmer zuerst über die Tür und dann auch die restliche Wand aus. Er hinterlässt dort, wo eben noch die filigrane Konstruktion des virtuellen Schaufensters einen Blick auf die heranstürmenden Kreaturen ermöglichte, eine Fläche, die wie Granit wirkt.

Wow, so klingt also Binar. Aber auch wenn das noch so stabil aussieht, können wir uns nicht darauf verlassen, dass es hält. Das Studio können wir vergessen.

Schweren Herzens krächze ich: »Leo ... kappe die Netzwerkverbindungen zum Studio und tu alles, was du kannst, um zu verhindern, dass noch jemand zu uns durchdringt.«

»Was tust du?«, ruft einer der Umstehenden. »Das kannst du doch nicht machen. Was ist mit denen, die noch da drinnen sind?«

»Jetzt hört mal«, wirft Kyle schwer atmend ein. »Ihr wisst genau, dass wir nicht alle retten können.«

»Aber ...«, kommt es aus mehreren Mündern.

»Verdammt, hört mir zu!«, ruft er, während hinter der Granitwand immer wieder knallende Laute zu hören sind. »Wisst ihr, was das für Dinger sind?«

»Nein, ich ...«

»Aber ich weiß es. Das sind Raptoren, wie sie in den Arenen in Fant_Asia für Kämpfe benutzt werden.«

Meine Knie beginnen zu schlottern und wollen nachgeben, doch ich zwinge mich dazu, aufrecht zu bleiben.

»Da ... gibt es ... Kämpfe?«, meldet sich eine Frau zu Wort. »Mit diesen ... Dingern?«

Kyle bringt ein schiefes Grinsen zustande. »Da hab ich selbst schon das eine oder andere Mal dran teilgenommen. Denkt immer dran, dass wir hier nicht in Analogien sind. Wenn einen so ein Vieh in der Arena erwischt, dann zeckt das zwar ziemlich, aber wir sterben hier nicht. Das ist doch der Witz an unserer Welt. Wenn hier sowas passiert, dann gibt's einen Respawn.«

»Einen was!?« Die Frau schaut ihn mit gerunzelter Stirn an.

»Du hast früher wohl nie am Rechner gezockt, oder?«

»Nee, das ist nix für mich.«

»Dachte ich mir«, bemerkt Kyle und nickt. »Stell dir das so vor, wie eine Wiedergeburt. Nur dass du dich dann nicht dort befindest, wo du gekillt wurdest, sondern an einem vordefinierten Ort.«

»Ihr meint ...?«

Ich hebe beide Arme. »Ich weiß es zwar nicht genau, aber ich denke, unsere Leute sind einfach nur wieder zu Hause – mit einem ordentlichen Schrecken in den Gliedern.«

Kyle nickt mir zu.

In diesem Moment erschallt ein heftiges Krachen.

»Okay, lasst uns abhauen«, sage ich mit einem Seitenblick darauf. »Wer weiß, wie lange Leo braucht, um alles zu sichern.«

IN DER EINGANGSHALLE treffen wir auf die Anderen.

Ich werfe einen Blick in die Runde und kann es nicht verhindern, dass es mir erneut eiskalt den Rücken hinunter läuft.

So wenige.

»Wir haben durchgezählt«, beantwortet ein Mann in der ersten Reihe meine ungestellte Frage. »Außer euch haben es noch 22 hierher geschafft.«

Ernüchtert raufe ich mir die Haare.

Verdammt. Wird das reichen? Und wenn nicht, was sollen wir dann tun?

»Okay, wir müssen hier weg«, bemerke ich in einer beherrschten Art, die ich angesichts meines desolaten Inneren selbst kaum glauben kann.

»Das kannst du laut sagen«, kommt es von Kyle. »Wenn die Viecher doch noch durch meine Wonderwall kommen, dann sollten wir definitiv nicht als Empfangskomitee hier in der Halle stehen. Fällt dir was ein?«

Ich blicke zur Decke, ohne sie jedoch wirklich wahrzunehmen. Während ich mir den Kopf zermartere, ziehe ich gedankenverloren an meiner Unterlippe. »In den Ort will ich nicht. Wenn die Dinger irgendwelchen Spuren von uns folgen und dann über die armen Leutchen da unten herfallen ...«

Moment mal, da war doch ...

»Der Tunnel«, platzt es aus mir heraus. »Natürlich! Wir können hier raus, ohne dass es einer mitkriegt. Kommt!« Damit drehe ich mich nach rechts und gehe auf eine Treppe zu, die nach unten führt. »Dieser Hügel ist so eine Art Spielwiese für Mamie gewesen«, erzähle ich im Gehen. »Sie hat alles nach eigenen Ideen konzipiert und programmiert. Dazu gehört auch ein Fluchttunnel, nur dass er eigentlich nicht dazu gedacht war, um von hier zu entkommen.«

»Von wo denn dann?«, will Kyle wissen, der zu mir aufgeschlossen hat.

»Das zeige ich euch, wenn wir da sind«, antworte ich. Die spontan aufkeimende Fröhlichkeit, die ich dabei empfinde, überrascht mich ein weiteres Mal.

Wir gehen in den Keller und folgen einigen niedrigen Gängen, bis wir an einem Gewölbe ankommen, in dem Reihen von Flaschen und Fässern lagern.

»Ist da ernsthaft Wein drin?«, erklingt es ungläubig aus der Gruppe, die sich um mich geschart hat.

»So, wie ich dich und deine Familie bisher kennengelernt habe, ganz bestimmt«, sagt Kyle mit einem Augenzwinkern.

»Das weiß ich gar nicht«, gebe ich zu. »Was ich aber weiß, ist das hier.« Ich versetze der hölzernen Front eines der Fässer einen Stoß und diese schwingt nach innen. »Einfach immer dem Gang folgen, bis ihr an die frische Luft kommt.« Ich mache eine einladende Geste.

Kyle pfeift anerkennend. »Na gut, Leute. Mir nach.«

Einer nach dem anderen gehen unsere Mitstreiter an mir vorbei und verschwinden in der dunklen Öffnung.

Zum Schluss trete auch ich hindurch, schließe die Geheimtür und verriegele sie.

Hoffentlich reicht das.

Ich tätschele das Holz noch einmal und mache mich auf den Weg.

Dieser Weg ist länger, als ich es mir vorgestellt habe, aber schließlich trete ich aus einem Bogengang auf einen offenen Innenhof.

Um mich herum stehen die Anderen und schauen sich mit

großen Augen um.

»Was ist das hier?«, ist die Frage, die überall um mich herum mit leisen ehrfurchterfüllten Stimmen gestellt wird.

Ich schaue nach rechts und links. Dann winke ich ihnen, mitzukommen.

Es geht eine offene Steintreppe hinauf bis zu einem halboffenen Gang an einer von schmalen Öffnungen durchbrochenen Mauer.

Ich führe die Gruppe, bis wir dort angekommen sind, wo ich hinwill.

»Schaut vorsichtig durch die Öffnungen nach unten. Dann könnt ihr ein Haus sehen. Das ist die Villa, in der ich mit Mamie wohne. Dort ist ... war auch das Studio, in dem wir unser Lager errichtet hatten. Wir sind in einer Schloss-Ruine auf dem Hügel darüber.«

Während einige Leute meiner Empfehlung folgen, kann ich immer wieder leise Laute des Erstaunens hören, wenn der eine oder andere Betrachter etwas in der Landschaft um uns herum entdeckt, das ihr oder ihm gefällt.

»Gute Idee«, sagt Kyle, der von hinten an mich herangetreten ist und ebenfalls durch eine der Schießscharten schaut.

Plötzlich keucht er.

»Was?«

»Die Villa!«

Ich folge Kyles Fingerzeig. Als ich sehe, was auch er gesehen hat, muss ich mich an der Mauer abstützen.

Das Haus, das ich in der Zeit meines Hierseins als Zuhause betrachtet habe, flackert. Mit einem Mal ist es so, als würde ein Schalter umgelegt werden, und die Villa hört auf zu existieren.

Stumme Tränen laufen über meine Wangen, während ich auf den Punkt starre, der nun so aussieht, als sollte dort erst noch ein Bauwerk errichtet werden.

Armer Leo. Hast du dich und das alles geopfert, um die Verbindung zu trennen? Hoffentlich war dein Opfer nicht umsonst.

NICHT GANZ SICHTBAR

ANALOGE WELT, DOWN_UNDER,
ZEITINDEX 11052121_1835 - 1935

MAXX

Langsam setze ich einen Fuß vor den anderen, während ich versuche, all die Eindrücke in mich aufzunehmen, die sich ringsherum bieten.

Ich bin in einer Halle. Aber sie ist so groß, dass ich die Wände im hier herrschenden Dämmerlicht nirgendwo entdecken kann. In unregelmäßigen Abständen kann ich jedoch einige Pfeiler herumstehen sehen. Manche wirken dünn wie Äste eines Baums, andere – wie auch der, vor dem ich stehe – sind massiv und beherbergen sogar weitere Räume, wie ich an Fenstern und Türen erkennen kann. Es ist ziemlich warm hier und stickig. Überall blinken Lichter in verschiedenen Farben. Auch der Boden ist mit verschiedenfarbigen Linien und Symbolen bemalt.

»Was ist das hier?«

»Hier wird alles verteilt – Nahrung und Wasser, aber auch Energie, Daten und ... Arnaud, zurück!«

Instinktiv mache ich einen Schritt rückwärts.

Keine Sekunde zu früh, denn in diesem Moment rast direkt vor mir etwas vorbei, das wie eine metallene Schlange aussieht. Es verschwindet in der Dunkelheit zu meiner Linken.

Ich atme überrascht, aber erleichtert auf, bis rechts neben mir ein Alarmton aufbrüllt. Mein Kopf zuckt herum und ich erkenne ein flaches gelbes Gefährt mit sechs Rädern und einem Container, das sich langsam aber unaufhörlich auf mich zu bewegt.

»Nochmal. Was ist das hier?!«

»Ich erkläre dir gleich alles. Aber zuerst müssen wir da in die Verteilstation. Geradeaus. Die grüne Tür. Aber pass auf die Transferlinien auf. Blau ist für uns, Gelb für langsamen Güterverkehr und Rot für Hochgeschwindigkeit. Wenn du auf einer blauen Linie unterwegs bist, dann kannst du an Kreuzungen durch rote Lichtsignale auf dem Boden erkennen, wenn sich ...«

Das Alarmgedröhn erklingt erneut.

Ich blicke hektisch nach rechts und links, kann aber auf dem Boden keine blinkenden Lichter sehen. Also trete ich aus dem Weg des Dränglers und sprinte auf die grüne Tür zu. Dort angekommen, verharre ich, bevor meine Hand den Türgriff berührt. *»Muss ich damit rechnen, gegrillt zu werden, wenn ich die Tür öffne?«*

»Autorisiere dich besser mit dem Code, den ich dir vorhin genannt habe.«

Almas Idee funktioniert und so stehe ich Sekunden später mit klopfendem Herzen in einem Raum, der zwar mehrere Arbeitsplätze beherbergt, aber menschenleer ist. Ich lasse mich auf einen der Workseats fallen und atme tief durch.

»Gut, wir sind hier. Erklärungen bitte.«

»Sehr wohl, Monsieur. Down_Under ist der Ort, der – im wahrsten Sinne des Wortes – die Grundlage für das Leben in der Sphäre liefert. Als ich damals mein Studium beendet hatte, war die Konstruktion mitten im Bau. Mittlerweile war klar geworden, dass die Menschen ohne abgeschirmte Habitate nicht mehr lange existieren konnten. Durch Kontakte meiner Familie mit Iuriis Vater hatte ich das Glück, in

die Taskforce aufgenommen zu werden, die die konstruktiven und softwareseitigen Grundlagen dafür liefern sollte. Ich habe mich dort an der Erstellung des ORB beteiligt, während sich zum Beispiel Fabrice, ein Kommilitone, mit der Sphärenabschirmung befasste. Daher ist mir der grundsätzliche Aufbau von allem hier durchaus bekannt.«

Alma lacht leise.

»In unserem jugendlichen Leichtsinn haben wir uns damals schon fast wie Götter gefühlt. Immerhin waren wir ja Erschaffer einer neuen Welt. Deshalb sind wir auf die Idee gekommen, ein paar Ostereier im System zu verstecken. Das sind einerseits bestimmte Gesten, die verschiedene Effekte haben, wenn man sie im Scan-Bereich einer mit dem ORB verbundenen KI vollführt. Aber es gehören auch Master-User direkt in der Firmware dazu, die uns umfassende Kontrolle in Notfällen zur Verfügung stellen. Als du nun also oben nach einem Ausweg gesucht hast, sind mir mehrere Dinge eingefallen. Erstens befinden sich diese Wohnsilos meist oberhalb von technischen Knotenpunkten. Also bestand große Wahrscheinlichkeit, dass es hier auch einen physischen Zugang zur Unterkonstruktion gäbe. Zweitens würde uns meine Master-Autorisation dorthin Zugang gewähren. Und drittens gibt es eine Geste, die jemanden ungefähr 15 Minuten lang für alle Scanner unsichtbar macht.«

Ich würde die alte Dame gern mit großen Augen anstarren, nur müsste ich dazu wohl in mich hineinschauen. Also begnüge ich mich damit, mein Spiegelbild auf einer glänzenden Oberfläche zu fixieren. *»Das war also diese Sache mit den Händen?«* Ich wende den Blick von der Selbstbetrachtung ab und senke ihn auf meine Hände. Ein Fehler, wie ich sofort feststelle, denn nun kann ich den Schaden an der Linken nur allzu gut sehen.

Der Ringfinger steht in einem seltsamen Winkel ab und ist dabei, seine Farbe von Dunkelrot zu Blau zu wechseln. Vom untersten Glied des Mittelfingers sind Haut und darunter liegendes Gewebe so weit abgeschabt, dass ich sehen kann, woraus ich gemacht bin. Wenn ich noch einen Beweis dafür gebraucht hätte, dass Mjus und Almas Aussagen wahr sind, nach denen ich in einem kybernetischen Organismus stecke, dann habe ich ihn jetzt. In einer Ummantelung aus Fleisch, das nur gerade so weit durchblutet ist, dass nach außen der Anschein von Lebendigkeit gewahrt ist, kann ich glänzendes Metall und Kunststoff erkennen.

Unwillkürlich krümme ich den Finger, um beobachten zu können, wie die künstlichen Elemente arbeiten. Jedoch komme ich nicht weit, weil Schmerzen mich daran erinnern, dass auch ein nachgebildeter Organismus letztendlich trotzdem ein Organismus ist und ein Schmerzempfinden hat. *»Ahh, scheiße. Alma, hast du nicht gesagt, du kannst mir damit helfen?«*

»Oh, in der Tat. Das hätte ich fast vergessen.«

»Ich nicht. Glaub mir. Also, was ist, kannst du das heilen?«

»Nein.«

»Äh, wie jetzt? Du hast doch gerade gesagt …«

»Dass ich dir helfen kann, ja. Aber diese Hilfe hat nichts mit einer Heilung zu tun.«

Ich schließe meine Augen und stoße seufzend Luft aus. *»Warum habe ich bloß das Gefühl, dass mir auch deine Hilfe nicht wirklich gefallen wird?«*

»Sei ganz beruhigt, Arnaud. Ich denke, du wirst sie zu schätzen wissen. Wenn es soweit ist. Jetzt aber müssen wir erst einmal etwas Wichtiges erledigen.«

»Und das wäre?«

»Hast du deinen Rechner noch?«

»Honey! Verdammt, ich … sie …«

Ohne auf die erneuten Schmerzattacken zu achten, die von der massakrierten Hand durch den Körper fahren, taste ich hektisch mit beiden Händen nach meinen Jackentaschen. Eine ist unversehrt und scheint auch etwas zu beinhalten. Die andere jedoch hängt nur noch an einem Fetzen Stoff und alles, was sich darin befunden hatte, ist weg. In diesem Moment erinnere ich mich an das Klappern, mit dem etwas in den Schacht des Lifts gefallen ist, als ich mich nur darauf konzentriert hatte, in einem Stück auf die Oberseite der Konstruktion zu gelangen. Meine lädierte Hand fährt vorsichtig in die intakte Tasche.

Bitte, lass das jetzt nicht den Holo-Emitter sein. Bitte ...

Die heilen Finger ertasten eine Form, die mich hoffen lässt. Also klemme ich mir das Gerät zwischen Daumen und kleinen Finger und ziehe alles vorsichtig wieder heraus.

Yes!

Der Computer hat zwar einige Kratzer und Dellen im Gehäuse, wirkt aber ansonsten in Ordnung.

»Aber wie greife ich jetzt darauf zu? Hast du eine Idee, Alma?«

Einen Moment lang herrscht Stille. Als ich mich schon zu fragen beginne, ob ich diese Flucht nur geträumt habe und eigentlich immer noch mit einem ungeöffneten Energieriegel in der Hand quer über meinem Bett ausgestreckt liege, meldet sie sich.

»Entschuldige, Arnaud. Ich musste nachdenken. Aber ich glaube, dass ich eine Lösung gefunden habe. Geh bitte mal zu dem Serverschrank hinten rechts in der Ecke.«

Da ich mich inzwischen daran gewöhnt habe, dass Fragen nach dem Sinn ihrer Anweisungen meist nicht von Erfolg gekrönt sind, erhebe ich mich und gehe dorthin.

»Jetzt schiebe den Rechner vorsichtig in den Spalt zwischen Schrank und Wand. Wenn wir Glück haben, dann ist da irgendwo ein elektromagnetisches Feld, das ungefähr so wirkt, wie der Konnektor an deinem Workseat.«

»Na klar, das könnte tatsächlich klappen. Wenn das Ding Kontakt bekommt, dann haftet es sich hinten an den Schrank. Da ist es dann auf den ersten Blick nicht zu finden, bekommt aber Energie. Und hoffentlich auch Zugang zum Netz.«

»Genau das ist der Plan, mein Junge. Du bist weit weniger dumm, als du es anderen Leuten gegenüber zu vermitteln versuchst.«

Ein Lächeln stiehlt sich auf mein Gesicht. *»Danke für die Blumen.«* Ich hocke mich hin und versuche mein Glück. Natürlich kann ich nicht die heile Hand verwenden. Dafür liegt der Spalt auf der falschen Seite. Also beiße ich die Zähne zusammen und benutze erneut Daumen und kleinen Finger, um das Gerät zu halten und zu führen. Zentimeter für Zentimeter bewege ich die Hand hinein, so weit mein Arm reicht.

Nicht einmal das geringste Anzeichen einer magnetischen Anziehung ist zu spüren.

Als ich die Hand wieder zurückziehe, bin ich ein wenig zu schnell.

Und zu hoch.

Und ich sehe nicht, dass dort ein Kabel aus dem Schrank führt.

Die obere Ecke des Computers bleibt daran hängen und er entgleitet dem unzulänglichen Griff der beiden Finger.

Fuck!

Verzweifelt versuche ich zu verhindern, dass er sich meinem Zugriff vollkommen entzieht. Der Ringfinger erwischt ihn an der Kante und wieder fahren Schmerzen durch meinen Arm. Unwillkürlich zucke ich zusammen und verliere den Kontakt.

In diesem Moment höre ich ein metallisches Klacken.

Ist das Ding einfach nur irgendwo hängengeblieben? Oder war das ein Kontakt? Bitte lass es ein Kontakt gewesen sein!

Ich presse meinen Kopf an die Wand und blicke mit einem Auge in die Dunkelheit des Spalts.

Doch dort ist nicht alles dunkel.

Ein vertrautes pulsierendes Leuchten dringt aus der mir abgewandten Seite des kleinen Kästchens, das im Fallen wohl wirklich den Kontakt gefunden hat, den ich vorher vergeblich suchte. Eine Ecke von ihm kann ich noch mit meinem Mittelfinger berühren – mehr aber auch nicht.

»Alma? Mir ist Honeys Rechner runtergefallen. Er scheint Energie zu bekommen, aber ich bin mir nicht sicher, ob er auch Zugang zum Netz bekommt. Was machen wir denn jetzt?«

»Es hat keinen Sinn, sich über verschüttete Milch zu beklagen«,

wirft Alma ein. *»Wenn wir Glück haben, dann fährt der Computer hoch und kann sich mit dem Netz verbinden, das hier fast allgegenwärtig ist. Das ist der Grund, warum ich wollte, dass du hier hinunter gehst.«*

»Also warten wir?«

»Exakt.«

Und wir warten.

Auch wenn ich weiß, dass das komplette Hochfahren nicht lange dauert und bei Erfolg oder Misserfolg mit verschiedenen Tönen quittiert wird, habe ich das Gefühl, ewig hier zu hocken.

Dann die Erleichterung.

Der sanfte Ton, auf den ich gehofft habe, erklingt.

»Hallo Boss, was habe ich verpasst?«, meldet sich kurz danach eine Stimme, bei der mir ein angenehmer Schauer über den Rücken läuft.

»Honey? Bist du das wirklich?«

»Natürlich, Boss. Ich werde dir aber nur mit Audio dienen können, denn mehr lässt die aktuelle Verbindung nicht zu.«

Ein übermütiges Lachen bahnt sich seinen Weg durch meine Kehle und ich gebe mich eine Weile lang seiner herrlichen Wirkung hin.

»Ist klar, Honey. Den Holo-Emitter habe ich bei der Flucht leider sowieso verloren.«

»Das hört sich bedenklich an. Bist du voll funktionsfähig? Und hast du es geschafft, zu entkommen?!«

»Ich bin so weit in Ordnung. Ob das mit der Flucht geklappt hat, wollte Alma mir gerade erzählen.«

»Dann nimm es mir nicht übel, wenn ich meine Algorithmen zunächst hauptsächlich auf Mju und Kyle konzentriere. Durch die Abkopplung vom Netz sind drüben wahrscheinlich sämtliche Sicherheitsprotokolle offline gegangen.«

Verdammt, die hatte ich vollkommen vergessen!

Ohne eine Antwort abzuwarten, klinkt Honey sich aus unserem Gespräch aus.

»Alma? Kannst du mich bitte noch schnell auf den letzten Stand bringen, bevor hier vielleicht gleich wieder alles drunter und drüber geht? Und wenn du dann noch meine Hand ...«

»Nun, Ersteres ist schnell erledigt. Diese Geste, über die wir schon sprachen, hat dich fürs System hoffentlich in dem Moment unsichtbar gemacht, wo die Tür im Erdgeschoss noch geöffnet war. Das würde eventuelle Verfolger auf eine falsche Fährte locken. Und mit meiner Autorisation habe ich uns hierher gebracht, damit wir Kontakt zu Mju aufnehmen und die Planänderung besprechen können.«

»Das war's?«

»Genau. Jetzt fehlt nur noch meine Hilfe für dich. Allerdings werde ich hierfür auch deine Hilfe benötigen. Wiederhole bitte alles, was ich dir sage, laut.«

»Okay ...«

Damit beginnt Alma, mir Codezeilen vorzusagen, die ich, ohne nachzufragen, wiederhole. Anfangs habe ich noch das Gefühl, zu verstehen, worum es gehen könnte. Aber irgendwann verliere ich gedanklich den Faden.

»Damit wäre die Voraussetzung erledigt«, bemerkt Alma schließlich und klingt dabei mit sich zufrieden. *»Jetzt fehlt nur noch das Initialkommando. Sag jetzt einfach laut 'Null-Null-Null'.«*

»Null-Null-Null ...«

Und plötzlich ist alles weg.

#NOGLORYINPREVENTION

DIGITALE WELT, LE VILLAGE, BURG OBERHALB VON MJUS VILLA, ZEITINDEX 11052121_1900 - 1940

MJU

»Was habt ihr euch bloß dabei gedacht?«, ruft ein Mann. »So eine beschissene Idee. Das musste doch schiefgehen! Aber wir haben euch vertraut. Und jetzt seht, wohin uns das geführt hat. Wir sitzen in einer Ruine fest. Ohne Essen, ohne Wasser und der einzige Ausweg wird wohl sein, dass wir uns auf Gedeih oder Verderb der FUA ausliefern.«

»Fuck U All!«, rufen einige der Verbliebenen hinter meinem Rücken automatisch. Doch diesmal habe ich nicht das Gefühl, dass damit Iuriis Marionetten-Organisation gemeint ist.

Na prima, jetzt sind unsere letzten Mitstreiter auf dem besten Weg, uns ans Messer zu liefern. Haben die denn gar nichts verstanden?

Ich wende mich um, weg von der Betrachtung meiner digitalen Vergangenheit am Fuße des Hügels, und gehe hin zu dem, was unsere Zukunft werden könnte.

Der Wortführer hat sich mitten auf dem Innenhof aufgebaut und ruft seine Anschuldigungen nicht nur in meine Richtung, sondern auch zu Kyle, der dabei ist, sich einen Weg durch die Umstehenden zu bahnen.

»Was soll das?«, fragt Kyle, als er dem Anderen gegenübersteht. Dabei verströmt er sowohl durch seinen Tonfall als auch durch die gesamte Haltung eine Ruhe, für die ich ihn insgeheim bewundere.

»Was das soll?«, schreit der Mann ihm ins Gesicht. »Du weißt genau, was das soll. Wir sind am Arsch!«

»Sind wir nicht.«

»Ach ja?! Wir sind vollkommen von allem abgeschnitten. Was daran passt nicht zu 'Wir sind am Arsch'?«

»Sind wir nicht«, beharrt Kyle stoisch. »Das hier ist nicht Analogien. In dieser Welt können wir uns einen Ausweg erschaffen. Wir müssen nur ...«

»Nur was?!«, brüllt der Mann mit sich überschlagender Stimme. Er holt mit seiner Rechten aus und zielt auf Kyles Kiefer. Doch seine Faust kommt nicht dort an.

Kyles Arme schießen hoch. Mit der linken Hand greift er seinen Nacken und blockt damit den Schwinger ab. Gleichzeitig trifft der rechte Ellenbogen das Kinn des Tobenden.

Ohne einen weiteren Laut von sich zu geben, kippt er rückwärts um und bleibt liegen.

Wow, Respekt! Aber was ist, wenn die Anderen ...?

Doch mein Gedanke scheint unbegründet, denn es entsteht weder eine wüste Prügelei, noch eine Panik. Vielmehr wirken die Digitalen ringsumher so, als würden sie aus einem unangenehmen Traum geweckt werden.

»Keine Sorge«, sagt Kyle, immer noch, ohne seine Stimme zu erheben. »Ich habe ihm kaum ein Haar gekrümmt. Er hat eine kleine Auszeit erhalten, in der er sich wieder beruhigen kann und uns nicht durch sein Geschrei in Gefahr bringt, entdeckt zu werden.«

Ich mache mit beiden Armen eine auffordernde Geste und die

Menge schart sich um uns. »Natürlich hat sich unsere Situation nicht gerade verbessert«, gebe ich zu. »Aber trotzdem ist sie nicht hoffnungslos. Wir haben vorübergehend den Kontakt zu der KI verloren, die für unsere Sicherheit gesorgt hat. Nur so konnte es dazu kommen, dass wir überfallen wurden. Ich bin mir allerdings sicher, dass niemand wirklich Schaden genommen hat. Sie werden alle zu Hause wieder aufgetaucht sein.«

»Aber was sollen wir denn jetzt tun?«, spricht Beatrice die Frage aus, die allen anderen ins Gesicht geschrieben steht.

»Wir werden uns eine Weile lang ruhig verhalten. Genauso, wie ich mir sicher bin, dass unsere Mitstreiter okay sind, denke ich auch, dass die KI sich schon bald wieder mit uns verbinden wird. Dann sehen wir weiter.«

Zustimmendes Gemurmel erschallt aus der Gruppe.

Kyle dreht sich zu mir und hebt eine Augenbraue. »Gewagte These, die du da aufstellst«, raunt er mir zu.

»Prinzip Hoffnung«, flüstere ich und lächle. »Was war das da für ein Stunt, den du mit diesem Kerl abgezogen hast?«

Kyle grinst, nun wieder ganz der Sunnyboy, als den ich ihn kennengelernt habe.

»Ach weißt du, das war so eine Sache, die wir Kleinen damals in der Quartären benutzt haben, um uns gegen Größere verteidigen zu können. Ich hab mich da dran erinnert, als ich an deine Worte über das Üben gedacht habe.«

»Wow, du überraschst mich immer wieder.«

»Wieso?«

»Ich hätte glatt angenommen, dass meine Ideen damals komplett an dir vorbeigerauscht sind.«

Kyle macht ein indigniertes Gesicht und plötzlich ist es fast wieder so wie bei unserem ersten Aufeinandertreffen als zusammengeloste Sparringspartner.

Wie lange ist das her? Ein Jahr? Nee, gerade mal vier Tage.

Nun muss ich grinsen. Dabei kann ich spüren, wie meine innere

Anspannung ein wenig nachlässt. Ich beschließe, die Situation zu nutzen, und wende mich wieder an die Menge. »Wir haben einen Rückschlag erlitten, aber damit kommen wir klar. Lasst uns jetzt zusehen, wie wir die aktuelle Lage verbessern können. Schwärmt zu zweit aus und erkundet die Ruine. Wir hatten ja keine Gelegenheit, irgendwelches Proviant mitzunehmen. Und wir wissen nicht, wie lange wir abwarten müssen. Sucht nach Wasser und essbaren Pflanzen aus dem Burggarten. Und habt keine Angst. Da meine Großmutter das ganze Areal ersonnen und programmiert hat, bin ich mir sicher, dass ihr nicht befürchten müsst, auf ein Schlossgespenst zu stoßen.«

Einige der Umstehenden kichern.

Ich zwinkere ihnen zu und klatsche mit neu erwachtem Elan in die Hände. »Also, lasst uns das Terrain erkunden. Vielleicht finden wir sogar eine funktionierende Küche. Nur den Weg, den wir gekommen sind, sollte keiner mehr benutzen. Jetzt, wo die Nachhut dafür gesorgt hat, dass sämtliche Netzwerkverbindungen dorthin getrennt und die Villa selbst gelöscht ist, geht es da nicht mehr weiter.«

»Es gibt ... eine Nachhut?«, meldet sich ein Mann, der ganz in meiner Nähe steht.

»Natürlich. Es gab sie. Ich habe meinem Assistenten Leonardo aufgetragen, alles dafür zu tun, dass keiner der Eindringlinge zu uns gelangen kann.«

Erneut hebt Gemurmel an, als sich die Nachricht verbreitet, dass es sich bei unserem Entkommen anscheinend nicht um eine heillose Flucht, sondern um einen überlegten taktischen Rückzug gehandelt hat.

»Und noch so eine gewagte These«, erklingt hinter mir die Stimme von Kyle.

Ich drehe mich zu ihm und hebe die Schultern, während ich Kyle mit schräggelegtem Kopf anschaue. »Aber genau das, was wir jetzt brauchen, oder? Optimismus und etwas zu tun.«

Er zieht einen imaginären Hut vor mir.

Ohne dass wir uns absprechen müssen, ist uns klar, was nun zu tun ist. Wir trennen uns und jeder dirigiert ungefähr die Hälfte unserer Mitstreiter, um sie beschäftigt zu halten und eventuell sogar etwas zu finden, das uns nützlich sein kann.

EINE HALBE STUNDE später ist von meinem anfänglichen Elan nicht mehr viel übrig. Zwar haben wir im Keller der Ruine einen Brunnen gefunden, der von einem Bach mit frischem Wasser versorgt wird. Aber wir konnten nirgendwo auch nur eine einzige Nuss finden. Oder irgendetwas anderes, mit dem man seinen Hunger stillen kann. Und ohne den Computer aus Mamies Arbeitszimmer können weder ich noch Kyle uns etwas zu essen programmieren. Nicht einmal ein paar Nutri-Bytes.

Noch ist das kein Problem. Aber was wird morgen sein? Oder übermorgen? Und mal ganz davon abgesehen, dass wir bald mächtigen Hunger haben werden, gibt es hier ohne einen Zugang zum Netzwerk auch keine Möglichkeit, unsere Schlafkrieger zielgerichtet einzusetzen. Außerdem wissen wir nicht, wo Maxx sich aufhält. Und er wird uns ebenfalls nicht finden. Wie sollen wir uns dann koordinieren?

Ich habe die Gruppe verlassen und bin ganz nach oben auf den Torturm geklettert. Erschöpft schaue ich nun zwischen einigen halb verfallenen Zinnen hindurch ins Village.

Können wir es riskieren, bei den Dorfbewohnern nach etwas zu essen zu fragen? Vielleicht hat dort auch jemand einen Zugang …

Ich erstarre und selbst der Gedanke kommt bei dem, was ich erblicke, zu einem jähen Stillstand.

Scheiße … scheiße … scheiße, ist alles, was ich denken kann, während ich hinunterlaufe, um zu meiner Gruppe zu gelangen und zusammen mit ihnen die Anderen zu suchen. Als wir an einem offenen Bogenfenster vorbeikommen, kann ich auf der dorfabgewandten Seite eine Bewegung erkennen. Heftig winkend beuge ich mich hinaus. »Kommt in den Hof. Wir müssen reden!«

Kyle legt fragend den Kopf schräg, sammelt aber gleichwohl seine Leute ein und bedeutet ihnen, nach unten zu gehen.

»Was ist los?«, ruft er aufgeregt, als er aus einem Bogengang herausläuft.

Ich blicke mich um und kann erkennen, dass inzwischen alle im Hof angekommen sind. Also klettere ich auf ein Mäuerchen und bedeute ihnen, ruhig zu sein. »Sorry, dass ich eben so eine Welle gemacht habe. Ihr könnt euch erst einmal beruhigen. Ich wollte bloß, dass wir schnell zusammenkommen, damit wir uns absprechen können. Ich habe von ganz oben gesehen, dass sich im Village etwas tut. Aber um es genau zu beurteilen, müssen Kyle und ich es noch eine Weile lang beobachten. Wir sind hier garantiert weiter in Sicherheit, wenn wir uns ruhig verhalten. Meine Gruppe folgt jetzt der von Kyle in den hinteren Teil der Burg und bleibt da, bis wir wieder zurück sind.«

Da fällt mein Blick auf den immer noch ohnmächtig daliegenden Mann, für den jemand zwischenzeitlich ein provisorisches Lager aus Jacken gebaut hat.

»Und nehmt auch ihn mit.«

Klaglos setzten sich die Digitalen in Bewegung und gehen mitsamt dem Ausgeschalteten zurück in den Bogengang, aus dem sie gekommen sind.

Kyle sieht mir fest in die Augen. »Okay, jetzt Klartext. Was hast du gesehen?«

»Es ist besser, wenn du es auch siehst. Komm.«

»Nicht dein Ernst!«, keucht Kyle, nachdem er zwischen den maroden Zinnen einen Blick ins Tal geworfen hat.

»Also siehst du sie auch. Ich hatte so gehofft, dass ich mich getäuscht habe.«

»Wie kann man die Dinger nicht sehen?«

Kyle fährt sich mit der Hand durchs Haar, während wir dabei zusehen, wie sich eine lange Reihe unterschiedlichster Geräte auf das Dorf zubewegt.

Dazwischen wimmeln Gestalten hin und her, die nur entfernte Ähnlichkeit mit Menschen haben. Alle sind gekleidet in martialisch aussehende Kampfausrüstungen. Die ersten von ihnen sind inzwischen auf dem Dorfplatz angekommen und verteilen sich dort.

»Aber wenigstens kommen sie nicht direkt den Hügel hinauf«, murmelt er. »Also wissen sie nicht genau, wo wir sind.«

»Oder ob wir überhaupt entkommen sind.«

»Meinst du echt?«

Ich hebe meine Schultern. »Keine Ahnung. Ich hoffe es einfach. Das würde uns Zeit verschaffen.«

In diesem Moment bringen uns laute Geräusche zum Verstummen.

Ich fahre herum und spähe durch den Mauerdurchbruch.

Kyle tritt neben mich, um ebenfalls herauszufinden, was unten im Dorf vor sich geht.

Der Krawall ist schnell geklärt. Er wird nicht nur von den Maschinen verursacht, die sich mitten auf dem Platz nebeneinander aufstellen, sondern auch von den Stimmen der vermummten Gestalten, die sie dirigieren. Aber es mischen sich ebenfalls Laute in den Lärm, die von den Bewohnern des Village ausgestoßen werden – teils als überraschte Ausrufe, teils aber auch als Schmerzensschreie, weil sie von den Angehörigen der Sicherheitskräfte rüde zusammengetrieben werden.

Lasst sie in Ruhe! Sie können doch nichts dafür.

Instinktiv will ich meine Gedanken herausschreien.

Aber Kyle scheint genau das zu ahnen, denn er umfängt mich in diesem Moment mit seinen Armen und legt mir seine Hände fest auf den Mund. Fünf Sekunden später krümmt er sich jedoch auf dem Boden des Torturms.

Ich stehe über ihm, die Hände zu Fäusten geballt, das Gesicht eine Grimasse aus Schmerz und Wut. Doch dann verraucht beides. Mein Blick wird wieder klar und ich grinse schief, während ich Kyle die Hand hinstrecke. »Tut mir leid. Das kam nur so überraschend, dass ich einfach reagiert habe.«

Kyle greift danach und lässt sich aufhelfen. Dann klopft er sich Staub von den Hosen. »Vergiss es. Ich hatte mir schon gedacht, dass etwas in der Art passieren würde. Aber immerhin habe ich dich so wenigstens davon abhalten können, uns durch das Geschrei, das in dir drin war, zu verraten.«

»Danke daf…«, beginne ich, als unterhalb von uns plötzlich doch geschrien wird.

»Fuck, das ist dieser Vollpfosten!«, ruft Kyle. Er wirbelt herum und stürmt auf die Tür zu, hinter der die Wendeltreppe zum Hof liegt.

»LASST MICH IN RUHE, ihr Idioten!«, sind die Worte, mit denen wir empfangen werden, als wir unten ankommen.

Mitten auf dem Hof steht der Typ erneut und gestikuliert wild mit einem Holzstab herum. Zu seinen Füßen liegt ein anderer Mann mit dem Gesicht nach unten. Ein weiterer hockt daneben und hält sich den Kopf. Zwischen seinen Fingern sickert Blut hervor. Die restlichen Mitglieder der Gruppe stehen mit ratlosen Mienen in einem groben Kreis um ihn herum.

Als der Mann sich herumdreht, kann ich in seinen Augen einen Ausdruck erkennen, der befürchten lässt, dass er zumindest dabei ist, die Fahrwasser geistiger Gesundheit hinter sich zu lassen. Ich greife Kyles Arm und halte ihn fest, als er sich an mir vorbeidrängen will, um dem Mann gegenüberzutreten. »Ich weiß, du könntest ihn wieder fällen«, raune ich Kyle auf seinen verdutzten Blick hin zu. »Aber ich befürchte, dass er weiß, was auf ihn zukommt, wenn du es versuchst.«

Kyles Blick klärt sich. Dann nickt er. »Na gut, mach du es. Aber geh kein Risiko ein. Wenn er sich nicht beruhigt ...«

Ich schaue ihn nur mit schräggelegtem Kopf an.

»Okay, okay. Ich weiß, dass du weißt, was du tust.«

Um meine Anspannung unter Kontrolle zu bringen, atme ich tief durch. Dann gehe ich betont ruhig auf den Tobenden zu. »Entschuldige«, rufe ich schon aus einiger Entfernung. »Ich habe leider in dem Trubel deinen Namen vergessen. Wie heißt du?«

Damit hat er wohl nicht gerechnet. Einen Moment lang schaut er mit glasigem Blick in meine Richtung. Dann aber schüttelt er den Kopf und scheint mich nun erst wirklich wahrzunehmen. »Wie?«, ruft er zurück – immer noch lauter als notwendig, aber doch etwas ruhiger.

»Dein Name«, sage ich gerade laut genug, dass er mich verstehen kann. »Nenn mir bitte noch einmal deinen Namen.«

»Warum willst du den wissen?!«, schreit der Mann unvermittelt. Der Schall seiner Stimme hallt laut zwischen den hohen Mauern des kleinen Hofes wider. Er scheint sich geradezu noch zu verstärken, während er sich immer weiter in Richtung des offenen Himmels über uns hinaufschraubt.

Verdammt, halt endlich deine Klappe! Was, wenn die das unten hören?

Kyle scheint den gleichen Gedanken zu haben, denn ich kann aus dem Augenwinkel erkennen, wie er sich zurück in das Gebäude begibt, um nachzuschauen.

Ich hebe meine Hände beschwichtigend an, gehe aber weiter langsam auf den Mann zu. »Alles gut. Lass uns darüber unterhalten, was dir nicht gefällt. Aber dafür wäre es doch gut, wenn ich dich beim Namen nennen könnte. Oder findest du es gut, wenn ich immer nur 'Du da' sage?«

»Was? Nein ... ich ...«, stammelt der Mann. Er macht den Eindruck, mit der Situation komplett überfordert zu sein. Die Hand, in der er ein Stuhlbein hält, sinkt langsam hinunter.

Ja, genau. Immer schön ruhig bleiben, versuche ich ihm in Gedanken zu suggerieren.

In diesem Moment geschehen drei Dinge fast gleichzeitig.

Kyle kommt wieder auf den Hof gestürmt und ruft: »Alle weg vom Hof! Sie schicken ein Auge!«

Über uns erklingt ein mächtiges gongendes Geräusch.

Der Mann rennt mit erhobenem Stuhlbein auf mich zu und brüllt: »Was habe ich euch gesagt? Wir werden alle sterben!«

NICHT GANZ ZUFRIEDEN

ANALOGE WELT, DOWN_UNDER,
ZEITINDEX 11052121_1935 -1950

MAXX

»*Was hast du getan?! Mach das weg!*« In plötzlicher Stille und Finsternis fahre ich herum und fuchtele mit den Armen umher, auf der Suche nach etwas, das ich greifen kann. Ich habe das Gefühl, ins All teleportiert worden zu sein und dort zu schweben. Instinktiv will ich Luft holen.

Aber was ist, wenn es hier gar keine Luft mehr gibt?

In diesem Moment kommt meine rechte Hand nicht mehr weiter in ihrer Bewegung und ich greife zu, ohne nachzudenken. Doch ich spüre nichts. Nicht nur, dass ich mit meinen Fingern nichts fühlen kann. Ich kann selbst die Finger nicht mehr spüren.

»Ruhig, Arnaud«, erklingt in meinem Kopf die unerschütterliche Stimme der alten Dame.

»Alma, ein Glück. Ich dachte schon, du wärst weg … ich wäre weg … also …«

»Ich bin hier, mein Junge.«

»Und wo ... bin ich?«

»Immer noch dort, wo du eben warst.«

»Aber ... hier ist ... fucking nichts!«

»Arnaud, bitte nicht in diesem Ton.«

»Dann erklär mir bitte, was mit mir los ist!«

»Gern, aber gestatte mir vorher, dir drei Fragen zu stellen.«

Ich schnaube. Vielmehr tue ich das, was man üblicherweise tut, um zu schnauben. Aber es passiert nichts.

»Na gut. Was willst du wissen?«

»Was kannst du sehen?«

»Nihichts!«

»Und hören?«

»Auch nichts ... also dich ... höre ich natürlich. Aber das ist ja wohl was anderes.«

»In der Tat. Und wie steht es mit dem Gefühl.«

»Du meinst, außer dass ich stinksauer bin?«

»Nicht diese Gefühle, Junge. Das, was du mit deinem Körper fühlen kannst.«

»Da ist auch nichts ... Moment, die Schmerzen. Die sind auch weg.«

»Prächtig.«

»Das ist jetzt nicht dein Ernst, oder?«

»Oh doch, das ist er sehr wohl. Es zeigt, dass mein Skript erfolgreich arbeitet.«

»Was zum Systemcrash meinst du?!«

»Später. Jetzt sage zuerst einmal laut 'Eins-Eins-Eins'.«

»Sehr witzig. Wie soll ich das denn tun, wenn ich nichts mehr höre?«

»Arnaud, jetzt überleg doch mal. Auch wenn du keine Töne wahrnimmst, bedeutet das doch nicht, dass du keine erzeugen kannst. Also los.«

»Eins-Eins-Eins ... Ach du Sch...«

Es ist wieder da.

Alles.

Und irgendwie auch nicht.

Ich höre die Worte, allerdings wie auf große Entfernung.

Ich sehe meine Umgebung, aber so, als ob anstatt der ganzen Deckenleuchten nur auf der anderen Seite des Raums eine Kerze brennen würde.

Ich fühle den Türrahmen, den ich immer noch mit meiner Rechten umklammere, aber in einer Art und Weise, als wäre alles in eine dicke Schicht aus Watte gepackt.

»Und? Hatte es einen Effekt?«, holen mich Almas Worte aus der Selbstbetrachtung.

»Ja, aber nicht richtig.«

»Da bedeutet also, dass du nicht alles siehst, hörst und fühlst?«

»Genau.«

»Perfekt.«

Und dann fällt endlich etwas in meinem Kopf, das die ganze Zeit nach einem Ort gesucht hatte, wo es passen würde, an den richtigen Platz.

»Diese Zahlen sind Einstellungen für meine Sinne! Genial.«

»Schön, dass es dir gefällt.«

»Und wie genau funktioniert es? Nein, streich die Frage. Was macht es und wie mache ich es?«

»Oh, das ist ganz einfach erklärt. Die erste Zahl ist für dein Gehör, die zweite für dein Sehvermögen und die dritte für das Gefühl, sowohl außen als auch innen. Und sie steuert auch die anderen Sinne, denn …«

»Welche Einstellungen gibt es?«

»Ich vergaß, du bevorzugst die Kurzfassung. Nun gut. Die Null und Eins kennst du bereits. Außerdem gibt es noch die Drei, Fünf, Sieben und Neun. Und bevor du direkt in die Vollen gehst: Die Normaleinstellung ist die Fünf.«

»Das bedeutet … dass ich auch noch viel besser …?«

»Ja, tatsächlich. Immerhin war der Körper, den du bewohnst, ursprünglich als Vehikel für Kampf- oder Aufklärungseinsätze vorgesehen.«

»Na klar! Coole Sache.«

Ich erhebe mich, habe dabei aber das Gefühl, mich durch eine zähe Masse zu kämpfen.

»Eins-Eins-Fünf.«

Wie ich vermutet habe, besitze ich direkt die übliche Gewalt über meine Bewegungen.

Allerdings auch wieder das volle Empfindungsvermögen.

»Scheiße! Eins-Eins-Null!«

Die Schmerzen in meiner linken Hand, die sofort aufgeflammt waren, verebben nicht nur. Sie sind wie ausgeschaltet.

Natürlich, ich habe sie ja auch ausgeschaltet.

Während ich mich noch darüber freue, dass ich die Möglichkeiten zu verstehen beginne, fällt mir ein, dass nicht nur die Linke geschmerzt hat, sondern auch meine eigentlich heile Hand. Voll banger Erwartung senke ich den Blick und erkenne sofort, woran es liegt.

Das vorderste Glied des Mittelfingers ist geschwollen und unter dem Nagel ist alles dunkelblau. Vermutlich habe ich ihn bei meiner gefühllosen Fuchtelei gegen den Türrahmen gerammt.

»Scheißegal, warum. Aber ich sollte wohl besser in Zukunft aufpassen, wenn ich auf Null unterwegs bin.«

»Arnaud, wenn ich einen Vorschlag machen darf, dann solltest du diese Einstellung nur in absoluten Notfällen benutzen. Du hast ja schon bemerkt, dass du dich dann auch nicht so schnell bewegen kannst. Außerdem ist es ebenfalls so, dass du in dieser Einstellung nicht in der Lage sein wirst, filigrane Tätigkeiten durchzuführen.«

»Na großartig. Entweder bin ich also ein tumber Klotz, der selbst durchs Feuer gehen könnte oder muss als feinfühliger Virtuose die Schmerzen doch wieder ertragen?«

»Ja, mein Junge. In diesem Bereich gibt es leider nur die Devise 'alles oder nichts.'«

Diesmal kann ich mein Schnauben hören, wenn auch nur ganz leise.

»Na gut. Danke, Alma. Ich werde klarkommen. Ist ja nicht so, dass ich vorhabe, mich noch weiter zu malträtieren.«

»Fünf-Fünf-Eins.«

Die Funzelbeleuchtung weicht normalem Lichtpegel und auch das Summen und Piepsen der Server und anderen Geräte ringsherum erhöht sich auf einen typischen Level.

»Hey Boss«, erklingt es aus dem Lautsprecher meines Communicators. »Die Villa existiert nicht mehr.«

Einige Augenblicke lang habe ich das Gefühl, dass ich wieder in Nullstellung gebracht worden bin.

Weg? Wie kann sie weg sein? Und wenn sie weg ist, was ist dann mit all den Leuten ... und Mju!, ist alles, was ich denken kann.

Dann finde ich die Stimme wieder. »Was meinst du mit weg?«

»Die Netzwerkadresse hat auf meinen Ping nicht reagiert. Daher habe ich mich in die Adresse des Ortseingangs eingewählt und bin ... gelaufen. Dort oben existiert aber kein Gebäude mehr.«

Honeys Stimme dröhnt in diesem Raum so laut, dass ich das Gefühl habe, jeden Moment muss jemand hereingestürmt kommen, um zu ergründen, wer hier so schreit.

Oder sind es einfach nur die Worte, die sie gesprochen hat?

»Honey, kannst du auch direkt mit mir kommunizieren, ohne dass das über den Lautsprecher hier gehen muss?«

»Klar, Boss«, erklingt es nun direkt in meinem Kopf. *»Ich wollte dich nur nicht verstören, solange du deine Körperkonfiguration noch nicht selbst ergründet hattest.«*

»Das heißt, du ... du wusstest, dass ich nur ein digitalisiertes Bewusstsein in einem künstlichen Körper bin? (Wieso eigentlich nur?)«

»Ich habe die Matrix im Innern der fleischlichen Hülle registriert, wenn du das meinst.«

Ein Lachen steigt in mir auf. Obwohl klar ist, dass es nur die programmierte Abfolge bestimmter Muskelkontraktionen in einem eigentlich nicht lebendigen Körper ist, fühlt es sich so dermaßen gut an, dass ich mich eine Weile lang einfach nur diesem Gefühl hingebe.

»Honey?«, erklingt Almas Stimme. *»Nimmst du auch meine Worte wahr?«*

»Ja, Madame.«

»Was für ein Glück. Das erleichtert einiges. Ist denn der ganze Hügel verschwunden? Und nenne mich ruhig Alma.«

»Vielen Dank ... Alma. Und nein, der Hügel ist unversehrt. Tatsächlich wirkt er so, als hätte dort einfach nie ein Haus gestanden.«

Alma stöhnt. *»Oje, dann muss etwas Schlimmes geschehen sein. Ein solches Vorgehen ist in den Protokollen von Leonardo nur für absolute Notfälle vorgesehen. Was ist mit der Ruine?«*

»Pardon?«

»Die Burgruine, die ganz oben auf dem Hügel errichtet ist. Steht sie immer noch dort?«

»Ja, das tut sie, aber ... was ist denn das?«

»Was meinst du?«, platzt es aus Alma und mir heraus?

»Im Dorf. Da sind Wagen. Und Personen. Ein Kampfverband!«

»Mon Dieu!«, haucht Alma. *»Was tun sie?«*

Für eine ungewöhnlich lange Weile erhalten wir von der KI keine Antwort. Dann jedoch meldet sich Honey zurück und in ihren Worten nehme ich zum ersten Mal einen Tonfall wahr, der mich daran zweifeln lässt, dass sie kein atmendes Wesen ist.

»Sie ... sie haben sie zusammengetrieben. Alle Bewohner vom Village sind auf dem Dorfplatz. Um sie herum stehen Kerle in Kampfausrüstungen und halten sie mit ihren Waffen in Schach. Was soll das?! Das sind doch einfache friedliebende Individuen, die niemandem etwas Böses wollen. Was denken diese ... schwanzlutschenden Systemknechte eigentlich, was sie dort tun?!«

Fast glaube ich, dass Alma sie wegen ihrer Ausdrucksweise tadeln wird.

Fast will ich es schon selbst tun.

Doch tief in mir drin pflichte ich Honey bei und bin sicher, dass auch die alte Dame es tut.

»Verdammt!«, ruft Honey. *»Sie haben eine Drohne gestartet. Alma, habe ich deine Frage von vorhin richtig verstanden? Gehst du davon aus, dass Mju und die Anderen in der Burg Zuflucht gesucht haben?«*

»Es ist möglich. Ich habe damals aus Spaß einen Fluchttunnel zwischen Ruine und Villa programmiert.«

»Natürlich, der Tunnel!«, platze ich heraus. »Von dem hat Mju mir …«

»Keine Zeit«, fährt Honey dazwischen. *»Ich muss weg … helfen. Hoffentlich ist es noch nicht zu spät!«*

#AGILEPLANNING

DIGITALE WELT, LE VILLAGE, BURG OBERHALB VON MJUS VILLA, ZEITINDEX 11052121_1940 - 2010

MJU

Beinahe hätte er mich erwischt.

Abgelenkt von Kyles Ausruf und dem seltsamen Klang, habe ich kurz nach oben geschaut und den Heranstürmenden vollkommen ausgeblendet. Erst als ich schon den Luftzug des auf meinen Kopf gezielten Holzschlägers spüren kann, übernimmt der Instinkt. Ich wirble herum, ducke mich dabei und stelle ein Bein aus.

Das Stuhlbein verfehlt sein Ziel knapp und wischt stattdessen nur über meinen Rücken. Doch ich habe die Vehemenz unterschätzt, die der Tobende in seinen Schlag gelegt hat. Und die eigene Drehbewegung. Als das Holz fast an mir vorbeigeschrammt ist, trifft es auf das Gelenk der linken Hand.

Schmerz flutet meinen Arm, dann ist die gesamte Hand taub und lässt sich nicht mehr bewegen.

Aber die instinktiv gefällte Entscheidung hat gewirkt. Durch mein Bein und seinen eigenen Schwung gerät der Mann ins Stolpern und fällt lang hin. Sofort sind andere aus der Gruppe über ihm und sorgen dafür, dass er sich nicht mehr bewegen kann. Beatrice hat irgendwo ein Stück Kordel gefunden, mit dem sie seine Hände auf dem Rücken fesseln. Doch während alledem schreit der Mann ohne Unterlass und aus voller Kehle. Schließlich gelingt es jemandem, die unverständlichen Laute mit einem Tuch zu dämpfen, das er ihm auf den Mund presst.

Hat das noch gereicht?

Ahnungsvoll hebe ich – auf dem Boden hockend – meinen Blick.

In diesem Moment erscheint am ausgezackten Rand des Torturms eine dunkle Silhouette. Sie bewegt sich langsam weiter, bis sie mitten über dem offenen Hof schwebt.

Okay, das war's. Jetzt haben sie uns.

Doch die Drohne kommt weder näher, noch bewegt sie sich schnell wieder dorthin zurück, woher sie geschickt worden ist.

Warum? Sie muss doch erkannt haben, dass wir hier sind. Ist das jetzt gut oder schlecht?

Ich fixiere das Gerät. Vielmehr versuche ich, dies zu tun.

»Geht es nur mir so oder ist dieses Ding wirklich so unscharf?«, kann ich Kyles leise Stimme neben mir vernehmen.

»Das habe ich auch gerade gedacht«, antworte ich, ohne den Blick davon abzuwenden.

Ich weiß nicht, was ich erwartet habe, als Kyle von einem Auge gesprochen hat. Auf jeden Fall wäre es aber etwas, das man klar erkennen kann. Bevor ich jedoch weitere Vermutungen darüber anzustellen vermag, kommt Bewegung in die Drohne. Sie steigt etwas höher und entfernt sich dann langsam in Richtung des Waldes hinter der Ruine.

»Das könnte ein gutes Zeichen sein«, bemerkt Kyle nun etwas lauter. »Denn warum sollte das Teil noch woanders suchen, wenn es uns schon ausgemacht hat.«

»Aber wir waren doch alle hier auf dem Hof. Klar zu sehen, für dieses ... Auge.«

»Ich neige zu Kyles Ansicht«, erschallt mit einem Mal eine Stimme quer über den Hof.

Mein Kopf schießt in Richtung des mir nur allzu bekannt vorkommenden Klangs herum. Dort kann ich eine Silhouette mit in die Hüften gestemmten Händen ausmachen. Im Schatten des Durchgangs, in dem sie steht, wirkt die Figur aber in keiner Weise zu der Person passend, der ich diese Stimme zuordne.

»Honey, bist du das?«

Oder sind wir doch entdeckt worden und unser Untergang ist schon besiegelt?

Nun tritt die Gestalt aus dem Durchgang hervor und der Irrtum wird klar. Honey ist in eine martialisch aussehende Kampfpanzerung gekleidet. Mit federnden Schritten kommt sie auf uns zu und trägt dabei neben einem Helm auf dem Kopf auch ein breites Lächeln im Gesicht.

Spontan will ich losrennen und sie umarmen. Doch schon die kleinste Bewegung des Arms, den der Typ mit seiner Waffe erwischt hat, lässt mich aufstöhnen.

Kyle tritt zu mir und nimmt meine lädierte Hand vorsichtig in die seinen. »Uh, das sieht übel aus«, kommentiert er. »Der Schlag hat dir wahrscheinlich das Handgelenk gebrochen.«

»In der Tat«, sagt Honey, als sie bei Kyle und mir angekommen ist. Dann sieht sie ihn mit einem Gesichtsausdruck an, den ich an ihr noch nie wahrgenommen habe. »Genau der richtige Zeitpunkt, um meine Berechnung zu überprüfen.«

Kyle schaut von meiner Hand zu Honey und dann wieder zurück. Er schluckt.

»Meinst du wirklich?«

Honey legt ihm ihre Hand auf die Schulter. Danach tut sie etwas, bei dem ich sogar vorübergehend die Schmerzen vergesse. Sie haucht Kyle einen Kuss auf die Wange. Dann flackert sie kurz und steht plötzlich wieder ein Stück von ihm entfernt. In einem Tonfall, der klingt, als ob gerade nicht das passiert wäre, was passiert ist, bemerkt sie: »Es ist nur logisch, von der Annahme auszugehen, dass du deine Binar-Kenntnisse dazu verwenden kannst, um bei Mju eine Heilung herbeizuführen.«

Kyle steht einen Moment lang wie vom Blitz getroffen da. Dann richtet er sich auf und räuspert sich. Er umfasst mein Handgelenk fest mit beiden Händen und gibt erneut die seltsamen Töne von sich.

In meinem Arm beginnt es zu kribbeln. Das Gelenk wird wärmer und wärmer. Plötzlich durchfährt den gesamten Arm ein heftiger Stich. Ich zucke instinktiv zusammen und entreiße Kyle meine Hand. Doch schon in diesem Moment wird mir bewusst, dass die Schmerzen weg sind. Nun ist es an mir, von der Hand zu Kyle zu schauen. Und zu Honey.

Wie hat er das ...? Streich die Frage. Wie er das gemacht hat, ist klar. Aber woher hat er das gewusst? Eigentlich auch klar. Honey hat es ihm erzählt. Also werden sie sich wohl auch unterhalten, wenn ich nicht dabei bin. Geht da was bei den beiden? Aber wie soll das gehen? Und wohin wird das gehen?

Um nicht das typische peinliche Schweigen aufkommen zu lassen, das sich in solchen Situationen gerne ausbreitet, sage ich das erste, was mir in den Sinn kommt.

»Also hast du uns gefunden, Honey.«

»Ja, tatsächlich«, bemerkt sie und wirkt dabei so, als wäre nichts geschehen. »Und ich denke auch, dass ich euch gerade noch rechtzeitig gefunden habe.«

»Aber, was ... wie ...?« Ich lächle verwirrt, dann starte ich erneut: »Schön, dass du da bist. Wie hast du es geschafft, dieses Auge dort oben abzulenken?«

Honey hebt ihre Hand, zögert kurz und lässt sie dann herunter- und wieder hochklappen.

Was macht sie da?

Doch ihre nächsten Worte machen klar, dass sie versucht hat, abzuwinken. »Das war im Prinzip ganz einfach. Nachdem Alma und Maxx die Vermutung äußerten, dass ihr euch nach hier oben geflüchtet habt, ist es mir gelungen, eine rudimentäre Firewall um die Ruine herum zu errichten. Sie ist nicht so stark wie unsere ursprüngliche, verhindert aber zumindest, dass visuelle oder auditive Eindrücke von uns nach außen dringen.«

Ein erleichtertes Seufzen entfährt mir. »Also geht es ihr gut? Und Maxx auch? Kommen sie bald wieder zurück?«

»Ich fürchte, da muss ich dich enttäuschen.«

»Was ist los?!«

»Es geht ihnen gut – den Umständen entsprechend. Aber sie werden nicht herkommen, denn sie sind auf der Flucht.«

Alle Fragen, die in meinem Kopf herumschwirren, bleiben mir in der Kehle stecken. Stumm starre ich Honey mit großen Augen an. Kyle scheint es ähnlich zu gehen, denn auch er bringt kein Wort hervor.

Honey blickt zwischen uns hin und her, dann zu den Anderen, die im Innenhof verteilt herumstehen. »Sollen wir die restlichen Kämpfenden erst einmal zusammenrufen, bevor ich Näheres berichte?«

»Da müssen wir jetzt dich enttäuschen«, sagt Kyle. »Das sind alle, die es hierher geschafft haben.«

In Honeys Miene lässt sich nicht erkennen, ob diese Neuigkeit sie negativ überrascht. Allein an der Länge der Pause, die eintritt, bevor Honey erneut spricht, meine ich ausmachen zu können, dass sie nicht damit gerechnet hat. Trotzdem lässt sie in ihren nächsten Worten keine Unsicherheit anklingen.

Aber es könnte so sein. Eine unsichere KI. Sie wird uns immer ähnlicher.

»Achtung, an alle, ich habe ein Update für euch«, ruft Honey nun mit erhobener Stimme. »Auch wenn sich einige Änderungen der Prämissen und Parameter unserer Mission ergeben haben, bleibt unser Ziel das gleiche. Wir werden die Bestrebungen der Analogen, einen einseitigen Abzug von Energie und anderen Ressourcen aus der digitalen Welt zugunsten weniger analoger Bürger herbeizuführen, vereiteln. Maxx wird hierzu die notwendigen Schritte in der analogen Welt unternehmen. Daher wird er zunächst nicht zurückkehren. Aber ihr habt das Rüstzeug, um euren Teil zum Gelingen unserer Bemühungen beizutragen. Und ich habe dafür gesorgt, dass unser Rückzugsort weiterhin sicher bleibt. Eine neue Firewall verhindert, dass wir hier entdeckt werden. Alles, was ihr nun tun müsst, ist in Form zu bleiben, um zur rechten Zeit in den Kampf einzugreifen. Aus diesem Grund habe ich euch soeben einige Vorräte zur Verfügung gestellt. Um durch die Datenströme keine unnötige Aufmerksamkeit der Administration auf einen einzigen Netzwerk-Knoten zu lenken, sind diese jedoch in der gesamten Ruine und den Außenanlagen verteilt. Sammelt sie bitte und bringt sie in die Burgküche. Dort könnt ihr dann mit der Zubereitung von Mahlzeiten beginnen.«

Die 21 über den Hof verteilten Personen, die während Honeys Ansprache näher gekommen sind, sehen sich gegenseitig an.

Dann löst sich Beatrice heraus und wendet sich zu ihnen um. »Ihr habt sie gehört. Es ist alles wieder in Ordnung. Mju und Kyle werden jetzt aber Zeit brauchen, um die Feinplanung an unsere neue Situation anzupassen. Also, lasst uns die Dinge von Honey zusammensuchen und uns einrichten.«

Die Anderen nicken. Sie wirken froh darüber, wieder etwas zu tun zu haben, und verlassen den Hof in verschiedene Richtungen. Zurück bleiben nur der auf dem Boden liegende Mann und ein weiterer, um ihn ruhig zu halten.

Ich suche Beatrices Blick und forme lautlos ein Dankeschön mit meinen Lippen. Als alle anderen den Hof verlassen haben, bedeute ich Kyle und Honey, mir zu folgen. Wir gehen in einen geräumigen Nebenraum des Torturms, von dem aus man einen guten Blick auf das Dorf hat. »Jetzt erzähl bitte. Was ist da drüben los?«

In knappen Worten berichtet Honey von Maxx' Flucht vor

Ridiccs Schergen und der Tatsache, dass ihr Rechner nun mehr schlecht als recht hinter einem Netzwerk-Schrank installiert ist.

»Also sind wir voneinander abgeschnitten?«, platzt es aus mir heraus. »Aber wie sollen wir die Aktion dann koordinieren?«

»Es besteht weiterhin eine Verbindung«, erwidert Honey. »Nur wird sie auf Audio reduziert bleiben und muss vorher von mir maximal komprimiert und verschlüsselt werden. Eine Echtzeitverbindung ist es damit natürlich nicht mehr.«

Ich seufze. »Aber wenigstens können wir wieder kommunizieren. Und wann kann das losgehen?«

»Ich dachte mir schon, dass du das fragen würdest.« Honey lächelt, dann gibt es ein kurzes Flackern und die Stimme von Maxx – allerdings mit einem metallischen Nachhall – dringt aus ihrem Mund. »Leute, seid ihr in Ordnung? Honey hat was von Schwierigkeiten erzählt und war dann weg.«

»Es war recht turbulent, aber jetzt geht's wieder.«

Die Untertreibung des Jahres. Aber wozu ihn verrückt machen? Für die ganze Story ist hoffentlich noch Zeit, wenn das hier alles erledigt ist.

»Und wie geht's bei euch? Honey hat auch uns etwas von einer Flucht erzählt und dass ihr jetzt im ... Untergrund seid.«

Eine atonale Kadenz erklingt. Ich runzle die Stirn, dann aber wird mir klar, dass er wohl einfach nur lacht.

»Sagen wir mal, dass es auch hier ein bisschen turbulent war. Wusstest du eigentlich, dass ein großer Teil der Sphäre sowas wie einen überdimensionalen Keller hat?«

»Nein. Echt?«

»Na, dann bin ich wenigstens nicht der einzige Unwissende. Alma gibt mir immer das Gefühl, überhaupt nix von garnix zu kapieren.«

Das kann sie gut.

»Und wie sieht unser Plan jetzt aus?«, fragt Kyle, der bis dahin nur stumm dagesessen hat.

Froh über die Ablenkung wende ich meinen Blick zuerst auf Kyle und dann zurück zu der steif und stumm dasitzenden Honey.

Erneut erklingt aus ihrem Mund das gluckernde Geräusch, das wohl ein komprimiertes Lachen darstellt. »Perfekt. Du weißt, dass ich gern auf den Punkt komme. Also die Kurzfassung. Aber verratet mir doch erst mal, ob überhaupt alle unserer Kämpfer schon probegeschlafen haben.«

»Ja, das ist abgehakt«, gibt Kyle zurück. »Und wenn ich es richtig mitbekommen habe, dann sind sie auch alle heiß darauf, es zu tun.«

»Gut. Ich muss es jetzt irgendwie schaffen, Zugriff auf die Server zu nehmen, die die digitale Welt steuern. Nach dem, was Alma noch von früher in Erinnerung hat, müssen die sich in der Quartären Sphäre befinden.«

Damit schaut Honey Kyle mit fragendem Blick an.

Ich folge ihrem Beispiel.

Einen Augenblick lang blickt dieser stumm zwischen uns hin und her. Dann platzt es aus ihm heraus: »Glaubt ihr etwa, dass ich weiß, wo das ist?«

Honey legt ihren Kopf schräg.

Ich hebe meine Schultern und lächle vorsichtig.

»Nur, weil ich da mal gelebt habe, kenn ich mich da doch nicht überall aus. Habt ihr ne Ahnung, wie groß die ist?«

»Der Durchmesser der gesamten Sphäre beträgt fast exakt 130 Kilometer«, doziert nun Honey. »Davon nehmen die ersten drei Sphären 120 Kilometer ein. Das ergibt für die Quartäre Sphäre, unter Außerachtlassung von Höhenunterschieden bei Bergmassiven, einen Flächeninhalt von 1964 Komma zwei zwei ...«

»So genau wollte ich's eigentlich gar nicht wissen«, grummelt Kyle und wedelt mit einer Hand. Er öffnet seinen Mund, um weiter zu reden, stockt dann aber. Eine Weile lang starrt er mit glasigem Blick in die Luft. Schließlich breitet sich ein Lächeln auf seinen Zügen aus. »Ich glaube, ich weiß, wo wir suchen sollten.«

»Digitale Renegaten«, donnert in diesem Moment eine Stimme, die von überallher zu kommen scheint. »Hier spricht der Generalbevollmächtigte der Federal Urbanisation Administration. Wir haben das gesamte Dorf abgeriegelt und es ist nur eine Frage der Zeit, bis wir jeden Einzelnen von euch dingfest gemacht haben. Ergebt euch freiwillig, bevor wir damit beginnen, drakonische Maßnahmen zu ergreifen!«

NICHT GANZ ORIENTIERUNGSLOS

ANALOGE WELT, DOWN_UNDER,
ZEITINDEX 11052121_2110 - 2210

MAXX

»Meinst du wirklich, dass wir auf dem richtigen Weg sind?«

»Aber ja doch, Arnaud. Kyles Idee ist bestechend. Wenn es irgendwo in der Quartären Sphäre genügend kristallinen Speicherplatz gibt, um ein so umfangreiches und komplexes Konstrukt wie die digitale Welt zu betreiben, dann ist es im Granit des Montblanc-Massivs.«

Ich werfe noch einmal einen Blick auf die Übersichtskarte, die Honey auf einen der altertümlichen Monitore in unserem momentanen Refugium projiziert hat.

»Stimmt schon, wenn man es so betrachtet.«

Alma gibt ein undamenhaft wirkendes Schnauben von sich. Wahrscheinlich zehrt die Kombination aus Unwissenheit und Zeitdruck inzwischen auch an ihr.

»Und in welcher Form könnte man es in unserer Situation anders betrachten? Wir müssen zu einem ganz bestimmten Terminal in der

Hauptsteuerung. Diese wird sich üblicherweise dort befinden, wo auch die Server zu finden sind. Und der sinnvollste Ort dafür …«

»Ist nun einmal das Gebirge, in dessen Flanken ein Teil der Sphärenkonstruktion hineingebaut ist«, beende ich den Satz für sie. *»Dann hoffen wir mal, dass die Konstrukteure diese Evidenz ebenfalls so empfunden haben.«*

Ich stoße mich von der Schreibtischplatte des Arbeitsplatzes ab, über den ich mich gebeugt habe, und lasse meinen Blick zum ersten Mal aufmerksam durch den Raum schweifen, in den Alma mich gelotst hatte. An den meisten Wänden sind Schaltschränke, Netzwerk-Hubs oder Serverbänke aufgebaut. Einen Moment lang kann ich nicht anders, als darüber zu sinnieren, dass Elektrizität auch nach all der Zeit, seit ihrer Erfindung, immer noch durch Kabel geleitet wird. Dann erinnere ich mich an eine Reportage über die Folgen der Experimente mit drahtloser Energieübertragung über weitere Strecken und wende mich kopfschüttelnd davon ab. Stattdessen drehe ich mich zu dem Durchgang um, neben dem der Hub steht, an dessen Rückseite Honeys Rechner installiert ist.

»Was suchst du, Arnaud?«

»Wenn ich das richtig sehe, dann müssen wir ungefähr 60 Kilometer des Sphärenradius unbemerkt durchqueren und haben dafür maximal einen Tag lang Zeit, oder?«

»Ja, das ist korrekt.«

»Dann sollte ich vermutlich besser nicht so aussehen, als würde ich nicht hierher gehören. Deshalb suche ich nach einer Verkleidung. Oder zumindest nach irgendwas, mit dem ich die kaputte Jacke ersetzen kann.«

»Gute Idee, mein Junge.«

»Ich glaube, ich habe mich endlich daran gewöhnt, dass es jetzt Zeit zum Handeln ist.«

In der Türöffnung bleibe ich stehen.

»Fünf-Neun-Drei.«

Ich kann mir ein Grinsen nicht verkneifen.

Geile Sache, das!

Wie ich es mir gedacht hatte, wirkt der Nebenraum nun auch ohne angeschaltetes Licht so, als würde ich mit einem Flutlicht hineinleuchten. Mehr noch. Ich kann nicht nur alle Gegenstände dort drin erkennen, sondern sehe sogar einige Dinge, die dem normalen Auge verborgen sind. Langsam gehe ich weiter und versuche mir auf all das, was ich wahrnehme, einen Reim zu machen. Auf der linken Seite ist eine Reihe schmaler Schränke mit einer flachen Bank davor. Rechts geht es durch einen weiteren Durchgang in einen gefliesten Bereich. An Wänden und Decke verlaufen pulsierende Linien, die wohl Stromleitungen sind. Ich kann den Verlauf sogar hinter den Spinden wahrnehmen. In einigen der Schränke erkenne ich außerdem noch Dinge, die auf die eine oder andere Art leuchten.

Vielleicht bringt mich ja irgendwas davon weiter.

Natürlich lässt sich die Tür des ersten Schranks nicht öffnen. Ich will schon Honey um Hilfe bitten, als mir auffällt, dass es sich bei der Verriegelung um ein vollkommen mechanisches Zahlenschloss handelt.

Dann lohnt sich mein analoger Körper ja doch noch.

Ich drehe an den drei Zahlenringen und schaue mir die einzelnen Ziffern an. Dank meiner superfeinen Wahrnehmung habe ich so schnell diejenigen gefunden, die die Kombination bilden. Ein genauer Blick in den Spind zeigt mir aber direkt, dass es hier nichts zu holen gibt. Die Stiefel, die im unteren Fach stehen, sind viel zu klein für mich und die elektronische Signatur, die ich von außen wahrgenommen habe, gehört zu einer AR-Brille.

Verbesserte Sicht – kein Bedarf.

Ich arbeite mich durch die nächsten Schränke vor, finde immerhin ein Paar passender Handschuhe, mit denen ich meine lädierte linke Hand tarnen kann, ansonsten aber nur eine Menge Mist. Fast zum Schluss jedoch stoße ich auf einen Spind, der mich vor eine größere Herausforderung stellt. Sein Verschluss besteht nicht aus einem einfachen mechanischen Teil aus dem letzten Jahrhundert. Stattdessen besitzt es einen Scan-Bereich, in dem man dreidimensionale Gesten zur Entsperrung vollführen muss. Die Standard-Geste hat keine Wirkung. Auch der Stinkefinger, den ich mir irgendwann nicht verkneifen kann, passt nicht. Selbst Honey kann mir nicht helfen, weil das Ding nicht mit dem Netz verbunden ist.

Entweder ist da jemand reichlich paranoid, was seine Kollegen angeht, oder hinter dieser Tür schlummert der Jackpot.

Frustriert lasse ich das Teil schließlich fallen und wende mich der nächsten Tür zu.

Da erklingt ein Poltern im Vorraum, gefolgt von weiteren Geräuschen.

»Welcher Idiot hat hier vorhin schon wieder das Licht brennen lassen?«

Fuck!

Ich fahre herum und blicke zur Tür.

Dahinter beginnt der Sprecher von eben nun mit mindestens zwei weiteren Typen darüber zu diskutieren, dass Energieverschwendung hier unten mit Gefängnis bestraft werden kann. Den kleinlauten Geräuschen zufolge, die die Anderen daraufhin machen, scheint es sich nicht um einen Scherz zu handeln.

Scheiß auf Scherze, wenn die mich hier finden, dann ist das erst recht nicht witzig!

Als hätte ich meinen Gedanken laut ausgesprochen, kommt der Obermotz nun auf den Durchgang in den Umkleideraum zu.

Hektisch schaue ich mich um. *»Was jetzt?!«*

»Du weißt, dass du ihm körperlich überlegen bist«, meldet sich Alma zu Wort.

»Ja, ich weiß das. Und der Typ im Lift des Wohnsilos auch. Aber das bringt uns hier doch auch nicht weiter.«

Auf dem Boden vor dem Durchgang kann ich schon den Schatten des Näherkommenden erkennen. So leise es mir möglich ist, husche ich in den Nebenraum und quetsche mich dort in eine dunkle Nische direkt hinter der Tür.

Hoffentlich will er nicht aufs Klo.

Doch wie ich durch den Spalt zwischen Tür und Rahmen erkennen kann, ist meine Sorge unbegründet.

Ohne auch nur das Licht anzuschalten, geht der Mann bis zum Ende der Reihe von Spinden und öffnet die Tür. Er zieht seine Jacke aus und wirft sie hinein, dann kramt er eine Weile lang herum. Mit einem zufriedenen Grunzen richtet er sich schließlich auf, führt einen Gegenstand zum Mund und saugt daran. Ein nur allzu bekanntes Aroma dringt mit der Dampfwolke, die er danach ausatmet, bis zu mir.

Hmm, guter Stoff.

Mit einem Lächeln auf dem Gesicht wendet sich der Typ um und geht zurück an seinen Arbeitsplatz.

»Sieben-Fünf-Drei«, murmele ich so leise wie möglich.

Aber das Kunststück funktioniert. Statt im Dunkeln sehen zu können, vernehme ich nun klar und deutlich, was die drei sich zu sagen haben.

»Echt Kacke, dass sie uns ausgerechnet jetzt gerufen haben.«

»Ja, echt. Heute hat das Essen ausnahmsweise mal nicht nach Wau-Wau geschmeckt.«

»Hört auf euch zu beklagen«, fährt der Obermotz dazwischen. »Bei euch in der Quartären gibt's Fleisch doch höchstens mal, wenn der Kammerjäger da war.«

Unwirsches Gemurmel kommt von den beiden, aber der Häuptling scheint seinen Kalauer für gelungen zu halten, denn er gluckst eine Weile lang vor sich hin.

»Jetzt habt euch nicht so. Macht euch lieber an die Arbeit und seht zu, dass wir KIDS wieder an den Start bekommen. Drüben bei den Digs geht gerade was ab, wo die Administration Unterstützung braucht.«

»Was is das eigentlich fürn System?«

»Häh?«

»Na dieses KIDS-Ding.«

»Ihr seid wohl noch nicht lange dabei, was?«

»Wieso?«, fragen die beiden wie aus einem Mund.

»Na, weil ihr keinen Blassen davon habt, was ihr hier tut.«

Eine Weile lang gibt sich der Chef seiner Form von Heiterkeit hin. Dann wird er wieder ernster.

»Schon mal einen der neuen Shooter aus dem Game-Store gespielt?«

»Is mir zu teuer«, murmelt einer der beiden.

»Aber mal ein 'Let's Play' davon reingezogen?«

»Klar«, sagt der andere. »Abends kann man in den Wohnheimen doch sowieso kaum was anderes machen.«

»Na, dann schaut bei der nächsten Live-Session mal ganz genau hin. Es geht doch nix über Unwissenheit. Die gnadenlosesten Kämpfer sind meist die, die gar keinen Plan haben, was sie in Wirklichkeit abknallen ... oder wen.«

»Das ist doch nicht dein ...«, beginnt der erste der beiden, aber in diesem Moment zerreißt ein ohrenbetäubendes Geheul mir fast die Ohren.

»Shit, was ist denn jetzt wieder?«

»Mach dir keine Sorgen, Boss«, meldet sich Honey gutgelaunt. *»Ich habe nur gerade einen Alarm ausgelöst, der die Techniker dazu veranlassen wird, ihre Station schnellstmöglich zu räumen.«*

Ich schalte mein Gehör wieder in Normalmodus und das Geheul wird erträglicher. Von draußen kann ich trotzdem noch vernehmen, dass die drei aufspringen und durch die Tür aus der Station rennen.

»Wie lange wird die das ablenken?«

»Dazu wage ich keine Prognose abzugeben. An deiner Stelle würde ich hier ebenfalls schnellstmöglich verschwinden.«

Ich entfalte meinen Körper aus der Nische hinter der Tür und bin mit drei großen Schritten im Durchgang zum Vorraum. Dort stocke ich. Dann drehe ich mich herum und hocke mich vor den

Spalt. Auch ohne meine Sinnes-Einstellungen zu erhöhen kann ich darin das Leuchten der Betriebsanzeige von Honeys Rechner erkennen.

»Wenn ich doch bloß auch meine Gliedmaßen verlängern könnte, anstatt nur meine Sinne zu beeinflussen.«

»Das musst du nicht, Boss. Ich bin hier gut aufgehoben. Aber du must hier weg!«

»Wenn ich jetzt hier raus renne, kannst du dann trotzdem Kontakt zu mir halten?«

»Ja, Boss. Solange du im Netz bist, kann ich zumindest mit dir kommunizieren. Also los, hau ab, bevor die Menschen merken, dass das ein Hoax war.«

Ich springe auf und will Honeys Anweisung schon Folge leisten, als ich erneut stocke. Dann fahre ich herum und sprinte zurück in den Umkleideraum.

»Arnaud, was tust du da?«, will nun auch Alma wissen.

Aber ich antworte nicht. Stattdessen reiße ich die nur halb geschlossene Tür vom Spind des Cheftechnikers auf und nehme alles mit erhöhtem Sehvermögen in Augenschein.

Perfekt.

Ich greife mir den Rucksack, der ganz unten liegt, und stopfe wahllos alles hinein, was sich sonst noch in dem Schränkchen befindet. Dann schalte ich wieder auf Normalbetrieb und renne hinaus.

»DA HAST du eine Goldgrube entdeckt, mein Junge.«

Almas Stimme klingt inzwischen wieder zufrieden. Während der Flucht und dem Versteckspiel danach, wurde sie nicht müde, mir Vorhaltungen darüber zu machen, wie gedankenlos es von mir war, noch einmal zurückzugehen. Nun aber sitzen wir in einem leeren Lagerraum und nehmen den hastig zusammengepackten Inhalt des Rucksacks in Augenschein. Neben einem kompletten Outfit, an dem sogar noch die Persona-Card des Cheftechnikers hängt, enthält sie einen Werkzeug-Gürtel und ein kleines rechteckiges Gerät, das nun vor mir auf dem Boden liegt.

»Inwiefern Goldgrube? Was ist das für ein Ding?«

»Ach, ihr jungen Leute«, bemerkt Alma und kichert – ein seltsames Gefühl in meinen Gedanken. *»Das dort ist ein Telefon. In den ersten beiden Sphären funktioniert die Kommunikation natürlich online. Aber hier unten und in den äußeren Sphären muss man teilweise auf ein eigentlich veraltetes System zurückgreifen. Und dieses Gerät ist exakt das, was man dazu benötigt.«*

»Dann können wir uns also endlich auf den Weg machen?«

Ich nehme meine abgelegten Klamotten und packe sie in den Rucksack. Die Handschuhe stopfe ich in die linke Tasche der neuen Jacke, nach kurzem Überlegen lasse ich dieses Telefon in die rechte Tasche gleiten.

»Tja, Arnaud. Es bleibt nach wie vor die Frage, wie wir zumindest so nah wie möglich an den Rand der Sekundären Sphäre kommen, ohne allzu viel Zeit zu verlieren.«

Das Telefon fällt mir fast aus der Jacke und ich stopfe es mit der Hand erneut hinein. Das heißt, ich will es hineinstopfen, aber in der Tasche befindet sich bereits etwas anderes. Ich fummele es heraus. Es ist ein Zettel, nein eine Visitenkarte. Gedankenverloren lese ich die Aufschrift, während ich den Reißverschluss der Jackentasche schließe, damit das Telefon nicht herausfällt.

Ein zufriedenes Grinsen breitet sich auf meinem Gesicht aus.

»Ich habe da so eine Idee.«

Erneut ohne auf Almas immer genervter werdenden Fragen zu reagieren, schultere ich den Rucksack und mache mich auf zu dem Quadranten, der auf dem Kärtchen direkt unterhalb des Firmennamens »Robbys Bubbles« steht.

#SORRYNOTSORRY

DIGITALE WELT, LE VILLAGE, BURG OBERHALB VON MJUS VILLA, ZEITINDEX 12052121_0200 - 0340

MJU

»Ja, ich bin mir sicher, dass sie nicht wissen, wo wir sind und uns auch nicht finden werden«, bestätige ich – gefühlt zum hundertsten Mal.

Natürlich haben sie alle die dröhnende Stimme gehört, die uns vor ein paar Stunden nicht näher genannte fürchterliche Maßnahmen angekündigt hat.

Natürlich hat sich bisher nichts ereignet, sodass die Angehörigen unserer Gruppe sich letztendlich immer wieder von mir beruhigen ließen. Tatsächlich haben sie sogar Gefallen an der Bezeichnung gefunden, die ihnen dieser ominöse Generalbevollmächtigte gegeben hat.

Und natürlich sind sämtliche Versuche, den Ausgeflippten wieder mit ins Boot zu holen, fehlgeschlagen. Wir wissen zwar inzwischen, dass er Thomas heißt, können seine spontanen Ausbrüche von Wahnsinn aber einfach nicht unter Kontrolle bekommen. In letzter Konsequenz haben wir uns nicht anders zu helfen gewusst, als ihn mittels einer von Kyle synthetisierten Substanz ruhigzustellen und in einer Wachstube des Torturms einzuschließen.

Wir sitzen nun zusammen im Festsaal, der inzwischen zu einer Kombination aus Wohn- und Arbeitsquartier umdekoriert worden ist. Mit Hilfe von Honey und Kyle haben wir noch weitere Türen auf den Wänden verteilt, damit jeder direkt von hier aus in der Lage ist, in den Schlaf-Kampf zu ziehen. Von einem in der Mitte des Raums aufgebauten Terminal aus kann alles überwacht werden. In diesem Moment beobachten Kyle und ich die Werte auf den Anzeigen, während Beatrice erneut dabei ist, ihre Fähigkeit des Klarträumens zu üben.

»Denkst du, die machen da unten im Dorf überhaupt was?«, raunt mir Kyle zu.

Ich löse den Blick von der Anzeige und wende mich ihm ein wenig zu. »Du meinst, weil es so still geworden ist, seit die Nacht hereingebrochen ist?«

Kyle hebt seine Schultern. »Ich bin auf jeden Fall schon mal froh, dass es hier einen festgelegten Tagesrhythmus gibt und sie darauf anscheinend keinen Einfluss nehmen können. So haben wir erst einmal bis morgen früh Ruhe.«

»Glaubst du echt, dass die sich jetzt im Dorfkrug nen netten Abend machen?«

»Warum denn nicht? Oder zu Hause in ihren Betten. Du hast doch gesehen, dass ...«

»Ja, habe ich«, schneide ich ihm das Wort ab. »Ein Glück, dass nur wir beide diese blauen ... Dinger sehen können, die sie steuern. Oder meinst du, dass wir den Anderen etwas davon ...?«

In diesem Augenblick gibt das Terminal einen Warnton von sich.

Wir fahren herum und erkennen ein Pop-up, das uns darüber informiert, dass Beatrices Schlaf-Vorgang gestoppt worden ist. Bevor wir jedoch mehr tun können, als uns gegenseitig fragend anzustarren, springt Beatrices Tür auf und die junge Frau stürmt heraus.

»Manno, warum habt ihr ...?«

»Junge Dame, so geht das aber nicht!«, erschallt eine bekannte, aber doch irgendwie unbekannt wirkende Stimme quer durch den Raum.

Beatrice stoppt mitten im Lauf und schaut mit großen Augen über uns hinweg.

Wir folgen ihrem Blick und staunen ebenfalls bei dem Anblick, der sich uns bietet.

Honey steht im offenen Spitzbogen des Haupteingangs zur Halle und funkelt Beatrice an. Diesmal trägt sie weder ihr Sekretärinnen-Outfit noch die Persiflage eines Kampfanzugs, mit dem sie zuletzt aufgetaucht ist. Stattdessen steht in dem Durchgang eine altmodische Gouvernante, in deren Ahnenreihe sich durchaus auch ein Säbelzahntiger befunden haben könnte.

»Wer hat dir erlaubt, einfach so mir nichts dir nichts meine Firewall zu durchdringen – und das auch noch im Schlaf? Komm! Wir müssen uns unterhalten.«

Der Auftritt wirkt.

Die eben noch vor geradezu kindlicher Energie sprühende Beatrice zieht die Schultern hoch und scheint sich zwischen ihnen verstecken zu wollen. Dann lässt sie sich klaglos von Honey abführen.

Ich schaue Kyle fragend an. »Sollen wir da hinterher?«

»Bist du bekloppt? So wie Honey gerade drauf ist, macht sie uns nen Kopf kürzer, wenn wir unangemeldet in das Gespräch platzen. Sie wird es uns schon noch sagen, wenn es wichtig ist.«

Ich lasse mich auf meinen Stuhl sinken, doch eine innere Unruhe verhindert es, dass ich mir den Verlauf der Werte genauer anschauen und ihnen einen Sinn entnehmen kann. Also erhebe ich mich direkt wieder. »Ich mach mal ne kleine Runde und hol mir was zu essen.«

Aus der kleinen Runde wird dann doch eine ausgiebige Kontrolle des Burgareals. Das Wort »Firewall« hat in mir eine Saite angeschlagen, die in meinen Gedanken einen dissonanten Ton erzeugt und mir keine Ruhe lässt. Ich streife durch die Räume im Erdgeschoss, kontrolliere die Schlösser an den Türen, die weiter nach oben führen, und lasse auch die zugänglichen Kellerräume nicht aus. Schließlich hole ich für Kyle und mich einen halben Laib Brot und etwas von dem Käse, den Honey uns geliefert hat. Damit gehe ich gemächlich über den Hof zurück in Richtung Festsaal, werfe im Vorbeigehen einen Blick in den Bogengang am Torturm, und stocke.

Ist gerade Wachablösung? Oder warum sitzt keiner vor der Kammer, in die wir diesen unbändigen Thomas gesperrt haben?

Zum Sitzen würde man einen Stuhl brauchen, mischt sich eine ungebetene Stimme in meine Gedanken. *Das da ist aber kein Stuhl. Zumindest nicht mehr.*

Eiskalte Schauer laufen mir über den Rücken, während ich auf den Haufen Holz hinunterschaue, der einmal ein Stuhl gewesen ist. Es ist, als hätte man ihn mit einer mächtigen Axt mittendurch geschlagen und in zwei ungleiche Hälften geteilt.

Das muss noch nichts Schlimmes bedeuten. Hier ist kein Blut, also hat hier niemand …

Aber die unbequeme Stimme in meinen Gedanken fährt dazwischen.

Wir bluten nicht. Sollte uns jemand mit einer Axt zerteilen, würden wir zwar Schmerz verspüren, aber nicht wie ein Analoger sterben. Wir verschwinden und tauchen an einem als Standard eingerichteten Ort wieder auf. Das hat Kyle erzählt.

Kyle.

Ich muss es ihm sagen!

Ich muss es allen sagen!

Der Teller mit dem Essen entgleitet meinen Fingern, als ich herumfahre und ins Hauptquartier stürme.

»Wir haben ein Problem«, rufe ich, kaum dass ich an den offenen Türflügeln vorbei in die Halle gelangt bin.

Sofort wenden sich mir alle Augen zu.

»Was ist los?«, kommt es von Kyle, der als erster seine Sprache wiederfindet.

»Die Wache vor dem Turm ist weg und der Stuhl, auf dem sie saß, ist zertrümmert.«

»Und Thomas?«

»Allein wollte ich nicht nachschauen.« Ich deute auf zwei stämmige Männer, die schon einmal dabei geholfen haben, den Tobenden zu überwältigen. »Schnell, wir machen es zusammen. Du und du, kommt mit. Der Rest bleibt hier.«

Zu viert rennen wir zurück und nehmen zuerst die Ruine des Stuhls in Augenschein. Dann wenden wir uns der geschlossenen Tür zur Wachstube zu. Allerdings erkennen wir nun, dass sie nicht mehr geschlossen, sondern nur angelehnt ist. Und der Insasse der improvisierten Zelle ist weg.

»Scheiße. Und jetzt?«

»Hinterher«, meint einer der Männer und macht Anstalten, durch das Burgtor nach draußen zu gehen.

Doch Kyle hält ihn auf. »Du kannst im Dunkeln genauso wenig sehen wie wir ... oder Thomas. Aber da unten ist eine Miliz-Truppe. Wenn die mit AR-Headsets ausgestattet sind, dann bist du für sie Freiwild. Mal ganz davon abgesehen, dass du, wenn du einmal hier raus bist, bestimmt nicht mehr durch die Firewall kommst.«

Alle sehen sie mich an.

Kyle hat recht ... aber der Mann irgendwie auch. Dieser Thomas weiß genau, wie es hier drin aussieht, wie viele Leute hier sind und was wir vorhaben. Aber was ist, wenn wir jetzt hier rausgehen, ohne Honey Bescheid zu geben? Würde sie uns erkennen, wenn wir wieder rein wollen? Oder würde uns die Firewall einfach abweisen und wir hätten nicht einmal die Möglichkeit, sie zu kontaktieren? Nein, wir wissen eh nicht, wie lang es genau her ist, dass Thomas abgehauen ist. Also müssen wir uns erst noch kurz mit ihr beraten.

»Lasst uns wieder zurückgehen«, murmele ich und schlurfe los, über die glattgelaufenen Fliesen des Innenhofs in Richtung große Halle. Den anderen bedeute ich, mir zu folgen, kümmere mich aber nicht wirklich darum, ob sie es tun. In meinem Kopf haben die Gedanken erneut zu kreiseln begonnen.

Und wieder einer weniger. Nein, zwei. Wenn das so weitergeht, dann haben wir am Schluss nicht mal mehr genug Leute, um ...

»Mju, neiin!«, unterbricht Kyles Stimme meine Grübelei.

Was geht denn hier ab?

Ich drehe mich im Gehen zu ihm um. Was ich dort sehe, könnte komisch sein. Doch irgendwie ist es das nicht.

Kyle kommt wild mit den Armen fuchtelnd auf mich zugerannt. Seine Augen sind aufgerissen, das Gesicht kalkweiß. Mit seinem Mund versucht er, Worte zu formen, bringt allerdings nur unzusammenhängende Laute hervor.

»Was denn?«, will ich wissen, erhalte von ihm aber keine Antwort, sondern nur einen heftigen Stoß. Der bringt mich ins Taumeln. Ich falle rückwärts und lande schmerzhaft auf meinem Hintern.

Doch diese Schmerzen sind nichts im Vergleich zu denen, die jetzt folgen.

Fassungslos beobachte ich, wie Kyle durch den Stoß, den er mir versetzt hat, leicht aus seiner Bahn gedrängt wird. So prallt er gegen die Ecke einer Sitzbank und auch er strauchelt. Und fällt. Jedoch hat er wohl im dringenden Wunsch, mich zu erreichen, wesentlich mehr Schwung aufgebaut. So rutscht er rücklings über glattgelaufene Steinplatten auf den Spitzbogen des Durchgangs in die große Halle zu.

Einem Bogen, in dessen Spitze vier Buchstaben – kaum erkennbar – vor sich hin schimmern.

O-F-F-F

Mit einem verzweifelten Schrei versuche ich mich aufzurappeln und das Unvermeidliche doch noch zu verhindern.

Aber der glatte Boden macht mich langsam. Zu langsam. Ich erreiche Kyle nicht mehr.

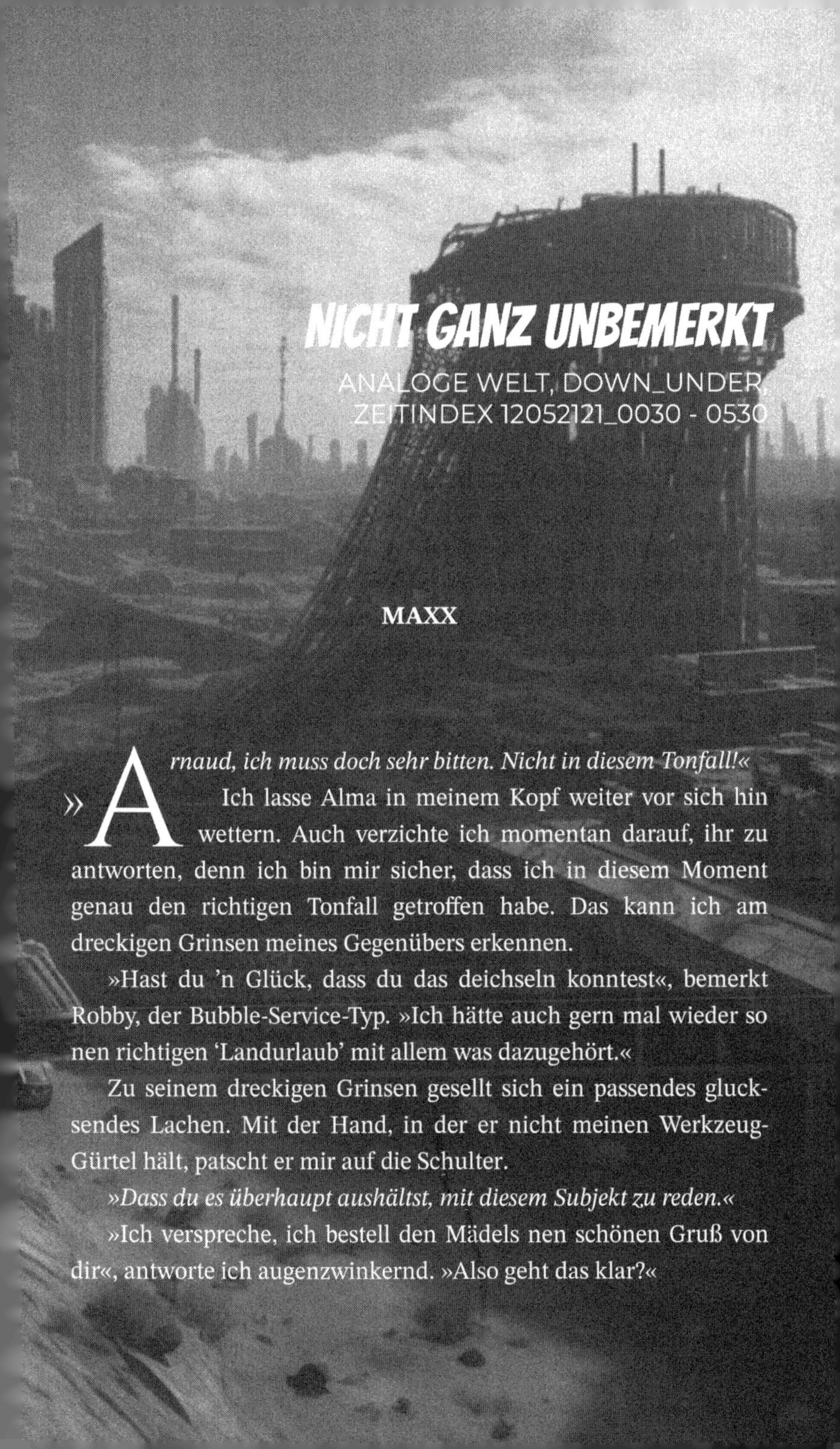

NICHT GANZ UNBEMERKT

ANALOGE WELT, DOWN_UNDER,
ZEITINDEX 12052121_0030 - 0530

MAXX

»Arnaud, ich muss doch sehr bitten. Nicht in diesem Tonfall!«

Ich lasse Alma in meinem Kopf weiter vor sich hin wettern. Auch verzichte ich momentan darauf, ihr zu antworten, denn ich bin mir sicher, dass ich in diesem Moment genau den richtigen Tonfall getroffen habe. Das kann ich am dreckigen Grinsen meines Gegenübers erkennen.

»Hast du ’n Glück, dass du das deichseln konntest«, bemerkt Robby, der Bubble-Service-Typ. »Ich hätte auch gern mal wieder so nen richtigen ‘Landurlaub’ mit allem was dazugehört.«

Zu seinem dreckigen Grinsen gesellt sich ein passendes glucksendes Lachen. Mit der Hand, in der er nicht meinen Werkzeug-Gürtel hält, patscht er mir auf die Schulter.

»Dass du es überhaupt aushältst, mit diesem Subjekt zu reden.«

»Ich verspreche, ich bestell den Mädels nen schönen Gruß von dir«, antworte ich augenzwinkernd. »Also geht das klar?«

»Auf jeden. Schon allein der Gürtel hier hätte dir ne Freifahrt auf dem Rücktransport verschafft.«

Ich beuge mich zu seinem Ohr hinunter, bis ich nicht nur die Haare zählen könnte, die daraus hervorsprießen, sondern ebenfalls wahrnehme, dass sein Deo schon vor ungefähr zwei Wochen versagt hat. »Aber denk dran, dass du das nicht an die große Glocke hängst«, raune ich hinein. »Meine Alte sollte davon besser nix mitbekommen ...«

»Deine 'Alte' hat es längst mitbekommen, Arnaud.«

Ich kann mich gerade noch daran hindern, angesichts von Almas Spitze loszuprusten. Auch wenn Robby eine Dusche sicher ganz guttäte.

»Geht klar, Alter. Na, dann los. Rein in das Ding. Der Transport geht ungefähr bis Bonneville. Ab da musst du gucken, ob du nen offiziellen Transport nimmst oder erst mal läufst. Wenn du abgeladen wirst, gib Claude den Stick hier. Dann weiß er, dass du von mir kommst und stellt keine Fragen.«

Das lasse ich mir nicht zweimal sagen. Ich öffne die vorderste der auf dem Transporter befestigten Bubbles und setze mich hinein. Spontan wird mir bei dem Gestank hier drin speiübel. Ein Blick vor und neben die Sitze zeigt mir schnell, dass dieses Gefährt wohl einer langen Partynacht zum Opfer gefallen ist. Überall kleben Reste von Häppchen und Cocktails oder Erbrochenem und verbreiten in dem hermetisch abgeriegelten Inneren der Bubble eine olfaktorische Kakofonie.

»Jetzt wird mir klar, warum der gute Robby meinte, dass nur die echt harten Kerle so einen Ritt mitmachen.«

»Geschieht dir ganz recht, Junge. Du hättest ...«

Doch diesmal habe ich keine Lust darauf, mir meine Idee kleinreden zu lassen. *»Nix da, Alma! Bei allem Respekt, aber meine Idee wäre sogar dann noch gut, wenn ich meinen Geruchssinn nicht abschalten könnte. Überleg mal. Sämtliche offiziellen Verkehrsmittel hätten wir doch gar nicht nehmen können, weil mich die Gesichtser-*

kennung für den Ticket-Abgleich sofort verraten würde. Und auch bei solchen inoffiziellen Varianten, wie unser Bubble-Robby sie bietet, wäre es nicht gut gewesen, sich in die Karten schauen zu lassen.«

»Aber hättest du die Unterhaltung nicht etwas zivilisierter führen können?«, bricht die alte Dame ihr Schweigen.

»Nein, eben nicht. Ich hab sofort gesehen, dass der Typ was für zwielichtige Vergnügungen übrig hat. Da einzuhaken hat es uns immerhin nicht nur erspart, irgendwelche DiCs herbeizaubern zu müssen. Er wird garantiert eher schweigen, wenn er denkt, dass er einem Seelenverwandten dabei hilft, seine Frau zu betrügen, als wenn es ein abtrünniger Systemkritiker wäre.«

»Da … magst du recht haben.«

»Ja, Alma, das habe ich. Können wir uns also einfach darauf einigen, dass ausnahmsweise auch mal ich etwas zu unserer Flucht und dem Fortkommen beitragen konnte?«

»Nun gut. Und wie geht es jetzt weiter?«

»Darf ich mich mal in euer Gespräch einschalten?«, meldet sich in diesem Moment Honey zu Wort.

»Aber selbstverständlich, meine Liebe.«

»Gibt's was Besonderes, Honey?«

»Ja, Boss. Ich will euch erst einmal auf den letzten Stand bringen. In der Burgruine sind Mju und die Anderen inzwischen dabei, sich im Festsaal einzurichten. Ringsherum werden wir genügend Türen für alle unsere Mitstreitenden erstellen können. Damit haben wir dann einen zentralen Punkt, von dem aus die konzertierte Aktion fast genauso gut gesteuert werden kann, wie ursprünglich geplant.«

»Das hört sich unter den gegebenen Umständen echt gut an. Hat sich im Village inzwischen noch etwas getan?«

»Nein. Es sieht ganz danach aus, dass diese Drohung, die uns vorhin unterbrochen hat, lediglich dazu gedacht war, allen Angst einzujagen.«

»Ein Glück. Auf noch mehr Stress können wir gut verzichten.«

»Genau, Boss. Und wie sieht es bei euch aus?«

»Ich habe ein Transportmittel gefunden, dass uns ungefähr bis Bonneville bringen wird.«

»Großartig! Damit hättet ihr dann ungefähr die Hälfte des Wegs bis zur Quartären Sphäre zurückgelegt. Möglicherweise könnt ihr für den Rest unbemerkt in einem Xpress mitfahren.«

»Gute Idee!«, wirft Alma ein.

»Ernsthaft? Ich dachte, die Dinger sind nur für den Transfer zwischen der Sphäre und den externen Habitaten ... oder der Seuchen-Insel.«

»Aber nicht doch, mein Lieber. Xpress-Fahrzeuge sind an den TubeXpress angelehnte, aber nicht ganz so schnelle Fortbewegungsmittel, die für den Austausch von Waren innerhalb der Sphäre sorgen. Du hast sogar schon einmal einen solchen gesehen.«

»Ach ja, die rote Linie.«

»Exakt.«

»Genau, Boss, auf einen dieser Transporte könnt ihr vielleicht zwischen Bonneville und Cluses irgendwie aufspringen. In diesem Bereich verlassen die Züge die unterirdischen Röhren und müssen daher etwas abbremsen.«

»Klingt nach nem Plan.«

»Dann solltest du dich jetzt vielleicht etwas ausruhen, Arnaud. Die Zeit bis zu unserem Eintreffen könnte die letzte Möglichkeit dafür darstellen.«

Ich will schon dagegenhalten, da wird mir bewusst, wie gemütlich es hier in dieser besudelten Bubble ist. Auf der anderen Seite der transparenten Kugel ziehen im Halbdunkel ab und zu Lichter vorbei und auch der in Down_Under üblicherweise herrschende Lärm ist weitestgehend abgeschirmt. Ich bemerke nicht einmal, wie mir die Augen zufallen.

EIN LICHT, wie ich es noch nie wahrgenommen habe, reißt mich aus dem unruhigen Schlummer, in den ich gefallen war. Auch mit geschlossenen Augen habe ich das Gefühl, dass es sich mir bis ins Gehirn brennt.

Und dabei besitze ich nicht einmal eins …

»Fünf-Drei-Drei.«

Das Brennen nimmt ab und ich traue mich, die Lider zu öffnen.

Wir haben Down_Under offensichtlich verlassen. Stattdessen zuckelt der Bubble-Transport in einer Rinne durch eine Landschaft, die von Gegensätzen geprägt ist. Die vorherrschenden Farben sind Braun, Gelb und Rot. Spontan ist nirgendwo etwas Grünes zu sehen. Alles wirkt trist, staubig und verlassen. Erst bei genauem Hinschauen kann ich in größerer Entfernung einige Gebilde erkennen, die mich an Schaubilder der Sphäre selbst erinnern. Nur sind sie viel kleiner und wirken in der wüsten Umgebung wie Fremdkörper. Aber doch sind sie es nicht. Das wird mir klar, als ich an einem Nähergelegenen vorbeifahre und sehen kann, was darinnen ist. Es sind Pflanzen. Bäume, Felder, sogar Blumen, die dort anscheinend gezüchtet werden.

Wahrscheinlich wird hier die Nahrung für die Primäre und Sekundäre Sphäre produziert.

Der Transporter bremst abrupt ab und reißt mich so aus meinen Gedanken.

Ich wende den Blick nach vorn und sehe einen schwarzen Klotz mitten in der karsten Landschaft. In großen Lettern steht »Bonneville« über einer tunnelartigen Einfahrt geschrieben, auf die wir zurollen.

»Na, da hat der Name wohl nur in alten Zeiten gepasst. So richtig toll sieht diese Stadt irgendwie nicht mehr aus.«

»In der Tat, Arnaud.«

»Ah, du bist auch wach.«

»Ich habe nicht geschlafen. Das ist mir gar nicht möglich.«

»Und was hast du dann getan?«

»Da mir keiner deiner Sinneseindrücke zur Verfügung stand, bin ich in den Stand-by-Modus gewechselt.«

»Mit anderen Worten: Du hast geschlafen.«

»Eben nicht, Junge. Das …«

In diesem Augenblick kommt der Transport vollends zum Stehen und enthebt Alma einer weiteren Ausrede.

Ich schaue mich kurz um und kann relativ nah bei uns eine Art Bude erkennen, aus der ein Typ in einem dreckigen Overall heraus- und auf uns zukommt.

Na dann mal besser raus hier, sonst denkt der vielleicht noch, ich bin auch in dem Ding hier übrig geblieben und versucht mich zu entsorgen.

Ich betätige den Öffnungsmechanismus und klettere aus der Bubble hinaus. Schon von hier aus kann ich an dem Namensschild auf dem Overall erkennen, dass ich Claude gefunden habe. Oder er mich.

»Hey, Claude«, gehe ich direkt in die Offensive. »Schöne Grüße von Robby.«

Während ich weiter auf den Mann zugehe, halte ich den Stick, der mir in Down_Under übergeben wurde, vorsichtig so, dass nur er ihn sehen kann.

Sofort entspannen sich seine Gesichtszüge. Er nimmt mir den Stick bei unserer flüchtigen Begrüßung aus der Hand. Dann macht er mit seinem Kopf eine Geste und murmelt: »Da geht's lang.«

Ich gebe ihm noch einen freundschaftlich wirkenden Klaps auf die Schulter, bevor ich in der gewiesenen Richtung einen Durchgang betrete. Kaum bin ich hindurch, gibt es etwas anderes, das mich staunen lässt.

Zwischen eng beieinanderstehenden Häusern wimmelt es von Personen, die hierhin und dorthin eilen. Aber es sind nicht diese Personen, die mich in Verwunderung versetzen, sondern das, was über ihnen durch die Luft gleitet.

Ausnahmslos jeder hat eine Art Schild, der etwa eine Handbreit oberhalb des Kopfes schwebt. Bei den meisten ist es einfach nur eine runde, flache Platte. Einige Jugendliche scheinen aber ihren Spaß daran zu haben, ihre Scheiben auf möglichst fantasievolle Art und Weise zu pimpen. Über dem Haupt eines schmächtigen Kerlchens breitet ein mächtiger schwarzer Drache seine Schwingen aus und bedenkt die Umgebung mit finsteren Blicken. Ein bullig gebauter Typ in Trainingsklamotten, der Massen glänzender Ketten um den Hals trägt, stolziert unter etwas einher, das wie eine enorme antike Münze aus purem Gold wirkt. Ein in einen Anzug mit Weste gekleideter älterer Herr, schreitet unter einem schlichten schwarzen Schirm dahin, unter dem es zu regnen beginnt, als er gerade an mir vorbeigeht. Dem Grinsen der beiden Teenager nach zu urteilen, die hinter ihm mit einem ominösen Gerät in der Hand hergehen, ist dieser Regen nicht seine Idee.

Mit einem verhaltenen Grinsen begebe ich mich ins Gewühl, um erst einmal von meinem Ankunftsort zu verschwinden.

»Arnaud, fällt dir etwas auf?«

»Was meinst du genau?«

»Die Leute starren uns an.«

»Das wird wohl daran liegen, dass ich kein solches Schild-Dingens mit mir herumschleppe.«

»Das befürchte ich ebenfalls. Möglicherweise verstoßen wir gerade gegen ein Gesetz.«

»Da drüben scheint ein Laden zu sein. Lass uns da mal schauen, ob wir etwas herausbekommen.«

Ohne mich groß bemühen zu müssen, komme ich quer durch die Menge bis zu dem Geschäft, das wie eine Mischung aus Apotheke und Kiosk aussieht. Tatsächlich scheinen mir die anderen Passanten sogar aus dem Weg zu gehen. Einige schauen mich dabei mit großen Augen und einer Mischung aus Angst und Ehrfurcht an. Andere schütteln mit einer missbilligenden Miene den Kopf. Als ich am Laden angekommen bin, fällt mir sofort ein Firmen-Logo im Fenster auf. Der weiße Schriftzug auf rotem Grund erinnert mich an die antike Sonnenbrille, die ich vor einigen Jahren von Iurii zum

Abschluss des Masters geschenkt bekommen habe. Nur ist hier unterhalb der Schrift noch eine ovale weiße Fläche.

Da hat Ray-Ban wohl die Produktpalette erweitert.

»Bürger der Tertiären Sphäre«, brüllt es in diesem Augenblick ein Stück über mir.

Unwillkürlich hebe ich meinen Kopf und suche die Lärmquelle. Sie ist schnell gefunden. An der nächsten Hausecke ist ein Lautsprecher angebracht. Und er ist nicht allein. Schon beim ersten vorsichtigen Umschauen bemerke ich noch mindestens fünf weitere.

Wahrscheinlich das, was die hier unter News-Feed verstehen.

Währenddessen plärrt es weiter: »Die Federal Urbanisation Administration weist darauf hin, dass der Aufenthalt unter freiem Himmel, in der Zeit von fünf Uhr morgens bis fünf Uhr abends, zu dauerhaften Gesundheitsschäden führen kann. Bürger, die es vorziehen, keinen Screensaver zu verwenden, können die Administration nicht für eventuell auftretende Spätschäden haftbar machen.«

»Du solltest besser auch so einen ... Screensaver erwerben, Arnaud.«

»Das geht aber nicht.«

»Warum dieses?«

»Ohne Persona-Code kann ich nichts kaufen, aber wenn ich den benutze, dann weiß doch jeder, wo ich bin.«

»Oh. Guter Punkt. Allerdings befürchte ich, dass deine Haut mit der unabgeschirmten Strahlung hier in der Tertiären Sphäre Probleme bekommen wird.«

»Honey, kannst du mich hören?«

Wilde Tonmodulationen sind zu hören. Dann wird es immer deutlicher, dass jemand spricht. Plötzlich zerreißt mir ein Rauschen fast den Kopf, aber danach erklingt Honeys Stimme.

»Boss? Kannst du mich jetzt verstehen?«

»Hey, Honey. Du bist zwar nicht klar und deutlich, aber ich verstehe dich.«

»Das liegt an der Strahlung dort, wo ihr seid. In Innenräumen wäre es besser.«

»Geschenkt. Kannst du mir den kürzesten Weg raus aus der Stadt und bis zu diesem Xpress zeigen?«

»Einen Moment. Ich werde versuchen, dir die gesamte Route zur Offline-Verwendung zu schicken. Ich kann nicht für eine lückenlose Verbindung garantieren.«

Während Honey sich mit ihrer Aufgabe beschäftigt, bleibe ich am Schaufenster des Ladens stehen und tue so, als würden mich die angebotenen Waren interessieren. Dann aber bemerke ich etwas, das mich den ganzen Kram vergessen lässt.

Aus dem Augenwinkel kann ich erkennen, dass Claude aus dem Durchgang kommt, den auch ich vor kurzem verlassen habe. Aber er ist nicht allein. Zwei in schwarze Uniformen gekleidete Männer flankieren ihn und bugsieren ihn auf einen Wagen in gleicher Farbe zu. An dem Wagen steht ein weiterer Uniformierter und blickt suchend in die Menge.

Fuck.

Ich ducke mich hinter die nächste Hausecke, was allerdings einige der Umstehenden dazu veranlasst, mich noch intensiver anzustarren, als sie es ohnehin bereits getan haben.

»Honey? Planänderung. Gib mir die ersten Daten schon jetzt. Ich muss hier weg!«

Ohne weitere Diskussion flammt in meinem Sichtfeld ein Pfeil auf, der in die Gasse weist, an deren Ecke ich stehe.

Ich gehe in die gewiesene Richtung – so langsam, wie ich es fertigbringe. An der nächsten Ecke biege ich ab und stelle erleichtert fest, dass hier wesentlich weniger Betrieb herrscht. Aber trotzdem dreht sich jeder Kopf nach mir um.

»Eine unbemerkte Flucht können wir vergessen, Arnaud. Renn!«

Das lasse ich mir nicht zweimal sagen.

Ich sprinte los und biege um zwei weitere Ecken, die Honeys Pfeil mir weist. Immer schneller und schneller werde ich, sodass ich schon das Gefühl habe, regelrecht an den Leuten hier vorbeizufliegen. Ein Hochgefühl überkommt mich.

Ich kann es schaffen.

Natürlich kann ich es schaffen.

Nur noch um diese Ecke, dann geradeaus, in den Tunnel, über die Linie.

Die rote Linie.

In diesem Moment rammt mich eine stählerne Faust und alles verschwimmt vor mir.

#LONELIESTNUMBER

DIGITALE WELT, LE VILLAGE, BURG OBERHALB VON MJUS VILLA, ZEITINDEX 12052121_0340 - 0540

MJU

Diesmal ist es nicht in wenigen Sekunden vorbei.

Während Kyle noch auf das fatale Portal zugerutscht ist, hat er instinktiv seine Arme ausgestreckt – wahrscheinlich im verzweifelten Versuch, sich irgendwo abstützen zu können und so das Unvermeidliche doch noch zu verhindern. Daher sind es sein rechter Mittelfinger und der linke Daumen, die zuerst mit dem Ereignishorizont in Kontakt geraten. Aber anders als bei dem ersten Opfer friert Kyle nicht einfach nur ein und verblasst dann, um letztendlich im Portal zu verschwinden. Stattdessen haben sich die analogen Entwickler inzwischen einiges einfallen lassen, um aus der Angelegenheit ein Ereignis zu machen, das man so schnell nicht vergisst. Kyles Körper wird an beiden Armen in die Höhe gerissen, bis er, wie an einem Kreuz hängend, mitten in dem trügerisch freien Durchgang zur Festhalle schwebt. Erst dann breitet sich von seinen Händen eine unheimliche Schwärze über Arme, Oberkörper und schließlich seinen Kopf aus. Es wirkt, als würde

Kyle bei lebendigem Leib zu einer dieser Moorleichen werden, von denen ich damals in Analogien etwas in einem History-Feed gesehen habe. Schmerzen scheint er dabei durchaus zu verspüren, denn die Blicke seiner Augen erzählen ganze Bände seiner Pein. Die Lippen beben und verziehen sich zu verschiedensten Grimassen, während sie Worte oder Schreie formen wollen, die aber nicht zu hören sind.

Mit tränenüberströmtem Gesicht stehe ich vor ihm – hin und hergerissen zwischen dem Wunsch, Kyle mit einem beherzten Ruck aus seiner Lage befreien zu können und der Furcht davor, durch die Berührung eines seiner Körperteile ebenfalls zum Opfer zu werden. Trotzdem mir die Tränen fast die Sicht nehmen, kann ich mit einem Mal hinter Kyle eine Bewegung erkennen. Ein weiterer Schrecken gesellt sich zum Horror seines Anblicks.

Vom Festsaal her kommen immer mehr der Renegaten auf den Durchgang zu. Sie scheinen nichts von dem gehört zu haben, was draußen vor sich gegangen ist. Ob sie einfach nur neugierig geworden sind oder tatsächlich der Meinung sind, dem Unglücklichen, der dort hängt, helfen zu können, kann ich nicht erkennen. Wie sie wohl meine Worte nicht hören können, nehme auch ich nichts von dem wahr, was sie sagen. Honey steht mitten unter ihnen und fixiert zuerst Kyle, dann mich mit schreckgeweitetem Blick.

»Nein, bleibt weg!« Ich fuchtele heftig mit meinen Armen. »Das ist eine Falle. Ihr ... Honey, halt sie auf!«

Die nach innen geöffneten Flügel des Tores schwingen herum und knallen zu.

Inzwischen wird das, was von Kyle noch übrig ist, grotesk deformiert. Es hat den Anschein, dass man versucht, ihn in zwei Teile zu zerreißen.

Kyle presst seine Augenlider zusammen. Das Gesicht verzerrt sich vor Anstrengung, während er einen pfeifend-zwitschernden Schrei von sich gibt.

Was auch immer er getan hat, scheint zu funktionieren.

Es gelingt ihm, seine Arme an den Körper zu ziehen. Auch die Beine winkelt Kyle nun an, bis er – fast wie zu einem Ball zusammengerollt – zitternd mitten im Portal schwebt.

Aber die Analogen denken nicht daran, aufzugeben.

Dort, wo eigentlich die Tür sein sollte, öffnet sich eine Art Schlund.

Kyle, dessen Züge sich kurz entspannt hatten, fühlt von dort wohl einen Sog, denn seine Augen werden groß. Er schaut hektisch nach hinten, dann zu den Seiten, doch nirgendwo findet er eine Möglichkeit, sich festzuhalten. Sein Kopf dreht sich zurück nach vorn und er sucht meinen Blick.

»*Sorry*«, formen seine Lippen, bevor er nach hinten gesaugt und verschluckt wird.

Dann herrscht Stille.

Einen Moment lang – oder eine ganze Ewigkeit – starre ich mit einem tauben Gefühl in meinem gesamten Körper auf den Punkt, wo er verschwunden ist. Dann setzen meine Gedanken wieder ein.

Hoffentlich wirken wenigstens die Türen drinnen als Abschirmung! Nur wie kommen …?

In diesem Augenblick explodiert ein Teil der Mauer zu meiner Rechten.

Ich stehe stumm und starr da und blicke auf Steine, die in einer Staubwolke polternd zu Boden fallen. Dann tritt eine Gestalt aus der Wolke hervor. Es ist Honey. Allerdings eine Honey, wie ich sie noch nie gesehen habe. Ihr Körper wird von einem metallisch schimmernden Suit bedeckt, das in permanenter Umkonfiguration befindlich ist – trotzdem zeigt es Kragen und Kravatte eines Business-Outfits. Ihr Haar ist offen und scheint vor Spannung fast schon Funken zu schlagen. Ihre Augen, die sie unverwandt auf mich richtet, scheinen von innen heraus zu leuchten.

»Entschuldige bitte den Lärm«, bemerkt sie mit leiser Stimme. »Man soll es nicht für möglich halten, aber mir ist zunächst keine Lösung eingefallen, um wieder einen Zugang zur Halle herzustellen.

Da fiel mir aber ein, dass ich kürzlich die Werke von Robert Frost gescannt hatte, und ich habe einen seiner Tipps in die Tat umgesetzt.«

»Tipps?«, frage ich stirnrunzelnd. »Und wer ist Robert Frost?«

Honey verzieht ihr Gesicht zu einem halben Grinsen. »Er ist ein Dichter von damals aus dem zwanzigsten Jahrhundert. Er kam von diesem anderen Kontinent, zu dem es schon seit Jahrzehnten keinen Kontakt mehr gibt.«

»Moment mal. Meinst du Amerika?«

»Exakt.«

»Und was ist das mit dem Tipp?«

»Er hat mal gesagt: 'Der beste Ausweg ist manchmal der Durchbruch.' Und ehrlich gesagt hatte ich ... eine ... Scheißwut auf diese analogen Arschlöcher. Da kam es mir gerade recht etwas zerstören zu können.«

Sie bläst sich eine Haarsträhne aus dem Gesicht, dreht sich um und verschwindet wieder in dem Mauerdurchbruch.

EINIGE ZEIT später sitze ich mit einer Tasse in der Hand auf dem Stuhl am Terminal in der Mitte des Festsaals. Die Tasse hat mir einer der Köche in die Hand gedrückt, aber ich beachte sie kaum. Der Inhalt schwappt – inzwischen wohl kalt geworden – teilweise über den Rand, als ich Honey zu mir winke, die zunächst dafür gesorgt hat, dass alle Mitstreiter über das Problem mit dem Portal Bescheid wissen.

»Hast du eine Idee, wie es zu ... all dem hier kommen konnte?« Ich mache eine allumfassende Geste. Wieder schwappt dabei etwas Flüssigkeit heraus und läuft über meine Hand. Ich schaue nach unten und stelle die Tasse kopfschüttelnd ab.

Honey setzt sich auf den Stuhl neben mir. »Ich denke, es war eine Kombination aus Dummheit und Mutwillen.«

Ich schaue sie mit gerunzelter Stirn an.

»Beatrice kann mit dem, was sie in ihren Träumen tut, eine erstaunliche Macht ausüben. Das ist ihr selbst gar nicht bewusst gewesen. Und mir leider auch nicht, sonst hätte ich ihr verboten, weiter zu experimentieren. Wahrscheinlich kam die Lücke, die sie damit in die Firewall gebohrt hat, einfach zu einem ungünstigen Zeitpunkt. Eben genau dann, als dieser treulose Thomas den FUA-Schergen davon berichtet hatte, dass wir uns doch hier oben befinden. Dadurch konnten sie eindringen und haben vielleicht einfach auf gut Glück ihr Interface in dem Durchgang errichtet.«

»Das werden sie büßen«, zische ich mit zusammengebissenen Zähnen.

Honey sieht mir fest in die Augen und drückt meine Hand mit ihrer. »Das werden sie. Und wenn ich all meine Algorithmen dafür opfern muss. Ach, eine gute Nachricht gibt es aber auch.«

Erwartungsvoll blicke ich zu Honey auf.

»Ich hatte Kontakt zu Maxx und Alma. Sie haben wohl eine Transportmöglichkeit gefunden, die sie ein gutes Stück in die Tertiäre Sphäre bringen wird, wenn alles klappt.«

Erleichterung flutet meinen Körper.

Ein Glück, dass wenigstens sie unversehrt sind. Sonst hätte das alles keinen Sinn gehabt.

Meine Augen beginnen zu brennen, als Tränen der Trauer und Überforderung darum buhlen vergossen zu werden.

Und würdest du das vielleicht sogar verstehen, Honey? Deine Programmierung sieht sicher keine Subroutinen für Emotionen vor, doch wenn ich dich mir so anschaue, dann bekomme ich glatt das Gefühl, dass du dir ein Plug-in besorgt hast. Aber selbst wenn das so sein sollte, will ich es jetzt nicht testen!

Ich springe auf. »Ich muss mir mal die Beine vertreten. Wenn mich jemand sucht, ich löse die Wache oben auf dem Turm ab.« Damit stürme ich durch das Loch in der Mauer, laufe über den Hof und klettere in Windeseile die Treppe hoch, bis ich auf der halb verfallenen Aussichtsplattform angekommen bin.

»Ablösung«, murmele ich auf den fragenden Blick der Wache hin.

Der Mann nickt mir dankbar zu und verschwindet in Richtung Treppe.

Ich lehnte mich an eine der intakten Zinnen und blicke in die Düsternis des Tals. Erst jetzt gestatte ich meinen Tränen, zu fließen.

ALS DIE SONNE ihren Lauf hinter dem Wald erneut beginnt, habe ich das Gefühl, mit der Situation zwar keinen Frieden, aber zumindest einen Waffenstillstand erreicht zu haben. Ich erhebe mich von einem Mauerrest, auf dem ich gesessen habe. Eine Weile schaue ich dem gelben Ball dabei zu, wie er sich langsam über die Wipfel erhebt, um dann nach und nach etwas von seinem Licht auch ins Tal zu unseren Füßen zu gießen.

Eigentlich ist es hier wunderschön. Es könnte es zumindest sein, wenn alles so wäre wie vorher. Als ich noch nichts von diesem ganzen Mist ahnte. Obwohl, auch wenn ich es nicht wusste, so waren all diese Ungerechtigkeiten, die Gewalt und die Willkür ja trotzdem schon vorhanden.

In diesem Moment fällt das Sonnenlicht auch auf den Dorfplatz.

Was ist das?

Als wir zum ersten Mal bemerkten, dass eine Kampftruppe ins Dorf marschiert, konnten wir zwar feststellen, dass auf dem zentralen Platz etwas aufgebaut wird, aber nicht, worum es sich handelt.

Wann war das? Vor einer Woche? Ach nein, das war gestern.

Nun kann ich genau sehen, was dort aufgebaut worden ist.

Verdammtnochmal, ich hatte mich doch gerade halbwegs mit unserer Situation abgefunden!

Vor dem Rathaus befindet sich ein großer Käfig.

Er ist gefüllt mit Personen.

Mit allen Bewohnern des Village.

Nur notdürftig gegen die Kühle der Nacht geschützt haben sie offenbar dort ausharren müssen. Nun hocken sie dicht aneinandergedrängt in einer Ecke des vergitterten Kastens und blicken angsterfüllt auf das, was auf der anderen Seite des Springbrunnens aufgebaut worden ist.

Was das ist, kann ich nicht erkennen, da der erhöhte Bereich komplett mit schwarzen Tüchern abgedeckt ist. Aber es ist bestimmt kein Kasperltheater.

»Honey?«, flüstere ich. »Kannst du mich hören? Hier …«

»Du musst einen Moment warten«, kommt es in einem gehetzt klingenden Tonfall zurück. »Maxx hat Probleme. Ich muss helfen.«

Verfluchter Mist. Alles scheint auseinanderzufallen. Und ich bin auf mich gestellt, jetzt wo sie Kyle abgezogen haben. Schon allein mit ihm darüber zu reden, gemeinsam Vermutungen anzustellen, hätte geholfen – zwar erst einmal nicht den armen Leuten dort unten, aber wir hätten einen Weg gefunden. Was mache ich …?

In diesem Moment kommt Bewegung in die Szenerie des Dorfplatzes. Aus der Tür des Wirtshauses treten einige schwarzgekleidete Gestalten – ihrem Verhalten nach in bester Laune. Sie stellen sich zwischen dem Käfig und dem verhüllten Etwas auf. Dann kommt ein weiterer Mann auf den Platz. An den Verzierungen seiner Uniform und seiner Haltung ist klar erkennbar, dass es sich um den Anführer handelt.

Wahrscheinlich dieser ominöse General-Typ.

Er geht gemessenen Schrittes über den Platz bis zu einem Podium mit einem Mikrofon, steigt hinauf und schaltet es ein. Sofort ist neben einem Rauschen auch das leise Wimmern der Dorfbewohner zu hören, die nun ihn anblicken. Der Mann stützt sich mit beiden Händen auf dem Podium ab, beugt sich mit einer bedrohlichen Geste zum Mikrofon hinunter und bellt hinein:

»Renegaten! Das Spiel ist aus, wie ihr sicherlich bereits am eigenen Leib erfahren habt. Wir haben euer Versteckspiel durchschaut und bereits erste Gefangene genommen. Gebt auf! Ich räume euch dazu eine letzte Frist bis um 12 Uhr mittags ein. Wenn ihr diese Frist ungenutzt verstreichen lasst, dann werdet ihr die Konsequenzen zu verantworten haben, die dies für eure Mitbürger hat!«

Auf einen Wink von ihm entfernen einige der Männer die schwarze Verhüllung, die mir bisher die Sicht versperrt hat.

Ich blinzle überrascht.

Was auch immer ich erwartet habe, das ist es nicht.

Aber ich begreife.

Scheiße, das könnt ihr doch nicht machen!

»Wenn ihr in der Lage seid, zu verstehen, was das für Konsequenzen sind. Wenn ihr nicht willens seid, diese armen Seelen, deren einziger Fehler es war, euch in ihrem Dorf Unterschlupf zu gewähren, dem auszuliefern, dann stellt euch. Ihr habt nichts zu befürchten. Sie schon.«

Ich lasse meinen Blick über das wandern, was sich als eine bizarre Art von Bühne herausgestellt hat. Dort kann ich neben einigen Apparaturen, deren Sinn sich mir nicht erschließt, ein Schafott, einen Galgen und einen Scheiterhaufen erkennen. Dabei gehen mir immer und immer wieder Kyles Worte durch den Kopf.

Wir bluten nicht. Wenn uns jemand mit einer Axt zerteilen würde, dann sterben wir auch nicht, sondern erstehen wieder an einem standardmäßig eingerichteten Ort. Aber wir fühlen den Schmerz.

NICHT GANZ KOMPLETT

ANALOGE WELT, TERTIÄRE SPHÄRE, XPRESS-ROUTE ZUR QUARTÄREN SPHÄRE, ZEITINDEX 12052121_0530 - 0730

MAXX

Schmerz.

Ohrenbetäubender Lärm.

Alles dreht sich.

Schmerz!

»Eins ... Eins ... Null«

»Arnaud, was auch immer du tust ... halt dich fest!«

Unwillkürlich zucken meine Arme umher. Als meine linke Hand auf Widerstand trifft, versuche ich die gefühllosen Finger darum zu schließen. Kurz kommt die taumelnde Welt um mich herum zu einer Art Stillstand. Dann jedoch werde ich mit brachialer Gewalt weggerissen und trudele wieder durch einen Mahlstrom aus Licht und Dunkelheit.

Plötzlich wird es komplett dunkel.

Oh, shit. Bin ich jetzt komplett im A...?

In diesem Augenblick kommen die Bilder flackernd zurück, werden jedoch um sich rasend schnell verändernde Texte ergänzt, die überall in meinem Sichtfeld aufflackern. Mit Mühe kann ich darin das Wort »Emergency« erkennen.

Du sagst es, Alter.

Im Versuch, erneut irgendwo Halt zu finden, zappele ich wild mit Armen und Beinen. In dem Moment, als die Rechte etwas zu fassen bekommt, fährt mir etwas mit Macht zwischen die Beine und bleibt in meinem Schritt hängen. Ich habe das Gefühl, brutal vorwärts katapultiert zu werden. Jetzt scheint mein Griff aber zu halten. Vielleicht hilft auch der Umstand, dass diesmal ebenfalls ein Bein so eingeklemmt ist, dass nur noch das andere über den Boden schrammt.

Das Thema Familienplanung dürfte sich damit endgültig erledigt haben. Moment … das ist ja eh schon durch, es sei denn, ich hätte gern ein paar süße kleine Roboter-Babys.

Ich kann es nicht verhindern, dass in meiner Kehle ein Lachen aufsteigt und sich seinen Weg nach draußen bahnt. Während ich weiter durch die Dunkelheit geschleift werde, gebe ich mich seiner Wirkung hin, lache und johle bei dem, was mir durch den Kopf geht. *»Dann haben wir den Xpress also doch noch erwischt.«*

»Wohl eher er uns. Ist alles in Ordnung, Arnaud?«

»Du meinst abgesehen davon, dass meine organische Hülle diesen Ritt hier sicher nicht unbeschadet übersteht?«

»Darum können wir uns kümmern, wenn wir angekommen sind.«

»Genau. Kommt der Tag, kommt die Sorge.«

Wesentlich schneller, als ich es mir gedacht hatte, erreicht mich diese Sorge dann aber doch. Der Xpress kommt zu einem Halt und selbst ohne erweitertes Gehör kann ich wahrnehmen, dass wir in einer Warenumschlags-Station angekommen sind. Überall ist hektische Betriebsamkeit zu hören.

Hilft nix. Ich muss mich bewegen.

»Fünf-Fünf-Eins«

Das spontane Einsetzen von Schmerzen – selbst auf diesem Level – bewirkt, dass der Arm, mit dem ich mich bisher festgehalten hatte, sämtliche Kraft verliert und mein Oberkörper auf den Boden plumpst. Nur das eingeklemmte Bein bewegt sich keinen Zentimeter.

»Scheiße, wie kriege ich das da raus?«

»Es tut mir leid mein lieber Junge, aber ich fürchte, dass in diesem Fall wirklich nur Ziehen hilft.«

Okay, dann also wieder Mister Robot.

»Fünf-Fünf-Null«

Auch wenn die Taubheit sämtlicher Glieder mir immer noch ein beängstigendes Gefühl gibt – *kann man dabei eigentlich von Gefühl reden?* – so versetzt sie mich wenigstens in die Lage, meine Lage zu verändern. Das geht erstaunlich leicht. Obwohl ich nur einen Arm verwenden kann, ziehe ich mit ihm das verkeilte Bein ohne große Mühe aus den Innereien der Waggon-Unterseite, sodass nun auch der Rest meines Körpers auf den Boden fällt. Ich kauere mich in dem Raum zusammen, der zwischen Xpress und Gleisbett verbleibt, und nehme erst einmal die Umgebung in Augenschein. Schnell habe ich einen Ort entdeckt, wo es mir möglich sein wird, die Fahrspur zu verlassen. Der Weg dorthin dauert dann aber wesentlich länger, als mir lieb ist. Offensichtlich sind sowohl mein linker Arm als auch das linke Bein von dem Zusammenprall mit dem Xpress so stark in Mitleidenschaft gezogen worden, dass sie kaum eine Hilfe bei der kriechenden Fortbewegung unterhalb des Zuges darstellen. Während ich – gefühlt in Zentimeterstücken – auf die Lücke zurobbe, kann ich hören, wie die Container über mir ent- und anscheinend auch direkt erneut beladen werden.

»Was, wenn dieses Ding gleich wieder losfährt?«

»Du solltest unbedingt verhindern, noch einmal mitgeschleift zu werden, Arnaud.«

Anstatt Alma die bissige Antwort zu geben, die mir auf der

Zunge liegt, verdopple ich meine Anstrengungen und bin schließlich an der Lücke angelangt.

In diesem Moment erklingt ein rhythmischer Warnton.

War ja klar.

Mühsam quetsche ich mich durch den Spalt zwischen zwei Fahrwerks-Elementen hindurch.

Der Rhythmus wird schneller.

Meine einzige funktionstüchtige Hand findet ein Geländer und ich ziehe. Doch ich komme nicht vorwärts.

»Arnaud, ich will dich nicht beunruhigen, aber …«

»Ich weiß! Lass es einfach. Ich muss nur …«

Ein Blick nach unten zeigt mir den Grund für die Wirkungslosigkeit meiner Bemühungen. Durch die Gefühllosigkeit habe ich nicht bemerkt, dass der linke Fuß so verdreht ist, dass sich der Stiefel, in dem er steckt, zwischen den Rädern des Xpress verklemmt hat. Aus meiner aktuellen Position heraus käme nur die linke Hand dort heran. Diese baumelt jedoch nur an meinem Körper herum, als ob sie eigentlich gar nicht dazugehören würde.

»Bestimmt ist der Arm beim Aufprall ausgekugelt worden«, meldet sich Alma zu Wort.

»Erzähl mir mal was Neues. Und vor allem etwas, das mir hilft.«

Inzwischen ist aus dem Rhythmus ein durchgehender Ton geworden.

Ach, scheiß drauf.

Ich ziehe mit aller Kraft mit meinem gesunden Arm am Geländer und stemme dabei das gute Bein außen gegen eines der Räder.

Doch es geschieht nichts. Weder bewegt sich der Stiefel selbst, noch kann ich meinen Fuß daraus hervorziehen.

Der Ton nimmt an Lautstärke zu.

Fuck – Fuck – Fuck!

Anders als sonst, hat Alma zu meinem Ausbruch nichts zu sagen. Ich stecke wohl wirklich in der Scheiße.

Mit einem Mal verschwimmt meine visuelle Wahrnehmung.

Nein, sie verschwimmt nicht, es legt sich nur eine Ebene darüber, auf der Textzeilen in schwindelerregender Geschwindigkeit laufen. Als ich gerade die Worte »Emergency-Mode online« erkenne, bemerke ich trotz meiner programmierten Gefühllosigkeit, dass sich etwas in meinem Körper tut. Er beginnt zu vibrieren, dann scheint er sich aufzublähen. Nun ist mein Blickfeld wieder frei und ich kann sehen, wie sich die Haut immer mehr spannt, als ob sie jeden Augenblick zerreißen würde.

Was für ein verdammtes Glück, dass ich nix davon fühle!

Plötzlich schießt meine funktionierende Hand vor und greift nach dem verklemmten Fuß. Mit einem gewaltigen Ruck reißt sie ihn aus der Lücke. Zumindest denke ich das, bis ich bemerke, dass sich sowohl Fuß als auch Stiefel nicht mehr an dem Bein befinden, das nun endlich zwischen den Rädern hervorrutscht.

Während ich noch fassungslos auf den Stumpf und den jetzt im Gleisbett unter dem Zug liegenden Stiefel starre, rollt sich mein Körper in eine liegende Position.

Das reicht aber trotzdem nicht! Wenn der Xpress losfährt, schleift er mich entweder mit sich wieder zurück, oder er reißt mich ungefähr so auseinander, wie ich es – WTF hab ich getan?! – eben mit dem Bein gemacht habe.

Wie zur Antwort auf meine Gedanken donnert der funktionierende Arm gegen die Wand des Bahnsteigs und erzeugt ein hohl dröhnendes Geräusch.

Überrascht drehe ich den Kopf weg von meinen Überbleibseln unter dem Zug und bemerke nun auch, was mein Körper wohl bereits wahrgenommen hat, ohne dass es mir bewusst geworden ist.

Eine metallene Revisionsklappe. Die ist groß genug für mich!

Noch bevor ich den Gedanken zu Ende gedacht habe, greift meine Hand nach einer Kante und zieht mich zur Seite.

Der Xpress ruckt an und nimmt ansatzlos seine Fahrt zurück nach Down_Under auf.

Schwer atmend liege ich auf dem Boden und versuche, meinen Herzschlag zu beruhigen. Immerhin weiß ich ja nicht, ob auch er nur ein rein dekorativer Teil des menschlichen Aussehens ist oder doch eine essenzielle Funktion für den kybernetischen Körper hat, den ich bewohne. Nach kurzer Zeit flammt in meinem Sichtfeld ein Text auf und beginnt zu blinken: »Wiedervereinigung einleiten?«

Was immer du meinst, denke ich verwirrt und bestätige mit einem Augenzwinkern.

Kaum dass ich es getan habe, rollt sich mein Körper aus der Nische hervor bis zu dem nutzlos zwischen den Gleisen liegenden Stiefel. Er greift sich diesen und rollt sich zurück zu dem Geländer, das ich vorhin für meine Befreiung nutzen wollte. Den funktionierenden Arm und das Bein nutzend, zieht er sich in eine aufrecht stehende Position.

Mit fassungslosem Staunen sehe ich dabei zu, wie er versucht, das andere Bein zu heben. Es funktioniert nur zum Teil.

Und jetzt?

Von meiner Ratlosigkeit unbeeindruckt, verlagert der Körper das Gewicht so, dass er seinen Arm vom Geländer lösen kann und bevor ich mich auch nur fragen kann, was das nun bringen soll, hämmert er mit der Faust auf das defekte Hüftgelenk.

Ein Knirschen erklingt und dann lässt sich das Bein wieder heben, wenn auch mit einem hörbaren Quietschen.

Okay, das war schon mal …

Das Bein senkt sich nach unten. Mit einem Schmatzen, das mich innerlich erzittern lässt, fährt es in den Stiefel, bis ich einen Widerstand verspüre. Ein weiteres Knirschen, dann ein Klicken und ich stehe wieder auf beiden Beinen.

»Wiedervereinigung erfolgreich – Emergency-Mode beenden?«, blinkt in meinem Blickfeld und ich bestätige, ohne weiter nachzudenken.

»Arnaud, kannst du mich wieder hören?«, kommt es von Alma in

einem Tonfall, der erkennen lässt, das sie sich einige Sorgen gemacht hat.

»Ja, Alma, alles …«

Oben auf dem Bahnsteig verdeckt plötzlich etwas eine der Lampen, die ihr Licht auf mich werfen. Ich wende meinen Kopf dorthin und blicke in die Augen eines Mannes.

»Alter, wie siehst du denn aus?«, ruft der mit einem dreckigen roten Overall bekleidete Typ, der auf der anderen Seite des Gleises auf einem Bahnsteig steht und mich anstarrt.

»Mitgenommen«, knurre ich. In einem spontanen Einfall ergänze ich: »Wo kann man sich hier beschweren?«

Die Taktik scheint zu wirken.

Mein Gegenüber wird blass und fängt an, vor sich hin zu stammeln, während ich mich mit ungelenken Bewegungen auf den Bahnsteig hieve.

Ich schaue an mir hinunter.

Die Lederjacke, die ich aus der Umkleide mitgenommen habe, hat den meisten Schaden von meinem Oberkörper ferngehalten. Sie selbst sieht aber aus, als wäre sie durch einen Fleischwolf gedreht worden. Die Hose hängt in Fetzen von meinem guten Bein. Der Fuß des anderen Beins ist immer noch leicht nach außen verdreht. Es funktioniert zwar wieder, macht aber bei jedem Schritt ein knirschendes Geräusch. Der Stiefel am unversehrten Bein fehlt.

»Ob die FUA für so einen Fall ein Beschwerde…«, holt mich die Stimme des Anderen aus der Selbstbetrachtung. Er blickt sich hilfesuchend um, aber außer ihm ist niemand zu sehen.

Ich betrachte ihn mir etwas genauer.

Der Overall, den der Mann anhat, sieht nur unwesentlich besser in Schuss aus als meine momentanen Klamotten. Sein Gesicht und die Hände sind nicht einfach nur von der Arbeit schmutzig, sondern wirken so, als ob sie schon seit Wochen nicht gewaschen worden wären. Auch er trägt keine Schuhe und er versucht – auffällig unauffällig – etwas hinter seinem Rücken zu verbergen.

»Dieses Subjekt ist garantiert kein Angehöriger des hiesigen Personals«, meldet Alma sich zu Wort. *»Er wird wohl eher versucht haben, etwas von den Waren zu stehlen.«*

»Perfekt.«

»Arnaud, was meinst ...?«

Doch ich verzichte ein weiteres Mal darauf, der alten Dame meine Welt zu erklären.

Eigentlich ist es nicht wirklich meine Welt. In der hat es bis vor ein paar Tagen keine solche oder auch nur ansatzweise ähnliche Action gegeben. Es ist die Welt der antiken Filme, in die ich immer dann flüchte, wenn meine Träume mich nicht zur Ruhe kommen lassen.

Ich schaue mich verstohlen um und beuge mich dann mit einem verschwörerischen Grinsen zu ihm. »Hör mal zu, mein Freund. Ich denke, wir wissen beide, dass keiner von uns hier und jetzt wirklich etwas zu suchen hat.« Dabei nestele ich mit der funktionierenden Hand in der Innentasche meiner Jacke und bringe die Karte zum Vorschein, die ich dort glücklicherweise verstaut hatte.

Die Augen des Typen werden groß und beginnen zu glänzen. In sein Gesicht tritt ein Ausdruck, nur mühsam beherrschter Gier.

»Kennst du zufällig jemanden, der Verwendung für eine Persona-Card aus der Sekundären Sphäre hätte?«

Der Mann leckt sich unwillkürlich über die aufgesprungenen Lippen und fixiert die Karte in meiner Hand.

»Mal angenommen, ich würde tatsächlich eine solche Person kennen. Was ... was müsste diese denn dafür anlegen?«

Bingo!

»Ich bin ein genügsamer Mensch«, sage ich breit lächelnd. »Eine verschwiegene Bleibe für die nächsten Stunden, etwas Proviant ...« Ich schaue an mir hinunter. »Und vielleicht noch ein Medikit.«

»Nichts leichter als das«, raunt mir der Typ zu und greift nach der Karte.

Aber ich bin schneller. Ich stecke sie wieder in meine Jacke und schnalze dabei mit der Zunge. »Na, na, na. Nicht so hetzen jetzt. Bekommen ist gut. Haben ist besser. Bring mich dahin und besorg das Zeug. Dann kriegst du auch das, was du willst.« Ich schaue ihm mit schräggelegtem Kopf noch einmal fest in die wässrigen Augen. »Und komm nicht auf die Idee zu irgendwelchen schrägen Stunts. Auch mit einer Hand kann ich dir noch problemlos den Hals umdrehen.«

Der Mann nickt eilfertig und dreht sich um. »Komm ... komm«, nuschelt er und winkt mit der Hand, die nicht das kleine Kästchen trägt, das er vorher hinter seinen mageren Körper gehalten hatte. Er ist selbst nicht besonders gut zu Fuß, sodass ich auch mit meinem lädierten Bein problemlos mit ihm Schritt halten kann.

Wir verlassen das Frachtumschlagsgelände durch einen verdeckten Gang. Auch hier herrscht auf der anderen Seite hektisches Treiben, aber es schaut uns niemand interessiert oder gar misstrauisch an. Alle halten ihren Blick gesenkt und scheinen sich auf ihre eigenen Angelegenheiten zu konzentrieren. Nach einigen Minuten sind wir so tief in die labyrinthischen Gassen der Quartären Sphäre vorgedrungen, dass ich komplett die Orientierung verloren habe.

»Meinst du, dass Honey uns hier auch mit Navigationsdaten versorgen kann?«, wende ich mich an Alma.

»Ich befürchte, dass das nicht der Fall sein wird. Wenn überhaupt, dann können wir hier noch mit dem Telefon Kontakt zu ihr aufnehmen. Und darüber lassen sich keine Daten übertragen.«

»Wow, das ist ...«

»Wir sind da«, reißt mich die Stimme des Typen, dem ich folge, aus der inneren Unterhaltung.

Ich schaue hoch und weiß nicht, was ich sagen soll.

Vor mir steht nicht nur der zerlumpte Typ, sondern auch eine kaum sauberer aussehende Frau und zwei Kinder.

»Meine Familie«, erklärt er überflüssigerweise. Zu ihnen

gewandt ergänzt er: »Ihr habt ihn nich gesehen. Und nu ab. Ich hab Brot organisieren könn'. Vielleicht gibt's das ab jetz wieder öfter.«

Ohne ein weiteres Wort nimmt die Frau ihm das Kästchen aus der Hand und scheucht die Kinder in eine Art Höhle, die direkt aus dem Gestein der Wände ringsum herausgeschlagen zu sein scheint.

»Für dich geht's hier lang«, brummt der Mann und wackelt vorneweg in einen düsteren Gang. Nach wenigen Metern geht es um eine Ecke und dort, am Ende eines noch schmaleren Gangs, klafft der Eingang zu einer weiteren Höhle.

»Hier isses«, bemerkt er und weist mit seiner Hand in die Schwärze. »Hat bis vor kurzem Axom gehört. Dann isser beim Klauen aus'm Zug erwischt word'n. Abtransportiert hamse ihn. Ob er nochmal wiederkommt, weiß keiner. Aber du brauchst es ja eh nich lange, oder?«

»Genau. Bin ... auf der Durchreise.«

»Gut für dich. Wer will schon hierblei'm? Denn ma' rein inne gute Stube. Strom is drin. Essen bring ich dir gleich.« Sein Blick fällt auf meine Linke, durch deren zerfetzte Haut große Teile des metallenen Skeletts zu sehen sind. Schnell hebt er ihn wieder und ergänzt in einem beiläufig klingenden Tonfall, für den ich ihn direkt bewundere: »Was zum ... Reparieren wirste hinten drin bestimmt auch finden.«

Ich zücke die Karte. »Ich weiß nicht warum, aber ich vertraue dir. Sieh zu, dass du das Ding schnell zu DiCs machst.«

Fast ehrfurchtsvoll nimmt der Mann das kleine Stück Plastik entgegen, dass hier möglicherweise eine Weile lang ein mehr oder weniger sorgenfreies Dasein für ihn und seine Familie ermöglichen wird. Ein vorsichtiges Lächeln erscheint auf seinem Gesicht und lässt ihn um Jahre jünger aussehen. Dann dreht er sich um und humpelt zurück zu seiner Familie.

Hoffentlich habe ich mich nicht doch in ihm getäuscht und er hetzt mir den Umwelt-Service auf den Hals. So, wie ich jetzt aussehe, packen die mich direkt in die nächste Presse oder verfrachten mich auf die Insel.

Ich gehe durch den Eingang und betätige einen Schalter direkt neben der Tür. Ein nacktes Licht an der Decke flammt auf und ich finde mich in einem Raum wieder, der trotz der nur roh behauenen Wände gar nicht einmal so ungemütlich aussieht. Das Mobiliar ist zwar ziemlich zerschlissen, aber auf mich wirkt der Sessel wie ein Himmelbett, als ich mich mit quietschenden Gelenken darauf niederlasse. Ich muss stark an mich halten, um nicht einfach die Augen zu schließen und in tiefen Schlaf zu fallen. Doch das kann ich mir nicht leisten. Ich erhebe mich wieder und wanke in einen Nebenraum, der tatsächlich so etwas wie eine Werkstatt zu sein scheint.

Perfekt. Medizin für Maschinen.

Ich schalte das Arbeitslicht ein und lege die Klamotten ab. Dann nehme ich den Schaden in Augenschein, den die überraschende Schwarzfahrt an meinem Körper verursacht hat.

#WAITINGHURTS

DIGITALE WELT, LE VILLAGE, BURG OBERHALB VON MJUS VILLA, ZEITINDEX 12052121_1158 - 13052121_0000

MJU

»Honey, wie lange noch?« Mit Mühe wende ich meinen Blick von der Szenerie unten im Dorf ab und sehe sie an.

»Eine Minute und 28 Sekunden«, gibt diese zurück und trägt dabei eine Miene, die wie in Stein gehauen wirkt.

Ich fahre mir mit beiden Händen übers Gesicht und durch die Haare. Die letzten Stunden sind anstrengender gewesen als das meiste, was ich in den Tagen zuvor getan habe. Zwar glaube ich, dass den anderen Renegaten die Wichtigkeit unserer Mission bewusst ist, aber dieses stumpfe Warten, ohne etwas tun zu können, ist entnervend.

Und garantiert genau das, was die Typen dort unten bezwecken.

Eine Sirene beginnt zu kreischen und reißt mich aus meinen Gedanken.

Zusammen mit den Anderen wende ich meine Aufmerksamkeit wieder nach unten.

Auf dem Dorfplatz tut sich etwas. Der General steht von dem Tisch vor dem Wirtshaus auf, an dem er im Schatten eines Sonnenschirmes gesessen und gegessen hat. Er schreitet wieder zu seinem Podium. Als er diesmal in sein Mikrofon spricht, klingt es nicht harsch und fordernd, sondern von einer heuchlerischen Anteilnahme geprägt, bei der mir übel wird.

»Die Zeit ist um und ich muss leider feststellen, dass ihr aufrührerischen Gesellen nicht den Anstand besessen habt, unserer einfachen Bitte nachzukommen. Stattdessen verschanzt ihr euch weiterhin feige in einer Ruine und schaut auf diejenigen hinab, die nun die angekündigten Konsequenzen zu tragen haben. Schande über euch, denn ich kann nur vermuten, dass euer andauerndes Schweigen den alleinigen Grund hat, dass ihr euch an dem, was nun geschieht, zu delektieren gedenkt. Nun denn, schweren Herzens werden wir hier unten unser Werk beginnen.«

Kopfschüttelnd steigt er wieder vom Podium und vermittelt sogar den Eindruck, einige Mühe dabei zu haben, seinen Schergen mit einem Wink zu verstehen zu geben, dass sie ihrer Arbeit nachgehen sollen.

Die Schwarzgekleideten reagieren sofort. In einer geradezu feierlichen, dabei aber nicht minder bedrohlich wirkenden Ruhe stellen sich die meisten von ihnen so auf, dass sie ein Spalier zwischen der Käfigtür und der Treppe zur Bühne bilden. Einer geht mit schweren Schritten auf den Käfig zu und öffnet die Tür. Dann deutet er auf einen Mann.

Oh, verdammt. Ich kenne ihn. Nein. Ich kenne sie alle. Kann ich das verantworten?

Im Ausgang des Käfigs gibt es in der Zwischenzeit einen kleinen Tumult, als sich ein anderer Mann vor den Ausgewählten schiebt und mit dem Auswähler diskutiert.

Zu hören ist davon nichts, denn das Mikrofon ist abgeschaltet.

Schließlich gibt der Auswähler auf und zerrt, statt des ursprünglich erwählten Mannes, denjenigen heraus, der die Diskussion begonnen hat.

Nein, Pierre, was tust du da?!

Als ich den alten Freund von Alma erkenne, dem ich bei der Suche nach ihr begegnet bin, will ich auf die Zinnen klettern und meine Gedanken hinausschreien.

Aber wenn ich das jetzt tue, dann fällt unsere Gruppe auseinander!

Ich krampfe die Hände um die Kante einer Zinne, bis die Knöchel weiß unter der Haut hervortreten. Das Stöhnen, das schon dabei gewesen ist, meine Kehle hinaufzusteigen, dränge ich zurück und starre auf das, was nun geschieht.

Pierre hält sich aufrecht, während er abgeführt wird. Nur an den winzigkleinen Schritten, die er, auf seinen Stock gestützt, durch das Spalier macht, kann man sein Alter erahnen.

Man geleitet ihn auf die Bühne. Dort wird ihm ein schwarzer Sack über den Kopf gezogen. Danach heben sie ihn auf ein schmales Bänkchen unter dem Galgen und legen ihm die Schlinge um den Hals.

Ich schließe die Augen.

Ist schon seltsam, dass man etwas wie Atemluft einfach so als gegeben hinnimmt, nur um in einer Situation wie dieser das Gefühl zu haben, ersticken zu müssen. Und warum mussten sie es in der digitalen …

Plötzlich erklingt um mich herum ein kollektives Keuchen und ich reiße die Augen wieder auf. Was ich dort unten sehe, ergibt spontan keinen Sinn.

Das Bänkchen steht immer noch an dem Platz, wo es aufgestellt worden ist. Doch von Pierre ist nichts mehr zu sehen. Weder hängt er am Seil, noch liegt er irgendwo. Er ist einfach weg. Nur der schwarze Sack baumelt von der Schlinge hinunter.

»Was ist passiert?«

Beatrice antwortet in einem Tonfall, der ihre eigene Verwunderung widerspiegelt: »Er ist einfach verschwunden. Als hätte er sich weggezaubert.«

Dann wird es mir klar.

»Kein Zauber«, murmle ich. Ich drehe mich zu den Anderen herum und spreche meinen Gedanken lauter aus. »Nein, das war kein Zauber oder anderer Trick. Pierre muss geahnt haben, dass die Aufregung sein Herz überfordern würde. Er hat darauf gezählt, dass es früh genug aufhören würde zu schlagen. Aber er hat sich nicht geopfert – jedenfalls nicht wirklich. Erinnert ihr euch an Kyles Worte oder habt ihr selbst schon einmal an einem Match in Fant_Asia teilgenommen? Wir sterben nicht. Wenn unser digitaler Organismus aufgibt, dann kommt es zum Respawn. Wir werden an einem meist von uns selbst festgelegten Ort wieder ins Geschehen eingesetzt. Das bedeutet, dass Pierre den Typen mit etwas Glück sogar entkommen ist.«

Ringsherum ist ein Aufatmen zu vernehmen. Einige der Umstehenden lachen erleichtert auf. Doch dann breitet sich in der Gruppe abermals ein Stöhnen aus.

Ich richte den Blick erneut auf den Dorfplatz.

War ja klar. Sie haben doch noch genug Material.

Dort wird nun der ursprünglich ausgewählte Mann durch das Spalier getrieben, um ebenfalls mit dem Sack über dem Kopf auf das Bänkchen gestellt zu werden. So bleibt er schwankend stehen.

Minuten verstreichen.

Nichts geschieht.

Nach weiteren Minuten macht Unruhe sich unter den auf dem Turm Stehenden breit.

»Was soll das werden?«, sind die Worte, die immer wieder gefragt werden.

Ich bin mir da sicher.

Weitere Zermürbung. Sie werden ihn dort stehen lassen, um einen Keil zwischen uns zu treiben.

Bevor ich dies aber äußern kann, meldet sich erneut der General zu Wort.

»Ihr seht, was auf diesen bemitleidenswerten Dorfbewohner zukommt. Noch könnt ihr es verhindern. Bis 1500 gewähren wir ihm weiteren Aufschub. Wenn ihr euch bis dahin stellt, dann geschieht ihm nichts. Es liegt allein an euch.«

Gemurmel kommt rings um mich auf.

Schließlich spricht Beatrice den Gedanken laut aus, der auch mir bereits mehrfach durch den Kopf gegangen ist. »Wie können die es eigentlich wagen, hier wie Diktatoren aus alten Zeiten aufzutreten? Was versprechen sie sich davon? Und wie kommen sie auf die Idee, dass die Bürger es sich auf die Dauer gefallen lassen, wenn das die Runde macht?«

»Sie sind nicht wie wir«, antworte ich spontan. »Dieses Benehmen, diese Methoden, das sind alles Beweise dafür, dass sie nur Marionetten der analogen Führung sind. Schon allein die Idee, physische Folter oder gar Exekutionen anzuwenden, zeigt klar die Denkweise von Analogen.«

»Aber wie soll das funktionieren? Wir sind hier alle digital. Auch die da unten. Kein Digitaler würde sich freiwillig zum Werkzeug dieser Bonzen machen lassen.«

Ich zögere.

Soll ich? Kyle hatte seine Gründe, es keinem sagen zu wollen. Er befürchtete eine Panik unter ihnen. Aber sind wir darüber nicht schon längst hinaus?

Ich straffe mich und erhebe meine Stimme. »Wer von euch hat einen Phasendiskriminator?«

Die Umstehenden blicken zuerst mich fragend an, dann hin und her. Schließlich meldet sich ungefähr die Hälfte von ihnen.

»Dreht den äußeren Ring um 90 Grad nach rechts, dann schaut euch die Typen da unten noch einmal an.«

Fragende Blicke werden erneut auf mich gerichtet, doch ich

bleibe stumm und bedeute ihnen nur mit einer Geste, dass sie wie geheißen tun sollen.

Nun ist wieder kollektives Keuchen zu hören.

»Was ist das?«, wird fast wie aus einem Mund gefragt.

»Die blauen Schemen, die auf den Figuren da unten reiten, sind Anzeichen dafür, dass es nur Avatare sind, die aus der analogen Welt gesteuert werden. Ihr seht, bis auf den General sind das alle, die dort unten Schrecken verbreiten. Und er hat sich wahrscheinlich von der FUA kaufen lassen.«

»Fuck U All«, skandiert die Gruppe unisono.

»Da seht ihr es. Es sind wieder einmal die analogen Anführer, die uns ihr Denken, ihr Wollen, ihre Bedingungen diktieren. Genau dagegen seid ihr schon lange eingetreten. Dagegen wollen wir etwas tun. Deswegen sind wir hier. Und sie wollen uns entzweien, um uns daran zu hindern. Deswegen sind sie dort unten. Ich bin selbst bis vor etwa einem Jahr analog gewesen. Ich weiß, dass das nicht die Meinung aller Analogen ist. Die meisten kommen gut mit uns klar. Wir arbeiten, spielen, lachen und weinen zusammen. Lasst es nicht zu, dass die paar Primitivlinge, die in den oberen Etagen sitzen, weil sie Geld haben oder schon immer mächtig waren, uns daran hindern, unser Recht auf Leben, Ressourcen und Selbstbestimmung auszuüben.«

Als Antwort erhalte ich Stille.

Dann beginnen die Anderen zu klatschen.

»Es wird nicht schön werden. Diese Schergen dort unten werden alles tun, um uns zu verletzen. Und weil sie nicht hier oben an uns herankommen, versuchen sie es auf diese miese Art und Weise. Indem sie andere verletzen. Meint ihr, sie würden nicht das gleiche mit uns machen, wenn wir dort wären?«

»Aber sie haben doch gesagt ...«, beginnt eine Frau an meiner linken Seite.

Ich schaue sie an. »Sie lügen. Glaub mir.«

Die Frau lässt ihre Schultern hängen und macht ein unglückliches Gesicht.

»Lasst uns nach unten gehen. Wir können hier nichts tun. Noch nicht. Aber wir müssen bereit sein, um es in etwa 11 Stunden zu tun.« Damit schreite ich durch die Menge und steige langsam die gewundene Treppe hinab bis in den Hof. Zufrieden stelle ich dort fest, dass mir alle gefolgt sind, und gehe weiter in Richtung Küche. Jeanne und Laurent sind die Einzigen, die nicht mit auf den Turm gekommen sind, weil sie unsere nächste Mahlzeit vorbereiten wollten.

Die Mahlzeit ist da.

Koch und Köchin aber nicht.

Stattdessen haben sie eine aus kleinen Teigwaren gebildete Nachricht hinterlassen.

»Pardon?«, ruft Beatrice hinter mir, die das Wort ebenfalls gelesen hat. »Was soll denn das bedeuten? Wo sind sie?«

»Das heißt, dass sie gegangen sind«, meldet sich ein Mann zu Wort. »Sie hatten sowieso schon ganz schön an der Situation zu knabbern. Deswegen haben sie auch freiwillig den Küchendienst übernommen, weil sie hier drin nicht so viel davon mitbekommen.«

Ich seufze und setze an etwas zu sagen, doch die erneut loskreischende Sirene aus dem Dorf schneidet mir das Wort ab.

Sie haben sie gefunden.

Mit einem Mal habe ich das Gefühl, alle Kraft zu verlieren. Aber der Turm ist der einzige Ort, von dem aus man freien Blick auf den Dorfplatz hat. Also steige ich die Treppe, die ich eben noch voller Zuversicht hinuntergelaufen bin, wieder hoch und habe dabei den Eindruck, dass Tonnengewichte an meinen Füßen hängen würden.

Die zierliche Jeanne und der wohlbeleibte Laurent stehen bereits auf der Bühne, nicht weit von dem immer noch unter dem Galgen zitternden Mann. Der General hat sich wieder zu seinem Podium begeben.

»Renegaten!«, donnert er und vermittelt dabei den Eindruck

eines Rachegottes. »Soeben wurden diese zwei Subjekte beim Versuch aufgegriffen, einen heimtückischen Anschlag auf mich zu verüben.«

»Das kann nicht sein«, sagt der Mann keuchend, der uns eben schon Auskunft über die beiden gegeben hat. »Sie sind die friedfertigsten Geschöpfe, die ich je kennengelernt habe.«

»Diese Freveltat darf nicht ungesühnt bleiben!«, ruft der General in sein Mikrofon.

»Das ist eine Lüge!«, schreit der Mann neben mir. »Schaut sie euch doch an. Niemals können sie so etwas auch nur versucht haben.«

Er fährt herum zu mir und blickt mich hilfesuchend an.

Tränen wollen aus meinen Augenwinkeln schießen. Doch ich dränge sie mühevoll zurück, während ich langsam den Kopf schüttle. »Es ... es tut mir so leid. Aber wir können ... nichts ... tun.«

Mit einem fast schon tierisch klingenden Heulen erhebt der Mann beide Hände, die er zu Fäusten geballt hat. Aber er geht damit nicht auf mich los, sondern drischt sie mit aller Macht gegen die Burgzinnen, immer und immer wieder, während unten im Dorf Jeanne und Laurent zum Scheiterhaufen geführt werden.

STUNDEN SPÄTER HOCKE ich auf meinem Stuhl am Terminal und starre auf die Anzeigen, ohne wirklich etwas wahrzunehmen.

Honey tritt von der Seite her an mich heran und ich hebe meinen Kopf.

»Danke, dass du das getan hast. Ich weiß nicht, ob ich bis jetzt durchgehalten hätte, wenn du nicht dafür gesorgt hättest, dass auch Audio nicht mehr zu uns durchdringen kann.«

»Es war logisch, dies zu tun, um euren Kampfeswillen nicht auszuhöhlen«, sagt Honey und nickt mir zu. »Bald ist es so weit.«

»Irgendwelche Neuigkeiten von Maxx?«

»Leider nicht. Ein verlässliches Datennetz gibt es dort draußen nicht. Ich kann nur hoffen, dass er meine fortwährenden Versuche, ihn über dieses Telefon-Gerät zu kontaktieren, irgendwann bemerkt und antwortet.«

»Wie lange ist es noch hin bis Mitternacht?«

»Etwa eine halbe Stunde.«

Ich schaue Honey mit schräggelegtem Kopf an.

»Eine solche Zeitangabe von dir?«

»Von Maxx habe ich gelernt, dass ihr Menschen gewisse Ungenauigkeiten durchaus als ... sympathisch empfindet. Er hat mir einmal von einer Studie berichtet, nach der künstliche Intelligenzen besser von Menschen akzeptiert wurden, wenn sie absichtlich kleine Fehler machten.«

Du redest von ihm, als wäre er schon ...

Ich schüttle heftig meinen Kopf, um den Gedanken zu vertreiben, bevor er sich festsetzen kann. Stattdessen erhebe ich mich und klatsche in die Hände. »Leute, wir haben noch ungefähr eine halbe Stunde. Ist jeder auf seinem Platz? Gut. Ich komme noch einmal rum und vergewissere mich, dass jede und jeder Einzelne weiß, was gleich zu tun ist.«

In den folgenden Minuten rede ich mit jedem der verbliebenen 18 Renegaten ein paar Worte, räume letzte Zweifel aus und bestärke ihren Kampfeswillen. Als ich meine Runde beendet habe, wende ich mich noch einmal an alle, bevor ich mich an der Steuerkonsole niederlasse. »Es ist Zeit. Begebt euch in eure Kemenaten und versucht, zur Ruhe zu kommen. Denkt immer daran: Es ist nicht wichtig, was ihr träumt. Hauptsache ihr träumt überhaupt. Wenn ihr euch zu aufgewühlt fühlt, dann benutzt die Langeweile-Technik, die wir ganz am Anfang gelernt haben. Sollte es irgendein Problem geben, dann werde ich den Not-aus-Schalter betätigen. Wenn ihr also davon geweckt werdet, kommt zurück hierher, damit wir besprechen können, was zu tun ist. Ich bin stolz auf euch. Wer konnte schon je von sich behaupten, seine Gegner im Schlaf bekämpft zu haben.«

Ringsum werden Türen geöffnet – teilweise die ohnehin schon vorhandenen, teilweise die von Honey hinzugefügten. Aus dem geschäftigen Geklapper und Gemurmel wird mehr und mehr gespannte Stille.

Ich wende den Blick zu Beatrice, die als einzige noch nicht hinter ihrer Tür verschwunden ist. »Ich denke, du wirst diejenige sein, die einen großen Anteil an unserem Sieg hat. Viel Glück und Erfolg. Versuch aber einfach, anstatt unserer Firewall diesmal deren Verteidigungsmechanismen zu durchbohren.«

Die junge Frau gibt mir das Daumen-hoch-Zeichen und geht in ihren Alkoven.

»Fünf Minuten«, bemerkt Honey.

Ich nicke ihr zu und fixiere dann die Anzeigen des Terminals, in dem der Zustand jedes einzelnen Renegaten und der Energieverbrauch zu sehen sind. Langsam, aber sicher wird erkennbar, dass die Ersten schlafen.

»Und Maxx?«

»Immer noch kein Kontakt.«

»Aber, was machen wir jetzt?«

»Das ist ein Szenario, dass ich nicht berechnen kann. Zwei Minuten.«

In diesem Moment fallen die Kurven von fünf der Schläfer ansatzlos auf Null.

»Was zum ...?« Mein Kopf zuckt hoch. Als ich erkenne, woran es liegt, reiße ich unwillkürlich die Augen auf.

Auf fünf der Türen prangen die Buchstaben »O-F-F-F«.

»Verdammt, sie haben es wieder geschafft. Wie ...?«

»Das sind alles nur Türen, die schon vorhanden waren«, ruft Honey dazwischen. »Sie müssen beim letzten Eindringen an die Adressen gekommen sein. Eine Minute.«

Hastig überschlage ich in Gedanken.

Nur noch 13 übrig. Wird das reichen?

»Und da ist noch etwas«, kommt es von Honey.

»Was?!«

»Wir wissen immer noch nicht, ob Maxx den Schalter aktiviert hat.«

»Und?«

»Wenn nicht, dann verbrauchen wir bei der Freisetzung mit einem Schlag rund 80 Prozent der Energiereserven der gesamten digitalen Welt.«

Das sagst du mir jetzt?!

»Nur noch dreißig Sekunden.«

Fieberhaft versuche ich, die Antwort auf eine Fragestellung zu finden, für die sogar Mamie Tage benötigt hätte. Dann treffe ich eine Entscheidung.

NICHT GANZ AM ENDE

ANALOGE WELT, QUARTÄRE SPHÄRE, ZEITINDEX 12052121_1800 - 13052121_0005

MAXX

»Ich will ja nicht neugierig sein, aber hast du da drin vielleicht ne Ratte gefangen?«, dringt die Stimme meines unverhofften Helfers durch die geschlossene Tür der Höhle. »Riecht irgendwie so, als obde grillen würdest.«

Ich wende meinen Blick vom fast blinden Spiegel an der Wand der Wohnhöhle ab und lege den Lötkolben beiseite.

»Wenn du hart im Nehmen bist, dann komm ruhig rein. Aber glaub mir, eine Ratte ist es nicht.«

»Bin gleich wieder weg«, wiegelt er ab. »Wollt dir nur für deine Gabe danken.« Er senkt seine Stimme, sodass ich ihn nur deshalb noch hören kann, weil ich das Gehör ohnehin hochgedreht habe, um eventuelle Probleme frühzeitig mitzubekommen. »Das Ding hat mir nen Passierschein in die Tertiäre für uns vier verschafft. Danke nochmal. Ach, und weil ich mir denken kann, dassde dich hier ohne Navi, nich so gut zurechtfindest, hab ich noch was für dich.«

Durch den Spalt unter der Tür wird etwas hindurchgeschoben.

Ich humple dorthin und besehe es mir näher.

Eine Karte des Quadranten. Genau was mir der Arzt verschrieben hat.

»Das kann ich tatsächlich gut gebrauchen. Ich komme gleich noch einmal bei euch vorbei, um mich zu verabschieden.«

»Na, dann ...« Seine Stimme verklingt und ich sehe ihn förmlich vor mir, wie er vor der Tür steht und mit sich ringt, ob er nicht doch noch einen Blick riskieren kann oder lieber nie mehr etwas von mir zu Gesicht bekommen will.

Ich schaue wieder in den Spiegel.

Dafür kann ich ihm nicht mal einen Vorwurf machen.

Mein Oberkörper ist zwar tatsächlich relativ intakt – bis auf die inzwischen fast schwarzen Blutergüsse. Nachdem ich es geschafft habe, den Arm wieder einzukugeln, kann ich diesen fast normal benutzen. Aber in meinem Gesicht sind einige tiefe Risse, die teilweise bis auf das Metall des Schädels gehen, und das rechte Bein gleicht eher etwas, das in der Mülltonne einer Fleischerei zu finden wäre.

Da ist es auch Alma nicht zu verdenken, dass sie sich vorübergehend zurückzieht, um das nicht mitansehen zu müssen.

Ich nehme den Lötkolben wieder zur Hand und fahre damit fort, die letzten offenen Wunden zu kauterisieren. Auf diese Art und Weise fühle ich nach dem Abkühlen an den Wundrändern nur noch etwas wie mehrere Tage alten Schorf. Die dazwischen hervorschauenden metallisch glänzenden Teile meines Skeletts lassen sich so natürlich nicht verbergen.

Hilft nix. Ich werde wohl doch noch eine Verkleidung brauchen.

Ich gehe in die Schlafhöhle, wo ich einen Schrank vermute. Leider stellt sich schnell heraus, dass der bisherige Bewohner ganz und gar nicht meine Kragenweite hatte. In seine Klamotten könnte ich mich nicht einmal mit Mühe zwängen. Während ich noch mit mir selbst darüber hadere, ob ich es wagen kann, ohne Verkleidung durch die Gegend zu laufen, nimmt mein Gehör mit einem Mal etwas wahr, von dem ich gehofft hatte, dass es vermeidbar sein würde.

In oder vor der Höhle der Nachbarn ist eine Diskussion entbrannt, bei der zumindest einer der Kontrahenten den Eindruck vermittelt, zur lokalen Autorität zu gehören.

Die Entscheidung fällt instinktiv.

Als ich vorsichtig um die Ecke in die Gasse einbiege, sehe ich tatsächlich einen in eine schwarze, martialisch aussehende Uniform gekleideten Mann vor dem Eingang zur Höhle stehen. Er hat meinen Wohltäter am Hals gepackt und schüttelt ihn, während er beständig die Frage wiederholt, woher dieser die Persona-Card habe. Anhand der Größenverhältnisse der beiden ist sofort klar, dass der Uniformträger um einiges größer und breiter als sein Opfer ist.

Perfekt.

Ich muss mich nicht einmal darum bemühen, besonders leise zu sein, während ich auf die beiden zugehe – so sehr genießt der Schwarzgekleidete seinen Moment der Macht. Dann tippe ich ihm auf die Schulter.

Er fährt herum und lässt den Anderen unwillkürlich los.

»Deine Uniform. Gib sie mir. Jetzt.«

Anders als ich es erwartet hatte, steckt in der großen Menge an Uniform kein altgedienter Kämpfer, sondern ein junges Bürschchen, das wahrscheinlich noch nicht lange Haare zwischen den Beinen hat. Auch scheint ihn die Ausbildung, die er bisher genossen hat, nicht auf einen Anblick vorbereitet zu haben, wie ich ihn gerade biete.

Aber noch bevor ich ihn auch nur ein weiteres Mal berühre, verdrehen sich seine Augen, sodass nur noch das Weiße zu sehen ist. Dann sackt er zusammen und fällt mir vor die Füße. Der Helm, den er bisher in seiner freien Hand gehalten hatte, entgleitet seinen Fingern und kullert klappernd über den Boden, bis er an der nächsten Wand zu liegen kommt.

»Also ich finde eine solche Reaktion doch ein wenig übertrieben«,

kommentiert Alma, die ihr Refugium offensichtlich wieder verlassen hat.

Nun kann ich allerdings erkennen, dass wir beide die Wirkung meines Aussehens ein wenig überschätzt haben. Hinter ihm bemerke ich nun die Mutter der zwei Kinder mit einem erhobenen Holzknüppel in der Hand und einem entschlossenen Ausdruck auf ihrem Gesicht.

Unsere Blicke treffen sich und mir wird klar, dass auch ich ihr in dieser Situation vermutlich nicht gewachsen wäre.

»Alte Kriegsverletzung, eh?«, bemerkt ihr Mann, der inzwischen wieder neben ihr steht und seinen Hals reibt. Dabei zeigt er mit der anderen Hand auf mein Bein und das Gesicht.

»Einsatz in den Außengebieten«, ist das Einzige, das mir spontan dazu einfällt.

Gibt es sowas überhaupt?

Aber ihm genügt es offensichtlich, denn er nickt. »Zum Glück haste ja jetz was zum Drüberziehen. Hilfste mir, das Jüngelchen irgendwo sicher wegzusperrn?«

Ich nicke, greife das traurige Häuflein und werfe es mir über die Schulter. »Wohin mit dem Klavier?«

Mit großen Augen zeigt er in Richtung der leeren Wohnhöhle seines Nachbarn.

Schnell haben wir dort den Ohnmächtigen so verschnürt, dass er es später zwar schaffen wird, sich zu befreien, uns aber erst einmal nicht in die Quere kommt. Ich passe ganz gut in seine Uniform und er wird letztendlich mit dem Spott seiner Kollegen klarkommen müssen, wenn er in Unterwäsche im Stützpunkt auftaucht.

»Und du bist dir sicher, dass wir ihn nicht weiter weg bringen sollten?«, will ich von dem Mann wissen, der sich mir inzwischen als Waldo vorgestellt hat. »Wenn er bald nebenan aufwacht …«

»Mach dir deshalb ma' keine Gedanken. Da sind wir längst weg. Eigentlich sind wir ja aus der Tertiären, aber es gab da 'n blödes

Missverständnis und sie ham uns hierher verfrachtet. Mit dem Passierschein könn' wir wieder zurück. Und denn wird alles gut.«

»Guter Plan. Viel Erfolg dafür.«

»Dir auch«, sagt Waldo und greift meine Hand. »Danke nochma' für die Chance. Hoffentlich klappt das, wasde hier zu tun hast. Was auch immer das is. Wirst ja nich' gleich die Primäre Sphäre zum Einsturz bringen, was?« Er legt seinen Kopf schräg. »Wobei, wenn ich's mir überlege, dann könnten 'n paar von den Typen da bestimmt mal 'n Dämpfer vertragen.« Damit erhebt er sich, winkt noch einmal und verschwindet durch die Tür nach draußen.

»Eigentlich war das ein ganz vernünftiger Mensch«, kommt es von Alma.

»Ja, wie das Äußere doch manchmal täuschen kann.«

»Gut. Jetzt, wo das geklärt ist, sollten wir uns an den Plan machen. Am besten lassen wir uns von Honey erst einmal auf den letzten Stand bringen.«

»Verdammt.«

»Was genau möchtest du mir damit sagen, Arnaud?«

»Dieses Tele…dings!«

»Das Telefon?«, fragt Alma, aber ich bin schon aufgesprungen und zu dem Hocker gelaufen, auf dem meine alten Klamotten liegen. Fieberhaft checke ich die Taschen der Jacke und werde schließlich fündig.

Scheiße.

Anders als ein großer Teil meines Körpers hat das Gerät den Aufprall nicht unbeschadet überstanden. Trotzdem es stabil gebaut war, ist es mitten durchgebrochen. Die beiden Teile hängen zwar noch grundsätzlich zusammen, aber es lässt sich nicht einmal mehr einschalten.

»Das ist nicht gut«, spricht Alma das Offensichtliche aus.

»Dann müssen wir wohl ohne Honey klarkommen. Wenigstens haben wir eine Karte.«

Ich hole die zusammengefaltete Folie aus der Tasche und breite sie auf einem Tisch aus. Nach einigem Suchen wird mir klar, dass sie uns nur dann überhaupt etwas nützt, wenn wir darauf den Punkt lokalisieren können, an dem wir uns gerade befinden.

»Okay, denk nach …«

»Das ist immer eine gute Idee«, kommt es munter von meiner Mitbewohnerin. Es hat glatt den Anschein, dass auch sie von dem Jagdfieber angesteckt wird, das inzwischen mein Elektronenhirn flutet.

Gerne würde ich mich jetzt einem verbalen Geplänkel hingeben, wie es sich oft nach einem harten Tag im Büro in einer Bar ergibt. Aber wir sind nicht in einer Bar, und das ist auch noch nicht das Ende. Hoffentlich.

»Bitte, Alma, das ist jetzt nicht die Zeit für Lebensweisheiten.«

»Zu Befehl, Monsieur.«

Kopfschüttelnd wende ich mich wieder der Karte zu. Dort finde ich wenigstens relativ schnell den Punkt, wo der Xpress angekommen ist.

»Wenn ich doch noch eine meiner Weisheiten zum Besten geben dürfte?«

Ich seufze, muss dabei aber unwillkürlich schmunzeln.

»Natürlich.«

»Wir sind maximal eine Viertelstunde unterwegs gewesen, befinden uns aber trotzdem im äußersten Ring, denn nur hier wird direkt in den Fels gebaut.«

»Na dann … ich hab's. Gute Idee.«

»Darauf können wir uns einigen.«

»Und wo wir schon mal dabei sind. Auch das Terminal, von dem du erzählt hattest, müsste sich doch im äußersten Ring befinden, weil hier der direkte Kontakt zum kristallinen Speicher am besten gegeben ist.«

»Wenn es noch existiert.«

»Was soll das heißen?«

»Arnaud, das ist ungefähr 50 Jahre her. Damals war die Sphäre

gerade erst fertiggestellt worden. Hier im quartären Bereich wohnte noch niemand. Diese Entscheidung ist erst getroffen worden, nachdem die ersten drei Teile bevölkert worden waren. Gut möglich, dass sie den Eingang zugebaut haben, als immer mehr Leute hier angesiedelt wurden.«

»Und das sagst du mir erst jetzt?!«

»Mein lieber Junge, es bestand keine Veranlassung, dich bereits mit diesem Thema zu belasten, solange wir noch nicht einmal sicher sein konnten, überhaupt hierher zu gelangen.«

»Der Tag – die Sorge.«

»Exakt. Was nun aber deine Frage und den dahinterstehenden Plan angeht, so sollten wir tatsächlich im äußeren Ring Ausschau halten.«

»Okay, dann los.«

Ich verstaue den Plan wieder in einer Tasche und stehe auf. Das Quietschen, das ich dabei erzeuge, kann zwar vermutlich nur ich hören, aber es erinnert mich daran, dass ich mich auf mein verdrehtes linkes Bein nur bedingt verlassen kann.

Was soll's. An Wettläufen werde ich ja erst einmal nicht teilnehmen.

Als ich die Höhle verlassen will, fällt mir der Sicherungskasten auf. Ich überlege kurz, dann reiße ich ihn von der Wand und in den Räumen wird es dunkel. Danach greife ich mir den in der Ecke daneben angelehnten Besen und breche den Stiel ab. Diesen ramme ich draußen in Felsspalten, sodass sich die Tür nicht so einfach öffnen lassen wird und wende mich zum Gehen.

Hasta la vista, Baby.

»SIEHST DU IRGENDWO ETWAS, das dir bekannt vorkommt?«

»Diese Frage stellst du mir nun schon zum dritten Mal, Junge.«

»Weil von ihrer Beantwortung abhängt, ob wir überhaupt noch rechtzeitig dazu kommen, das zu tun, was wir tun müssen.«

Während ich einen etwas breiteren Weg im äußeren Ring entlanggehe und dabei versuche, nicht allzu auffällig zu hinken, schaue ich zum wiederholten Mal auf die Zeitanzeige im Head-up-Display, das ins Visier des Helms integriert ist. Alle anderen Anzeigen habe ich bisher nicht beachtet, denn die Tatsache, dass unser Zeitvorrat inzwischen bis auf 30 Minuten zusammengeschmolzen ist, hemmt das Spielkind in mir.

»Natürlich, Arnaud. Ich verstehe, was du meinst. Aber ich kann dir ... Moment, dreh dich noch einmal nach rechts!«

Ich bleibe mitten auf einer Kreuzung stehen und tue, wie mir geheißen. Die wenigen Passanten und Fahrzeuge, die hier außer mir unterwegs sind, machen einen möglichst großen Bogen um mich. Niemand wagt es, mir auch nur einen fragenden Blick angesichts der Tatsache zuzuwerfen, dass ich mitten im Weg stehe. Immerhin scheine ich ja ein Angehöriger der Exekutive zu sein, also ist das nur allzu verständlich. Allein ein vierschrötiger Typ, der wohl in Gedanken versunken kurz hinter mir hergegangen war, kann nicht rechtzeitig bremsen und knallt gegen mich.

»Oh, ent...«, nuschelt er, doch weiter kommt er nicht.

»ANNÄHERUNGSALARM«, flammt es in meinem Blickfeld auf – nicht im Helm, sondern direkt in meinem Kopf. Mein Körper fährt herum und hebt den rechten Arm, der schon wieder bedrohlich vibrierend anschwillt. »Terminieren?«, erscheint direkt unter der Alarm-Meldung und ich beeile mich, den Vorgang abzubrechen. Das Zermalmen eines unaufmerksamen Passanten ist nicht gerade das, was ich mir unter dezenten Ermittlungen vorstelle.

Mit weit aufgerissenen Augen in einem Gesicht, das alle Farbe verloren hat, starrt er mich an, die Hände erhoben – halb abwehrend, halb flehend.

»Sieh zu, dass du weiterkommst«, knurre ich und mache eine entsprechende Geste mit dem Kopf.

Das lässt der Mann sich nicht zweimal sagen. Er dreht sich in die von mir gewiesene Richtung und rennt stolpernd davon.

»Was hattest du gerade gesagt, Alma?«

»Was ist denn eben geschehen?«, fragt sie statt einer Antwort zurück.

»Konntest du das nicht sehen?«

»Ich habe nur dein … nun ja, etwas aufbrausendes Verhalten bemerkt.«

Ich gebe ein kurzes Schnauben von mir. *»Anscheinend ist durch den Unfall mit dem Xpress irgendeines der Terminator-Systeme getriggert worden, die sich in meinem Körper befinden. Wenn ich mich recht erinnere, dann basiert dieser Körper auf einem Kampfchassis für Kriegseinsätze.«*

»Oje, dann sollten wir wohl versuchen, das wieder in Stase zu versetzen, wenn alles vorbei ist. Vor allem, weil ich in diesem Moment eben keinen Kontakt mehr zu dir bekommen konnte.«

»So, wie im Gleisbett.«

»Wie meinst du das, Arnaud?«

Als ich Alma gerade davon berichten will, dass ich auch von ihr nichts mehr mitbekommen habe, als der Emergency-Mode übernommen hatte, fällt mein Blick auf die Zeitanzeige.

»Oh, verdammt schon so spät, Alma! Keine Zeit jetzt. Was wolltest du mir eben zeigen?«

»Dort rechts am Ende der Gasse«, kommt es von ihr mit einem Anflug von Aufregung in der Stimme zurück. Und mit Hoffnung. *»Dieser unscheinbare, relativ glatte Bereich, der schräg in die Felswand hinein verläuft. Daneben die Felsnase, die fast wie ein nach oben zeigender Finger wirkt. Das könnte es sein. Wenn jetzt noch …«*

Ohne eine Anweisung oder auch nur das Ende von Almas Überlegungen abzuwarten, laufe ich nach rechts die kurze Gasse entlang, bis ich direkt an der tatsächlich außergewöhnlich glatten Felswand stehe.

Die rechte Seite des Wegs besteht aus einer, vor längerer Zeit schon ausgebrannten, Ladenzeile. Links lehnt sich ein Schrottplatz an den Fels.

Ich lasse meinen Blick über die steinerne Oberfläche schweifen. Doch nirgendwo ist auch nur ein Spalt darin zu entdecken. Oder sonst irgendwas, das auf das Vorhandensein eines Durchgangs schließen ließe. Ich will mich schon abwenden, als ich von Alma gebremst werde.

»In der Nische hinter der Felsnase. Kannst du dort eine ungewöhnliche Struktur erkennen?«

»Nein … Aber Moment, der Helm! Ich kann da drin ja nur das sehen, was seine visuellen Rezeptoren mir aufbereiten.«

Ich nehme ihn ab und sage: »Fünf-Neun-Eins«

Alma keucht auf und ich tue es ihr nur allzu gern nach.

An dem Ort, den sie mir genannt hat, kann ich nun problemlos eine Signatur erkennen, die auf einen elektrischen Anschluss oder Schalter hindeutet. Ich berühre das Areal und ein Knistern ertönt.

»Prima Alpha Eins?«

Es wirkt.

Mit einem Knacken springt der glatte Bereich ein Stück nach hinten und öffnet so einen Spalt.

»Bravo, Arnaud.«

Ich drücke dagegen und habe das Tor schnell so weit geöffnet, dass ich hindurchgehen kann.

In diesem Augenblick flammt gleißendes Licht überall um mich herum auf.

Ah, Shit! War's das jetzt? Haben sie uns?

Selbst Alma gibt einen spitzen Schrei von sich.

Instinktiv will ich meine Augen schließen und mich an der Wand zusammenkauern.

Doch der Modus ist stärker.

Er verhindert konsequent, dass ich die Lider schließen kann. Stattdessen geschehen mehrere Dinge gleichzeitig.

Ein Filter schiebt sich über mein Sichtfeld, die Beine richten sich breiter aus, um mehr Standfestigkeit zu erlangen, mit einem Summen verbreitert sich mein Brustkorb, die Arme und Beine schwellen ein weiteres Mal an und sprengen sogar den festen Stoff der Uniform.

In Sekunden bin ich auf alles gefasst.

Aber es geschieht das Einzige, mit dem ich nicht gerechnet habe.

Nämlich nichts.

Ich Idiot.

»Fünf-Fünf-Eins«

Ich beende auch den Modus und schaue an mir hinunter auf die teilweise zerfetzten Klamotten.

Oh, Mann. Wenn Kyle hier wäre, würde der sich wahrscheinlich auf dem Boden kugeln. Ich seh aus wie der Hulk, nachdem er sich wieder beruhigt hat.

Kopfschüttelnd hebe ich meinen Blick und erkenne einen leeren Gang, an dessen Wänden staubbedeckte Lampen im Abstand von zwei Metern aufgehängt sind. Sie müssen sich durch mein Eintreten eingeschaltet und mich wegen der hochgedrehten Sehfähigkeit geblendet haben.

»Das sieht ja schon mal vielversprechend aus. Hast du eine Idee, wohin es jetzt weitergeht, Alma?«

»Natürlich, mein Junge. Wir sind genau dort, wo wir sein wollen. Das bedeutet, wir müssen zum Ende des Ganges, dort nach links und eine Treppe hinunter.«

Ich folge Almas Anweisungen und stehe wenig später vor einer Tür, auf der »Notausgang, alarmgesichert« geschrieben steht.

»Nur zu, drück den Hebel hinunter, Junge.«

»Bist du dir sicher?«

»Selbstverständlich. Das ist einer der Scherze, die ich mir damals erlaubt habe. Ach, wir waren so jung ...«

Mit einem Schmunzeln, aber insgeheim darauf gefasst, dass doch jeden Moment eine Sirene ertönt, drücke ich den Entriegelungshebel hinunter, der quer über der Metalltür angebracht ist.

Laut quietschend schwingt sie nach außen und gibt den Blick auf einen anderen Gang frei. Einige Meter weiter diesen Gang entlang stehen in einem Alkoven ein altertümlicher Schreibtisch mit einem unbequem aussehenden Stuhl davor.

»Da ist es.«

Ich gehe auf das Möbelstück zu und nehme es genauer in Augenschein. Kein Zweifel. Ein Schreibtisch. Ein vollkommen leerer Schreibtisch.

»Da ist was genau?«, kann ich mir nicht verkneifen.

»Wart's ab und setz dich erst einmal hin«, sagt die alte Dame in mir mit einer geradezu kindlichen Fröhlichkeit in ihrer Stimme.

Angesichts ihrer Worte juckt es mir durchaus in den Fingern, ihr einen ordentlichen Knuff zu verpassen. Ein Unterfangen, das keinerlei Aussicht auf Erfolg hätte. Genauso, wie eine Diskussion mit ihr anzufangen. Also lasse ich mich auf dem Stuhl nieder – vorsichtig, denn er wirkt nicht besonders stabil, von seinem Alter ganz abgesehen.

»Und jetzt?«

»Du siehst das kleine Kästchen links von dir an der Wand?«

»Ja, da steht 'Feueralarm'.«

»Genau.«

»Und weiter?«

»Drück drauf.«

»Natürlich, was auch sonst.«

Ich drücke. Und werde erneut überrascht.

Zwar habe ich nicht erwartet, dass ich tatsächlich einen Feueralarm auslösen würde. Dass stattdessen die Schreibtischplatte umklappen und eine altertümliche Tastatur sowie einen Monitor hervorbringen würde, liegt dann doch außerhalb meiner Erwartung. Während ich noch dabei bin, mit dem Bewusstsein auf Höhe der Ereignisse anzukommen, startet offensichtlich irgendwo ein Computer und der Monitor erwacht zum Leben.

»Schön, dass du da bist, Prima«, begrüßt er uns.

In meinem Kopf erklingt ein Juchzen, das ich jemandem wie Alma nicht zugetraut hätte.

»Wie viel Zeit haben wir noch?«

»Verdammt, den Helm habe ich draußen liegen lassen. Aber länger als zehn Minuten sind es bestimmt nicht mehr.«

»Das reicht. Aber nur, wenn du dich jetzt zurücklehnst.«

»Wie bitte?«

»Als du letztens geschlafen hast, konnte ich feststellen, dass ich dann in der Lage bin, deine Glieder zu bewegen.«

»Wie bitte?!!!«

»Keine Zeit jetzt. Versuch einfach, loszulassen.«

Obwohl alles in mir danach schreit etwas zu tun – irgendwas, nur nicht bloß herumzusitzen – versuche ich mich zu entspannen. Es funktioniert nicht. Und je länger meine Versuche andauern, umso weniger sind sie von Erfolg gekrönt.

Doch plötzlich geschieht etwas, das alles ändert.

In meinem Kopf erklingt Gesang.

Mit einer warmen, klaren Stimme singt Alma die erste Strophe von »Au clair de la lune« und ich spüre sofort, wie die Anspannung von mir abfällt.

»Dieses Lied, was …?«

»Ich wusste doch, dass du dich erinnern würdest, Arnaud. Ich habe es euch oft vorgesungen, bevor es Zeit zum Schlafen war. Damals wart ihr noch ganz klein.«

»Moment, 'ihr'? Du meinst ich und Mju …?«

»Pschhht, mein Lieber. Das ist eine Geschichte für ein andermal. Jetzt bleib ganz ruhig und lass los.«

Und dann passiert das Schrägste, das ich je erlebt habe. Schräger als die Tatsache, dass ich so etwas wie ein Geist in einer Maschine bin. Schräger als die Tatsache, dass ein zweites Bewusstsein in mir drin steckt.

Meine Arme und Finger beginnen, sich zu bewegen. Sie huschen über die Tastatur und hinterlassen auf dem Monitor eine Fülle von Codezeilen, deren Sinn ich nur ansatzweise verstehe.

»Ja, das kann klappen«, kommt es schließlich von Alma. *»Es muss.«*

»Hände hoch und langsam aufstehen!«, donnert in diesem Augenblick eine Stimme.

Sofort reagiert mein Körper, ohne nachzudenken und zum ersten Mal habe ich dagegen nichts einzuwenden.

Im Aufstehen greift er nach der Stuhllehne, dreht sich blitzschnell einmal um seine Achse und schleudert den Stuhl dorthin, wo ich die Stimme wahrgenommen habe.

Dann rennt er in die entgegengesetzte Richtung. Offensichtlich hat er die Stärke des Gegners in Sekundenbruchteilen gescannt und bewertet und ist zu dem Schluss gekommen, dass diesmal Flucht die richtige Reaktion ist.

Eine Maschinengewehrsalve zerreißt krachend die Wand zu meiner Rechten und schlägt auch in meinen Rücken ein.

Ich nehme es aber lediglich als dumpfe Schläge wahr, während mich die ungleich funktionierenden Füße schlingernd den Gang hinunter tragen.

Jetzt müsste man wissen, wo es langgeht.

Während mich mein Körper immer näher zum Ende des Ganges trägt, bemerke ich ein blinkendes Symbol am Rand meines Sichtfelds. »Eingehende Kommunikation«, steht dort geschrieben.

Ob mich das weiterbringt? Egal, schlimmer kann's ja kaum noch werden.

Ich starte die Kommunikation.

»Arnaud?!«

Yes!

»Alma, wohin?!«

»Nur noch ein Stück, dann kannst du …«

In diesem Moment rollt etwas klappernd zwischen meinen Füßen hindurch.

Dann werde ich durch die Luft geschleudert und die Welt versinkt in Feuer.

»Eins-Eins-Null!«

Noch bevor mein Körper auf dem Boden aufschlägt, umfängt ihn die inzwischen altbekannte Taubheit. Selbst den Aufprall registriere ich lediglich daran, dass alles zur Ruhe kommt und nur noch die Flammen um mich herum lodern.

»Die Schweine haben eine Granate geworfen. Ich brenne!«

»Bleib ganz ruhig, Arnaud.«

»Ruhig? Wie kannst du so ruhig bleiben?«

»Das, was da brennt, ist nur deine äußere Hülle. Dem Kampfchassis kann Feuer nichts anhaben. Das wäre für einen militärischen Einsatz wohl kaum sinnvoll.«

»Also soll ich hier einfach liegenbleiben?«

»Wenn du aufstehen kannst, dann tu dies ruhig. Es kann nicht schaden, wenn du es noch ein Stück weiter schaffst. Das hält sie beschäftigt.«

»Beschäftigt? Wie … was … Nochmal. Wie kannst du so … verfickt ruhig bleiben?!«

Einen Moment lang schweigt die alte Dame. Als sie wieder zu sprechen beginnt, hat ihre Stimme alle Leichtigkeit verloren. *»Weil es ab jetzt nicht mehr in unserer Hand liegt, was passiert.«*

»Du … du meinst, dir war klar, dass wir hier nicht mehr rauskommen?!«

»Als intelligenter Mensch musste ich dieser Gefahr zumindest eine fünfzigprozentige Wahrscheinlichkeit einräumen.«

»Dann … dann war's das jetzt also?«

»Ja, Arnaud. Es sei denn, du ziehst es vor, diese … gottverdammten … Gauner noch ein wenig mehr zu ärgern.«

Ich nicke, auch wenn mir klar ist, dass Alma es nicht sehen

kann. Es dient eher meiner eigenen Motivation. *»Gut gesprochen.«* Ich stemme den Oberkörper hoch und schaue mir den Schaden an. Bei dem Anblick müsste ich Gänsehaut am ganzen Körper bekommen. Aber dafür würde ich Haut brauchen. Die ist jedoch den ultraheißen Flammen des Brandgeschosses komplett zum Opfer gefallen und ich kann nun tatsächlich sehen, woraus ich gemacht bin.

Unter einer dünnen Schicht aus Ruß glänzt kalt schimmerndes Metall hervor.

»Du hast also die Entscheidung getroffen, noch ein wenig Spaß zu haben, mein Junge?«

»In der Tat.«

»Dann mach einen kurzen Versuch, deine restlichen Sinne hochzufahren.«

»Bist du bekloppt? Von den Schmerzen falle ich doch sofort ins Koma!«

»Das bezweifle ich ehrlich gesagt, denn die Nerven-Impulse, die deinen menschlich wirkenden Tast- und Schmerzsinn hergestellt haben, befanden sich in dem organischen Gewebe, das nun aber verbrannt ist.«

»Wie immer bringt es also nichts, mit dir zu diskutieren.«

»Exakt.«

»Eins-Eins-Eins.«

Nichts.

Ich werde mutiger und versuche es mit: »Fünf-Fünf-Fünf«

Immer noch nichts.

Innerlich breitet sich ein zufriedenes Grinsen auf meinem Gesicht aus. Äußerlich grinst der von allem Fleisch befreite Schädel vermutlich schon die ganze Zeit.

»Fünf-Sieben-Neun.«

Keine Schmerzen. Dafür signalisieren mir jedoch andere Impulse die exakte Lage sämtlicher meiner Gliedmaßen. In einer fließenden Bewegung, die ich dem metallischen Koloss des Endoskeletts nicht zugetraut hätte, erhebe ich mich und zeige den am anderen Ende des Ganges ausharrenden Milizionären den Mittelfinger. Dann fahre ich herum und sprinte weg von ihnen.

»Arnaud, hier nach links!«

Aus vollem Lauf ändere ich die Richtung und frage mich erst in diesem Moment, ob das womöglich ein Fehler war. Stiefel mit Gummisohlen oder auch nur menschliches Fleisch kleben ja in gewisser Weise am Boden und begünstigen spontane Richtungswechsel. Meine Füße bestehen jedoch nur noch aus Metall. Doch selbst hier tun die erweiterten Sinne ihre Arbeit. Ohne umzufallen, ohne auch nur zu straucheln, springe ich ab, sodass ich wie ein gut gezielter Billard-Stoß um die Ecke schieße und sofort weiterlaufen kann, wenn ich auch merke, dass mein lädierter Fuß immer lockerer wird.

»Und wohin jetzt?«

»Wenn wir es schaffen, bis ... Oh!«

Ich komme schlitternd zum Stehen.

»Was soll das heißen?«

»Das sieht hier anders aus als früher. Wahrscheinlich hat man von dem Schrottplatz aus einen nicht genehmigten Wanddurchbruch gemacht. Der Ort, an dem wir vielleicht sogar noch von hier entkommen könnten, liegt dort hinten rechts. Hinter der Schrottpresse.«

»Fünf-Neun-Neun.«

Das, was ich vorher nur vage im Halbdunkel des Gewirrs aus Leitungen, Maschinen und Metallsteigen vermuten konnte, liegt nun klar und deutlich vor mir.

»Kein Problem, Alma.«

Ich greife nach dem Geländer der Metalltreppe neben mir und steige die Stufen hoch. Über den Metallrost eines Laufsteges oben sieht es wie ein Kinderspiel aus, von hier auf die andere Seite der Presse zu gelangen. Voller Zuversicht erhöhe ich mein Tempo wieder, unser Ziel kommt immer näher. Doch dann verhakt sich der kaputte Fuß in einer Lücke zwischen zwei Teilen des Laufrostes und ich schlage lang hin. Nach einem Moment der Desorientierung rappele ich mich auf.

In diesem Augenblick hagelt es Schläge.

Immer wieder fährt eine Metallstange auf meinen Kopf und Oberkörper nieder, geführt von einem lächerlich kleinen Männchen.

Eine Weile lang stehe ich einfach nur da und würde am liebsten in Gelächter ausbrechen.

»Arnaud, das ist Verzögerungstaktik. Wer weiß, was sie noch im Schilde führen.«

»Wo du recht hast ...«

Ich versetze dem Männlein einen Stoß, der ihn die komplette Treppe hinunterbefördert, und renne weiter Richtung Presse.

Etwas piept.

Direkt bei mir.

Ich bleibe stehen und schaue an mir hinunter. Die Quelle des Geräusches ist schnell lokalisiert.

In meinem Becken ist ein metallischer Zylinder verkeilt, der nicht nur piept, sondern auch blinkt.

Dann explodiert er.

Ich werde in die Höhe geschleudert.

Erneut dreht sich alles und mein Gehör schaltet vor Überlastung ab.

Dann schlage ich auf dem Boden auf.

Direkt neben der Presse.

Aber auf der falschen Seite.

»Arnaud, schnell! Wir können es noch schaffen.«

Ich springe auf. Das heißt, ich will aufspringen, doch die Beine gehorchen mir nicht. Ein schneller Blick zeigt mir auch ohne erweiterte Fähigkeiten den Grund. Sie hängen nicht mehr an meinem Körper.

»Aber du hast noch Arme, Junge. Mach jetzt nicht schlapp, so kurz vor dem Ziel!«

»Zu Befehl, Madame.«

Ich wuchte meinen Torso herum, dann greife ich nach einer Kante und ziehe mich in die Presse hinein. Durch den Spalt zwischen oberer und unterer Platte kann ich auf der anderen Seite das Terminal sehen. Auch dieses besitzt einen altmodischen Monitor und eine Tastatur. Auf dem Monitor thront die Optik einer Kamera und daneben ragt ein Stab mit einem abgeflachten Ende in die Höhe. Zentimeter für Zentimeter arbeite ich mich über die glatte metallene Oberfläche darauf zu, während ich mit dem neugestarteten Gehör ringsherum laute Rufe vernehmen kann. Schließlich bin ich fast so weit, dass ich mich auf der anderen Seite der Presse herausfallen lassen kann.

In diesem Moment beginnt sich der obere Teil der Presse auf mich zuzubewegen.

»Schnell, der Stab, pack ihn, Junge!«

Meine Linke greift danach, rutscht ab, greift erneut und bekommt den Stab zu fassen. Für den Bruchteil einer Sekunde ist es so, als ob mein gesamter noch vorhandener Körper in weißem Licht badet.

Und ich ziehe.

Mit all meiner Kraft.

Doch es ist zu spät.

Erbarmungslos senkt sich der Pressenstößel auf meinen Oberkörper. Selbst wenn ich nichts davon spüren kann, senkt sich mit ihm auch eine Hoffnungslosigkeit auf mich herab, die viel schlimmer ist als jeder Schmerz.

»Alma, ich ... ich kann nicht mehr.«

»Ruhig, mein Junge. Alles ist gut.«

Der Brustkorb ist nun so weit eingedrückt, dass der Stößel meinen Schädel erreicht.

»Alma?«

»Ja, Arnaud?«

»Meinst du, es macht noch Sinn, wenn ich anfange an den Himmel zu glauben?«

»Natürlich. Dafür ist es nie zu spät.«

Unbarmherzig tut die Presse ihre Arbeit. Mein Schädel beginnt, sich zu verformen, die in den Augenhöhlen sitzenden Optiken werden zerdrückt, das kaum sichtbare rote Licht in ihnen erlischt.

Diese Leere. Ich fühle nichts!

Der Körper, der einmal Maxx gewesen ist, hört auf zu existieren.

ORKUS

Der Dominus der Primären Sphäre steuert seinen Hover-Chair zum Rand seiner Dachterrasse, um, wie an jedem Morgen, der Sonne dabei zuzusehen, wie sie hinter den Bergen aufgeht.

Zu dieser Zeit kann man hier noch gefahrlos ihre Strahlen genießen. Schon etwa 20 Minuten später muss die Sphärenabschirmung mit ihren Filtern und Spiegeln einspringen.

Er ist in Hochstimmung, denn der heutige Tag wird eine neue Ära einläuten.

Um Mitternacht ist das Upgrade des ORB ans Netz gegangen, das nun tatsächlich den Energieaustausch zwischen der analogen und der digitalen Welt ermöglicht. Zwar haben ihm die Techniker berichtet, dass es kurz danach zu überraschenden Stromausfällen in einigen Bereichen der Primären Sphäre gekommen ist, doch sie sind um diese Zeit von kaum jemanden bemerkt worden und inzwischen bereits wieder vorbei.

Zufrieden schließt er seine Augen und lässt sich von dem intensiven Orange bescheinen.

Mit einem Mal jedoch wird es dunkel.

Er denkt an eine Wolke – obwohl es so etwas ja kaum noch gibt – und öffnet seine Lider einen Spalt. Dann reißt er sie weit auf.

Vor ihm, etwa einen halben Meter hinter der breiten Umrandung der Terrasse, schwebt tatsächlich etwas, das aussieht wie eine Wolke. Aber sie hat auch eine menschliche Gestalt. Und ein Gesicht.

»Was zur Hölle ...?«

Die Gestalt beginnt zu lächeln. »Oh, nein. Mit so etwas wie der Hölle hat das nichts zu tun. Zumindest noch nicht.« Damit schwebt sie näher und lässt sich auf der Brüstung nieder.

»Wer bist du?«

»Ein Bote.«

»Bote? Von wem?«

»Von einer Gruppierung, die ihr Renegaten nennt.«

Iurii lacht auf. »Du willst um Gnade betteln? Dafür ist es zu spät. Wir werden ...«

Die Gestalt bewegt sich nicht, jedoch ballen sich in ihr dunkle Schwaden zusammen, sodass es wirkt, als ob jeden Moment Blitze aus ihr zucken würden. »Keine Gnade«, unterbricht sie ihn. »Ich bin gekommen, um dir unsere Bedingungen für die weitere Koexistenz zu diktieren.«

Iurii schnaubt verächtlich. »Bedingungen. Lächerlich. Wir verhandeln nicht und lassen uns erst recht nichts diktieren!«

»Und doch wirst du es müssen.«

Nun runzelt Iurii seine Stirn. »Was soll das bedeuten?!«

»Um Mitternacht ist nicht nur das Upgrade des ORB online gegangen, sondern außerdem eine Firmware, die dafür sorgt, dass ein Energieaustausch nicht nur in eure Richtung erfolgen kann, sondern auch in unsere.«

»Na und?«, bellt Iurii. »Wenn wir euch erst einmal haben, dann kann es mir egal sein, ob das ginge, denn es wird nie dazu ...«

»Nun«, unterbricht ihn die Gestalt erneut. »Es gibt in dieser Firmware einen Notschalter, der im Falle eines massiven Anstiegs des Energieverbrauchs auf der digitalen Seite dafür sorgt, dass automatisch eine Kompensation durch Abzug von Energie aus den Systemen erfolgt, die in der analogen Welt nicht lebensnotwendig sind. Man hat dir doch sicherlich von dem seltsamen Stromausfall heute Nacht berichtet.«

Iurii fixiert den Boten mit finsterer Miene, schweigt aber.

»Dies war ein erster Vorgeschmack darauf, wozu wir fähig sind.«

»Und inwiefern soll mich das davon abhalten, das zu tun, was ich will?«

Erneut breitet sich ein Lächeln auf dem Gesicht der wolkenhaften Gestalt aus. »Wir dachten uns schon, dass dir eine persönlichere Demonstration gebühren sollte.«

Damit schwebt sie ein Stück zur Seite und gibt den Blick auf einen Lichtstrahl frei, der dabei ist, sich über die Brüstung langsam auf Iurii zuzubewegen, und dabei eine schwarze Spur hinterlässt, von der sich kleine Rauchkringel erheben.

Instinktiv steuert er seinen Hover-Chair rückwärts, weg von der Gefahr. Doch er kommt nicht weit, denn der Stuhl stößt irgendwo an und bewegt sich nicht mehr. Iurii schaut sich hektisch um und bemerkt, dass er sich auf einem halbrunden, in den Pool hineinragenden Bereich befindet. Direkt hinter ihm führt die Leiter ins Wasser.

»Stellen wir uns mal vor, es gäbe einen bedauerlichen Fehler in der Steuerung der Sphärenabschirmung«, sagt die Gestalt im Plauderton. »Solche Dinge passieren, wie ja bereits dein armer Kater am eigenen Leib erfahren musste. Und stellen wir uns ebenfalls vor, genau zu dieser Zeit würden einige der Komfortfunktionen in der Primären Sphäre aufgrund eines Energieabzugs stillgelegt. Funktionen, wie die Steuerung von Hover-Chairs.«

Iurii ruckt unwillkürlich am Steuerhebel seines Stuhls, aber nichts passiert.

Das Einzige, was sich bewegt, ist der brennend heiße Lichtstrahl, der weiter direkt auf ihn zukommt.

Iuriis Kopf zuckt herum, auf der Suche nach einem Ausweg.

»Natürlich könnte man sich in so einem Fall durch einen beherzten Sprung ins Wasser in Sicherheit bringen«, räumt der Bote ein. »Vorausgesetzt, man hätte noch genug Kraft, um zu schwimmen. Und man hätte keine panische Angst vor diesem Element, seit es zu diesem ... Unfall kam.«

Mit angstgeweiteten Augen sieht Iurii die Gestalt an. Seine Unterlippe beginnt zu zucken, aber er bemerkt es nicht. »Ich ... ich habe verstanden«, krächzt er. »Mach das weg. Ich akzeptiere.«

Der Bote nickt und schon verschwindet der Strahl etwa zehn Zentimeter von Iuriis Standort entfernt. »Damit wir uns richtig verstehen«, ergänzt die wolkenhafte Gestalt. »Wir haben euch in der Hand. Wir wissen, wo ihr seid und was ihr macht. Dafür sorgt schon allein das allgegenwärtige ORB. Und wir halten Wacht. Wenn wir bemerken, dass ihr etwas tut, das der digitalen Welt schadet, dann kommen wir zurück.«

Der Dominus knirscht mit den Zähnen und fixiert den Boten, als ob er hoffen würde, dass Strahlen aus seinen Augen schießen und diesen zu Asche verbrennen könnten. Doch nichts dergleichen geschieht. Und der Bote hält seinem Blick mühelos stand.

»Okay«, knurrt Iurii.

»Dann ist das beschlossen. Jetzt zieh deine Schergen aus dem Village ab und sieh zu, dass sich auch deine anderen Marionetten an die Regel halten.« Die Gestalt erhebt sich in die Luft.

»Moment«, ruft Iurii. »Der Hover-Chair bewegt sich immer noch nicht.«

»Und das wird auch noch eine Weile lang so bleiben. Du wirst auch feststellen, dass die Kommunikation zu deinen Hausangestellten ebenfalls gestört ist. Sieh es als kleine Auszeit. Zum Nachdenken.«

#AFTERHOUR

DIGITALE WELT, LE VILLAGE, BURG OBERHALB VON MJUS VILLA, ZEITINDEX 13052121_0700 - 13052121_0730

MJU

Ich öffne die Augen.

»Danke Honey, das war unglaublich. Ich glaube, er wird sich letztendlich daran halten. Vielleicht wird er ab und an eine kleine Erinnerung brauchen. Wir dürfen also in unserer Aufmerksamkeit nicht nachlassen, aber es kann funktionieren.«

»Sobald wir das Hauptquartier nach Ceasar's Palace verlegt haben, wird es kein Problem geben, die Wache in Schichten arbeiten zu lassen«, bestätigt Honey.

»Kannst du uns dann auch weiter helfen?«

»Selbstverständlich.«

Ich nicke mit einem dankbaren Gesichtsausdruck. Dann öffne ich den Mund, schließe ihn aber gleich darauf wieder.

Honey setzt sich auf einen Stuhl neben mir und schaut mich geradeheraus an. »Die Daten, die ich bisher über menschliche Verhaltensweisen sammeln konnte, weisen mich darauf hin, dass du

... einen Moment ... etwas auf dem Herzen hast. Ist diese Formulierung korrekt?«

Unwillkürlich gebe ich ein leises Kichern von mir. »Ja, tatsächlich. Aber wo hast du denn diese Formulierung her? Die wirkt so ...«

»Menschlich?«

Ich hebe die Schultern und grinse verlegen.

Honey hebt ihre rechte Hand. Nach einem kurzen Zögern wedelt sie damit, als ob sie ein Insekt verscheuchen wollte. »Gedanken darüber, ob mich diese Formulierung kränken könnte, sind unbegründet. Ich bin kein Mensch, auch kein digitaler. Was ich bin, das werde ich hoffentlich herausfinden. Und für die Interaktion mit euch Menschen greife ich einstweilen auf das erwähnte Datenmaterial zurück.«

»Was für Datenmaterial ist das denn? Wenn ich mir die Frage erlauben darf.«

»Selbstverständlich. Diese Information unterliegt nicht der Geheimhaltung. Diese Daten stammen aus der Beobachtung der Interaktion vom Boss mit anderen Menschen und den Video-Feeds, die ich für ihn wiedergegeben habe.«

»Du nennst ihn immer noch so?«

»Boss? Das ist korrekt. Mir ist bewusst, dass er mir angeboten hat, ihn bei seinem Namen zu nennen, aber ...«

»Warum benimmst du dich eigentlich immer noch wie seine Assistentin?!«, platzt es aus mir heraus. Erschrocken hebe ich die Hand vor den Mund.

Honey blickt mich eine Weile lang stumm an. Von Zeit zu Zeit flackert ihre Darstellung.

»Eine Antwort darauf ist tatsächlich schwer zu berechnen. Mir ist bekannt, dass ihr Menschen viel Wert darauf legt, für das Wertschätzung zu erhalten, was ihr ‘innere Werte’ nennt. Auch ich registriere es durchaus als positiv, wenn das, was ich kann, von Nutzen ist.«

Honeys Darstellung flackert erneut kurz auf, dann sitzt sie in ihrem Sekretärinnen-Outfit da.

»Aber ich mag es auch, wie er mich ansieht.« Ihre Mundwinkel verziehen sich zu einem breiten Grinsen.

Das Wasser, das ich gerade trinken wollte, verlässt meinen Mund in hohem Bogen. Hustend und würgend beuge ich mich nach vorn und versuche, mich wieder unter Kontrolle zu bekommen.

Honey sieht mir einen Moment lang dabei zu. Dann hebt sie eine Hand und klopft mir auf den Rücken - ein wenig stärker als notwendig.

»Ich bin mir absolut sicher, dass du deinen Platz hier finden wirst«, keuche ich schließlich mit tränenden Augen.

»Das ... freut mich und ich berechne eine hohe Wahrscheinlichkeit dafür, dass unsere Zusammenarbeit weiterhin positiv verlaufen wird. Zumindest so lange, wie niemand den Rechner in Down_Under findet. Besser wäre es natürlich, wenn ich hier hochgeladen werden könnte, aber die einzige Person, die wüsste, wie das geht, existiert nicht ...«

»Na, na, na, Berichte über meinen Tod sind stark übertrieben«, erklingt mit einem Mal die Stimme von Alma.

Wir beide fahren herum und sehen sie hinter uns in der Festhalle stehen.

»Mamie!!« Mit einem Aufschrei springe ich auf, überwinde die Distanz und werfe mich in die Arme meiner Großmutter, die in diesem Augenblick kurz verschwimmt und zu einem Mann wird, der entfernte Ähnlichkeit mit Maxx hat.

Wir schmiegen uns aneinander, stutzen und fahren auseinander.

»Aber, was ... wie ... wer ...?«, stammele ich.

Honey tritt vor und greift mit ihren Händen eine von seinen und meinen. »Darf ich vorstellen? Wenn meine Berechnungen mich nicht täuschen, dann ist dies Arnaud.«

Ein Lächeln breitet sich auf seinem Gesicht aus. »Das Vergnügen ist ganz meinerseits, Honey.«

Einen Augenblick lang stehen wir drei nur da und sehen uns gegenseitig an. Dann kann ich nicht mehr an mich halten.

»Wie habt ihr es hierher geschafft? Ich mein, ihr seid doch hier. So richtig. Oder?«

Arnaud nickt. »Ja, wir sind es wirklich. Ich hatte es dir doch versprochen. Und glaub mir, du wunderst dich darüber nicht halb so sehr wie ich, wenn ich mir überlege, wo die Reise schließlich endete. Aber Alma hatte noch ein Ass im Ärmel. In dem Labor, wo wir zuletzt gelandet sind, hatte sie damals mit einer frühen Form des Desintegrators experimentiert, der sekundenschnell Daten in die digitale Welt laden kann. Und ich bestehe ja schon seit Jahren aus Daten, die nur in einem analogen Körper gefangen waren.« Er stockt kurz und blickt sich um. »Wo ist eigentlich Kyle?«

Ich schlucke schwer, bevor ich antworten kann. »Sie haben ihn ... abgezogen.«

Arnaud schaut mich mit großen Augen an. »Was ist passiert?«

»Sie haben es geschafft, unbemerkt ein Offf-Portal in einem Durchgang zu unserem Hauptquartier zu installieren. Und Kyle war leider der erste, der das feststellen musste.«

»Fuck!«, ruft Arnaud und rauft sich mit beiden Händen die Haare. »Eine Entität ist zu viel als Kick für einen normalen Analogen. Die werden ihn auseinanderreißen!«

»Stimmt!«, entfährt es mir. »Das haben sie versucht. Ich hab es gesehen. Es sah aus, als wollten sie ihn vierteilen!«

Arnaud lässt sich auf einen Stuhl fallen und vergräbt den Kopf unter seinen Armen. Mit seiner Stirn hämmert er auf die Platte eines Tisches. »Verfluchte Scheiße. Das haben sie doch von mir.«

Ich trete an ihn heran und lege ihm eine Hand auf die Schulter. »Hey, das konntest du doch nicht wissen. Und außerdem hat's auch gar nicht geklappt.«

Arnauds Kopf verharrt in seiner Bewegung. Er lässt die Arme auf den Tisch sinken und dreht mir sein Gesicht zu. »Nicht ... geklappt?«

»Nee, er hat sich heftig dagegen gewehrt. Und dann hat er ... na klar! Er hat Binar gesprochen. Wahrscheinlich, um sich zu schützen. Aber dann haben sie ihn nach drüben gesaugt.«

Arnaud erhebt sich langsam. Der eben zuerst verzweifelte, dann verwirrte Ausdruck auf seinem Gesicht, weicht dem von Entschlossenheit. »Okay, dann ist das der Plan. Lasst uns zusehen, dass wir Kyle aufspüren und zurückholen, bevor die vielleicht doch einen Weg finden, dass ihn jemand in der Pfeife rauchen kann!«

LIMBUS

Du kannst dich nicht bewegen – nicht einen einzigen millimeter. es ist finster. von nirgendwo dringt ein geräusch zu dir. und doch, um dich herum – gerade so außerhalb deiner reichweite – scheint alles im fluss zu sein.

wenigstens sind die schmerzen weg.

du fragst dich, was geschehen ist, wo du gewesen bist, bevor dich dieses loch verschluckt hat.

langsam kommt eine erinnerung.

da war eine burg. und menschen. du hast mit ihnen zusammengearbeitet, um etwas zu erreichen. was zu erreichen? du weißt es nicht mehr. aber es war wichtig. geradezu überlebenswichtig. warum? auch das wissen darum ist dir in diesem loch hier verlorengegangen. ob es ihnen genauso geht? ist euer vorhaben gescheitert und alle mühe war vergebens? du hoffst, dass es nicht so ist. dass nur du diesen preis zahlen musstest, von dem du noch nicht einmal weißt, wie hoch er tatsächlich ist.

aber immerhin existierst du noch, also kann es so schlimm nicht sein.

ein weiteres mosaiksteinchen fällt an den richtigen platz und du weißt wieder, dass du etwas getan hast, um zu verhindern, dass du den ultimativen preis zahlst. oder dies zumindest aufzuschieben. du hast dich geteilt und ein winziges stück von dir auf die reise geschickt. erst wenn die richtigen leute es finden und zu dir zurückbringen, wird der entschlüsselungsvorgang gestartet.

also bleibt dir nichts anderes übrig, als zu warten.

VIELEN DANK, DAS WAR'S

Liebe Leserin, lieber Leser,

wenn Sie diesen Punkt erreicht haben, dann ist davon auszugehen, dass Sie gerade das letzte Kapitel beendet haben – annähernd in Lichtgeschwindigkeit, wenn mein Plan aufgegangen ist.

Oder gehören Sie möglicherweise zu den Menschen, die Danksagungen als Erstes lesen? Ich selbst mache so etwas zwar nicht, kenne aber durchaus KollegInnen, die es tun. Doch wenn mir eine Geschichte gefallen hat, dann bleibe ich gern noch ein Weilchen und schwelge in dem, was die Autorin oder der Autor noch zu sagen hat. Und ich muss zugeben, dass manche meiner KollegInnen dort wahre Schätze produzieren, was mir leider nicht so recht gegeben ist. Tatsächlich schreibe ich mein Dankeschön oft quasi in letzter Sekunde und wie es so mit mir ist – ich vergesse dabei manchmal Menschen, denen auf jeden Fall mein Dank gebühren sollte. Peinlich, ich weiß. Und daher gebe ich heute mein Bestes:

Allen voran danke ich meinen Kindern. Ohne euch beide wäre aus dieser Idee, die mich plötzlich und geradezu zur Unzeit überfallen hat (mehr dazu an anderer Stelle), nur ein lauwarmer Abklatsch dessen geworden, was Sie auf den letzten gut 400 Seiten lesen konnten. Ich liebe unsere ausufernden Brainstormings.

Weiter geht es mit meinen lieben Kolleginnen Maike Stein und Carola Wolff vom »Phantastik Autoren Netzwerk«, mit denen ich seit einigen Jahren ein durchaus anregendes phantastisches Story-Sparring betreibe.

Auch wenn die liebe Jedida Hennig diese Geschichte ausnahmsweise nicht lektoriert hat, so hat sie mir doch in unseren regelmäßigen Skyponaten viele gute Ideen gegeben und nach Jahren der bisherigen Zusammenarbeit ein gutes Auge dafür vermittelt, wo eine Geschichte noch mehr Input benötigt.

Aus allen Beta-LeserInnen, die sich schon vorab mit der Geschichte beschäftigt haben, möchte ich Carin und Claus hervorheben. Ich liebe es, mit Profis zu arbeiten.

Und dann die coolen Klamotten, in die Nina Dölleree diese Geschichte gekleidet hat. Schon der erste einfach so in die Runde geworfene Entwurf war klasse und unsere darauffolgende Zusammenarbeit sowas von fruchtbar, dass ich mich zusammenreißen musste, um nicht Cover für zehn Bände zu ordern.

Und was wäre ich in meinem Elfenbeinturm ohne meine Freundin, die nicht nur dafür sorgt, dass ich hin und wieder beim Schreiben auch mal etwas esse und trinke, sondern auch meine spontanen geistigen Abwesenheiten in den ulkigsten Momenten (wenn mich wieder einmal eine Idee nicht loslässt) tapfer erträgt. U.N.V.I.L.D.

Und selbstverständlich danke ich auch Ihnen, dass Sie mein Buch gekauft haben. Ich hoffe, dass Ihnen diese erste Geschichte des größten Projekts, an das ich mich bisher gewagt habe, gefallen hat. Denn der Untertitel »1of3« hat es ja bereits vorweggenommen. Es kommen zwei weitere Romane, die den Bogen noch etwas weiter spannen. Und für diejenigen, die mehr wollen, habe ich auf den nächsten Seiten etwas vorbereitet.

Insofern für heute »Langes Leben und Frieden«, um es mit Mr. Spock zu sagen.

Ihr C. A. Raaven

P.S.: Ich bin mir leider ziemlich sicher, dass ich trotz aller gegenteiligen Bekundungen doch jemanden vergessen habe. Sei versichert – das gilt nur für diese Zeilen, nicht für mein Herz.

P.P.S.: Jetzt aber noch einmal zu uns liebe(r) LeserIn. Ich würde mich sehr darüber freuen, wenn Sie mir Ihre Meinung zu dieser Geschichte zukommen ließen. Das kann ganz oldschool per Mail unter autor@c-a-raaven.de geschehen, aber selbstverständlich freue ich mich auch über Klicks auf meiner Facebook-Seite https://www.facebook.com/C.A.Raaven, bei Instagram unter https://www.instagram.com/c.a.raabe oder Rezensionen in den gängigen Onlineshops, sowie bei Lovelybooks, Goodreads & Co.

Besonders Rezensionen sind für uns AutorInnen nicht nur das Salz in der Suppe, sondern inzwischen tatsächlich sogar dringend notwendig, denn bei der Vielzahl an Titeln im stationären Buchhandel und den diversen Onlineshops machen oft genau diese Bewertungen den wichtigen Unterschied bei der Auswahl neuen Lesestoffs.

DARF'S NOCH ETWAS MEHR SEIN?

Ich hatte ja eben schon angedeutet, dass es außer den Romanen der »Spherope«-Reihe durchaus noch mehr aus der Welt der Sphären und Digitalen zu entdecken gibt. Wenn Sie Lust darauf haben, dann hätte ich da mal etwas vorbereitet:

»Nachrichten aus der Zukunft« heißt das Newsletter-Format, dass ich speziell dafür erdacht habe. Hier gibt es nicht einfach nur generische Werbung, sondern umfangreiches Material zu vielem, was die Welt in 100 Jahren, wie ich sie mir vorstelle, ausmacht. Und als Dankeschön für die Anmeldung können Sie erleben, wie es dazu kam, dass aus Arnaud Maxx wurde – in der kostenlosen Kurzgeschichte »Game Over – Der Unfall«, die nirgendwo anders kostenlos zu bekommen ist.

Unter diesem Link können Sie sich anmelden: http://mailing.c-a-raaven.de/f/321502-347786/

Und wenn es etwas geben sollte, dass Sie unbedingt noch wissen möchten, dann genügt eine Mail an autor@c-a-raaven.de.

WER IST C.A.RAAVEN?

Der Berliner Autor Christian A. Raabe (Jg. 1968) hat eigentlich einen kaufmännischen Beruf gelernt, jedoch fand er für sich durch seine Technikaffinität und das intuitive Verständnis von Software schnell eine Nische, in der er seine Kreativität auch in diesem Umfeld ausleben konnte. Neben der Erstellung individueller Datenbanklösungen hilft er seit Jahren in IT-Projekten eines globalen Industrieversicherungsunternehmens dabei, den Brückenschlag zwischen Technikern und Anwendern herzustellen.

So ist es für ihn auch von Beginn an klar gewesen, dass die Besonderheiten der Protagonisten seiner Urban Fantasy-Reihe „BAT Boy", mit der er im Jahr 2012 im Selfpublishing debütierte, zumindest ansatzweise wissenschaftlich erklärbar wären. Auch der im Jahr 2017 veröffentlichte Social Media Krimi „E-Death" spielt mit der Vorstellung, was das technisch Machbare in den falschen Händen anrichten kann. Seit dem Jahr 2020 lässt er innerhalb der Aktion „#phantastischermontag", die er zusammen mit zwei Kolleginnen des „Phantastik Autoren Netzwerks" betreibt, auch die magischeren Seiten phantastischer Literatur in seine Kurzgeschichten einfließen.

Als Kontrapunkt zu den oft eher düsteren Geschichten veröffentlicht er außerdem unter einem anderen Pseudonym seit 2019 romantische Komödien.

Weiterhin betreibt er seit dem Jahr 2020 zusammen mit seiner Autoren-Kollegin Carin Müller den Literatur-Podcast „Der literarische Saloon", in dem er sich verschiedensten Aspekten der Buchwelt in eher launiger Art widmet, und betätigt sich als Hörbuch-Sprecher.

C. A. Raabe ist geschieden, hat zwei erwachsene Kinder und wohnt zusammen mit seiner Lebensgefährtin in der Nähe des Müggelsees.

facebook.com/C.A.Raaven
instagram.com/c.a.raabe
goodreads.com/c_a_raaven

VON C.A.RAAVEN BISHER ERSCHIENEN

BAT Boy

Warum ist alles plötzlich so laut?

Warum kann ich mich nicht erinnern, wie ich gestern ins Bett gekommen bin?

Und warum zur Hölle hängt Ines mit einem Mal lieber mit diesem Kevin rum?

So viele Fragen gehen Lucas durch den Kopf, seit er an seinem 13. Geburtstag aus einem seltsamen Traum erwacht. Schon kurze Zeit später erhält er Antworten auf einige von ihnen. Antworten, die sein Leben für immer verändern. Und eine davon lässt ihn nachts das Fenster verriegeln ...

ZUM SHOP: HTTPS://WWW.FEIYR.COM/Y/BB1

BAT Boy 2

„Vampir rettet Berliner Bevölkerung vor katastrophalem Anschlag zur Millenniumsfeier“

Auch wenn diese Schlagzeile niemals in der Zeitung zu lesen sein wird, könnte der 13-jährige Vampir-Lehrling Lucas zufrieden sein. Zufrieden darüber, dass der Plan zur Rettung seiner Freundin Ines funktioniert hat, und auch all die unwissenden Menschen nach wie vor unversehrt sind.Aber er ist es nicht, denn der Preis, den seine Freunde dafür zahlen mussten, war viel zu hoch. Da er nicht mehr weiß, wem er an der BAT, der Berliner Akademie für

Transmutationen, noch trauen kann, versucht er, auf eigene Faust herauszufinden, wer den Anschlag geplant hat. Plötzlich sitzt Lucas in einer Zwickmühle. Er muss eine Entscheidung treffen und bemerkt zu spät, dass alles, was er bisher über das Trinken von Blut zu wissen glaubte, noch längst nicht genug ist.

Black Tales of Rock

Was wäre, wenn der Sandmann dir die Fähigkeit nähme, einzuschlafen, aber die Träume kämen trotzdem? Würdest du überleben?

13 Rocksongs - 13 Kurzgeschichten. Eine düstere Tracklist der Gänsehaut.

Träume im vollen Bewusstsein./Die andere Seite des Feuers./Hungrige Wolken./Ein Keller voller Akten?/Er kommt auf dich zu./Detox ganz anders./In Frieden ruhen?/Die Spinne von nebenan./Sie riechen dich. /Ein ganz normaler Wald?/Tod und Alk und Rock'n'Roll./Es ist nur in deinem Kopf./Würdest du es tun?

Ein wildes Konzert auf den Saiten der Angst.